Marina Neumeier

Infinitas – Pakt aus Staub und Feuer

Marina Neumeier, 1995 in Erding geboren, studiert Kunstgeschichte in München und arbeitet nebenbei in einem Auktionshaus. Vor allem ihr Studium dient ihr als rege Inspirationsquelle für ihre Geschichten. Sie ist eine begeisterte Leseratte, liebt es zu verreisen und nutzt jede freie Minute, um an neuen Ideen zu arbeiten.
Unter @marina.writing ist die Autorin auch auf Instagram aktiv, wo sie Einblicke in ihren Schreiballtag und die Entstehung ihrer Geschichten gibt.

Marina Neumeier

Infinitas – Pakt aus Staub und Feuer

Roman

PIPER

Mehr über unsere Autoren und Bücher:
www.piper.de

Wenn Ihnen dieser Roman gefallen hat, schreiben Sie uns unter Nennung des Titels »Infinitas – Pakt aus Staub und Feuer« an empfehlungen@piper.de, und wir empfehlen Ihnen gerne vergleichbare Bücher.

Wir produzieren nachhaltig
www.piper.de

ISBN 978-3-492-50511-6

Sprachredaktion: Uwe Raum-Deinzer
Satz auf Grundlage eines CSS-Layouts
von digital publishing competence (München)
mit abavo vlow (Buchloe)
Covergestaltung: Giessel Design
Covermotiv: Bilder unter Lizenzierung von Shutterstock.com genutzt
Printed in Germany

Aequat omnis cinis. Inpares nascimur, pares morimur.
Die Asche macht alle gleich. Ungleich werden wir geboren, gleich sterben wir.

Seneca, Briefe an Lucilius (Epistulae morales ad Lucilium), 62 n. Chr, 91. Brief

Kapitel Eins

Santo

Von allen Göttern verfluchte, beschissene Hölle.

Meine Kehle liegt in Fetzen, während ich dem Helikopter nachstarre, der immer höher hinaufsteigt und bald zu einem winzigen Punkt zwischen den wabernden Rauch- und Aschewolken zusammenschrumpft. Ich schreie weiter ihren Namen. Immer und immer wieder, weil ich einfach nicht begreifen kann, was gerade passiert ist. Ascheflocken tanzen durch die Luft wie grauer Schnee und legen sich auf mein Gesicht. Mit jedem Atemzug inhaliere ich die ätzende Mischung aus Gasen und Schwefel, die der erwachte Vesuv ausspuckt.

Wo kam dieser Helikopter so plötzlich her? Warum habe ich wider besseres Wissen alle Ratschläge in den Wind geschlagen und zugestimmt, mich den Immortali mit Aliqua allein entgegenzustellen? Ich hätte sie mir über die Schulter werfen und weglaufen sollen, solange es noch ging.

Und jetzt ist sie fort, während um uns herum der Vulkan brodelt wie ein überkochender Teekessel. Hier fliegt uns jeden Moment alles um die Ohren, aber ich kann mich nicht bewegen. Nicht, solange ich den kleinen dunklen Punkt am Himmel noch sehen kann, der kaum mehr als Helikopter zu erkennen ist. Aliqua ist dort drinnen, zusammen mit Marcellus, und er hat unmissverständlich klargemacht, was er von ihr will. Er beansprucht sie als sein Eigentum und wird ihre besondere Gabe dazu nutzen, um die Welt ins Chaos zu stürzen. Meine Augen tränen in den Vulkandämpfen, während ich den Weg des Hubschraubers in der Ferne zu verfolgen versuche. Wohin bringen sie sie?

Ich weiß, dass es irgendwann zwecklos ist, ein Flugobjekt mit den bloßen Augen verfolgen zu wollen. Aber wenn ich es nicht versuche, dann gebe ich auf. Dann muss ich aufgeben und mir eingestehen, dass die Immortali gerade den Sieg davongetragen haben. In doppelter Sicht.

Gerade ist es ihnen gelungen, Marcellus zu befreien, nachdem er, wie Aliqua, seit dem Jahr Neunundsiebzig unter den erkalteten Vulkanmassen geruht hat. Er, der damals in der Antike die Idee hatte, die Götter um Hilfe zu bitten, als eine Seuche alles und jeden in Rom dahingerafft hat. Überraschenderweise gingen die Götter, die gemeinhin nicht für ihre gütige Natur bekannt waren, auf die Hilfegesuche unserer beiden Familien ein und boten uns etwas noch viel Besseres an als ein bloßes Heilmittel für die grassierende Krankheit: einen Trank, der Unsterblichkeit verleiht. Das erschien uns allen fast zu gut, um wahr zu sein (Spoiler: das war es auch), aber wir griffen natürlich trotzdem zu. Doch seitdem wir die Götter nachhaltig verärgert haben, sind sie von der Erde verschwunden und haben uns mit einem Leben in Unsterblichkeit allein gelassen.

An Marcellus hat seitdem kaum jemand einen Gedanken verschwendet, denn er galt seit dem Weggang der Götter als verschollen, und ehrlich gesagt bin ich davon ausgegangen, dass sie ihn vernichtet hätten. Aber damit komme ich zurück zur wahren Natur der Götter: Sie wären niemals so gnädig gewesen, ein Aas wie Marcellus mit dem Tod zu belohnen.

Stattdessen hat er die Jahrhunderte quicklebendig unter der Erde überdauert, bereit, mir einen weiteren, vernichtenden Stoß zu versetzen, sobald er aus dem Dreck gekrochen war.

Gelblich graue Nebelschwaden bedecken inzwischen den Himmel, zu dem ich noch immer hinaufstarre, aber ich habe den dunklen Punkt am Horizont endgültig aus den Augen verloren. Marcellus könnte Aliqua überall hinbringen. Die Möglichkeiten sind schier endlos.

Am Rande nehme ich wahr, dass rund um mich herum das Chaos ausgebrochen ist. Immortali und Damnati haben aufgehört, einander an die Kehle zu gehen, seit der Helikopter abgehoben ist und der Vulkan immer deutlicher signalisiert, dass er jeden Moment ausbrechen wird. Gestalten rasen an mir vorbei, verschwimmen zu Schatten in meinem Augenwinkel, während sie panisch versuchen, ihre Haut zu retten. Was witzlos ist, denn wir sind alle unsterblich und würden sogar ein Bad in frischer Lava überstehen. Wir Damnati genauso wie die abtrünnigen Immortali.

Eine Hand, die mit voller Wucht auf meine Schulter kracht, reißt mich aus meinen Gedanken. Mein Cousin Adone ist hinter mich getreten. Seine Statur würde Herkules Konkurrenz machen, und eine schwächere Person als ich wäre unter dem Schlag seiner Pranke in die Knie gebrochen. Nur jahrhundertelanges Training verhindert, dass er mich in den Boden rammt wie einen stumpfen Pflock.

»Beweg dich hier schleunigst weg, oder du erlebst am eigenen Leib, wie es sich anfühlt, pochiert zu werden«, grunzt er. Sein Gesicht ist gerötet, und Schweiß läuft ihm über die Stirn.

Ich reagiere nicht. Der Gedanke, einfach hier zu bleiben und mich dem Vesuv auszuliefern, fühlt sich genau nach der richtigen Art von Buße an. Fast kommt es mir vor wie ein Zeichen des Schicksals. Aliqua wurde im Jahr Neunundsiebzig während des großen Ausbruchs unter den Vulkanmassen begraben. Sie hat sich in Herculaneum aufgehalten, einer der Städte, die damals zerstört wurden, und das war zum größten Teil meine Schuld. Und auch knapp zweitausend Jahre später bin ich nun wieder daran beteiligt, dass ihr Gewalt angetan wurde. Ich konnte sie nicht beschützen – nicht vor den Immortali und nicht vor sich selbst. Aber am allerwenigsten vor mir.

»Santo!« Adones Gebrüll dröhnt in meinen Ohren. »Beweg jetzt endlich deinen Arsch zu den Autos, oder ich werfe dich über meine Schulter wie ein Kleinkind. Such es dir aus.«

Ich blinzle durch die ätzenden Dämpfe, die jeden einzelnen Atemzug zur Qual machen. Ein Erdstoß lässt die Knochen in meinem Leib erzittern, und brodelnde Hitze steigt aus dem Untergrund auf. Die Hölle, die in mir tobt, bricht auch um mich herum aus. Ich heiße sie willkommen.

Jeden Moment ... *jeden Moment.*

Adone flucht laut, dann – schneller, als ich reagieren kann – geht er in die Knie und hebt mich hoch. Er schnauft vor Anstrengung, als er mich wie angedroht über seine Schulter wirft und mit seiner Beute in Richtung der Autos stapft, die mit laufendem Motor auf uns warten. Seine massige Schulter gräbt sich in meinen Magen, und mein komplettes Blut scheint mir in den Kopf zu schießen, als ich rücklings über seinem breiten Rücken hänge.

Das ist … aber ich bin viel zu apathisch, um zu registrieren, wie entwürdigend das gerade ist.

»Lass mich hierbleiben«, verlange ich gepresst.

Er kichert nur böse. »Träum weiter, Kleiner. Meinst du ernsthaft, wir lassen dich hier seelenruhig verschmoren und ersparen es dir, mit uns die Karre aus dem Dreck zu ziehen?«

Stimmen werden um uns laut, und im nächsten Moment lande ich unsanft auf der Rückbank eines Wagens. Alles dreht sich, mein Magen zieht sich zuckend zusammen. Trotzdem rapple ich mich auf, Adone springt neben mich auf den Sitz und schlägt die Tür hinter sich zu.

»Wir sind da. Gib Gas!«

Meine Augen sind noch immer gereizt und tränen, doch ich kann Giulia hinter dem Steuer des Jeeps erkennen. Ihre dunkelrote Lockenmähne ist unverwechselbar. Auf dem Platz neben mir sitzt Scuro, mein anderer Cousin, der sich wie so oft in Schweigen hüllt, und ich habe keine Ahnung, wer sich vorne auf dem Beifahrersitz befindet.

Kalte, klimatisierte Luft wirbelt durch den Innenraum des Jeeps, und allmählich klärt sich meine Wahrnehmung. Was dazu führt, dass ich registriere, wie viele Stellen meines Körpers schmerzen. Vorhin, beim Kampf gegen Marcellus' Entourage, habe ich einiges abbekommen und eine Reihe heftiger Schläge einstecken müssen. Besonders mein Kopf dröhnt, Blut verstopft meine Nase und füllt noch immer meinen Mund. Wahrscheinlich versaue ich die Ledersitze, bis wir in Rom sind.

Der Wagen rast zusammen mit zwei anderen den steilen Weg zum Fuß des Vulkans hinunter, so schnell wie möglich über klaffende Risse und bebenden Untergrund hinweg. Die Stoßdämpfer leisten Höchstarbeit, trotzdem fühlt sich jeder Ruck so an, als würde jemand in aller Ruhe meinen Schädel mit einer Axt spalten. Mit zusammengebissenen Zähnen starre ich durch die mit Ruß und Aschestaub bedeckte Frontscheibe.

Verdammt, mir ist kotzübel.

Auf halbem Weg den Abhang hinunter fällt mir etwas ein, und ich ramme die Füße in die Mittelkonsole vor mir, als würde ich versuchen, auf die Bremse zu treten.

»Meine Moto Guzzi!«, krächze ich. »Wir mussten sie kurz vor dem Parkplatz stehen lassen. Giulia, halt an!«

Der Motor heult auf, als sie genau das Gegenteil tut. In halsbrecherischem Tempo schlittert der Jeep um eine Kurve, was Geröll und Äste gegen die Karosserie prasseln lässt.

»Dein Motorrad ist das Letzte, worum du dir gerade Gedanken machen solltest, Mann«, rügt eine Stimme vom Beifahrersitz. Jetzt erkenne ich auch, wer da vorne sitzt.

Massimo Pomponio. Barbesitzer, ebenfalls ein Damnatos und einer der Spitzenkandidaten auf meiner persönlichen Abschussliste. Ich kann den Kerl einfach nicht ausstehen.

»Was, du bist hier und nicht direkt zu deinem alten Kumpel Marcellus zurückgekrochen?«, höhne ich.

Er dreht sich nicht zu mir um, was mir den Anblick seiner arroganten Visage erspart. Allerdings genügt seine gedehnte Stimme allein vollkommen, um mich zur Weißglut zu bringen.

»Stell dir vor, ich habe noch immer nicht beschlossen, die Abtrünnigen zu unterstützen, die die Welt ins Chaos stürzen wollen. Schockiert dich das wirklich so sehr?«

»War das eine ernst gemeinte Frage?«

Massimo seufzt, als hätte er es mit einem Kleinkind zu tun. »Ich an deiner Stelle wäre etwas freundlicher zu mir.« Ich kann sehen, wie er eine seiner sauber manikürten Hände inspiziert.

»Ach ja?«

»Wie du richtig festgestellt hast, war Marcellus einmal mein Freund. Wenn du mich lieb bittest, könnte ich versuchen, Kontakt zu ihm herzustellen, um der alten Zeiten willen. Du weißt, dass ich von dieser festgefahrenen Feindschaft zwischen den Damnati und den Immortali nicht viel halte.«

Ich brumme, damit er weiter spricht.

»Wenn Marcellus mir wieder vertraut, kann ich vielleicht herausfinden, wo er deine Perle hingebracht hat.«

Ein großer Teil von mir will genau wie das Kleinkind reagieren, das offenbar gerade alle in mir sehen, und ihn einfach aus dem fahrenden Auto schleudern. Sein anzüglicher Tonfall, als er Aliqua erwähnt, erinnert mich an den Abend in seiner Bar, als die beiden getanzt haben. Und ich wie ein eifersüchtiger Idiot die Tanzfläche gestürmt habe, um Aliqua von ihm wegzureißen.

»Das klingt doch super!«, zwitschert Giulia und lässt den Jeep über einen dicken Ast springen, der quer über der Fahrbahn liegt. Meine Schädeldecke platzt gleich auf!

»Ja, klasse Idee«, brumme ich. Ich kann die Selbstzufriedenheit geradezu *schmecken*, die Massimo vom Beifahrersitz ausdünstet.

Es dauert eine Ewigkeit, bis wir die Autobahn in Richtung Rom erreichen. Inzwischen wimmelt es rund um den Vesuv von Einsatzkräften und Regierungsleuten, die hektisch auf den erwachten Vulkan reagieren. Sirenengeheul dringt durch die Scheiben aus Panzerglas. Als einer der potenziell gefährlichsten Vulkane wird der Vesuv rund um die Uhr überwacht, um mögliche Ausbrüche frühzeitig zu erkennen, aber kein Messinstrument der Welt kann die Einmischung von Ewiglichen voraussehen. Da gibt es keine Vorboten oder Warnungen.

Seit uns die Götter vor einer halben Ewigkeit zum unsterblichen Leben verflucht haben, tragen wir alle noch einen Rest göttlicher Macht in uns, die aber normalerweise keinen großen Schaden anrichtet. Ein so epochales Ereignis wie Marcellus' Befreiung direkt am Vulkan war aber wohl gewaltig genug, um dem Vesuv eine spontane Reaktion zu entlocken, auf die sich kein Sterblicher vorbereiten konnte. Ich bete, dass sie es irgendwie schaffen, so viele Menschen wie möglich aus der Gefahrenzone zu bekommen, bevor es zu spät ist. Die verstopften Autobahnen sprechen zumindest dafür, dass sich alle bemühen, schnell das Weite zu suchen.

Während wir uns quälend langsam durch den Verkehr kämpfen, wünsche ich mir verzweifelt meine Moto Guzzi. Mit meinem Motorrad könnte ich mich spielend durch den Stau schlängeln und Rom in der Hälfte der Zeit erreichen. Allerdings sehe ich inzwischen ein, dass es Wahnsinn gewesen wäre, wegen der Maschine noch einmal umzudrehen.

Irgendwann schaltet Giulia das Radio ein und durchsucht das Programm, bis sie einen Lokalsender aus dem Großraum Neapel findet. Die aufgeregten Stimmen zweier Moderatoren schallen aus den Lautsprechern, und wir lauschen angespannt auf Neuigkeiten. Zuerst gibt es nur Hinweise für die Bevölkerung, Informationen zu Evakuierungen und Staumeldungen (haha!). Es werden weder Werbe-Jingles noch Schlager gesendet, was den Ernst der Lage unterstreicht.

Dann sprechen die Moderatoren im Studio endlich mit einer Außenreporterin, die in unmittelbarer Nähe des Vulkans positioniert ist.

»Gerade konnte ich mit dem Generaldirektor des Vesuv-Observatoriums reden, und er hat uns bestätigt, dass trotz dieser Beben kein Ausbruch unmittelbar bevorsteht. Die Experten vor Ort sind noch dabei, alle Daten auszuwerten, aber sämtliche Sensoren bestätigen einen Druckabfall in den Magmakammern Nach der Rauchentwicklung aus dem Krater und dem Aufbrechen der Caldera deuten alle Zeichen auf eine massive Eruption hin, aber dabei scheint es zu bleiben. Zum gegenwärtigen Zeitpunkt gibt es jedoch noch keine Erklärung für dieses Phänomen.«

Einer der Moderatoren schnappt aufgeregt nach Luft. »Das bedeutet, wir können bereits Entwarnung geben?«

»Dafür ist es noch zu früh. Denn das vollkommen untypische Verhalten des Vulkans lässt momentan keine definitiven Aussagen und Prognosen zu.«

Es geht noch eine Weile weiter hin und her, aber das Gespräch beginnt sich im Kreis zu drehen, und Massimo stellt die Lautstärke runter.

Im Wagen herrscht verblüfftes Schweigen.

»Hab ich das gerade richtig verstanden?«, sagt Adone irgendwann. »Der Vulkan wird *nicht* ausbrechen?«

»Scheint so.« Giulia wirft einen Blick in den Rückspiegel, und ich sehe, wie sie die Stirn runzelt. Auch ich drehe mich um und spähe aus dem Heckfenster. Wir haben schon einen ordentlichen Abstand zwischen uns und den Vulkan gebracht, aber in der Ferne sehe ich noch immer eine schmale Rauchsäule in den dunstigen Himmel aufsteigen.

»Meint ihr, Vulcanus hat ...«, setzt Giulia an, wird aber sofort von energischen Protestrufen zum Verstummen gebracht.

»Ganz sicher nicht«, zischt Massimo, der so angefressen klingt, als hätte sie gerade seine Mutter beleidigt. »Als hätte dieser feuerspuckende Bastard jemals einen Vulkan zurückgepfiffen. Außerdem haben die Götter die Erde verlassen, schon vergessen?«

Giulia zieht die Schultern hoch. »Aber ihr stimmt mir zu, dass es nicht normal ist, dass der Vesuv plötzlich beschlossen hat, doch nicht auszubrechen. Wir alle haben es gespürt, er stand ganz kurz davor.«

Ja, das haben wir alle gespürt. Und es ist ein Rätsel. Aber eines, um das wir uns später kümmern können.

Ich bin froh, dass Neapel wahrscheinlich vor einem Ausbruch verschont bleibt, aber das war zu keinem Zeitpunkt meine größte Sorge. Ja, womöglich macht mich das zum größten Arschloch überhaupt, aber mein komplettes Sein ist gerade auf einen einzigen Gedanken ausgerichtet: Aliqua von Marcellus zurückzuholen.

Koste es, was es wolle.

Aliqua

Glühende Hitze umgibt mich von allen Seiten.

Mein Atem verbrüht mit jedem hastigen Zug meine Lippen, und Feuerzungen perlen anstatt Schweiß aus allen Poren. Ich kann mich nicht bewegen, sosehr ich es auch versuche. Eine Schwere, die sich nicht abschütteln lässt, lähmt meine Glieder, und ich muss ausharren, während sich Schicht um Schicht von flüssiger Hitze über mir auftürmt. Sie kriecht meine Beine hinauf, erreicht meine Hüften und den Bauch, bis sie Sekunden später meine Brust bedeckt.

Jeder Atemzug ist eine Qual, und mir wird bewusst, dass ich es nicht mehr lange schaffen werde, meinen Brustkorb zu heben, um ein weiteres Mal Luft zu holen. Meine Sekunden sind gezählt, denn mein Atmen wird immer schwächer, und Panik bricht in mir aus, als ich begreife, dass es mir nicht mehr oft gelingen wird, Luft in mich zu saugen.

Ein, aus.

Ein, aus.

Ein, aus.

Asche klebt an meinem Rachen, aber ich schließe meinen Mund nicht. Stattdessen reiße ich ihn so weit wie möglich auf, um das Unabwendbare aufzuhalten. Nur noch einmal. Nur noch ein weiterer Zug ...

Im hintersten Winkel meiner Gedanken ist mir bewusst, dass ich das hier verdient habe, es sogar freiwillig auf mich genommen habe, aber eine Strafe zu akzeptieren und sie dann tatsächlich anzunehmen, sind zwei unterschiedliche Dinge. So entschlossen ich auch war, jetzt regiert in mir nur noch nackte Angst, und ich drehe beinahe durch, weil ich flüchten will, aber nicht kann.

Tränen lösen sich aus meinen Augenwinkeln, und sie sind so heiß wie pures Feuer, als sie sich einen Weg über meine Wangen bahnen. Die brennenden Spuren auf meiner Haut fühlen sich nach Bedauern und Trauer an. Aber so ist es mit den schweren Entscheidungen im Leben. Auch wenn man weiß, dass man gerade das Richtige tut, schmerzt es deshalb nicht weniger.

Als ich aufwache, dauert es einige Minuten, bis ich die Bilder des Traums abschütteln kann. Sie fühlen sich zu real an, zu sehr nach etwas, das nicht nur ein Produkt meiner Fantasie ist, sondern das ich schon einmal erlebt habe. Aber mein Kopf ist zu benommen, um herauszufinden, was Wahrheit und was Einbildung ist. Am liebsten will ich die Augen fester zusammenkneifen und wieder in den Schlaf abdriften. Die Dunkelheit lockt mich mit dem Versprechen von Vergessen und Frieden. Doch in meinem Hinterkopf lauern Erinnerungen, die mich mahnen, dem Sog nicht nachzugeben, sondern jetzt endlich aufzuwachen und mich der Realität zu stellen.

Mit einem Kraftakt bäume ich mich auf und werfe die Benommenheit von mir ab. Noch immer greift der Schlaf mit lockenden Fingern nach mir, will mich zurück in die friedvolle Dunkelheit ziehen, aber ich widerstehe ihm mit aller Kraft.

Allmählich beginne ich meinen Körper wieder zu spüren. Die Schwere meines eigenen Gewichts, das mich in eine weiche Unterlage niederdrückt. Das dumpfe Pochen hinter meinen Schläfen.

O ihr Götter, habe ich gestern mit Adone einen über den Durst getrunken? Ich fühle mich ganz danach. Schwer und träge, als hätte ich den Kater meines Lebens. Wenn ich die Augen öffne, überrollt es mich bestimmt mit voller Wucht.

Also taste ich zuerst mit geschlossenen Augen meine Umgebung ab und stelle fest, dass ich wohl auf einem Bett liege. Meine Fingerspitzen gleiten über Laken, deren Stoff leicht kratzt, als wäre er schon zu oft gewaschen worden. Die Matratze unter mir ist etwas hart, aber komfortabel. Definitiv nicht vergleichbar mit dem Bett, dass ich in der Wohnung der Omodeos in Rom hatte.

Ich kann mich nicht erinnern, wie ich hierhergekommen bin.

Es vergehen noch einige weitere Minuten, ehe mein Gedächtnis wieder die Arbeit aufnimmt. Mir wird allmählich klar, dass ich in der vergangenen Nacht nicht ausgegangen bin. Weder mit Adone noch mit irgendjemand sonst. Etwas anderes ist dafür verantwortlich, dass ich mich so miserabel fühle. Eine Mischung aus unbegreiflichen Erinnerungen und einer Hand, die so lange meinen Nacken umklammert hielt, bis mir schwarz vor Augen wurde.

Mit einem Keuchen, das von den Zimmerwänden hallt, schnelle ich hoch und erwarte fast, mich gefesselt vorzufinden. Aber meine Gliedmaßen sind frei, als ich mir die zerzausten Haare aus dem Gesicht wische und mich umschaue. Der Raum, in dem ich mich befinde, ist schlicht und nur spärlich möbliert, aber keinesfalls die Art von Gefängniszelle, die ich im ersten Moment erwartet habe. Hohe, weiß getünchte Wände, zwei Fenster, die allerdings mit Läden verschlossen sind und keinen Blick nach draußen erlauben. Schmale Lichtstreifen dringen durch die Lamellen und verraten mir, dass es Tag sein muss. Auch wenn ich keine Ahnung habe, wie spät es ist oder wie viel Zeit vergangen ist, seit der Helikopter mich vom Vesuv weggebracht hat.

Die Bilder stehen mir jetzt wieder gestochen scharf vor Augen. Alles, was sich von dem Moment an ereignet hat, als Santo im Morgengrauen vor der Villa in Tivoli aufgetaucht ist und den Anruf bekam, dass Marcellus aus dem Vesuv befreit werden sollte.

Die Augen weit aufgerissen starre ich die Wand an, ohne irgendetwas wahrzunehmen.

Santo und ich. Der Zorn darüber, dass er gelogen und mir so viel verheimlicht hat. Unsere halsbrecherische Fahrt nach Neapel, um den Vulkan zu erreichen, bevor die Immortali ihr Vorhaben umsetzen und Marcellus befreien konnten.

Wir haben es nicht rechtzeitig geschafft.

Und mir ist es auch nicht gelungen, den Vulkan zu stoppen, der nur Augenblicke vor einem gewaltigen Ausbruch stand. Mittlerweile muss es passiert sein, und alles in mir zieht sich vor Schmerz zusammen, wenn ich mir vorstelle, was das für die Großstadt Neapel und die umliegende Umgebung bedeutet. All die Menschen, die nicht mehr rechtzeitig fliehen konnten. Tausende müssen unter den Vulkanmassen begraben worden sein, tot in der Sekunde, als die Mischung aus unbegreiflich heißer vulkanischer Asche und giftigen Gasen die Hänge hinunterraste und sie einhüllte. Ein solcher Strom zerstört alles auf seinem Weg, und es gibt keine Chance, ihm zu entkommen.

Blinzelnd zwinge ich mich dazu, dieses Horrorszenario beiseitezuschieben und mich stattdessen wieder auf meine direkte Umgebung zu konzentrieren. Marcellus hat mich verschleppt, und irgendwie muss ich herausfinden, wo ich bin.

In meinem Zimmer befinden sich neben dem Bett, auf dem ich sitze, nur ein Kleiderschrank und ein altertümlicher Waschtisch mit Porzellangeschirr und einem Stuhl davor.

Meine Glieder sind noch immer schwer, aber ich steige aus dem Bett, um mich genauer umzuschauen. Meine Beine zittern, und die Jeans ist an mehreren Stellen aufgerissen und voller Staub. Ein Blick zurück aufs Bett verrät mir, dass auch die weißen Laken und Kissen von einem grauen Schleier bedeckt sind, den ich darauf hinterlassen habe. Immerhin scheint mich während meiner Bewusstlosigkeit niemand angerührt zu haben, um mich auszuziehen.

Zuerst tappe ich zur Tür und drücke probehalber die Klinke nach unten. Abgeschlossen, keine große Überraschung. Wenn ich bisher noch Zweifel hatte, dann ist mir spätestens jetzt klar, dass ich eine Gefangene bin. Ich habe es nicht geträumt, dass Marcellus mich verschleppt hat.

Der Kleiderschrank ist leer, es hängen nicht einmal Bügel auf der Kleiderstange – wahrscheinlich war es ihnen zu riskant, mich mit Gegenständen aus Metall alleine zu lassen, mit denen ich mich selbst verletzen oder sie als Waffe benutzen könnte. Das Geschirr auf dem Waschtisch stellt sich auf den zweiten Blick als Emaille heraus, was mich ebenfalls enttäuscht. Porzellan hätte ich zerbrechen und die Scherben als Klingen benutzen können.

Ich entdecke eine weitere Tür neben dem Schrank, die in ein angrenzendes Badezimmer führt. Es ist winzig, ohne Fenster und wie das Zimmer äußerst spartanisch eingerichtet. Aber gut, ich sollte wohl froh darüber sein, ein WC zu haben und keinen Nachttopf benutzen zu müssen.

Als Nächstes untersuche ich die Fenster. Meine Mundwinkel sinken nach unten, als ich entdecke, dass ich auch diese nicht öffnen kann. Neben den Griffen befinden sich winzige Schlüssellöcher, und sie sind gewissenhaft abgeschlossen. Frustriert schlage ich mit der geschlossenen Faust gegen den Rahmen, aber nichts tut sich.

Ein Laut bildet sich in meiner Kehle, mehr ein animalisches Knurren als ein menschliches Seufzen, und ich lasse es bewusst in mir aufsteigen. Die Erkundung des Zimmers hat mir ein wenig Zeit gegeben, um mich von den Gedanken und Gefühlen abzulenken, die sich wie ein Scheiterhaufen in mir auftürmen, der jeden Moment in Flammen aufgehen kann. Aber sie drohen mich noch immer zu überwältigen. Meine Kehle schmerzt von dem rohen Schmerz, der in mir wütet. Es ist zu viel, das auf mich einstürmt.

Es ist genau das passiert, wovor die Damnati mich unbedingt beschützen wollten. Ich bin in den Fängen der Immortali, die weiß die Götter was mit mir vorhaben, um ihre Ziele zu erreichen. Und ich zweifle nicht daran, dass sie vor nichts zurückschrecken werden, um mich zu zwingen, ihnen behilflich zu sein. Auch wenn ich unsterblich bin und der Tod keine Drohung für mich darstellt, gibt es genug andere Methoden, um mich gefügig zu machen, und ich bin mir sicher, dass sie sie alle beherrschen. Mehrere Hundert Jahre dürften mehr als genug gewesen sein, um ihre Fähigkeiten als Foltermeister zu vervollkommnen.

Ich zwinge einen abgehackten Atemzug in meine widerstrebenden Lungen, und meine Gedanken wandern zu Santo, Orela, Adone und Scuro. Innerhalb weniger Tage sind sie zu meinen Freunden und Vertrauten geworden. Was ist mit ihnen geschehen? Haben sie es rechtzeitig vom Vulkan heruntergeschafft, oder wurden sie unter den Lavamassen begraben?

Obwohl ich noch immer bis in die letzte Faser von Wut auf Santo erfüllt bin, ist die Vorstellung zu viel für mich, dass er dasselbe Schicksal wie ich erlitten haben könnte. Als Ewiglicher würde er so etwas überleben und bei vollem Bewusstsein in einem Gefängnis liegen, das ihn wie eine zweite Haut umschließt und zu absoluter Bewegungslosigkeit verdammt.

Das Bild, wie er zerschlagen auf dem Parkplatz am Vesuv steht und unaufhörlich meinen Namen brüllt, während ich mit dem Helikopter immer höher steige, ist wie mit Säure in meine Seele gebrannt.

Das kann es noch nicht gewesen sein, beschließe ich mit einer Entschlossenheit, die von Zorn und Sturheit genährt wird. Ich werde mich sammeln und dann von hier entkommen, koste es, was es wolle. Ich werde zu Santo zurückkehren und ihm die Abreibung verpassen, die er verdient hat. Und dann kann ich mich mit der Frage auseinandersetzen, warum da trotz allem noch immer diese brennende Sehnsucht in meiner Brust sitzt, die genauso dringend danach verlangt, ihn zu küssen, wie ihn zu schlagen.

Ich stehe noch immer am Fenster, die Stirn gegen das glatte Glas gepresst, als ich ein Geräusch höre, das eine eisige Welle durch meinen Körper schickt.

Das Knirschen eines Schlüssels im Schloss.

Mir bleibt keine Zeit, um zu überlegen, wie ich mich verhalten soll. Welchen Gegenstand aus dem kargen Zimmer ich mir schnappen soll, um zumindest das Gefühl zu haben, mich verteidigen zu können.

Die Tür schwingt auf, und eine Person tritt in mein Zimmer, deren Lächeln von Grausamkeit und Schmerz spricht.

Marcellus ist hier.

Kapitel Zwei

Rom, 79 n. Chr.

Die Welt, wie Aliqua sie kannte, brach auseinander.

Es war die grassierende Seuche, die Rom mit kaltblütiger Unerbittlichkeit aus den Angeln hob. Nichts schien Bestand zu haben angesichts der Toten, die jeden Tag zu Dutzenden zu beklagen waren und zu den Grablegen außerhalb der Stadtgrenzen gebracht werden mussten.

Seit der Nacht, in der Dominus *Faustus der Seuche erlegen war, hingen Trauer und Entsetzen wie ein undurchdringliches schwarzes Tuch über dem Domus Pomponius. Jedes Mitglied des Haushalts schien gelähmt angesichts der Tatsache, dass nicht einmal ein so wohlhabender und einflussreicher Mann wie Faustus der Krankheit etwas entgegenzusetzen gehabt hatte. Er, der ein Leben lang die Götter durch üppige Gaben und Gebete milde gestimmt hatte, war nicht von ihnen beschützt worden. Apollo zürne der Familie, wisperten die Haussklaven, was dadurch unterstrichen wurde, dass er auch die Tochter des Hauses hatte erkranken lassen. Octavia wusste noch nichts vom Tod ihres Vaters, denn sie befand sich die meiste Zeit in einem fiebrigen Delirium und war kaum noch ansprechbar.*

Aliqua machte sich entsetzliche Sorgen um sie. Ja, ihre Herrin war stets launisch, fordernd und selten freundlich zu ihr gewesen, aber niemand verdiente es, so jung von einer Krankheit dahingerafft zu werden. Ein ganzes Leben lag noch vor Octavia, und Aliqua fühlte sich verpflichtet, sich um sie zu kümmern, um zu verhindern, dass Mors auch sie noch holen würde.

Marcellus war da allerdings anderer Meinung. Seit dem Abend, an dem sein Vater gestorben war und er Aliqua verprügelt hatte, verlangte er vermehrt nach ihr. Er bestellte eine andere Dienerin ab, die von nun an seine Schwester pflegen sollte, und bestand darauf, dass Aliqua ihn ständig begleitete.

Auch an diesem Tag befand sie sich an seiner Seite. Faustus' Beisetzung fand statt.

Seit seinem Tod war er vier Tage und Nächte auf einem prächtigen Paradebett im Atrium des Hauses aufgebahrt gewesen, gewaschen und parfümiert und nach griechischer Tradition mit einer Münze für den Fährmann der Unterwelt im Mund. Es herrschte ein ständiges Kommen und Gehen im Haus, von Familienangehörigen und Bekannten, die seinen Tod beklagten und sein Leben rühmten. Marcellus hatte darauf verzichtet Klageweiber zu verpflichten, die sonst den Toten besangen – und momentan ohnehin sehr gut beschäftigt waren.

Nun war Faustus in einen Sarg gebettet worden, der auf einer Bahre zur Begräbnisstätte außerhalb der Stadt getragen wurde. Marcellus führte als Sohn und Erbe den Trauerzug an, den neben zahlreichen Trauergästen auch Musikanten begleiteten, um Faustus einflussreichen Status zu demonstrieren. Zusammen mit Theos lief Aliqua hinter Marcellus her, gepeinigt von der Sommerhitze, die unbarmherzig auf sie niederbrannte. Der Trauerzug kam zu langsam vorwärts, Schweiß perlte über Aliquas Stirn, und die Flöten und Trommeln dröhnten ihr bald in den Ohren. Unauffällig sah sie sich nach allen Seiten um, konnte in dem Gedränge aber kein Mitglied der Familie Omodeus entdecken. Seit Faustus' Todesnacht hatte sie Sanctius nicht mehr gesehen, auch wenn sie jeden Abend in den Garten geschlichen war, in der Hoffnung, er möge noch einmal auftauchen. Die Blessuren, die Marcellus' Prügel ihr beschert hatten, waren in bemerkenswerter Geschwindigkeit abgeheilt, und sie wünschte sich, dass Sanctius es sehen könnte und wüsste, dass es ihr gut ging. Aber offenbar vereinnahmten ihn die Kranken in seiner eigenen Familie zu sehr, oder – die Götter mochten gnädig sein – er war selbst erkrankt?

Dieser fürchterliche Gedanke begleitete sie, bis sie endlich die Via Appia erreichten. Die geschäftige Ausfallstraße, die in den Süden bis nach Brundisium führte, war gesäumt von Grablegen und prächtigen Mausoleen, die jeden Tag von den nach Rom strömenden Massen bewundert wurden. Auch die Familie Pomponius hatte hier ein schmuckes Grab errichtet, in dem Faustus seine letzte Ruhe finden würde. Abseits der Straße war bereits ein Scheiterhaufen errichtet worden, auf dem der Leichnam den Traditionen gemäß eingeäschert werden würde.

Aliqua zog sich so weit an den Rand des Geschehens zurück wie möglich. Die Hand nervös um ihren Anhänger aus Blutstein geschlossen, beobachtete sie die Riten, die vollzogen wurden, um dem Toten die letzte Ehre zu erweisen. Sie war froh, für den Moment aus Marcellus' unmittelbarer Nähe entkommen zu sein, denn die ganze Zeit bewachte er sie mit Argusaugen, als wäre sie ein wertvoller Schatz, der ihm gestohlen werden könnte.

Sie hatte von Anfang an seine Aufmerksamkeit auf sich gezogen, aber in den letzten Tagen war etwas anders geworden. Ja, für ihn war sie noch immer eine Sklavin, die niemals so viel wert sein würde wie ein freier Bürger Roms, aber dennoch ... Sein Verhalten hatte sich verändert. Obwohl er sie stets unmittelbar bei sich hielt, war er ihr nicht mehr zu nahe gekommen, hatte sie weder berührt noch anderweitig angegriffen. Er nannte sie nicht einmal mehr Anonyma. *Es war, als hätte er einen eigentümlichen Waffenstillstand beschlossen, nachdem Sanctius aufgetaucht war und Marcellus ihn beschworen hatte, zusammenzuarbeiten, um Octavia zu retten. Aliqua fragte sich noch immer, was es damit auf sich haben mochte.*

Knisternd und qualmend fing der Scheiterhaufen Feuer, als er von Marcellus und anderen Mitgliedern der Familie Pomponius mit Fackeln in Brand gesteckt wurde. Sie wandten die Gesichter von dem Holzstoß ab, gleichzeitig brandete eine neue Welle von Klagegesängen auf.

Aliqua wollte sich die Ohren zuhalten, weil es so laut war, dass es ihre eigenen Gedanken übertönte.

Erneut ließ sie den Blick über die Menge gleiten, und endlich entdeckte sie ein bekanntes Gesicht. Es war Sanctius' Vater, der auf dem Sklavenmarkt um sie gefeilscht hatte, bis Faustus ihn überboten hatte. Groß gewachsen und mit ernster Miene stand er unter den Trauergästen, schaute aber nicht in ihre Richtung.

Ein Windstoß ging durch die Umstehenden und ließ die Flammen knisternd hochlodern. Viele der Umstehenden sahen sich aufgeregt um, sie fassten sich an die Brust oder den Nacken, und auch Aliqua nahm wahr, was sie spürten. Ungreifbare Spannung lag in der Luft, als wäre sie von Blitzen aufgeladen, und ein Gefühl, als lägen wissende Blicke auf ihr, ließ ihren Nacken prickeln.

Dies konnte nur eines bedeuten. Götter waren unter ihnen.

Aliquas Hand zuckte wie von selbst zu dem Anhänger, der an ihrer Kehle ruhte, als sie spürte, wie der schwarze, schillernde Stein sich an ihrer Haut erwärmte. Schnell schloss sie ihre Finger darum. Dies war schon einmal passiert, an dem Abend, an dem sie sich aus dem Haus hatte schleichen wollen, um Sanctius zu treffen, und Marcellus sie überwältigt hatte. Der Stein war glühend heiß geworden und hatte Wellen von etwas durch ihren Körper geschickt, das sie noch heute erschaudern ließ. Es hatte sich angefühlt wie eine Macht, die aus den tiefsten Abgründen der Dunkelheit aufgestiegen war, gnadenlos und gewaltig. Und doch wie etwas, das ihr nicht fremd war.

Heute passierte nichts dergleichen, obwohl der Hämatit langsame, warme Impulse durch sie schickte.

Gemurmel setzte ringsum ein und übertönte beinahe den Totengesang, als alle flüsternd spekulierten, welche Gottheiten zu der Beisetzung gestoßen sein mochten. Vielleicht der Götterbote Mercur, der den Verstorbenen in die Unterwelt begleiten würde. Oder Libitinia, die Göttin der Bestattung, welche die Einhaltung der Begräbnisgebräuche überwachte. Oder … das Raunen wurde leiser, beinahe ängstlich … Pluto selbst, *der Gott der Unterwelt! Aliqua sah jede Menge nervös hüpfender Kehlköpfe, als der Name dieser Gottheit aufkam. Ihr Herzschlag beschleunigte sich, und sie sah sich suchend um, obwohl sie wusste, dass es zwecklos war. Die Götter traten nie in Gestalt auf und fuhren auch höchst selten in Menschen, um durch deren Münder zu sprechen. Ihre bloße* Präsenz *genügte, um in der Trauergemeinde Unruhe zu schüren.*

Das Knistern in der Luft schwächte sich allmählich ab, und allgemeines Aufatmen war zu hören. Wer auch immer unter ihnen gewesen war, hatte an den durchgeführten Riten und Totengaben offenbar nichts auszusetzen gefunden und würde sie nicht strafen.

In Aliquas Mund blieb ein seltsamer metallischer Geschmack zurück. Sie hatte schon von Beisetzungen gehört, die einen Gott erzürnt hatten, der daraufhin das Feuer des Scheiterhaufens so hoch hatte schlagen lassen, dass mehrere Menschen in seiner Nähe zu Tode gekommen waren.

Stattdessen hob sich die Stimmung, als man feststellte, dass Faustus eine besondere Huld zuteilgeworden sein musste. Er würde ins Elysium eingehen und die ewige Glückseligkeit genießen dürfen.

Aliqua hatte die Hand noch immer um ihren Anhänger geschlossen und wagte nicht zu atmen. Sie wusste nicht, woher diese Gewissheit kam, aber irgendetwas sagte ihr, dass dieser Besuch der Götter nichts mit der Beisetzung zu tun hatte.

Sie hatten etwas gesucht.

Jemanden.

Santo

Obwohl ich bei unserer Ankunft in Rom noch immer von brennendem Tatendrang erfüllt war, musste ich mich doch zuerst den Bedürfnissen meines Körpers beugen. Und der verlangte dringend nach Schlaf.

Wie betäubt bin ich in die Wohnung gewankt, nachdem die anderen mich davor abgesetzt haben, und eine Erschöpfung, die ich nicht mehr abschütteln konnte, hat von mir Besitz ergriffen. Ich bin auf direktem Weg in mein Schlafzimmer gelaufen, auch wenn ich noch einige Momente vor der geschlossenen Tür von Aliquas Raum verharrte. Sie war nun schon einige Nächte nicht mehr dort, aber mir war klar, dass ihr Duft und ein Hauch ihrer Anwesenheit noch immer da sein würden.

Trotzdem habe ich mich abgewandt und bin in mein eigenes Zimmer zurückgekehrt. Nach dem ganzen Mist, der noch immer unausgesprochen zwischen uns steht, hat es sich falsch angefühlt, in ihr Refugium vorzudringen. Selbst wenn sie jetzt hier wäre, würde sie meine Nähe nicht wollen. Das weiß ich genau, und es reißt einen weiteren Krater in mein schwarzes Herz. Ein Herz, für dessen Verfall ich selbst über Jahrhunderte gesorgt habe.

Die Tage seit Aliquas Befreiung waren nichts als eine Täuschung, eine Illusion, der ich mich hingegeben habe. Ich wusste genau, dass meine Taten und Geheimnisse früher oder später zusammenbrechen würden wie ein Kartenhaus und alles herauskommen würde. Aber ich war gierig. Ein gieriger Bastard, der sich alles genommen hat, was er nicht haben durfte. Das Gefühl, Aliqua wieder nahe zu sein, während sie sich an nichts aus unserer Vergangenheit erinnern konnte, war zu verlockend. Das Vertrauen, das sie nicht hätte haben dürfen ... die Anziehung, der ich nicht hätte nachgeben dürfen. Anstatt sie zu warnen und ihr die Wahrheit zu erzählen, konnte ich ihr nicht widerstehen. Es war viel zu verlockend, dieses vergiftete Gefühl eines neuen, unbescholtenen Anfangs.

Jetzt graut der Morgen vor den Fenstern meines Schlafzimmers, und ich starre an die Decke und beobachte die wandernden Streifen aus Licht und Schatten. Ich habe den Großteil des vergangenen Tages verschlafen, doch es fühlt sich so an, als wäre keine Sekunde vergangen, seit wir gestern um diese Zeit auf dem Vulkan gestanden haben. Glasklar sehe ich Marcellus vor mir, der Aliqua am Nacken packt wie einen Hund. Der Zorn wallt in mir hoch wie etwas Lebendiges, das meinen Atem teilt und sich an meinem Blut nährt.

Noch immer bin ich voller Asche und Staub und beschließe zu duschen, bevor ich irgendetwas anderes tue. Auf dem Weg ins Bad rieselt eine Schmutzspur hinter mir her, und die Klamotten, in denen ich geschlafen habe, fallen als staubender Haufen auf den Fliesenboden.

Nach dem Duschen inspiziere ich mein Gesicht im Spiegel. Unter dem Wasserstrom habe ich jede Menge getrocknetes Blut abgewaschen, das von mehr oder weniger schweren Verletzungen herrührte. Meine Nase hat einiges abbekommen, aber zum Glück scheint sie nicht gebrochen zu sein. Ein Faustschlag hat meine Oberlippe aufplatzen lassen, was unangenehm ist, aber auch nicht weiter schlimm. Der Rest sind Prellungen und Wunden, die nicht der Rede wert sind. Vielleicht ein paar geprellte Rippen.

Tatsächlich begrüße ich den dumpfen Schmerz, der meinen Körper im Moment erfüllt. Die Unsterblichkeit hat mich in den letzten Dekaden abstumpfen lassen, und das Ziehen und Pochen ist eine Erinnerung daran, dass ich noch immer lebe und etwas empfinde. Es zeigt den Unterschied zwischen simplem Existieren und Lebendigsein auf. Etwas, das ich beinahe vergessen hatte, ehe Aliqua wieder aufgetaucht ist.

Mit zusammengebissenen Zähnen suche ich mir frische Klamotten aus dem Wandschrank in meinem Zimmer.

Auf dem Weg in die Küche, in Gedanken schon ganz bei einer Tasse heißen Kaffees, halte ich abrupt inne. Ein Schauer von Aufmerksamkeit rauscht über meinen Rücken und warnt mich, dass ewigliche Energie in der Nähe ist. Es ist nur ein leichtes Prickeln, das jeder und jede Ewigliche mit sich trägt, seit wir den Trank der Unsterblichkeit von den Göttern erhalten haben. Er hat uns ein Körnchen göttlicher Energie verliehen, das ich noch immer wahrnehmen kann. Und ein besonders aufgepeitschter Funken Unsterblichkeit ist gerade ganz in der Nähe.

Ich fahre auf den Absätzen herum, als die Wohnungstür so heftig aufgestoßen wird, dass sie an die Wand knallt und die Bilderrahmen ringsum zum Klappern bringt. Für den Bruchteil einer Sekunde gehe ich von feindlichem Eindringen aus, dann erkenne ich eine vertraute Gestalt, die aber nicht weniger bedrohlich auf mich zuschießt.

Schlitternd kommt meine Schwester Orela vor mir auf dem spiegelblanken Steinboden zum Stehen. Sie strahlt eine Wolke aus Wut und Funken sprühender Aufregung aus, die sogar ich wahrnehmen kann, obwohl ich keinerlei emphatische Fähigkeiten besitze. Ich kenne Orela besser als mich selbst, aber gerade ist sie so außer sich, dass sie mir wie eine Fremde vorkommt.

Ihre blauen Augen, die sonst wie ruhige Quellen aussehen, in denen unglaublich alte Geheimnisse versunken liegen, sind jetzt hart und dumpf. Ein unheimliches silbernes Flackern durchzieht ihre Iris und lässt mir den Atem tief in der Kehle stocken.

»Du!«, schreit sie, und ihre Stimme überschlägt sich. »Was bei unseren verfluchten Scheißseelen ist passiert?«

Ich starre sie an und stelle erschrocken fest, dass ich Orela vollkommen vergessen habe. Während wir anderen auf dem Vesuv waren, ist sie schlafend und ahnungslos in Tivoli zurückgeblieben, wo sie sich zuvor mit Aliqua vor den Immortali versteckt hatte.

Als ich nicht reagiere, wird sie noch lauter. »Ich wache auf und finde nichts als einen mickrigen Zettel, auf dem steht, dass Aliqua und du mich nicht wecken konntet und auf dem Weg zum Vesuv seid! Weil Marcellus befreit wird! Und seitdem nichts. Von keinem von euch!«

Wenn sie es könnte, da bin ich mir absolut sicher, würde Orela in diesem Moment Feuer spucken. Ihre langen schwarzen Haare wogen unter einer nicht existenten Brise, und sie fletscht vor Zorn die Zähne.

»Ich musste das Ehepaar Bruno dazu überreden, mich nach Rom zu fahren, sonst würde ich noch immer in der Villa sitzen und verrückt werden vor Sorge! Im Radio sprechen sie von nichts anderem als den Erdbeben und dem Quasi-Ausbruch des Vesuv. Und behaupte ja nicht, dass ihr damit nichts zu tun hattet. Ich weiß, dass das alles nicht natürlich war!«

Orela tobt und pulsiert, als wäre sie selbst ein kleiner Vulkan, und ich lasse ihren Zorn auf mich herniedergehen. Mehrmals öffne ich den Mund, um etwas zu sagen, aber kein Laut kommt über meine Lippen. Ich habe keine Ahnung, wie ich es ihr sagen soll. Sie weiß noch nichts von Aliquas Schicksal, und es wird sie niederschmettern. Und es wird verdammt unangenehm, laut auszusprechen, was gestern Morgen passiert ist.

»Wo ist Aliqua? Mit ihr muss ich auch ein Wörtchen reden«, zischt Orela und späht an mir vorbei, als vermutete sie, Aliqua würde sich hinter meinem Rücken verstecken.

Der Atem, der noch immer in meiner Brust feststeckt, verdichtet sich zu einem schmerzhaften Klumpen. Ich schaffe es kaum zu sprechen.

»Sie ist nicht hier.« Meine Stimme klingt, als hätte ich Kieselsteine geschluckt. Spitze, harte Brocken, die mich von innen aufschlitzen, während ich mich bemühe, verständliche Worte zu formen.

Ich sehe Orela an, dass sie zu einer weiteren Schreikanonade ansetzen will, doch dann stockt sie. Ihre Lippen teilen sich, und sie mustert mich mit schief gelegtem Kopf.

Bemerkt sie jetzt, dass etwas nicht in Ordnung ist? Kann man es mir ansehen?

Schwachsinn, natürlich kann man das.

Ihre Pupillen weiten sich, und der Silberhauch in ihrem Blick verschwindet. »Was ist passiert?«

Als ich nur müde den Kopf schüttle, fasst mich Orela an den Händen und führt mich ins Wohnzimmer. Die Sonne taucht den großen Raum inzwischen in strahlende Helligkeit, vor der ich am liebsten die Augen verschließen würde.

Zusammen mit Orela lasse ich mich auf das große Sofa sinken. Nachdem ich mich mehrmals trocken geräuspert habe, beginne ich ihr zu erzählen, was passiert ist, seit ich in den frühen Morgenstunden in Tivoli angekommen bin. Ich lasse kein Detail aus. Nicht, dass Aliqua mich damit konfrontiert hat, dass sie mit Orelas Hilfe die Wahrheit über unsere gemeinsame Vergangenheit herausgefunden hat. Wie der Zorn und Schmerz ihre Züge verwüstete und die Erkenntnis, dass ich ihr Vertrauen verloren habe, mich von innen aufgeschlitzt hat.

Ich rede immer weiter.

Adones Anruf, der uns über Marcellus anstehende Befreiung am Vesuv informiert hat. Die Entscheidung, Orela in ihrem tiefen Schlaf zurückzulassen, und unsere rasende Fahrt auf dem Motorrad zum Golf von Neapel.

Und alles, was sich auf dem Parkplatz unterhalb des Kraters des Vesuv abgespielt hat.

Orela ist vollkommen still, während ich erzähle, doch ihre Miene wird mit jedem Wort wächserner. Sie ist so blass, mit dunklen Schatten, die unter ihren Augen liegen, und die Sorge gräbt sich immer tiefer in ihre Züge.

»Ich wusste es«, haucht sie schließlich tonlos. »Ich bin aufgewacht und hatte diese Ahnung, dass etwas Schreckliches passiert ist. Auch deswegen war ich so außer mir. Da war dieses Gefühl, dass ich hätte da sein müssen, aber zu weit weg war und nichts ausrichten konnte.«

»Nein, Orela.« Entschlossen schüttle ich den Kopf. Schon seit Jahrhunderten ist es ein Problem, dass sie Dinge ahnt und sich im Nachhinein die Schuld gibt, nicht gehandelt zu haben. Die Sache ist aber die, dass sie nie genau weiß, *was* sie spürt, und daher auch nicht sagen kann, wo sie eingreifen müsste. Ihre Ahnungen sind einfach zu ungenau.

»Es tut mir leid, dass wir dich zurückgelassen haben, aber angesichts der Umstände würde ich es wieder so machen. Du warst vollkommen ausgeknockt nach der Hypnose, und zu dritt hätten wir auch gar nicht auf mein Motorrad gepasst. Dich trifft keine Schuld.«

»Dich aber auch nicht.«

»Da bin ich anderer Meinung.«

Sie setzt sich gerade auf, ein Zierkissen vor die Brust gepresst. »Sie haben euch überwältigt Santo, du hattest keine Chance!«

»Genau das ist es doch!«, brause ich auf, und endlich platzt die Lethargie von mir, die mich gelähmt hat wie eine starre Rüstung. »Ich hätte meinen Verstand einsetzen müssen und es überhaupt nicht so weit kommen lassen dürfen! Was hab ich mir dabei gedacht, mich alleine mit Aliqua den Immortali entgegenzustellen? Ich hätte ... ich hätte...« Meine Stimme bricht ab.

Wie aus weiter Ferne höre ich Orela sprechen. »Ihr dachtet, dass ihr Marcellus' Befreiung noch aufhalten könntet, nicht wahr? Dass ihr dort ankommt und euer Auftauchen genügt, um die Immortali lange genug abzulenken, bis die Verstärkung eintrifft. Aber wenn du es unbedingt so sehen musst, dann hat sich Aliqua genauso kopflos verhalten wie du. Ihr habt euch zusammen in diese Situation gebracht.« Sie verstummt kurz, und ihre

Brauen ziehen sich zusammen. »Vielleicht war es auch eine Falle von Remo. Er hat euch die Informationen übermittelt, nicht wahr?«

Vollkommen überrascht fahre ich zu ihr herum. »Was soll das heißen?«

Orela zuckt mit den Schultern. »So wie ich das sehe, hat er euch zu spät informiert. Ja, ihr habt eine Weile von Tivoli bis zum Vesuv gebraucht, aber da waren die Immortali ja längst am Werk. Das erste Erdbeben, das Aliqua geweckt hat, zeigt das. Das war mitten in der Nacht, und Remo hat sich erst in den frühen Morgenstunden bei euch gemeldet. Er war offenbar Teil der Bergungsmission und hätte euch schon sehr weit im Voraus informieren können.«

Ich blinzle benommen, komme aber nicht umhin zu erkennen, dass Orela recht hat. Remo, der kürzlich beschlossen hat, zu den Immortali überzulaufen und den wir mit ein wenig Nachdruck zu unserem Informanten gemacht haben, hat sich Zeit gelassen. Viel Zeit.

Hat er uns wissentlich ins offene Messer laufen lassen? Damit wir erst zu einem Zeitpunkt am Vulkan ankommen, zu dem Marcellus längst befreit war?

Ich habe nicht übel Lust, mich sofort auf den Weg zu machen und diese kleine Ratte aufzuspüren.

»Ciiiiiiaaaaoooo!«

Orela und ich fahren gleichzeitig auf dem Sofa herum, als plötzlich eine Stimme aus dem Eingangsbereich trällert.

Wo wir vom Teufel sprechen, das ist Adone, Remos Bruder. Wenn er selbst noch nicht darauf gekommen ist, wird ihn Orelas Erkenntnis ganz sicher genauso brennend interessieren wie mich.

Unser Cousin kommt hereingerauscht, eine fettgetränkte Papiertüte im Arm, Scuro auf den Fersen, der ihm wie ein übermüdeter Schatten folgt.

»Wie zum Teufel kommt ihr hier rein?«, brumme ich. Die beiden haben definitiv nicht geklingelt. Und sie haben auch noch nie einen Schlüssel besessen, denn dann hätte ich keine einzige ruhige Minute mehr.

»Machst du es dir inzwischen zur Angewohnheit, Türen aufzubrechen?« Ich spiele auf den Tag an, an dem wir Remo in der Wohnung seiner Freundin überrumpelt haben und Adone wie ein Profi die Tür geknackt hat.

Adone rollt mit den Augen. »Wenn ihr eure Tür offen stehen lasst, müsst ihr euch nicht wundern, wenn Leute hereinkommen. Seid froh, dass es nur wir sind. Immerhin habe ich Nervennahrung dabei.« Er wackelt mit der Papiertüte, die aus einer Pasticceria zu stammen scheint. Adone hat eine unstillbare Schwäche für Gebäck aller Art.

Ich werfe Orela einen vorwurfsvollen Blick zu, doch sie achtet gar nicht auf mich, sondern steht von der Couch auf, um in die Küche zu gehen.

»Ich mache uns Kaffee, dann treffen wir uns gleich oben auf dem Dach. Wir brauchen einen Schlachtplan.«

Kapitel Drei

Aliqua

Marcellus kommt in mein Zimmer geschlendert, ein argloses Lächeln auf den Lippen, als wäre er nicht mein Entführer, der mich in diesem düsteren Raum gefangen hält.

Mein Blick gleitet über ihn.

Im Gegensatz zu mir hat er sich inzwischen gewaschen und alle Reste von Staub und erkalteter Lava beseitigt, die nach seiner ewig langen Gefangenschaft unter der Erde an ihm gehaftet sind. Ich selbst kann ein Lied davon singen, wie hartnäckig dieser Dreck ist. Bei mir hat es einer Dusche und eines Vollbads bedurft, um sauber zu werden.

Mir fällt auf, wie blass seine Haut ist, was wahrscheinlich an der langen Zeit ohne Sonnenlicht liegt. Früher war sein Teint dunkler, beinahe golden. Doch seine Augen haben nichts von ihrem berechnenden Glanz verloren.

Auch er schaut mich an, lauernd wie ein Raubtier, das es genießt, sein Opfer in die Enge zu treiben. Aber ich habe nicht vor, mich von ihm zu einem Opfer machen zu lassen, nicht mehr. Die Vergangenheit steht zwischen uns wie ein albtraumhafter Schatten, der plötzlich Gestalt angenommen hat, aber ich will nicht zulassen, dass es mich überwältigt.

»Na, hattest du Sehnsucht nach mir?«, stoße ich zwischen zusammengebissenen Zähnen hervor.

Mokant neigt Marcellus den Kopf. »Seltsam, dasselbe wollte ich dich gerade fragen, *Serva.*«

»Ich weiß nicht, was die letzten zwei Jahrtausende mit deinem Kopf angestellt haben, aber ich bin definitiv nicht mehr deine Sklavin. Die Nutzungsrechte sind abgelaufen.«

Marcellus gluckst, während er noch immer an der geschlossenen Tür steht. Fast kommt es mir so vor, als wollte er die Distanz zu mir nicht überbrücken.

»Zu schade, dass die Sklavenhaltung abgeschafft wurde, das würde alles so viel einfacher machen.« Er schnalzt mit der Zunge. »Aber daran, dass du ein Nichts bist, hat sich trotzdem nichts geändert.«

Wütend kneife ich die Augen zusammen. »Lieber bin ich ein Nichts als so verkommen wie du und die Immortali.«

»Mit solchen Aussagen wäre ich in Zukunft lieber vorsichtig. Wenn die Immortali mit ihrem Vorhaben, die Götter zurückzuholen, erfolgreich sind, dann bedeutet das auch die Rückkehr zur alten Ordnung. Dann wirst *du* an deinen angestammten Platz in der Hackordnung zurückkehren.« Selbst durch das düstere Zimmer hindurch sehe ich das Glühen seiner Augen. *Gier,* er giert nach dem, was sie planen. Und nach allem, was ich über meine Gabe erfahren habe (was zugegeben wenig ist, aber genug, um mich festzulegen), weiß ich, dass ich eine zentrale Rolle in seinen Plänen spiele. Ich gehe stark davon aus, dass er mich nicht nur der alten Zeiten willen entführt hat.

»Über meine Leiche!« Abscheu färbt meine Stimme dunkel, Marcellus' Mundwinkel zucken.

»Damit kann ich leider nicht dienen, Liebes. Du wirst noch gebraucht.«

Meine Finger zucken, aber ich halte mich zurück. Seit der Hypnose mit Orela weiß ich, dass es in der Vergangenheit den ein oder anderen körperlichen Zusammenstoß zwischen uns beiden gab und dass ich mich nie gegen ihn zur Wehr setzen konnte.

Marcellus' aufgeworfene Lippen kräuseln sich. »Ich sehe dir an, dass du liebend gern einen Streit mit mir vom Zaun brechen würdest, aber deswegen bin ich nicht hier.«

»Ach nein? Worüber willst du dann reden? Die tolle Aussicht hier?« Theatralisch deute ich auf das verrammelte Fenster. Er folgt meiner Geste und zieht die Brauen leicht zusammen.

»Dein Zimmer hat einen wunderbaren Blick auf den Park«, erklärt er.

»Herrlich, kann mich kaum dran sattsehen.«

Ein Prusten entweicht Marcellus, und er macht ein paar Schritte in den Raum hinein. Ich habe darauf gewartet, dass er sich in Bewegung setzt, doch prompt versteift sich mein Körper.

»Für dich ist es nicht von Interesse, wo genau wir uns befinden. Alles, was du wissen musst, ist, dass dieser Ort bestens abgeschirmt ist, wodurch du uns auch nicht durch deine praktische kleine Gabe entwischen kannst.«

Prompt öffne ich den Mund, um nachzufragen, aber er schnalzt mahnend mit der Zunge. »Es gibt interessantere Dinge, über die wir uns austauschen können, *Anonyma.*« Sein Grinsen verrät, wie sehr er es genießt, meinen alten Schimpfnamen zu verwenden. »Wir beide haben eine Aufgabe vor uns, an der wir arbeiten müssen.«

»Ich glaube kaum. Du hast mich vielleicht entführt, aber ich werde ganz sicher nicht mit dir *zusammenarbeiten.*«

»Es war leider notwendig, dich von dieser Horde Brüllaffen wegzubringen, die so schnell bereit war, dich zu verteidigen. Du hast dieses Talent, dass andere dich lieb gewinnen und vor Schaden bewahren wollen. Koste es, was es wolle.«

Aus seinem Mund klingt es, als besäße ich die Gabe, alle um mich herum in Stinktiere zu verwandeln.

»Du hast da ein paar einflussreiche Freunde, die für dich den Hals hinhalten. Aber leider sind sie zu dickköpfig, um zuzuhören, geschweige denn die Wahrheit zu erkennen. Ich hoffe, dass du dich als einsichtiger erweist.«

»Wenn du mich von irgendetwas überzeugen willst, hättest du meine Freunde vielleicht nicht als Brüllaffen bezeichnen sollen. Oder mich im ersten Atemzug daran erinnern, dass ich in deinen Augen weniger wert bin als der Dreck unter deinen Fingernägeln«, zische ich in kaum verhohlener Rage.

»Oh, da verstehst du mich aber falsch. Ich mag dich für das verachten, was du bist, aber ich schätze dich über die Maßen für das, was in dir schlummert. Du bist der Schlüssel zu den Göttern, und ich bin entschlossen ihn zu benutzen.«

Was in mir schlummert ... will er damit andeuten ... woher weiß er?

Sein Grinsen vertieft sich. »Ich habe dich schon damals beobachtet, Aliqua, und weiß, was dir und allen anderen um dich herum nicht bewusst ist und nie bewusst war.« Er kommt noch einen Schritt näher. Jetzt, da er nur noch eine Armlänge von mir entfernt ist, trifft mich das dunkle Glühen in seinen Augen mit voller Wucht. Es ist ein Inferno aus Entschlossenheit und Gier. Und noch etwas, das ich nie bei Marcellus erwartet hätte: Schmerz. Eine uralte, bodenlose Traurigkeit, deren Ausdruck mich seltsamerweise an Santo erinnert. Auch er hat diesen Abgrund in sich, der mich jedes Mal mitzureißen droht, wenn er ihn mich sehen lässt.

Dieser Ausdruck gibt Marcellus etwas Menschliches. Er hat sich schon immer benommen, als wäre er ein Gott unter Sterblichen. Brutal, Selbstherrlich, Arrogant. Hätten die römischen Götter je eine eigene Gestalt besessen, dann hätte ich sie mir wie Marcellus vorgestellt. Vielleicht ist er deswegen so versessen darauf, sie zurückzuholen. Damit sie ihn endgültig zu einem der Ihren machen. Wahrscheinlich würde er seinen Körper mit Handkuss dafür anbieten, von einem Gott als Gefäß in Besitz genommen zu werden.

»Ich mache dir ein Angebot.« Marcellus steht jetzt direkt vor mir, und ich kann ihm nicht länger ausweichen. Mein unterer Rücken stößt gegen das Fensterbrett, das ich mit beiden Händen umklammere.

»Du zeigst etwas Vernunft und erklärst dich bereit, mir zuzuhören. Und ich meine wirklich und unvoreingenommen zuhören. Dann darfst du dieses Zimmer verlassen und überall im Haus herumwandern. Falls nicht ... tja, dann bleibst du hier drin, und ich muss andere Wege finden, um dich kooperativ zu stimmen. Es liegt an dir, ob du mir freiwillig hilfst«

Brodelnd erwidere ich seinen Blick. »Ich fürchte, ich lasse es drauf ankommen, was deine Kreativität so hergibt, *Dominus.*«

Er schürzt die Lippen und fletscht die Zähne wie ein Wolf. »Überleg es dir gut, ob du mich herausfordern willst. Dir mag es vielleicht gelungen sein, einen Vulkan zu besänftigen, aber du hast keine Ahnung, worauf du dich einlässt, wenn du dich mit den Immortali anlegst.

Sie werden es nicht lange hinnehmen, dass du dich verweigerst. Sie wollen sehen, dass ich Fortschritte bei dir mache.«

Sein Atem streift mein Gesicht wie ein betäubendes Parfum, das nach Anis und Finsternis riecht. Obwohl er mir so unverhohlen mit den Immortali droht, spüre ich keine Angst. Ich weigere mich, wieder von ihm in die Rolle der hilflosen Sklavin drängen zu lassen, die ich einmal war. Mir ist klar, dass ich gerade kaum Optionen habe. Mich zu verweigern, ist die beste Möglichkeit, um Zeit zu schinden, bis ich einen Weg gefunden habe von hier zu entkommen – oder Santo und die anderen es schaffen, mich aufzuspüren. Denn sie suchen doch nach mir, oder?

Das Chaos in meinem Herzen mal beiseitegeschoben, glaube ich fest daran, dass Santo mich nicht meinem Schicksal überlassen wird. Nicht, wenn ich danach gehe, wie verzweifelt er meinen Namen gebrüllt hat, als der Helikopter mich in die Luft entführt hat. Aber es dürfte schwierig für sie werden. Ich befinde mich mit ziemlicher Sicherheit in einem Unterschlupf der Immortali, und soweit ich es mitbekommen habe, sind die für Damnati so gut wie unaufspürbar.

Aber da ist noch Remo, fällt mir ein. Adones jüngerer Bruder, der zu den Abtrünnigen übergelaufen ist, uns aber trotzdem die entscheidende Information über Marcellus' Befreiung geliefert hat. Wenn er sich auch an diesem Ort aufhält, könnte ich ihn vielleicht dazu bringen, mir zu helfen. Sofern er mir über den Weg läuft ... was in diesem Zimmer eher unwahrscheinlich ist. Ich beiße mir auf die Unterlippe und frage mich, ob es die richtige Entscheidung war, Marcellus so impulsiv abblitzen zu lassen. Ich könnte viel mehr erreichen, wenn ich aus diesem Zimmer dürfte. Und wenn ich beteuern würde, ihm zuzuhören, heißt das ja nicht, dass ich ihm glaube und an seinen Plänen teilnehme.

Also straffe ich mich und wappne mich für das, was ich gleich sagen werde. »Gib mir ein wenig Bedenkzeit, okay?«

Marcellus' Ausdruck wird selbstgefällig, und meine Gelenke knacken, als ich die Finger noch fester um das steinerne Fenstersims schließe. Wahrscheinlich denkt er, dass mich seine Drohungen haben einknicken lassen.

Ich kann ihn einfach nicht ausstehen.

»Das hört sich doch schon viel besser an.« Er streckt die Hand aus und berührt leicht meine Wange, doch mein Entgegenkommen hat Grenzen. Abrupt reiße ich den Kopf zurück und knalle dabei gegen die Fensterscheibe, was ihm ein Kichern entlockt.

»Ich sehe schon, das wird eine äußerst interessante Zeit mit dir werden.«

Die Hände in den Hosentaschen vergraben, dreht er sich um und stolziert zur Tür.

Kapitel Vier

Rom, 79 n. Chr.

»Aliqua!« Marcellus' Stimme hallte durch das Haus, und ertappt rappelte sie sich von ihrem Platz an Octavias Bett auf, wo sie die letzte Stunde gekauert hatte. Sie hatte versucht, ihr etwas Brühe einzuflößen, während sich Ulpia, die für diese Aufgabe neu abgestellt worden war, eine Ruhepause in Aliquas alter Schlafkammer gönnte. Jetzt erschien die ältere Sklavin zerzaust im Durchgang und scheuchte Aliqua mit aufgeregtem Wedeln ihrer Hände hinaus.

»Geh schon, wenn der Dominus *nach dir verlangt«, zischte sie, und Aliqua sprang hastig auf. Ihre Beine waren unter ihr eingeschlafen und stachen bei jedem Schritt hinunter ins Atrium. Inzwischen war der Abend hereingebrochen, und sie fragte sich, wonach Marcellus zu dieser späten Stunde der Sinn stehen mochte.*

Er wartete bereits vor der Pforte, nur Theos an seiner Seite. Obwohl er als Erbe von Faustus Pomponius zu den einflussreichsten Bürgern der Stadt gehörte, verzichtete er gegenwärtig auf eine große Entourage, wenn er ausging. Als wollte er vermeiden, dass zu viele Menschen wussten, wohin er ging und was er trieb.

»Wo warst du?«, schnarrte er, als Aliqua dir Treppe herunter gehastet kam.

Sie setzte zu einer Antwort an, doch Marcellus bedeutete ihr nur mit einer ungeduldigen Geste, sie möge sich beeilen, und gemeinsam mit Theos folgte sie ihm hinaus. Die Pforten des Hauses waren noch immer mit immergrünen Zypressen- und Pinienzweigen geschmückt, die allen Vorbeigehenden zeigten, dass dieses Heim Trauer trug.

Sie erklommen den mons Esquilinus, *und Aliqua umklammerte fest ihren Anhänger, als sie an turmhohen Insulae vorbeikamen, die eine Aura von Armut und Dreck ausdünsteten. Das Greinen von Kindern, aufgeregtes Bellen und Gackern und Fetzen von Streitgesprächen waren zu hören. Mit einem angewiderten Laut ließ sich Marcellus von Theos ein Taschentuch reichen, das er sich vor Mund und Nase presste, ohne langsamer zu werden. Es ging immer steiler bergauf, bis sie die Armenunterkünfte hinter sich gelassen hatten und zu den Villen gelangten, die die Hügelkuppe bevölkerten.*

Aliqua erlaubte sich zum ersten Mal aufzuatmen, seit sie aufgebrochen waren. Nicht nur, weil hier oben die Luft deutlich besser war, sondern auch, weil sie die engen, bedrückenden Gassen endlich hinter sich gelassen hatten. Das Mondlicht wurde nicht mehr von mehrstöckigen Gebäuden abgehalten, sondern umschmeichelte ihre Gestalt. Als würde Selene selbst sie in ihren Mantel hüllen.

Marcellus führte sie entschlossenen Schrittes weiter, bis sie vor dem geschlossenen Tor eines Anwesens ankamen. Auf ein Nicken hin pochte Theos mit der Faust gegen das eisenbeschlagene Holz. Sie mussten bereits erwartet worden sein, denn schon einen Augenblick später wurde das Tor von innen aufgezogen, und ein Sklave nahm sie in Empfang. Er wirkte nervös und erschöpft zugleich, wie so viele, in deren Häusern die Seuche umging. Die ständige Sorge um die Erkrankten und die Furcht, sich selbst anzustecken, waren zermürbend.

Hinter Marcellus betrat Aliqua ein Domus, welches dem der Pomponii in nichts nachstand. Im Zentrum des Raumes befand sich auch hier ein quadratisches Sammelbecken für Regenwasser, samt der bronzenen Figur einer Nymphe, die sich im Zentrum erhob. Sie umrundeten das leise plätschernde Impluvium und wurden von dem Hausklaven weitergeführt in den repräsentativen Wohnraum des pater familias. Es befand sich auf direkter Linie mit dem Atrium und war offen gestaltet, sodass die hintere Rückwand einen Blick hinaus auf den Garten erlaubte. Zurückgezogene Stoffvorhänge bauschten sich leicht unter einer nächtlichen Brise, und das Zirpen von Grillen und Zikaden drang von draußen herein. Es hatten sich bereits einige Personen dort versammelt und warteten ganz offenbar auf Marcellus' Eintreffen.

Theos und Aliqua ließen sich zurückfallen, als Marcellus den Gastgebern gegenübertrat. Unter gesenkten Lidern hervor sah Aliqua sich weiter um und erkannte bekannte Gesichter.

Überraschte es sie, dass sie im Haus von Tiberius Omodeus gelandet waren? Ehrlich gesagt, nein. Seit sie aufgebrochen waren, hatte sie insgeheim vermutet, dass ihr Weg sie hierherführen würde. Es überraschte sie allerdings, dass Marcellus sie tatsächlich mitgebracht hatte. Er wusste immerhin von ihrer verbotenen Tändelei mit Sanctius, und sie hätte ihn trotz allem so eingeschätzt, dass er sie um jeden Preis von ihm fernhalten wollte. So ließ sie unauffällig den Blick über die Anwesenden gleiten. Tiberius, Orela, die etwas abseits stand, und schließlich Sanctius. Gierig nahm sie seinen Anblick in sich auf, von den glänzenden schwarzen Locken über sein apartes Gesicht bis hin zu seinen Füßen, die in Sandalen steckten. Er wirkte gesund. Sorge war tief in seine Gesichtszüge gegraben, was ihn älter aussehen *ließ, als er eigentlich war, doch ansonsten war ihm kein Unwohlsein anzumerken.*

Als er fühlte, dass ihr Blick auf ihm lag, sah er auf, und ihre Augen fanden sich. Aliqua spürte ein Kribbeln im Nacken, den Atemhauch des Schicksals, das immer anwesend schien, wenn sie einander begegneten. Fortuna und die Parzen, denen es Freude zu bereiten schien, sie als ungleiches Paar immer weiter aufeinander zuzutreiben. Bis die unvermeidliche Tragödie sich entfalten würde. So waren die Götter. Immer neue Ränke und Spiele für die Menschen, die die göttliche Einmischung meist erst begriffen, wenn es schon längst zu spät war. Aliqua und Sanctius waren das beste Beispiel dafür, dass sich nicht einmal Menschen, denen das Tun der Göttinnen bewusst war, diesem Treiben entziehen konnten.

Aliqua bemerkte ein Ziehen in der Brust. Ein so heftiges, überwältigendes Aufwallen von Gefühlen, dass es sie fast aus dem Gleichgewicht gebracht hätte. Sie hatte Mühe, ruhig stehen zu bleiben. Ihr Herz begann zu rasen, und der Wunsch, zu ihm zu laufen und sich in seine Arme zu werfen, wurde beinahe übermächtig. Fortuna konnte ihre Schicksalsfäden nach Belieben miteinander verknüpfen, aber eines vermochte sie nicht: ihr Herz zu täuschen. Es schlug für diesen Mann, und wenn sie das kurze Aufflackern von Emotionen in seinem Gesicht richtig deutete, dann ging es ihm bei ihr genauso. Vielleicht, *dachte sie in einem seltenen Anflug von Hoffnung,* gab es einen Weg für sie beide.

Marcellus' Stimme durchbrach den stummen Austausch zwischen den beiden, und ertappt senkte Aliqua den Blick auf ihre Füße. Ihre Wangen glühten, weil sie Sanctius viel zu lange und zu offensichtlich angestarrt hatte.

»Ich freue mich sehr, dass dieses Treffen zustande gekommen ist.«

Tiberius neigte zustimmend den Kopf, auch wenn seiner sonstigen Mimik zu entnehmen war, dass er nicht vollkommen glücklich mit dieser Entscheidung war. Neben ihm stand ein Mann, der etwas jünger wirkte, ihm ansonsten aber erstaunlich glich. Wahrscheinlich sein Bruder. Die beiden wechselten einen kurzen Blick, dann baten sie Marcellus zu den Sitzgelegenheiten. Theos nahm seine Stellung hinter der Liege seines Herrn ein, während Aliqua eine unauffällige Geste von Orela auffing. Sanctius' Schwester winkte sie zu sich. Sie beide waren die einzigen Frauen im Raum, was per se ungewöhnlich war. Treffen dieser Art, worum es sich auch immer handeln mochte, fanden normalerweise allein unter Männern statt. Wahrscheinlich bedingte es Orelas besondere Position als göttliches Medium, dass sie dabei sein durfte.

Orela berührte zur Begrüßung leicht Aliquas Arm. »Wie geht es Octavia?«, formte sie stumm mit den Lippen. Aliqua schüttelte mit zusammengepressten Lippen den Kopf.

»Du hast uns einen Vorschlag zu unterbreiten«, sagte Tiberius indes mit tief gerunzelter Stirn zu Marcellus.

»Das habe ich.« Marcellus schaute in die Runde, um sich zu vergewissern, dass ihm die allgemeine Aufmerksamkeit galt. »Und Eile ist geboten. Wie geht es den Kranken in eurer Familie?«

Alle Omodei wirkten bekümmert.

»Schlecht«, spie der Mann aus, den Aliqua für Tiberius' Bruder hielt. Er wirkte besonders aufgewühlt.

»Nerone«, murmelte Tiberius beschwichtigend, dem dieses aufbrausende Gebaren sichtlich unangenehm war.

»Nun, Bruder, es ist die Wahrheit! Wir hatten Hoffnung, weil sie nicht so schnell dahingerafft wurden wie die anderen, aber ihr Zustand verschlechtert sich stetig. Wenn kein Wunder geschieht, sterben sie binnen der nächsten Tage.«

Tiberius ballte die zitternden Hände zu Fäusten.

Marcellus ergriff wieder das Wort, bevor die beiden Brüder in einen handfesten Streit geraten konnten. »Dann hört euch an, was ich vorzuschlagen habe.« Er richtete sich gerader auf, stählerne Entschlossenheit im Blick. »Ich bin überzeugt, dass wir alle, die uns lieb und teuer sind, retten können – eure Neffen, unter anderem, sowie meine Schwester. Indem wir die Götter um Hilfe bitten.«

Schweigen folgte, dann begann Tiberius herzhaft zu lachen. »Mein lieber Junge, die Götter? Schlag dir das besser wieder aus dem Kopf.«

Nerone jedoch beugte sich interessiert vor. »Was schwebt dir vor, Pomponius?«

Marcellus' Blick glitt in den hinteren Teil des Raumes, genau dorthin, wo Aliqua und Orela beisammenstanden. »Ich möchte die Götter um Heilung für unsere Familienmitglieder bitten und bin bereit, den Großteil meines Vermögens für entsprechende Opfergaben bereitzustellen. Ich würde alles *tun, um meine Schwester vor dem sicheren Tod zu retten. Unsere Götter haben in der Vergangenheit bereits bewiesen, dass sie zu Milde imstande sind und Favoriten unter den Menschen ausersehen, die sie unterstützten.« Als nicht sofort ein Sturm der Entrüstung losbrach, fuhr er fort. »Ich komme auf euch zu, weil eure Familie dank einer Sibylle über einen direkten Zugang zu den Göttern verfügt. Sie kennen Orela schon ihr Leben lang, und wenn wir unsere Bitte mit ihrer Hilfe an sie herantragen, könnten uns die Gottheiten womöglich gewogener sein. Die Omodei sind ein Geschlecht von Gesegneten, die Götter würden euch gewiss zuhören.«*

»Du hältst meine Tochter aus deinen wahnsinnigen Plänen heraus, Pomponius!«, donnerte Tiberius, an dessen Stirn eine Ader bedrohlich zu pulsieren begann.

Aliqua spürte, wie Orela sich neben ihr versteifte. Die Diskussion, die zwischen den Männern ausbrach, rückte in den Hintergrund, während sie Sanctius' Schwester beobachtete. Ihre Miene wirkte konzentriert und seltsam abwesend, obwohl sie den Blick auf die Männer gerichtet hatte. Ein silbrig weißes Flackern tanzte über ihre Augäpfel, wie Mondlicht auf einem aufgewühlten See. Sie nickte, ihre Lippen bewegten sich, und sie schien etwas zu murmeln, doch Aliqua verstand sie nicht. Im nächsten Moment spürte Aliqua ein leichtes Kribbeln im Nacken, und es kam ihr so vor, als würde sich der Blutstein-Anhänger, der wie immer an ihrer Brust ruhte, leicht erwärmen. Unwillkürlich griff sie danach und schloss die Hand um den Stein. Er pochte in ihrer Faust, als besäße er einen Herzschlag. Sie hatte es sich nicht eingebildet, er erhitzte sich tatsächlich.

Aliqua fing Marcellus' Blick auf, der zu ihr herüberstarrte, die Stirn leicht gerunzelt und sein Streitgespräch vollkommen vergessend. Er sah sich um, als erwartete er, einen Neuankömmling hinter einem der Vorhänge hervortreten zu sehen, aber nichts geschah.

Stattdessen trat Orela einen Schritt vor. Sie richtete sich zu ihrer vollen Größe auf und ging ohne Scheu auf die Männer zu.

»Ich werde es tun«, verkündete sie, was auf einmal alle verstummen ließ.

Marcellus zog die Brauen hoch, verschränkte die Arme vor der Brust, sagte aber nichts.

Tiberius war anzusehen, dass er jede Menge zu seiner Tochter zu sagen hatte, doch sie gebot ihm mit einer Geste der Hand Schweigen. Aliqua war verblüfft, als er ihr tatsächlich Folge leistete, die Lippen zu einer grimmigen Linie zusammengepresst. Sanctius sah seine Schwester mit neugieriger Miene an.

»Wir haben Minerva auf unserer Seite.« Auf diese Worte folgte ein kollektives, erschrockenes Luftholen. Jeder im

Raum sah sich aufgeregt um, als hofften sie, eine Spur der Präsenz der Göttin wahrnehmen zu können.

»Sie war nur kurz hier und ist schon wieder fort. Aber sie hat gehört, was wir vorhaben und hat uns ihre Unterstützung zugesichert. Sie wird auch auf die anderen einwirken.«

Aliqua stand vor Verblüffung der Mund offen. Minerva, die Göttin der Weisheit und des Kampfes, war gerade in diesem Raum gewesen, hier unter ihnen. Ihr Medaillon kühlte wieder ab, nachdem es die letzten Minuten über wütende Hitze ausgestrahlt hatte. Und Aliqua wurde etwas klar. Sie konnte an einer Hand abzählen, wie oft in ihrem Leben die Götter in ihre unmittelbare Nähe gekommen waren, und jedes Mal hatte sich der Blutstein in diesen Momenten erwärmt. Konnte es sein, dass er sie vor ihrer Anwesenheit warnte? Und falls ja, wie war das möglich?

Als sie begriff, dass sie den Anhänger noch immer umklammerte, ließ sie ihn widerstrebend los. Sie bemerkte erneut, dass Marcellus zu ihr sah, den Blick auf den Anhänger geheftet.

Er wusste etwas. Und Aliqua hatte keine Ahnung, wie sie erfahren sollte, was es war.

Santo

Ein Gefühl von Déjà-vu überkommt mich, als wir es uns zu viert mit Kaffee und Süßteilchen auf der Dachterrasse bequem machen.

Vor nicht allzu langer Zeit sind wir schon einmal so zusammengesessen, allerdings war Aliqua dabei, die wir erst am Vortag aus Herculaneum gerettet hatten.

Und jetzt sitzen wir hier und beratschlagen darüber, wie wir sie aus Marcellus' Fängen befreien können. Wenn das keine Ironie des Schicksals ist.

Mit einem lauten Knistern reißt Adone die Gebäcktüte auf und offenbart einen klebrig süßen Stapel von Cannoli – knusprige, frittierte Teigröllchen, die ursprünglich aus Sizilien stammen und mit einer luftigen Creme aus Ricotta gefüllt sind. Sie sind so frisch, dass mir eine verführerische Wolke aus warmem gebackenem Teig und Zucker in die Nase steigt, als Adone die Tüte herumreicht. Allerdings lehne ich dankend ab. So gut die Cannoli auch aussehen, mein Magen zieht sich beim bloßen Gedanken an Essen schmerzhaft zusammen, und ich bleibe fürs Erste lieber beim Kaffee. Während ich mich an meine Tasse klammere und immer wieder vorsichtig nippe, erzählt Orela unseren Cousins von ihrer Theorie über Remo. Gleichzeitig überschüttet sie auch die beiden mit Vorwürfen darüber, dass sie sie in Tivoli vergessen haben, insgesamt kommen Adone und Scuro aber definitiv besser weg als ich. Ihren Vorrat an Zorn scheint sie an mir verbraucht zu haben.

Adone zerquetscht einen Cannolo in den Händen, der in matschigen Klümpchen auf den Boden rieselt, während er Orela zuhört. »Wenn ich den noch mal in die Finger kriege«, grollt er und knackt drohend mit den Knöcheln.

Ich drehe mich zu Scuro, um zu sehen, was er von der Sache hält. Tiefe violette Schatten liegen unter seinen Augen, und ich frage mich, wann er das letzte Mal geschlafen hat.

»Wir konnten ihm als Informanten nie zu hundert Prozent vertrauen«, gibt er zu bedenken. »Wir haben mit seiner Freundin einen ziemlich empfindlichen Punkt bei ihm gefunden und ihn damit gewissermaßen gefügig gemacht. Aber am Ende ist und bleibt er ein Verräter, und wir müssen seine Informationen mit Vorsicht genießen. Seine Loyalität gehört jetzt in erster Linie den Immortali, und vielleicht ist er direkt nach unserem Besuch zu ihnen gerannt und hat sich ihnen anvertraut.«

Scuros analytische Nüchternheit lässt mich mit den Zähnen knirschen. Es geht nicht darum, dass ich so ein Verhalten von Remo für undenkbar gehalten habe. Die Möglichkeit, dass er seine Position als unser Spitzel nutzen könnte, um uns bewusst in die Falle tappen zu lassen, war mir sehr wohl bewusst. Bedenken in diese Richtung haben die ganze Zeit irgendwo tief in meinem Hinterkopf geschlummert, aber ich wollte mich nicht damit auseinandersetzen. Aliquas Sicherheit war mir wichtiger, und dabei bin ich unvorsichtig geworden. Ein Anfängerfehler. Ich habe mich von meinen Gefühlen überrumpeln lassen und könnte mir jetzt dafür in den Hintern treten. Vor allem, weil diese Gefühle auch dafür gesorgt haben, dass Aliqua verletzt wurde. Von mir. Meinen Lügen. Und der Angst, die mich aufzehrt.

Das Gespräch der anderen hat sich von Remo wegbewegt und dreht sich jetzt darum, wie wir Aliqua aufspüren können. Etwas Warmes und Dankbares dehnt sich in meiner Brust aus, als ich in die Runde schaue und die bedingungslose Entschlossenheit in ihren Mienen erkenne.

»Angenommen, Remo war aufrichtig, als wir in der Wohnung seiner Freundin mit ihm gesprochen haben«, sagt Adone und sichert sich damit meine Aufmerksamkeit. »Und es stimmt, was er über den Abend in Herculaneum gesagt hat, dann war es Aliqua, die wir gespürt haben und nicht die Immortali. Ihre Befreiung hat so viel ewigliche Energie freigesetzt, dass Santo sie bis Rom wahrnehmen konnte. Damit hätten wir einen Anhaltspunkt auf der Suche nach ihr.«

Orela murmelt zustimmend und wirft mir einen fragenden Blick zu.

»Seit sie weg ist, habe ich nichts mehr gespürt«, murmle ich. »Und auch, als sie hier bei uns war, in unmittelbarer Nähe, ist mir nichts aufgefallen. Entweder war diese Freisetzung eine einmalige Sache und hängt mit ihrer Befreiung zusammen, oder sie hat ihre Gabe nicht mehr in dem Umfang eingesetzt, dass wir es spüren können.«

»Der Punkt ist aber«, beharrt Orela mit blitzenden Augen, »dass die Immortali es doch darauf abgesehen haben, dass sie ihre Gabe einsetzt und lernt, sie zu benutzen. Früher oder später sollte doch wieder etwas von ihr zu spüren sein.«

Scuro seufzt. »Du vergisst den Schutzmechanismus der Immortali. Sie benutzen einen besonderen Anhänger aus Hämatit, der sie vor uns verbirgt. Ein Splitter davon genügt, um sie für unseren Radar unsichtbar zu machen. Das ist der Grund, warum wir schon so lange im Dunkeln tappen. Bestimmt haben sie Aliqua sofort so einen Anhänger verpasst, als sie sie geschnappt haben.«

Orela zuckt zusammen, ihre Miene verhärtet sich. »Ein Hämatit-Anhänger? Habt ihr das auch von Remo?«

Wir nicken, und ich spüre, dass meine Schwester mich anschaut. Sie atmet tief durch, und mir ist klar, dass sie gleich etwas sagen wird, worüber ich nicht glücklich sein werde.

»Kann es ... dieser Anhänger ... kann das Aliquas Anhänger sein?«

Stille folgt auf ihre Worte, und ich lasse den Blick wohlweislich auf den Inhalt meiner Kaffeetasse gesenkt. Während sich der Moment ausdehnt, kann ich regelrecht hören, wie es in Adones und Scuros Köpfen arbeitet. Und obwohl sich alles in mir verkrampft, kann ich nicht sauer auf Orela sein, weil sie diese Sache anspricht. Der Schwur, den ich ihr abverlangt habe, lastet nun schon so lange auf ihr, und obwohl mich die Furcht zerfetzt, ist mir klar, dass ich nicht länger schweigen kann. Die Wahrheit drängt an die Oberfläche, seit Aliqua mich in Tivoli damit konfrontiert hat.

»Moment mal«, sagt Adone langsam. »Was soll das heißen? Wie ich Remo verstanden habe, besitzen die Immortali diesen Anhänger schon eine ganze Weile, lange vor Aliquas Befreiung.«

»Santo« Scuros Stimme klingt wie geschliffenes Glas. »Du kennst diesen Anhänger?«

Ich nicke, den Kopf noch immer gesenkt.

»Und du kennst Aliqua.« Das ist keine Frage. Natürlich kenne ich sie, aber ich weiß, worauf Scuro hinauswill.

»Ich kenne sie seit Neunundsiebzig.« Damit ist die Katze aus dem Sack, und nun schaue ich auf, um die Reaktion meiner Cousins zu sehen. Beide haben die Stirn gerunzelt und starren mich in einer Mischung aus Ungläubigkeit und Überraschung an.

»Aber du hast gesagt, du würdest sie nicht kennen, als wir sie in Herculaneum aus dieser Grube gefischt haben.« Adone ist anzusehen, dass er verzweifelt nach einer Erklärung für mein Verhalten sucht. Dann, ganz allmählich glätten sich die Falten auf seinem Gesicht und ein Ausdruck von Verstehen entspannt seine Züge.

»Sie ist es.« Er fasst sich an die Stirn, als ärgerte er sich, es erst jetzt erkannt zu haben. »Diejenige, um die du all die Zeit getrauert hast. Ich habe immer gewusst, dass es da jemanden gibt, weil es dir wie mir ging. Nach dem Fluch dachtest du, Aliqua sei tot.«

Ich presse die Lippen zusammen, bemüht, meine Gefühle unter Kontrolle zu halten. Dass Adone es erkannt hat, überrascht mich und gleichzeitig auch nicht. Nach außen hin wirkt er meistens wie ein sorgloser Draufgänger, aber ich kenne ihn besser. Kenne den Schmerz, der sein Herz gefangen hält, seit er seine große Liebe Iulia verloren hat. Es war geplant, dass sie nach ihrer Hochzeit ebenfalls den Trank der Götter bekommen sollte, doch bevor es so weit kam, brachen die Götter mit uns und nahmen ihre Gabe mit sich. Adone war alleine in der Unsterblichkeit gefangen, während Iulia sterblich blieb und er sie am Ende ihres Lebens gehen lassen musste. Ein Grund, warum ich bisher nichts zu Aliquas und meiner Vorgeschichte gesagt habe, ist das schlechte Gewissen gegenüber meinem Cousin. Er ist mehr als Familie, mein bester Freund, und ich habe mich so unglaublich mies gefühlt, weil ich Aliqua wiedersehen durfte. Ich habe eine zweite Chance bekommen – die ich bisher kolossal verbockt habe –, während Adone so etwas niemals vergönnt sein wird. Iulia ist unwiederbringlich gestorben, und ich fürchte mich vor seiner Wut. Adone ist der großzügigste Mensch überhaupt, aber ich bin mir sicher, dass er in einer Situation wie dieser nicht vor Neid gefeit sein wird. Denn Hand aufs Herz, mir ginge es an seiner Stelle genauso.

Seine dunkelblauen Augen sind noch immer ganz weit vor Verwunderung. Gleichzeitig überschattet ein Schmerz, den er nur selten zeigt, seine Züge. Ich hasse es, ihn so sehen zu müssen und zu wissen, dass ich verantwortlich dafür bin, dass seine Wunden erneut aufreißen. Die Erinnerung an Iulia begleitet ihn jeden Tag, und normalerweise entscheidet er selbst, wann er sie hervorholt und wann nicht. Diese Entscheidung wurde ihm heute entrissen.

»Verstehe ich das richtig«, sagt Scuro langsam. »Du und Aliqua kanntet euch in der Vergangenheit, euch hat offenbar mehr verbunden, aber du hast das nach ihrer Befreiung geleugnet? So getan, als wäre sie eine Fremde für dich?«

Ich nicke, die Lippen fest zusammengepresst. Mein Herz rast so schnell, dass es jeden Moment durch meinen Brustkorb zu brechen droht. Panik und Angst begraben mich unter sich, weil nun ein Teil der Wahrheit offenliegt. Und das ist noch der harmlosere Teil. Verdammt, ich kriege keine Luft ...

Und dann passiert etwas Unglaubliches: Adone stößt ein Prusten aus. Ich fahre zu ihm herum, weil ich mir sicher bin, mich verhört zu haben, aber er bebt tatsächlich vor unterdrücktem Gelächter.

»Hat sie ... hat sie es schon herausgefunden?«

Ich nicke, und Adone verliert den Kampf gegen den Lachflash. Brüllend wirft er sich in seinem Loungesessel zurück und hält sich den Bauch. Scuro beobachtet ihn, auch seine Lippen zucken, während Orela die Arme vor der Brust verschränkt hat und noch immer besorgt aussieht.

»Du bist ... dermaßen am Arsch, Mann«, japst Adone und wischt sich die Augen. »Ehrlich, kurz war ich sauer, dass du nichts zu uns gesagt hast, aber mit der Aktion bist du selbst am meisten gestraft. Vielleicht hat dir Marcellus einen Gefallen getan, indem er sie entführt hat.«

»Nicht witzig, Adone!«, faucht Orela und bedenkt ihn mit einem Mörderblick.

Beschwichtigend hebt er beide Hände. »Okay, das war daneben, sorry! Aber du kannst nicht bestreiten, dass dein Bruder in der Scheiße sitzt.«

Als Orela nur die Brauen hochzieht, seufzt er tief. »Ich bitte euch.« Er lässt den Blick zwischen uns hin- und hergleiten. »Absolut jeder hat bemerkt, wie krass die Chemie zwischen Aliqua und Santo war. Und zwar von Anfang an. Jetzt ergibt es auch endlich Sinn, wieso du sie die ganze Zeit wie ein trauriger Dackel angeschmachtet hast.«

»Ich habe nicht …«, setze ich an, doch sein selbstzufriedenes Grinsen bringt mich zum Verstummen. Scuro sitzt kopfschüttelnd daneben, scheint seine Meinung aber zu teilen.

»Alter, diese Verbindung zwischen euch ist mit Händen zu greifen, hör auf das zu leugnen.«

Ich kann Adone nur mit offenem Mund anstarren und mich wundern, wie locker er diese Offenbarung wegsteckt. Ja, er amüsiert sich gerade köstlich auf meine Kosten, aber die Tatsache, dass er mich nicht ungespitzt in den Boden rammt, ist fast zu viel für mich.

Meine Kehle ist noch immer so eng, dass es mir schwerfällt, einen ganzen Satz herauszubringen. »Du ähm … es macht dir nichts aus?«

Das Grinsen auf Adones Gesicht verblasst, und er lehnt sich vor, die Ellenbogen auf die Knie gestützt. »Du bist mein Cousin, meine Familie, und ich liebe dich. Ich habe dir so unendlich lange dabei zugesehen, wie du von diesen ganzen dunklen Gefühlen zerfressen wurdest, und ich war einfach nur glücklich, dass Aliqua das für dich verändert hat.« Er macht eine kurze Pause und blinzelt. »Ob es schmerzhaft ist, daran zu denken, dass Iulia so etwas nicht vergönnt war? Oh ja, verdammt schmerzhaft! Aber diese Gedanken verfolgen mich sowieso, ganz unabhängig von dem, was dir passiert. Außerdem hatten wir beide ein ganzes Leben zusammen. Ich war bei ihr bis zu ihrem Tod, und da wir wussten, dass jeder Tag kostbar ist, haben wir unsere gemeinsame Zeit bis zur Neige ausgekostet. Mehr Liebe als in diesen Jahrzehnten mit Iulia ist nicht möglich, und davon zehre ich bis heute.«

Schweigen senkt sich über unsere Runde. Dadurch, dass Adone so selten über Iulia spricht, ist es jedes Mal aufwühlend, wenn er es doch tut. Seine Emotionen sind so roh und ungefiltert, und er legt sie vollkommen offen. Ganz anders als ich, der ich beim Gedanken an solche Geständnisse beinahe kollabiere.

Aber gleichzeitig ... ich spüre in mich hinein und versuche zu entschlüsseln, was gerade in mir vorgegangen ist. Ja, ich hatte eine Scheißangst, als ich eines meiner Geheimnisse lüften musste, und wäre vor Panik am liebsten vom Dach gesprungen, aber jetzt gerade? Ein Gewicht ist von mir gewichen. In all der Zeit, in der ich es mit mir herumgeschleppt habe, ist es so sehr ein Teil von mir geworden, dass ich seine Schwere gar nicht mehr wahrgenommen habe. Erst jetzt, da es fort ist, fällt mir auf, wie viel leichter ich mich fühle. Da ist noch jede Menge anderer Ballast, der mich niederdrückt, aber nachdem ich mich offenbart habe, fühle ich mich nicht so elend, wie ich erwartet hätte. Was auch mit der Reaktion meiner Cousins zusammenhängt, und ich darf nicht davon ausgehen, dass ich beim nächsten Mal auch so glimpflich davonkomme.

Denn eines wird mir gerade klar: es wird ein nächstes Mal geben. Egal wie sehr ich mich anstrenge und abkämpfe, die Zeit arbeitet gegen mich, und Orela hat das bereits angedeutet. Schon nach der Vollversammlung des Tribunals wollte sie mich dazu bewegen die Wahrheit zu sagen, aber ich war zu sehr gefangen in meiner Angst, wie versteinert nach all den Jahrhunderten, in denen ich diese Schatten auf meiner Seele gehütet habe.

Ich habe mich selbst geschützt, indem ich geschwiegen habe, und dadurch in Kauf genommen, andere zu verletzen. Meine Familie, Aliqua. Ich war so lange feige, und langsam beginne ich zu begreifen, dass alle anderen die Wahrheit verdient haben, ganz egal, was es für mich bedeutet. Es wird mich verdammt viel Mut kosten, aber nach heute weiß ich, dass ich mich dadurch besser fühlen werde. Besser als seit Jahrtausenden.

Orela räuspert sich, was ihr unsere ungeteilte Aufmerksamkeit sichert. Während ich ihr Gesicht mustere, fällt mir etwas an ihr auf, das ich schon seit einer Ewigkeit nicht mehr in dieser Intensität an ihr bemerkt habe. Ihr blasses, ovales Gesicht ist von einem irisierenden Perlmuttschimmer überzogen, der aus ihrer Haut selbst zu dringen scheint. Dieser Schimmer hat sie immer umgeben, als die Götter noch unter uns weilten, mal mehr, mal weniger intensiv. Es war das klare Zeichen an alle, dass sie ein Günstling der Götter und mit ihrer übernatürlichen Macht gesegnet war. Ein winziger Hauch davon ist auch nach dem Fluch geblieben, und es ist stärker geworden, als Aliqua die Visionen bei ihr auslöste, aber so klar erkennbar wie jetzt war es schon lange nicht mehr.

Ein mulmiges Gefühl macht sich in meiner Magengrube breit und verdrängt die Erleichterung, die mich gerade noch erfüllt hat. Wäre aber auch zu schön gewesen, wenn es länger als fünf Minuten angehalten hätte.

Orela schaut Adone, Scuro und mich der Reihe nach aufmerksam an. »Ich habe einen Vorschlag.« In ihrer Stimme schwingt ein leichter Hall mit, der mir prompt eine Gänsehaut beschert.

»Wir können versuchen, Aliqua auf dem üblichen Weg zu suchen, aber das wird lange dauern und kostbare Zeit verschwenden, in der die Immortali sie zu allem Möglichen zwingen könnten. Ich weiß, sie ist stark, aber die Abtrünnigen verstehen ihr Handwerk und werden keine Methode unversucht lassen, um sie gefügig zu machen.«

Meine Gänsehaut wächst sich zu einem Zittern aus, und ich habe Mühe, still sitzen zu bleiben. Das Bild, das Orela zeichnet, ist aus Übelkeit und Albträumen gemacht.

»Du hast einen anderen Vorschlag?«, knurre ich.

Meine Schwester nickt, ihre blauen Augen leuchtend und zugleich voller Abgründe. »Ich habe mich an etwas erinnert.« Ihre Stimme ist kaum mehr als ein Wispern. Irgendwie bezweifle ich, dass mir ihr Vorschlag gefallen wird. »Es gibt einen anderen Weg, um Aliqua zu finden.«

Kapitel Fünf

Aliqua

Obwohl mir Marcellus Bedenkzeit eingeräumt hat, verzichtet er nicht darauf, eine altbewährte Zermürbungstaktik anzuwenden: das Aushungern.

Gut, klar *hungere* ich nicht, aber das Essen, das mir dreimal täglich vorgesetzt wird, ist fade und so schlecht gewürzt, dass ich oft nicht weiß, ob ich eine Suppe oder Tapetenkleister löffle. Wahrscheinlich erhofft er sich, dass ich schneller einknicke, wenn er mich nur mit diesem Fraß versorgt, aber ich plane, seine Frist bis zur Neige auszureizen.

Ich übe mich in Geduld.

Eine Tugend, die den anderen Bewohnern im Gebäude wohl allmählich abhandenkommt. Zunächst sind es nur aufgebrachte Stimmen, die aus einem weit entfernten Winkel des Hauses bis in mein Zimmer dringen, aber sie kommen immer näher, bis ich sicher bin, dass sich die Streitereien direkt im Flur vor meiner Tür abspielen. Sie sind wie Wölfe, die immer engere Kreise um mich ziehen. Anscheinend werden die Immortali unruhig, weil Marcellus mich in diesem Raum wegsperrt und niemand mich zu Gesicht bekommt.

Denn niemand kommt zu mir, außer einem Immortalos, der mir jeden Tag die Mahlzeiten bringt. Es ist immer derselbe Mann. Ich schätze ihn optisch auf etwa dreißig, seine schwarzen Locken sind an den Schläfen etwas schütter, und er hat eine eindrucksvolle Adlernase.

Da ich nicht gefesselt bin, hat er jedes Mal eine Pistole im Anschlag, wenn er mit dem Tablett hereinkommt, was zugegeben ziemlich theatralisch aussieht, aber seine Wirkung nicht verfehlt. Unsterblich oder nicht, ich habe keine Lust, von Kugeln durchsiebt zu werden, also verzichte ich darauf, ihn überwältigen zu wollen.

Stattdessen versuche ich eine Verbindung zu ihm zu knüpfen. Die knappe Minute, die er braucht, um hereinzukommen, mein Tablett mit Essen abzustellen und mit dem benutzten Geschirr wieder zu verschwinden, nutze ich jedes Mal, um ihm ein paar Fragen zu stellen. Wie er heißt, wann er sich den Immortali angeschlossen hat, wo wir denn hier seien.

Ich bin wenig überrascht, dass ich keine Antworten erhalte. Am Anfang schnauzt er mich noch an, dass ich die Klappe halten soll, inzwischen ernte ich höchstens ein grantiges Brummen.

Ich weiß nicht genau, was mich geweckt hat. In meinem Zimmer ist es stockdunkel, und ich muss mal wieder eingeschlafen sein, während ich versucht habe, meinen Geist auszusenden.

Blinzelnd starre ich an die Zimmerdecke und will mich umdrehen, um einfach weiterzuschlafen. Es scheint spät zu sein, und ich bin zu müde, um einen weiteren Versuch zu starten, mich zu konzentrieren. Langsam, aber sicher glaube ich ohnehin, dass es zwecklos ist … etwas lässt mich in meinen Gedanken innehalten. Instinktiv versteift sich mein Körper, als ich etwas wahrzunehmen glaube. Da liegt ein kaum hörbares Summen in der Luft, als wäre ein defektes elektrisches Gerät in der Nähe. Ich drehe leicht den Kopf zur Seite und zucke so heftig zusammen, dass ich beinahe vom Bett falle. Da ist ein dunkler Schemen neben meinem Bett. Ich höre leise Atemzüge, kann aber nicht erkennen, wer da im Dunkeln steht und auf mich hinunterstarrt.

Ohne zu zögern, öffne ich den Mund, ein markerschütternder Schrei wandert meine Kehle hinauf, doch bevor ich einen Laut herausbringe, landet eine große Hand auf meinem Mund.

Ich bin so geschockt, dass ich erst mit Verzögerung reagiere, doch dann beginne ich wie wild um mich zu schlagen und mich zu winden. Ein verärgertes männliches Grunzen ist zu hören, dann packt mich eine weitere Hand an der Schulter und versucht mich nach unten auf die Matratze zu drücken. Mein Schrei erstirbt an der Handfläche des Mannes, aber ich kann nicht aufhören. Panik beherrscht mich, und als hätte sie nur auf eine Situation wie diese gewartet, explodiert die Dunkelheit in mir. Wie eine Flamme frisst sie sich durch meine Panik, nährt sich daran, bis ich ganz und gar in Finsternis gehüllt bin. Sie pulsiert in mir wie ein zweiter Herzschlag, bereit, mich zu verteidigen. Aber bevor ich entscheiden kann, was ich am besten tun sollte, passiert etwas Erstaunliches: nachtschwarze Finger greifen nach mir, umschmeicheln mein aufgepeitschtes Inneres und sorgen dafür, dass die Wellen aus Furcht und Verwirrung abebben.

Im nächsten Moment höre ich eine Stimme. Sie ist tief und grollend, wie ein Wasserfall, der in den tiefsten Abgrund der Erde stürzt. Meine Knochen erzittern unter der Wucht des Timbres, das mich ganz und gar durchdringt.

»Aliqua, beruhige dich.«

Es dauert einen Moment, ehe mir klar wird, dass diese Stimme nicht von außen kommt, sondern ich sie in mir selbst hören kann. Mit weit aufgerissenen Augen starre ich hoch zu der schemenhaften Gestalt, die mich noch immer festhält und mir eine Hand auf den Mund presst. Dort, wo er mich berührt, spüre ich ein eigenartiges Britzeln. Als könnte ich nicht anders, leiste ich den Worten Folge, und meine Gegenwehr erstirbt.

Nachdem er sich vergewissert hat, dass ich wirklich ruhig bin, lässt er mich los. Als die Hand von meinem Gesicht verschwindet, schnappe ich gierig nach Luft, verzichte aber darauf, noch einmal losbrüllen zu wollen. Stattdessen setze ich mich hastig auf und robbe auf der Matratze so weit weg wie möglich. Die Augen des Mannes scheinen jede meiner Bewegungen in der Dunkelheit zu verfolgen.

»Wer bist du?«, frage ich mit krächzender Stimme.

Er antwortet nicht, stattdessen höre ich ein Klicken, und im nächsten Moment geht die Lampe auf meinem Nachttisch an. Geblendet kneife ich die Augen zusammen. Es dauert einige Augenblicke, bis ich mich an die Helligkeit gewöhnt habe, aber dann erkenne ich, wer auf dem Rand meiner Matratze sitzt: der Mann, der mir jeden Tag meine Mahlzeiten bringt. Ich starre ihn mit offenem Mund an, ehrlich überrumpelt davon, dass er hier ist. Nachdem er mich die letzten Tage über so geflissentlich ignoriert hat, habe ich die Hoffnung schon aufgegeben, bei ihm irgendetwas erreichen zu können. Habe ich es vielleicht doch geschafft, zu ihm durchzudringen? Hat er Mitleid mit mir und will etwas für mich tun?

Oder ... meine Eingeweide verkrampfen sich bei diesem Gedanken ... haben die anderen ihn geschickt, um mich aus dem Zimmer zu holen? Will er mir etwas antun?

Er scheint die wieder aufflammende Panik in mir zu erkennen, denn beschwichtigend hebt er beide Hände. »Ich werde dir nichts tun.«

Seine Stimme hat sich verändert. Bisher hat er zwar kaum ein Wort zu mir gesagt, aber selbst das missgelaunte Brummen und Gemurmel klang anders als jetzt. Nicht so tief und dunkel und irgendwie respekteinflößend. Hat er sich bisher verstellt?

Schweigend schauen wir uns an und scheinen beide zu versuchen, auseinander schlau zu werden.

Schließlich atmet er tief durch und sagt leise: »Es tut mir leid, ich wollte dich nicht erschrecken.« Er klingt hölzern, als hätte er keine Übung darin, sich zu entschuldigen.

»Vielleicht hättest du nicht im Dunkeln neben meinem Bett stehen sollen, während ich schlafe.« Ich kann den Sarkasmus nicht aus meiner Stimme vertreiben, und er zieht die Brauen hoch.

»Ich habe überlegt, wie ich dich wecken sollte, aber dann bist du von alleine aufgewacht.« Er klingt noch immer so *unbedarft*, was beinahe liebenswürdig ist, aber im Endeffekt ist er noch immer ein Immortalos. Einer der Kerle, die mich hier gegen meinen Willen gefangen halten. Ich sollte ihn nicht nett finden, nur weil er sich endlich dazu entschlossen hat, mit mir zu sprechen.

»Einigen wir uns darauf, dass dein Verhalten gruselig war. Aber warum bist du überhaupt hier?« Ich schlinge die Finger im Schoß ineinander, um meine Ungeduld in Zaum zu halten. Er ist hier, er will mit mir sprechen, anstatt mich an den Haaren zu packen und aus dem Zimmer zu schleifen. Mich interessiert ehrlich, was er möchte.

Er räuspert sich, und in diesem Moment fällt mir etwas Eigenartiges an ihm auf. Bisher war ich mir absolut sicher, dass seine Augen braun sind, ein so dunkler Ton, dass sie beinahe schwarz wirken. Doch jetzt gerade sieht seine Iris anders aus. Sie ist noch immer dunkel, doch ein silbriges Leuchten scheint dahinter zu glühen und sickert durch seine Pupillen. So etwas habe ich bisher nur einmal gesehen. Und zwar bei Orela, als ich eine Vision bei ihr ausgelöst habe. Allerdings verfärben sich seine Augen nicht vollkommen weiß, da ist nur dieses Leuchten.

Plötzlich noch wachsamer, mustere ich den Mann und versuche herauszufinden, was sich an ihm verändert hat. Denn abgesehen von dem seltsamen Leuchten seiner Augen ist etwas anders an ihm. Ja, er spricht plötzlich in ganzen Sätzen mit mir, aber da ist noch mehr. Eine schwer zu fassende Ausstrahlung geht von ihm aus, wie eine elektrisch aufgeladene Aura, die ich bereits wahrgenommen habe. Dazu seine Stimme, die einen Teil in mir zum Schwingen bringt, als würde ich ihn wiedererkennen. Wobei ich mir ziemlich sicher bin, ihm vor meiner Gefangenschaft noch nie begegnet zu sein. Andererseits war ich auch knapp zweitausend Jahre unter dem Vulkangestein von Herculaneum gefangen und habe den Großteil meines früheren Lebens vergessen. Alles, was ich darüber weiß, stammt aus einer einzigen Hypnosesitzung, die ich mit Orela abgehalten habe und bei der ich einige Erinnerungen zurückerhalten habe. Mir ist klar, dass das noch viel mehr im Verborgenen liegt und dieser Kerl dazugehören könnte.

Er studiert mein Gesicht genau, lässt mich keinen Moment aus den Augen und öffnet immer wieder den Mund, als wollte er etwas sagen, verwirft die Worte dann aber doch wieder. Schließlich platzt aus ihm heraus: »Du siehst deiner Mutter so ähnlich.«

Ich glaube nicht, dass er etwas hätte sagen können, das mich mehr schockiert hätte.

Mein Mund klappt auf, und vollkommen sprachlos starre ich ihn an. Das kann doch nicht sein Ernst sein! Meine Mutter? Er will meine Mutter gekannt haben und mir jetzt erzählen, dass ich ihr ähnlich sehe? Die Frau, die ich selbst nie kennengelernt habe. Die mir keinen Namen hinterlassen hat, sondern nur einen Anhänger, den ich vor einer Ewigkeit verloren haben muss. Das ist absolut das Letzte, was ich erwartet habe.

Das ist so skurril, dass mir ein Prusten entwischt.

Stirnrunzelnd betrachtet er mich, als könnte er nicht nachvollziehen, warum ich so reagiere, während ich eine Lachsalve zu unterdrücken versuche.

Mühsam schlucke ich das Gelächter hinunter und bemühe mich, einen Satz herauszubekommen. Trotzdem klingt es, als hätte ich Schluckauf. »Meine Mutter? Soweit ich weiß, konnte mir niemand jemals etwas über sie erzählen. Selbst in dem Haushalt, zu dem sie gehörte und in dem ich geboren wurde. Sie starb bei meiner Geburt.«

Der Mann – ich weiß seinen Namen noch immer nicht – presst die Lippen zusammen. »Deine Mutter starb nicht bei deiner Geburt.« Unerklärlicherweise klingt er wütend, was mich nur noch mehr verwirrt. »Und niemand konnte etwas über sie erzählen, weil ich dafür gesorgt habe. Zu deiner Sicherheit.«

Eine helle Flamme glüht inzwischen in seinem Blick, und alles in mir wird ganz ruhig, als er mich ansieht. Obwohl es so unglaublich ist, kann ich nicht mehr anzweifeln, was er zu mir sagt. Es liegt am rauen Klang seiner Stimme, die voller Aufrichtigkeit ist. Er scheint meine Mutter wirklich gekannt zu haben, oder … oder …

Ich schaffe es nicht den Gedanken zu beenden. Die bloße Vorstellung ist zu beängstigend.

»Woher kennst du sie?«, wispere ich.

Bei meinen Worten überläuft ihn ein Schaudern, und sein Körper zuckt, als hätte er einen Stromschlag abbekommen. Besorgt beobachte ich ihn, doch er schließt kurz die Augen, atmet tief durch und beruhigt sich wieder.

»Entschuldige, diese Situation ist auch sehr aufwühlend für mich, und es ist schwer, diesen Körper nicht zu überfordern. Ich muss mich zurückhalten.«

Moment mal ... was? Der erste Teil seines Satzes ist ja durchaus verständlich, aber der Rest? *Es ist schwer, diesen Körper nicht zu überfordern.* Hat er fünf davon zur Auswahl, und dieser hier ist das störungsanfällige Auslaufmodell?

Mein aufgewühlter Atem erfüllt das stille Zimmer und hallt von den Wänden wider. Ich bin so kurz davor auszuflippen. Die wildesten Gedanken türmen sich in meinem Kopf auf und drohen jeden Moment über mir zusammenzubrechen.

»Wer bist du?« Oder sollte ich besser fragen *was*?

Wieder scheint er mit sich zu hadern und nach Worten zu suchen. Er starrt hinunter auf seine Hände, die in seinem Schoß ruhen, mit einem Ausdruck, als sähe er sie zum ersten Mal. Ganz langsam krümmt und streckt er jeden einzelnen Finger, wie um ihre Funktion zu prüfen.

Wieder liegt diese Funken schlagende Spannung in der Luft.

Und dann ...

»Ich bin Pluto.«

Wie zu Stein erstarrt sitze ich da und glotze ihn an. Dann blinzle ich. Einmal. Zweimal.

»Du!« Völlig unverhohlen deute ich mit dem Finger auf ihn. »Du behauptest ernsthaft, Pluto zu sein? Der Gott der Unterwelt? Guter Versuch, mein Lieber, aber selbst ich weiß, dass die Götter verschwunden sind.« Mit zusammengekniffenen Augen verfolge ich jede seiner Regungen. Bis jetzt war er überzeugend, aber diese Behauptung ist einfach zu irrwitzig.

Seine Augen weiten sich, und das Glühen darin wird intensiver. Auch wenn dieses Phänomen seltsam ist, glaube ich ihm noch immer nicht. Denn es kann nicht sein. Kein Gott kann sich hier auf der Erde aufhalten, Santo und die anderen haben nicht gelogen. Er ist ein Ewiglicher, der vielleicht ähnlich starke Fähigkeiten wie Orela hat, mehr aber auch nicht.

Seine Mundwinkel zucken angesichts meiner skeptischen Miene. »Ich könnte dir eindeutige Beweise präsentieren, aber damit werde ich diesen menschlichen Körper zerstören, und es war sehr aufwendig, mich nach all der Zeit in diesem hier zurechtzufinden.« Er rollt mit den Schultern, wie um eine Verspannung zu lösen. »Ich bin Pluto und habe dir beigestanden, wenn dein Geist sich zu Marcellus verirrt hat, der seinen Schabernack mit dir getrieben hat. Du hast mich doch bemerkt, nicht wahr?«

Ich ... ich ... ja, das habe ich. Da war diese mächtige, dunkle Präsenz, die sich gegen Marcellus erhoben hat, wann immer er mir zu nahe kommen wollte. Aber dass das Pluto gewesen sein soll? Unvorstellbar. Aber wie sollte er sonst darüber Bescheid wissen, wenn er nicht selbst dabei war? Soweit ich weiß, ist meine Gabe ziemlich selten und etwas, das sonst nur die Götter selbst beherrschen.

»Wie soll das möglich sein? Dass du hier bist, meine ich.« Es ist nicht so, als wäre ich inzwischen von dem überzeugt, was er behauptet, aber seine Argumente interessieren mich. Außerdem kann ich nicht leugnen, dass er eigentlich nicht über meine Geistwanderungen Bescheid wissen sollte.

Der Mann zieht brütend die Brauen zusammen. »Ich habe mich gegen den Weggang der Götter zur Wehr gesetzt und mich an den nächsten Menschen in meiner Nähe geklammert: Marcellus. Als er, genauso wie du, von den Vulkanmassen verschluckt wurde, war ich bei ihm und habe die Zeit gemeinsam mit ihm in der Gefangenschaft verbracht. Nicht die vergnüglichste Sache, wie du dir sicher vorstellen kannst.« Seine Miene wird so miesepetrig, dass ich den Drang habe, mitfühlend zu lächeln.

Aber bei allem, was heilig ist, ich kann es immer noch nicht glauben. Da sind so viele Punkte, die für seine Geschichte sprechen, aber vor mir sitzt einfach nur ein Mann. Ein Ewiglicher, wie auch ich eine bin, und wenn man nicht genau aufpasst, wirkt er vollkommen durchschnittlich.

Der Fragenberg in mir bricht polternd zusammen, und ohne weiter darüber nachzudenken, platze ich mit der ersten Frage heraus.

»Also dieser Körper hier.« Vage fuchtele ich mit dem Händen vor seiner Gestalt durch die Luft. »Das bist nicht wirklich *du*, richtig? Du bist nur in ihn hineingeschlüpft.«

Er nickt, noch immer mit leicht gequältem Gesichtsausdruck.

»Du hast von ihm Besitz ergriffen und steuerst ihn. Aber wo ist er währenddessen? Bekommt er mit, was du da mit ihm tust?« Der Gedanke, dass Pluto sich diesen Körper angeeignet hat, fühlt sich so übergriffig und problematisch an, dass ich eine Gänsehaut bekomme. Die bloße Vorstellung, dass jemand das mit mir tun könnte, bereitet mir Übelkeit.

»Ich habe sein Bewusstsein in einen tiefen Schlaf geschickt, er bemerkt nichts von meiner Anwesenheit. Wäre er wach, wäre es wirklich störend, weil sein Selbst und ich um die Vorherrschaft kämpfen würden. Es würde den anderen auffallen, und sie würden schneller bemerken, dass ich hier bin.«

Verwunderung erfasst mich. »Dann bist du quasi inkognito hier? Die Immortali haben keine Ahnung?«

Er schüttelt den Kopf. »Es würde für jede Menge Aufregung sorgen, wenn allgemein bekannt würde, dass Pluto auf der Erde weilt. Während meiner Gefangenschaft konnte ich gut beobachten, was sich hier getan hat, und ich halte mich lieber bedeckt. Deswegen musste ich dich auch nachts aufsuchen. Tagsüber würde es auffallen, wenn dein Wächter längere Zeit bei dir verbringt.«

Vollkommen baff erwidere ich seinen Blick. Es fällt mir noch immer verdammt schwer, aber ein kleiner Teil von mir beginnt zu begreifen, dass ich gerade wirklich einem Gott im Körper eines Unsterblichen gegenübersitze. Er hockt auf meiner Matratze und spricht mit mir, als wäre nichts dabei.

»Die Damnati fürchten euch«, wispere ich rau. Als ich es ausspreche, erwacht das Gefühl auch in mir. Ein kalter Angstschauer rieselt meinen Rücken hinunter, geboren aus dem uralten Wissen, dass die Götter keine guten Geschöpfe sind.

»Daran tun sie auch recht«, stimmt Pluto mir ernst zu. »Wir Götter sind uralte Wesen, und die Zeit hat nicht zur Besserung unseres Charakters beigetragen. Meine Brüder und Schwestern sind schon vor vielen Tausend Jahren verroht. Schmerz und Leid unter den Menschen zu verbreiten, war für viele von uns das einzige Vergnügen, das sie noch erheitern konnte. Oder ihnen überhaupt etwas zu fühlen gab.«

»Aber nicht für alle?« Ich schlucke nervös.

Fältchen bilden sich in den Winkeln seiner Augen, als er leicht lächelt. »Von mir hast du nichts zu befürchten, Aliqua. Niemals.« Der tiefe Klang seiner Stimme schwillt an, und dieses prickelnde Summen, das von ihm ausgeht, verstärkt sich. Es hüllt mich ein wie eine warme Decke und vertreibt die Schauer von Angst, die seine Anwesenheit ausgelöst hat. Unwillkürlich entspanne ich mich, für einen Moment fühle ich mich so geborgen wie noch nie in meinem Leben. Mit unverrückbarer Gewissheit weiß ich, dass ich ihm glauben kann. Er wird mir nichts tun.

»Dieser Name, den sie dir gegeben haben.« Missbilligend presst er die Lippen zusammen. »Er wird dir nicht gerecht. Du bist nicht *irgendjemand,* und glaube mir, ich habe Marcellus dafür büßen lassen, dass er dir das Gefühl gegeben hat, ein nichtswürdiger Niemand zu sein. Er wusste schon lange, dass du mehr warst, als er je sein würde, und es ist an der Zeit, dass du erfährst, wer du bist und woher du kommst.«

Kapitel Sechs

Rom, 79 n. Chr.

Schon in der folgenden Nacht schritten die Familien Pomponius und Omodeus zur Tat. Nachdem sich Orela bereit erklärt hatte, als Medium zu dienen, hatte Tiberius Omodeus widerwillig darauf verzichtet, sich weiter gegen das Vorhaben auszusprechen. Zu viele Mitglieder seiner Familie stimmten aus Sorge um die Erkrankten in ihren Reihen Marcellus zu. Sie wollten nichts unversucht lassen, ihre Lieben zu retten, und er verstand sie. Er war selbst voller Sorge um seine eigenen Kinder und seinen Neffen, der schwer erkrankt war. Die Heilkundigen hatten seit dem Aufkommen der Seuche nichts unversucht gelassen, um eine Arznei zu finden, oder eine Behandlungsmethode, die die Erkrankten retten konnte. Aber das Leiden war erbarmungslos und raffte sie alle über kurz oder lang dahin. Tiberius war schon immer ein Mann der Tat gewesen und wusste, dass sie nur zwei Optionen hatten: entweder die Seuche auszusitzen und womöglich eine hohe Zahl von Todesopfern beklagen zu müssen oder möglichst schnell zu handeln. Auch wenn Letzteres hieß, einen riskanten, wenig erfolgversprechenden Weg einzuschlagen. Es war der Mut der Verzweiflung, der sie handeln ließ, dessen war er sich wohl bewusst, aber er war bereit, es zu akzeptieren. Zum Wohl seiner Familie.

Als der Abend hereinbrach, fanden sich Abordnungen beider Familien um den Hausaltar des Domus Omodeus ein. Orela hatte bestimmt, die Zeremonie in ihrem Zuhause stattfinden zu lassen, und niemand hatte der Weisung der Sibylle widersprochen. Sie war die Auserwählte der Götter und würde es ihnen ermöglichen, den Göttern ihre Bitte vorzutragen. Wenn sie denn kamen ...

Um keine Außenstehenden auf ihr Vorhaben aufmerksam zu machen, begann das Unterfangen nach dem Sonnenuntergang. Aliqua begleitete wie immer Marcellus, der die Gruppe der Pomponii anführte. Sie waren beladen mit Weihegaben, die sie den Göttern für ihre Huld darbieten wollten. Aliqua bekam vor Staunen den Mund nicht zu, während sie die Berge von kostbar gearbeiteten Waffen und Schmuck, Töpferwaren, Kleidungsstücken und Möbeln sah, die vor dem Hausaltar aufgehäuft wurden. Der Altar war aus Platzgründen in das große Atrium gebracht worden, das von einem Meer an Bienenwachskerzen erleuchtet wurde. Ihr Duft vermischte sich mit den betäubenden Dämpfen, die aus den Weihrauchbecken aufstiegen. Schwindel überkam Aliqua, deren Nerven schon den ganzen Tag zum Zerreißen gespannt waren. Sie war noch nie bei einer derartigen Zeremonie zugegen gewesen. Nun, das war wohl niemand der Anwesenden, und die Spannung hing in der schwer parfümierten Luft, als könnte man nach ihr greifen. Marcellus wurde direkt nach seiner Ankunft von den Anführern der Omodeo-Familie in Beschlag genommen, die mit ernster Miene auf ihn einredeten. Aliqua hielt sich am Rand auf, um dem hektischen Treiben um sie herum so gut wie möglich auszuweichen. Als alle Weihegaben abgelegt waren, wurden die Opfer in Form von Speisen und Getränken aufgetragen. Platten von Brot, Kuchen und Karaffen mit Wein und Öl. Und dann ... die lebenden Tiere. Erschrocken kniff Aliqua die Augen zu-

sammen und wich noch weiter zurück. Natürlich verlangte es die Götter nach frischem Blut, aber sie hatte die rituellen Schlachtungen noch nie ertragen können. Die Geräusche, das Blutvergießen.

Als sie gerade überlegte, wohin sie sich flüchten könnte, bis das Schlimmste vorüber sein würde, fasste sie jemand von hinten am Arm. Sie wandte den Kopf und erkannte Sanctius, der an sie herangetreten war und nun einen Finger über die Lippen legte. Sie nickte, um ihm zu sagen, dass sie seine Weisung verstanden hatte. Ohne ein weiteres Wort zog er sie mit sich, tiefer ins Haus hinein, wo es himmlisch ruhig war. Die Stimmen und das geschäftige Treiben aus dem Atrium verklangen zu einem fernen Wispern, als er sie hinter einen dicken Vorhang in eine kleine Kammer führte. Der Raum wurde nur von einer einzigen Öllampe erhellt und war bis auf eine Truhe leer. Aliqua war das Zimmer aber auch einerlei. Gierig nahm sie Sanctius' Anblick in sich auf, nachdem sie sich so viele Tage nicht mehr so nahe gewesen waren. Sein warmer Atem strich über ihr Gesicht, und das Blau seiner Augen wurde zur einzigen Farbe, die in ihrer Welt existierte.

»Wie geht es dir?« Sie sprachen gleichzeitig und mussten im nächsten Moment beide darüber grinsen. Sanctius hob die Hand und berührte sie hauchzart an der Wange. Fragend neigte er den Kopf, damit sie als Erste antwortete.

»Gut.« Das Wort entwich Aliqua als schweres Seufzen, und sie lehnte sich Halt suchend gegen die Wand in ihrem Rücken. »Ich habe mich nicht angesteckt, noch nicht, aber ich bin krank vor Sorge.«

Mit seinem Finger strich er sanft über ihre sorgenvoll zusammengezogenen Brauen, um sie zu glätten.

»Mir geht es genauso. Es wird Zeit, dass wir diesem Elend ein Ende bereiten.«

Sie suchte seinen Blick. »Meinst du es gelingt heute Abend?«

Sein Ausdruck war grimmig und voller Entschlossenheit. »Ich glaube daran. Orela ist guter Dinge, und sie muss es ja wissen, nicht wahr? Nichtsdestotrotz sorge ich mich um sie. Dieses Unterfangen wird sie viel Kraft kosten.« Nun war er es, der die Stirn krauste. Sinnend starrte er sie an, obwohl Aliqua das Gefühl hatte, dass er zu sehr in seinen Gedanken versunken war, um sie wirklich zu sehen. Aber sie verstand ihn. Selbst sie sorgte sich um Orela, und sie kannten einander weit weniger gut. Schließlich räusperte er sich.

»Wenn wir heute Nacht Erfolg haben, können wir Rom hoffentlich rasch von dieser schrecklichen Geißel befreien.«

Aliqua überraschte es, dies zu hören. »Ganz Rom?«, wiederholte sie. »Ich dachte, nur die Familien Pomponius und Omodeus erbäten die Hilfe der Götter.«

»Wir sind es, die unseren Einfluss dazu nutzen, die Götter zur Hilfe zu bewegen, aber wenn sie uns erhören und ein Heilmittel schicken, dann sollen es alle Menschen bekommen. Welche Scheusale wären wir, nur die Unseren zu retten und alle anderen sich selbst zu überlassen?«

Einen Moment verschlug es Aliqua die Sprache. Hätte sie ihr Herz nicht längst an ihn verloren, so wäre es spätestens in diesem Moment geschehen. Sie war sich sicher, dass Marcellus keine Sekunde an irgendjemanden außer sich selbst und seine Familie gedacht hatte und es auch nicht tun würde. Sanctius dagegen ... er überlegte schon jetzt, den Rest der Stadt an ihrer Rettung teilhaben zu lassen. Diese selbstlose Großzügigkeit überraschte sie so sehr, dass ihr die Kehle eng wurde.

»Du bist ein guter Mensch«, brachte sie mit rauer Stimme heraus.

Sanctius wirkte überrascht, dann schüttelte er den Kopf. »Vor allen Dingen bin ich selbstsüchtig«, gestand er ein und lehnte seine Stirn gegen ihre. »Das Wohl der Bürger von Rom liegt mir am Herzen, aber in erster Linie gilt meine Sorge dir. Erst durch dich ist mir wirklich klar geworden, was es bedeutet, ein Sklave und unfrei zu sein. Zu lange habe ich nie einen einzigen Gedanken daran verschwendet, wie es denen geht, die unter mir stehen.«

Er hatte die Augen zusammengekniffen, und Aliqua legte beide Hände um sein Gesicht. Raue Bartstoppeln kratzten an ihren Handflächen und ließen einen heißen Schauer durch ihren Körper rieseln. Sie waren einander so nahe, dass sich ihre Atemluft vermischte, und tief sog sie seinen Geruch in sich ein. Ein Aphrodisiakum, nichts weniger.

»Es mag dir nicht bewusst sein, aber du hast mir das größte Geschenk gemacht, das ich jemals erhalten habe: Du hast mich gesehen. Dort, auf dem Sklavenmarkt, als ich mich wie eine Ware gefühlt habe und zu einer gemacht wurde. Ich war kein Mensch, aber du hast mir in die Augen gesehen und mich daran erinnert, dass ich das sehr wohl bin. Dass mein Wert nicht darin bemessen ist, wie viele Goldmünzen mein Verkauf einbringt, oder in den Fertigkeiten, über die ich als Arbeitskraft verfüge. Obwohl du wie alle anderen von Geburt an gelernt hast, dass jemand wie ich nicht mehr als ein Ding *ist, hast du mich nie als solches behandelt. Und deswegen weiß ich, dass du besser als der Rest bist.«*

Sein Atem stockte, sie spürte es an ihren Lippen. Unter ihren Händen wurde er ganz starr, und sie fürchtete, dass er im nächsten Moment auseinanderbrechen könnte. Doch dann ließ er den Atem in einem langen Stoß aus und zog sie mit einer Heftigkeit an sich, die sie vollkommen aus der Fassung brachte. Sie waren einander schon oft nahe gewe-

sen. Flüchtige Berührungen, verschränkte Hände, ein gestohlener Kuss in der Dunkelheit des Gartens. Aber nie waren sie vollkommen unbeobachtet gewesen. Auch jetzt war das Haus voller Menschen, doch in dieser kleinen Kammer konnten sie sich einbilden vollkommen allein zu sein. Nachdem der erste Schreck sich gelegt hatte, schmolz Aliqua regelrecht in Sanctius' Arme. Sie schmiegte sich fest in seine Umarmung, legte selbst die Arme um ihn und genoss das Gefühl, seinen donnernden Herzschlag an ihrer Brust zu fühlen. Sein Mund wanderte über ihr Gesicht und liebkoste sie mit winzigen Küssen.

»Ich werde mich jeden Tag bemühen, deiner würdig zu werden«, murmelte er nah an ihrem Ohr.

Seine Worte zerrten auf eine unerträglich bittersüße Art an ihrem Herzen. Es rührte sie, wie liebevoll er sprach, ganz so, als gäbe es tatsächlich eine Zukunft für sie beide. Eine Zukunft, in der sie die Seine sein konnte, ohne Schranken oder Hindernisse. Aber so etwas konnte niemals geschehen. Sie war eine Unfreie, egal, wie hoch er sie schätzte. Oder wie sehr er an eine Wendung glaubte.

Sanctius spürte, wie sie sich in seinen Armen versteifte. »Mein Vater möchte, dass wir uns in unsere Villa in Tivoli zurückziehen, sobald die Angelegenheit in Rom geklärt ist. Um zur Ruhe zu kommen. Ich möchte dich dorthin mitnehmen.«

Aliqua wand sich und drückte ihm die Hände gegen die Brust, bis er seinen Griff ein wenig lockerte und sie sich weit genug nach hinten lehnen konnte, um ihm ins Gesicht zu blicken.

»Das geht nicht. Ich gehöre Marcellus.« Und er wird mich bestimmt nirgendwohin gehen lassen. *Diesen Gedanken sprach sie nicht laut aus, aber sie wusste, dass es Sanctius ebenfalls klar war.*

»Ich werde dich ihm abkaufen.« Seine Entschlossenheit brannte wie eine Flamme in seiner Stimme, und er zog sie wieder enger an sich. »Welchen Preis er auch verlangt, ich werde ihn bezahlen, und dann schenke ich dir die Freiheit. Damit du wählen kannst, wie deine Zukunft aussehen soll.«

Santo

Abwartendes Schweigen hat sich über unsere Runde auf der Dachterrasse gesenkt. Die Blicke von Adone, Scuro und mir liegen auf Orela, die nervös den Saum ihres Shirts durch die Finger gleiten lässt. Gerade eben hat sie angekündigt, sich an etwas erinnert zu haben, das uns dabei helfen könnte, Aliqua zu finden, und ich brenne darauf zu erfahren, was es ist. Aber offenbar kostet es meine Schwester einiges an Überwindung, diese Sache preiszugeben. Immer wieder setzt sie dazu an, etwas zu sagen, und stockt dann doch im letzten Moment.

Ich zwinge mich, ruhig abzuwarten und sie nicht zu drängen. Nach dem, was ich gerade erst über Aliqua und mich verraten habe, weiß ich ganz genau, wie schwer es sein kann, manche Dinge auszusprechen. Selbst wenn es gegenüber den Menschen ist, denen man am meisten vertraut.

Das Klingeln eines Handys durchbricht die gespannte Stille, und Orela zuckt zusammen. Es dauert einige Momente, bis Adone bemerkt, dass es sein Gerät ist, und leise fluchend kramt er es aus seiner Hosentasche. Als er auf das Display schaut, zieht er überrascht die Augenbrauen nach oben.

»Das ist Massimo«, sagt er und schaut fragend in die Runde.

Oh *fuck!* Massimo hat gestern angeboten, den Kontakt zu seinem alten Freund Marcellus zu suchen, und vielleicht ist er schon erfolgreich gewesen. Wenn er etwas Nützliches erfahren hat, bräuchten wir Orelas Hilfe vielleicht gar nicht. Auffordernd nicke ich ihm zu, und Adone nimmt den Anruf entgegen.

Gespannt beobachte ich Adones Miene, während er mit Massimo spricht. Sein Ausdruck ist ernst, er nickt, sagt aber nichts, sondern hört nur zu. Dann seufzt er schwer, und mein Mut sinkt.

»Kein Problem, Mann, mehr kannst du nicht tun.« Er lauscht wieder. »Ja klar, das ist schwierig, sie halten sich gerade noch bedeckter als sonst. Aber hey, sobald du was hörst, gibst du uns Bescheid, ja? Wir sind echt dankbar für deine Bemühungen.«

Ich lasse den Kopf sinken und kneife die Augen zusammen. Es wäre wirklich zu schön gewesen, wenn Massimo schon Erfolg gehabt hätte. Aber wann hat dieser Kerl schon einmal etwas getan, worüber ich mich freuen würde?

»Nichts«, bestätigt Adone mit einem frustrierten Seufzen, nachdem er aufgelegt hat. »Massimo konnte niemanden erreichen. Er will noch versuchen, zu einigen abtrünnigen Mitgliedern seiner Familie Verbindung aufzunehmen, aber mit denen hatte er seit Ewigkeiten keinen Kontakt mehr.« Er zuckt mit den Schultern und schaut bedrückt in die Runde.

»Ich hätte schwören können, dass er noch immer mit ein paar der Immortali in Verbindung steht«, murmle ich bitter in mich hinein.

»Ja, weil du ihn nicht ausstehen kannst.« Scuro rollt mit den Augen. »Aber in diesem Fall wäre es nützlich gewesen, nicht wahr?«

Ich erwidere nichts, stattdessen brummt Adone: »Vater hat einen kleinen Trupp zusammengestellt, der nach Aliqua fahndet, und er hat auch Drusilla auf sie angesetzt. Vielleicht kommt dabei ja bald etwas Nützliches heraus.« Sonderlich überzeugt klingt er allerdings nicht.

Fragend schaut er zu Scuro. Scuros nebelhafte Mutter, die einst ein Schützling der Göttin Hecata war, fällt in eine ganz eigene Kategorie von Merkwürdigkeit. Allerdings kann sie unschlagbar hellsichtig sein und ist möglicherweise in der Lage, wertvolle Hinweise zu Aliquas aktuellem Aufenthaltsort zu liefern.

Scuro reagiert mit einem knappen Kopfschütteln.

»Marcellus' Befreiung und die Aktivität des Vesuv hat sie irgendwie durcheinandergebracht«, sagt er leise. »Ich hatte kurz Kontakt mit ihr, und sie hat die ganze Zeit davon gesprochen, dass die Pforten zur Unterwelt offen stehen und die Kappe der Unsichtbarkeit unter uns wandelt.« Bitter verzieht er den Mund, und ich werfe ihm einen mitfühlenden Blick zu.

»Klingt ja ermutigend.«

Scuro grinst schief. »Ja, nicht wahr? Warum ausgerechnet die Unterwelt, könnte sie nicht etwas über das Elysium erzählen? Das wäre beruhigender.«

Kurz verfallen wir in Schweigen, und ich zermartere mir das Hirn darüber, wer uns sonst noch helfen könnte. Es gefällt mir gar nicht, dass uns die Optionen ausgehen.

»Was ist mit Remo?« Ich klammere mich an Strohhalme, aber ich hätte einfach lieber Informationen aus erster Hand, anstatt mich auf was auch immer Orela im Sinn steht, zu verlassen.

»Nachdem er uns wahrscheinlich schon mit verfälschten Informationen gefüttert hat, was Marcellus' Befreiung betraf? Dem glaube ich nicht einmal, wenn er neben mir aus dem Fenster schaut und mir sagt, dass gerade die Sonne scheint.« Adone bläst die Backen auf und umklammert sein Handy so fest, dass das Gehäuse knackt.

»Okay.« Orelas Stimme ist leise, aber klar wie ein Glockenschlag. »Massimo könnte Erfolg haben, aber das wird einige Zeit dauern. Zeit, die wir nicht riskieren wollen, damit die Immortali und Marcellus keine Gelegenheit dazu bekommen, Aliqua zu benutzen. Richtig?«

Das Wort *benutzen* stößt mir bitter auf, aber ich nicke zustimmend. Denn das ist es, was sie mit ihr vorhaben. Sie werden nicht um Erlaubnis bitten, ihre Gabe zu gebrauchen, sondern sie mit allen zur Verfügung stehenden Mitteln dazu bringen zu kooperieren. Ich kenne Aliqua gut genug, um zu wissen, dass sie sich dagegen zur Wehr setzen wird, und ich will nicht, dass es so weit kommt, dass die Immortali die Geduld mit ihr verlieren und ihr ernsthaft wehtun. Ohnehin ist jede Minute, die sie dort verbringt, eine zu viel.

»Also dann bleibe nur ich. Ich habe mich in Tivoli an etwas erinnert, von dem ich vergessen hatte, dass ich es vergessen habe.« Orela runzelt die Stirn über ihre eigene Satzkonstruktion, fährt dann aber fort. »Wie gesagt, bis vor einem Tag hatte ich keine Ahnung mehr, dass ich dieses Wissen einmal besessen habe. Ich habe Aliqua bei einer Hypnose begleitet, die einige ihrer verschollenen Erinnerungen zurückgebracht hat, und dabei muss bei mir eine Art Wechselwirkung eingesetzt haben. Ich war vollkommen auf sie konzentriert und habe erst später bemerkt, dass sich auch bei mir etwas getan hat. Wie Aliqua habe ich eine verschollene Erinnerung freigelegt. Und zwar die genaue Methode, mit der ich früher die Götter rufen konnte.«

Die Worte brechen als hastiger Schwall aus Orela heraus, und sie hält den Atem an, während sie auf unsere Reaktion wartet. Scuro ist noch blasser geworden, als er ohnehin schon ist, und starrt Orela mit leicht geöffneten Lippen an. Adone sieht hochgradig verwirrt aus. Und ich selbst bewege mich irgendwo zwischen diesen beiden Polen. Hinter meinen Schläfen beginnt es zu pochen, während die Erkenntnis wie zäher Honig in mich sickert.

»Eine Methode, mit der du die Götter rufen konntest?«, wiederhole ich langsam und lasse meine Schwester nicht aus den Augen.

Orela beißt sich auf die Unterlippe, dann nickt sie.

Ich bin gelinde gesagt überrumpelt. Seit ihrer Geburt war Orela ein auserwähltes Medium der Götter. Sie fungierte als Mittlerin zwischen den körperlosen Göttern und den Menschen, indem sie Nachrichten von ihnen empfing und an alle anderen weitergab. Viele erhofften sich eine Fürsprache von ihr, aber Orelas Möglichkeiten waren begrenzt. Sie konnte nur aufnehmen, was eine Gottheit ihr mitteilte, egal wann es dieser beliebte, sie als Sprachrohr zu benutzen. Im Gegenzug war es meiner Schwester nicht möglich, den Göttern etwas mitzuteilen oder sich ihnen zu verweigern – zumindest habe ich das bisher geglaubt. Und wenn ich meine beiden Cousins so ansehe, geht es ihnen genauso.

Orelas Wangen röten sich, und sie rutscht unruhig auf ihrem Platz hin und her. »Es ist nicht wahr, dass es mir selbst nicht möglich war, mit den Göttern zu kommunizieren«, gesteht sie. »Seit ich denken kann, war es mir verboten, diese Tatsache irgendjemandem zu verraten. Die Götter hätten es bemerkt, wenn ich es doch getan hätte, und mich bestraft. Wahrscheinlich wollten sie nicht, dass die Menschen davon wussten und sie über mich mit Bitten und Wünschen belagerten.«

Vollkommen gebannt hänge ich an ihren Lippen, ohne zu begreifen, dass sie all die Jahrhunderte ein solches

Geheimnis gehütet hat. Die ganze Zeit dachte ich, ich sei derjenige von uns beiden, der den schweren Ballast mit sich herumschleppt.

»Wenn sie zu mir gekommen sind, konnte ich sie wirklich nicht abweisen, aber mit der Zeit habe ich auch begonnen, einige Gottheiten besonders zu mögen. Sie tauchten auch dann auf, wenn sie keine Nachrichten für die Menschen hatten, und haben sich mit mir unterhalten. Einige waren nervig und haben mir tagtäglich die Ohren vollgeheult, andere sind zu so etwas wie Freunden geworden.« Sie zieht die Schultern hoch und weicht noch immer unseren Blicken aus. »Ich war schon immer anders, weil ich als Auserwählte geboren wurde. Ihr habt versucht, es mich nicht spüren zu lassen, aber tief in mir wusste ich es immer. Ich war nicht so frei wie der Rest, wurde wie etwas Besonderes behandelt oder mit vorsichtigen Augen beobachtet. Irgendwie hat mich das ... einsam gemacht, obwohl ich nie allein war, und dieser Austausch mit den Mächten, die mich zu diesem Dasein auserkoren hatten, wurde tröstlich für mich. Manche haben mich verstanden, bei anderen war es einfach unterhaltsam, ihren persönlichen Dramen und Sorgen zu lauschen. Selene, die Mondgöttin, zum Beispiel war furchtbar eifersüchtig auf Sol, weil die Menschen ihrer Meinung nach die Sonne mehr liebten als den Mond.« Ein bitteres Lächeln huscht über ihre Lippen, ehe sie den Mund wieder zu einer schmalen, ernsten Linie zusammenpresst.

»Warum hast du nie etwas gesagt? Auch nicht nach dem Weggang der Götter?« In Scuros leiser Stimme schwingt ein kleiner Hauch von Vorwurf mit. Ich denke, wir alle können nicht verstehen, warum sie nie etwas gesagt hat. Spätestens nach dem Fluch wäre sie doch frei gewesen, dieses Detail mit uns zu teilen.

Orelas Gesicht wird finster, als sich tiefe Gefühle wie ein Schatten über sie legen. Uralter Kummer und Schmerz und ein Bedauern, das mir das Herz zerreißt.

»Es war ... zu schmerzhaft«, bringt sie mit belegter Stimme heraus. »Und ich hatte Angst vor euren Reaktionen – und der der anderen Ewiglichen. Ich wusste die ganze Zeit, dass ich damals den Kontakt zu den Göttern herstellen konnte, aber bis vor wenigen Stunden hatte ich vergessen, *wie* ich das gemacht habe. Es gab eine Methode, eine bestimmte Gottheit anzurufen, wenn sie gerade nicht in der Nähe war, ich sie aber brauchte. Auf diese Weise habe ich die Götter überhaupt zusammengerufen, als wir sie um eine Hilfe gegen die Seuche gebeten haben. Sie kamen nicht von alleine.«

Die Erinnerungen an diesen einen, verhängnisvollen Abend, als die Omodei und Pomponii sich versammelt haben, um die Götter zu bitten, uns Hilfe bei der grassierenden Seuche zu leisten, ist inzwischen etwas verschwommen. Zu viel ist seitdem passiert, was die Bilder von damals überlagert und unklar hat werden lassen. Aber ich werde nie den Anblick meiner Schwester vergessen, wie sie in unserer Mitte stand, von einem überirdischen Leuchten erfüllt, und durch sie die obersten Götter unserer Welt sprachen. Die ganze Zeit hatte ich furchtbare Angst, die Anwesenheit von so vielen Gottheiten könnte zu viel für sie sein und sie am Ende zerbrechen wie einen trockenen Ast. Als Orakel war Orela von Geburt an robuster, was die zerstörerische Präsenz von göttlicher Macht in ihrem Körper angeht, aber noch nie hatte sie so viele von ihnen gemeinsam zusammengerufen. Wahrscheinlich hätte es mir damals schon auffallen müssen, wie einfach es war, die Götter unter uns zu holen, aber ich war zu diesem Zeitpunkt zu sehr in Angst und Sorge gefangen gewesen.

»Es tut mir leid«, wispert Orela. »Ich hasse es, Geheimnisse vor euch zu haben, aber das ist etwas, worüber ich mit niemandem reden konnte. Wenn es jemand gewusst hätte ... früher oder später wäre verlangt worden, dass ich versuchen solle Kontakt zu den Göttern herzustellen. Aber ich wusste nicht mehr, wie ich es früher angestellt hatte. Ich glaube inzwischen, sie haben dieses Wissen bei ihrem Weggang wohlweislich mitgenommen.«

Ja, das passt. Keiner von uns weiß genau, in welches Exil die Götter sich zurückgezogen haben, aber es war unmissverständlich, dass sie von den Menschen die Schnauze voll hatten, um es unfein auszudrücken. Sie hätten nie und nimmer riskiert, jemanden mit dem Wissen zurückzulassen, wie man sie zurückholen kann.

Aber dieser Bann um Orelas Gedächtnis ist nun offenbar gebrochen, was mich weitergrübeln lässt. Irgendwas an Aliqua hat das bei ihr ausgelöst, und ich frage mich, wie mächtig sie sein muss, um so was zu bewerkstelligen. Ich weiß, dass Orela schon bei vielen anderen Ewiglichen solche Hypnosen durchgeführt hat, doch nie ist etwas Vergleichbares dabei passiert.

Adone reibt sich mit den Händen über das Gesicht, dann lässt er den Blick zwischen meiner Schwester und mir hin und her schweifen. »Ihr beiden seid unmöglich, wisst ihr das? Tragt jahrhundertelang eure Geheimnisse mit euch herum, und heute ist für euch der Tag, um reinen Tisch zu machen, eh?« Grummelnd zieht er eine Packung Zigaretten hervor. Ich habe mich schon gefragt, wie lange es dauert, bis er eine Kippe braucht. Sollten wir jemals wieder sterblich werden, wird Adone der Erste von uns sein, der stirbt, weil er seine Lungen so fleißig mit Teer zukleistert. Als Unsterblicher genießt er den Luxus, dass ihm ein solches Laster nichts anhaben kann.

»Ich warne euch!« Er pustet mir eine Rauchwolke direkt ins Gesicht. »Sollten da noch irgendwelche finsteren Abgründe in euch lauern, die ihr euch endlich von der Seele schaffen wollt, hebt es euch für später auf. Und damit meine ich in ein paar Jahrzehnten oder so.«

Scuro nickt zustimmend, und ich bin überrascht, als er nach Adones Zigarettenpackung greift. Orela und ich haben es wirklich geschafft, die beiden fertigzumachen. Dabei war das zumindest von meiner Seite aus absolut nicht geplant.

Ich wechsle einen Blick mit meiner Schwester, und sie sieht genauso betreten aus, wie ich mich fühle. Unser Timing ist wirklich ausbaufähig.

»Bevor ihr beiden die Unterhaltung an euch gerissen habt« – Adone schnippt Asche in einen Palmentopf neben sich, woraufhin Orela missfällig den Mund verzieht – »ging es doch um die Frage, wie wir Aliqua so schnell wie möglich von diesen Bastarden zurückholen können. Also?«

Orela strafft ihre Haltung, da Adone direkt sie anspricht.

Schon bevor sie den Mund aufmacht, ist mir klar, dass mir nicht gefallen wird, was sie sagen wird. Ein Teil meines Gehirns hat nach ihrer Offenbarung bereits Mutmaßungen angestellt, was sie im Schilde führen könnte, aber ich will nicht daran glauben, dass ich richtigliegen könnte.

»Ich kann einen Gott um Hilfe rufen.«

Kapitel Sieben

Aliqua

Atemlos sitze ich auf dem Bett und starre den Mann an, der behauptet, Pluto höchstpersönlich zu sein. Ich kann es noch immer nicht ganz glauben, und erst ganz langsam beginne ich zu begreifen, was das genau bedeutet.

Ein Gott ist auf der Erde zurückgeblieben. Eine derjenigen Mächte, die einst den Fluch der Unsterblichkeit über die Ewiglichen gebracht haben. Und er wirft mit höchst kryptischen Dingen um sich.

Es sei nun an der Zeit, dass ich erfahre, wer ich sei und woher ich komme. Fragen, die mich schon meine ganze Existenz über gequält haben und deren Antworten nun zum Greifen nah zu sein scheinen. Meine verlässliche innere Stimme flüstert mir zu, dass ich ihm vertrauen kann. Wer, wenn nicht ein Gott persönlich könnte Dinge wissen, die für mich selbst schon immer im Dunkeln lagen? Er könnte mir so viele Fragen beantworten.

Erwartungsvoll schaue ich Pluto an oder, besser gesagt, den Immortalos, in dessen Körper der Gott geschlüpft ist. Er sieht noch immer ungehalten aus, aber sein Zorn richtet sich nicht gegen mich. Sobald ich seinen Blick erwidere, werden seine dunklen Augen weicher, und das unheimliche Licht hinter den Pupillen flackert auf.

»Es ist nicht mehr lange, bis der Morgen graut, dann muss ich wieder gehen«, warnt er mich mit einem Blick in Richtung der Fenster. Eine unnütze Angelegenheit, da die Fensterläden noch immer geschlossen sind.

Es gefällt mir nicht, dass unsere Zeit begrenzt ist, aber ich bin entschlossen zu nehmen, was ich kriegen kann. »Dann erzähl mir so viel, wie du schaffst, bevor du losmusst«, dränge ich. Es fällt mir schwer, meine Ungeduld in Zaum zu halten. Wer weiß, ob er es nach heute Nacht noch einmal schaffen wird, unbemerkt zu mir zu kommen? Was ist, wenn das hier meine einzige Chance ist, um mit ihm zu sprechen?

Pluto rutscht von der Kante der Matratze, wo er kauert, seit er mich geweckt hat, und macht es sich bequemer. Den Rücken entspannt gegen das Kopfende des Bettes gelehnt, streckt er die Beine vor sich aus und wendet mir den Kopf zu. Ich verschränke die Beine in den Schneidersitz und fühle mich trotz allem wohl damit, dass noch eine gute Armlänge Abstand zwischen uns herrscht. Sicher ist eben sicher.

»Du hast deine besondere Gabe seit deiner Befreiung besser kennengelernt«, beginnt er. »Ich bin Zeuge deiner Fähigkeit geworden, deinen Geist auf Reisen schicken zu können, auch wenn es dir bisher nur im Schlaf gelungen ist, nicht wahr?«

Ich nicke bestätigend.

»Sollte uns mehr Zeit zusammen vergönnt sein, kann ich dich anleiten, deine Fähigkeiten zu kontrollieren und ihr volles Potenzial auszuschöpfen.«

Diese Bemerkung schickt eine Welle von prickelnder Aufregung durch meinen Körper, und instinktiv lehne ich mich näher zu Pluto hin. Aus seinem Mund klingt die Möglichkeit, meine Gabe besser beherrschen zu lernen, sehr viel verlockender als alles, was Marcellus im

Schilde führen könnte. Vielleicht, weil Pluto es wie ein Angebot klingen lässt und ich nicht das Gefühl habe, dass er mich zu irgendwas zwingt.

»Ich würde das sehr gerne tun«, bestätige ich aufgeregt. »Es gibt jede Menge, was ich noch lernen und besser verstehen will.«

»Die Zeit dazu wird kommen, das versichere ich dir.« Pluto räuspert sich, und ich habe das Gefühl, dass die Einleitung vorbei ist und wir uns nun einem sehr viel interessanteren Thema zuwenden. »Hast du dich bereits gefragt, woher deine Fähigkeiten kommen könnten?«

Natürlich habe ich das. Aber ohne den Schimmer einer Ahnung, woher ich stamme, geschweige denn, wer genau meine Eltern sind, waren das immer fruchtlose Überlegungen. Und vor ihm gab es auch niemanden, der mir mehr hätte erzählen können.

»Nun, ich kannte deine Mutter. Ihr Name war Valeria, und sie war eine Vestalin.«

Genauso gut hätte Pluto mir auch einen Boxhieb in den Magen verpassen können. Den Namen meiner Mutter zu hören ... es treibt mir die Tränen in die Augen. Stumm rolle ich die Silben auf der Zunge, und obwohl ich sonst nichts von ihr weiß, kein Gesicht, keinen Geruch oder das Echo ihrer Stimme, breitet sich Wärme in mir aus. Endlich, *endlich* weiß ich eine winzige Kleinigkeit über die Frau, die mich zur Welt gebracht hat.

Dann stocke ich.

»Sie war was?«, stoße ich schockiert aus.

Pluto neigt leicht den Kopf. »Eine Vestalin. Eine jener Priesterinnen, die im Haus der Vesta auf dem Forum Romanum das heilige Herdfeuer hüteten und der Göttin der Stadt Jungfräulichkeit gelobten.«

Diese Informationen sind mir nicht neu, ich weiß natürlich, wer und was Vestalinnen waren. Aber dass meine Mutter eine von ihnen gewesen sein soll?

»Meine Mutter war eine Sklavin!« Mir ist klar, wie dämlich es ist, diese Behauptung Pluto entgegenzuwerfen, obwohl der Gott der Unterwelt vom Gegenteil überzeugt zu sein scheint.

Er lächelt milde angesichts meiner entgeisterten Miene. »Alle dachten, dass die Frau, der du kurz nach deiner Geburt übergeben wurdest, deine Mutter ist. Sie war in der Tat eine Sklavin und sollte dich als ihr eigenes Kind ausgeben. Aber sie war nicht diejenige, die dich zur Welt gebracht hat.« Er räuspert sich. »Zur Vestalin wurde man bereits im Kindesalter berufen und musste eine mindestens dreißigjährige Dienstzeit als Priesterin ableisten. Das oberste Gebot für jede Vestalin war es, ihre Jungfräulichkeit zu wahren, da es andernfalls ein schreckliches Unglücksomen für das römische Reich bedeutet hätte. Wer unkeusch war, wurde aus der Priesterschaft verbannt und schlimmstenfalls zum Tode verurteilt.«

Mir stockt der Atem. »Aber meine Mutter ... sie hat ... sie wurde schwanger?« Meine Stimme ist zaghaft und so leise, dass ich mich kaum selbst verstehe. Aber Pluto nickt ernst.

»Sie war sich der Risiken bewusst, und eigentlich gab es einen Plan, um euch beide gemeinsam zu retten. Ihr war es gelungen, deine Geburt heimlich vonstattengehen zu lassen, und du solltest nur so lange der Sklavin übergeben werden, bis es uns gelungen war, ihr frühzeitiges Ausscheiden aus der Priesterschaft zu erwirken.«

Ein winziges Wort lässt mich aufmerken. »*Uns?*«, echoe ich mit gerunzelter Stirn. Bisher hat er es wie eine Erzählung klingen lassen, an deren Handlung er absolut keinen Anteil hatte. Aber ich hätte es ahnen müssen, nicht wahr? Warum sonst hätte er darauf bestanden, mir davon zu erzählen?

»Ich bin für deine Zeugung verantwortlich, Aliqua.«

Plutos Worte klingen wie ein Donnerschlag, und sämtliche Härchen auf meinem Körper richten sich auf. Mein Magen sackt ab, und ich habe das Gefühl, mich jeden Moment übergeben zu müssen. Das ist einfach zu viel ... die bloße Vorstellung ...

»Wie!« Meine Stimme hebt sich, und ich muss mich zwingen, leiser zu sprechen, damit niemand im Haus mitbekommt, was hier drinnen vor sich geht. »Was soll das heißen, du bist für meine Zeugung verantwortlich?«

Irgendwas an seiner Wortwahl klingt so seltsam distanziert, als wäre es ein klinischer Vorgang gewesen oder so.

Irre ich mich, oder macht Pluto den Eindruck, dass ihn das unangenehm berührt?

Ich betrachte ihn aufmerksamer und glaube hinter seiner undurchdringlichen Miene eine Emotion zu entdecken, die mich vollkommen verblüfft: den Hauch eines alten Schmerzes, tief und unumkehrbar in sein Wesen gegraben.

»Es gibt Gerüchte, dass Kaiser Nero einst eine Vestalin vergewaltigt haben soll. Der jeweilige Pontifex Maximus stand den Priesterinnen immer besonders nahe, und Nero wurde schon zu Lebzeiten zu einer Figur, der man die schlimmsten Dinge andichtete. Vieles davon entspricht nicht der Wahrheit und diente seinen Gegnern nur dazu, ihn zu verunglimpfen, aber dieses Gerücht ist tatsächlich nicht ganz aus der Luft gegriffen. Nero hat niemanden vergewaltigt, aber er hatte ein körperliches Verhältnis mit einer Priesterin.«

»Und du kommst wie genau ins Spiel?«

Er atmet tief und zittrig aus. »Ich hatte zu dieser Zeit seinen Körper besetzt und habe ihn als Marionette benutzt.«

Die Kraft verlässt meinen Leib, und ich sacke in mich zusammen. Das ist mehr, als ich auf einmal verarbeiten kann. Die bloße Vorstellung überfordert mich. Pluto hat also den römischen Kaiser Nero in Besitz genommen, um mit einer Vestalin – es steht außer Frage, dass er Valeria meint – zu schlafen. Meine Mutter.

Sie hat mit dem Kaiser geschlafen und irgendwie auch nicht, weil er zu dem Zeitpunkt eigentlich Pluto war, der sich seinen Körper geliehen hat. Einen Körper, mit dem er relativ problemlos an eine der Priesterinnen herankommen konnte. Das ist perfide und verstörend und einfach zu viel.

Hatte Nero überhaupt eine Ahnung, was er da tat? War sein Geist in demselben Dämmerzustand, in den Pluto gerade den Immortalos versetzt hat, dessen Körper er benutzt?

Und wie ging es meiner Mutter damit?

Mit Mühe hebe ich den Blick und schaue zu dem Mann neben mir auf dem Bett. Instinktiv suche ich nach Ähnlichkeiten zwischen uns, bis mir einfällt, dass der Körper nicht Pluto gehört und nichts mit ihm zu tun hat. Der Totengott ist nur eine körperlose Macht, was es unmöglich macht, ihm auf irgendeine Weise zu ähneln. Zumindest äußerlich.

»Warum?«, bringe ich mit trockener Kehle heraus. »Warum hast du das getan? Ihr beide?«

Meine Mutter schien gewusst zu haben, worauf sie sich einließ wobei ich es mir schwer vorstellen kann, dass ein Mensch wirklich begreifen kann, was es bedeutet, sich einem Gott hinzugeben.

Dieses Echo eines alten Schmerzes flackert jetzt deutlicher in Plutos Gesicht auf, und er reibt sich über das stoppelige Kinn.

»Ich habe nichts von alledem geplant, das musst du mir glauben, und ehe ich Valeria sah, hatte ich keine Ahnung, dass ein Wesen wie ich jemals das empfinden könnte, was sie in mir auslöste. Begehren und Verlangen sind mir nicht fremd, aber Valeria brachte Gefühle in mir zum Vorschein, die weit tiefer gingen als das. Ich habe sie geliebt, jedenfalls in dem Maße, in dem es einem Gott wie mir möglich ist. Und ich bedaure noch immer, dass ich nicht von ihr ablassen konnte und euch beide dadurch zu eurem Schicksal verdammt habe.«

Eine Weile schweigen wir beide. Pluto scheint sich zu sammeln, während ich sein Geständnis zu verdauen versuche und kläglich daran scheitere. Es ist einfach *zu viel,* um einen klaren Gedanken zu fassen. Zu viele chaotische Gefühle, die in mir um die Oberhand ringen, zu viele Fragen, vor deren Antworten ich mich fürchte.

Zu viel, zu viel, zu viel.

Schließlich zwinge ich mich mit einem tiefen Atemzug dazu, das alles für den Moment beiseitezuschieben und mich auf das Wesentliche zu konzentrieren.

»Verstehe ich das richtig«, sage ich langsam, um mir noch einmal alle Informationen zu vergegenwärtigen. »Du bist irgendwie auf meine Mutter, eine jungfräuliche Priesterin, aufmerksam geworden und hast den Körper von Kaiser Nero benutzt, um mit ihr ... na ja, du weißt schon. Und dabei bin ich entstanden?«

Pluto schaut mich lange an, dann nickt er. Ein seltsamer Ausdruck, den ich nicht deuten kann, liegt in seinen Augen.

Ich fühle mich noch immer zittrig und überfordert, aber eine neue Welle von Fragen baut sich in mir auf. Es ist viel, das er mir gerade erzählt hat, aber noch nicht annähernd genug, um ein jahrtausendelanges Dasein voller Fragen zu befriedigen.

»Aber was bin ich dann? Deine Tochter oder die Neros?«

»Biologisch betrachtet ist Nero dein Vater, du hast sein Erbgut erhalten und all das. Aber betrachte ihn doch eher als eine Art *Samenspender.*« Es ist skurril, dieses Wort aus dem Mund des Unterweltgottes persönlich zu hören. Vor allem zusammen mit dem etwas angestrengt wirkenden Lächeln, das er zustande bringt. »Für mich bist du meine Tochter, Aliqua, und mein höchstes Bestreben war es immer, dich zu beschützen. Ich habe dir einige meiner Fähigkeiten und Stärken mitgegeben, und jede Gottheit, der du begegnest, wird dich als das erkennen, was du bist. Eine Halbgöttin. Und das hat dich schon vor dem Tag deiner Geburt in große Gefahr gebracht. Ich bedaure es sehr – und ja, zu solchen Empfindungen bin ich durchaus imstande –, dass der Plan, deine Mutter aus der Priesterschaft herauszuholen, scheiterte und sie dabei zu Tode kam. Du warst noch immer bei dieser Sklavin, und ich beschied, dass es für deine Sicherheit das Beste wäre, wenn du in Anonymität aufwachsen würdest. Es war keine leichte Entscheidung, aber nur wenn niemand wusste, woher du stammtest, würde dir keine Gefahr drohen. Die Sklavin, die dich angenommen hatte, war allerdings ein Risiko, weil sie zu viel wusste, und so musste sie leider ... verschwinden. Ich habe über das Haus einen Schleier des Vergessens gelegt und den *pater familias* im Schlaf besucht, um ihm einzugeben, dich gut zu behandeln. Alles, was ich dir sonst noch mitgeben konnte, war der Anhänger aus Blutstein. Der Hämatit gehört zur Unterwelt, und er war dein Schutzschirm, der dich vor den Augen der anderen

Götter unsichtbar machte. Niemand konnte deine Kräfte wahrnehmen und erkennen, was du warst. Bis zu dem Tag, an dem du entschieden hast, ihn abzulegen, warst du für sie unsichtbar und sicher.«

So viel Bedauern klingt aus seiner Stimme, dass mir selbst die Kehle ganz eng wird. Solche tiefen Emotionen von einem Gott zu hören, verwundert mich, und ich beginne mich zu fragen, ob die Damnati in ihrer Angst vor den Göttern zu einseitig sind. Ja, Pluto kann skrupellos und grausam sein und wenig menschlich, aber gleichzeitig scheint er so etwas wie Moral zu besitzen. Zumindest ansatzweise. Er wäre nicht dazu verpflichtet, mir all das zu erzählen. Mit ihm als einzigem Gott auf der Erde wäre wohl niemandem aufgefallen, wer oder was ich in Wahrheit bin, und er hätte sich die Scherereien mit mir sparen können. Aber er ist hier. Er ist geblieben und hat sich diesen Körper angeeignet, um zu mir zu kommen. Und er nennt mich seine Tochter. Alles Dinge, die mich in abgrundtiefes Staunen versetzen.

Während ich ihn noch anstarre, rappelt er sich vom Bett auf und streicht fahrig seine Kleider glatt.

»Es tut mir leid, wenn all das viel für dich war. Ich hoffe, ich habe dich nicht vollkommen überfordert.«

Ich will höflich sein und ihm versichern, dass dem nicht so ist, aber ehrlich gesagt ist es gerade tatsächlich eine ganze Menge, womit ich klarkommen muss. So lange habe ich mich nach mehr Informationen gesehnt, und jetzt, da ich sie habe, weiß ich nicht, wie ich mit ihnen umgehen soll. Die Wahrheit ist ein zweischneidiges Schwert. Man sehnt sich nach ihr, doch wenn man sie bekommt, ist sie weder gut noch böse. Sie ist erbarmungslos und schneidend, und man kann sich nicht aussuchen, ob sie verwundet oder heilt. Momentan bin ich mir noch nicht sicher, was sie in mir anrichtet.

»Ich brauche Zeit, um das alles wirklich zu begreifen«, murmle ich und schaue zu der Gestalt im Licht der Nachttischlampe auf. Plutos Gesicht liegt im Schatten, doch noch immer glüht dieses überirdische Licht in seinen Augen und bannt mich.

»Nichts anderes habe ich erwartet. Ich muss jetzt gehen, damit ich niemanden misstrauisch mache. Wenn ich mit deinen Mahlzeiten wiederkomme, darfst du dir nichts anmerken lassen, besonders nicht, wenn jemand anders in der Nähe sein sollte. Ich werde dich wieder behandeln, wie dieser Töpfer es getan hat, und nach einer Möglichkeit suchen, dich erneut in Ruhe aufzusuchen.«

Ich nicke, insgeheim ein wenig enttäuscht, dass er zwar ein Gott ist, aber die Immortali nicht in ihre Schranken weisen kann. Gut, er will nicht, dass ihnen seine Anwesenheit auffällt, aber es wäre so viel leichter, wenn er sie einfach umpusten könnte wie Kegel auf einer Bowlingbahn.

Er geht zur Tür, und erst als ich das Klicken des Schlosses höre, erlaube ich es mir, auf die Matratze zu sinken und meinen Kopf in den Kissen zu vergraben.

Kapitel Acht

Rom, 79 n. Chr.

Aliqua fühlte sich noch immer vollkommen benommen, als sie die Kammer verließ, in die Sanctius sie gebracht hatte. Seine Nähe summte auf ihrer Haut wie ein Echo und hüllte sie in einen wärmenden Umhang. Und dann auch noch das, was er gesagt hatte ... Seine Absicht, sie Marcellus abzukaufen ...

Ein leises, flatterhaftes Gefühl von Hoffnung machte sich in ihrer Brust breit, und sie genoss es für einen Moment, ehe sie es energisch von sich schob. Hoffnung war ein Luxus, den sie sich selten gönnte, weil es meistens doch nur auf eine Enttäuschung hinauslief. Und jeder Mensch konnte nur eine bestimmte Anzahl von zerschlagener Hoffnung ertragen, ehe er bitter und hart wurde.

Sanctius war schon einige Minuten vor ihr gegangen, damit hoffentlich nicht auffiel, dass sie zusammen verschwunden gewesen waren. Aliqua betete, dass Marcellus zu beschäftigt war, um ihre Abwesenheit zu bemerken.

Als sie ins Atrium zurückkehrte, war die Opferung der Tiere zum Glück schon beendet. Lediglich der metallische Geruch von frischem Blut, der sich unter die wabernden Weihrauchdämpfe mischte, verriet, was gerade geschehen war. Beißender Rauch stieg an die Decke, als die Innereien auf dem Altar verbrannt wurden. Aliqua fächelte sich mit der freien Hand Luft zu und hielt Ausschau nach Marcel-

lus. Sie entdeckte ihn direkt neben dem Altar, wo er mit zwei seiner Onkel und einigen Omodei zusammenstand. Er wirkte ernst und angespannt, hielt aber nicht wie so oft Ausschau nach ihr.

Sehr gut.

Aliqua wippte auf den Fersen, während sie auf den Beginn der Zeremonie wartete. Es dauerte noch eine Weile, ehe allmählich Ruhe unter den Anwesenden einkehrte. Die Opferhandlungen waren vollzogen, alle Weihegaben dargeboten. Nun warteten alle auf die Sibylle.

Erst als vollkommene Stille im Atrium herrschte, raschelte in der Nähe ein Vorhang, und Orela trat durch einen Durchgang in die Halle. Schon jetzt war ihr Anblick überirdisch. Sie hatte ein bodenlanges weißes Gewand an, das ihre helle Haut wie Mondstein schimmern ließ und ihr schwarzes Haar hervorhob. Auf dem Kopf trug sie einen geflochtenen Lorbeerkranz. Selbst diejenigen, die möglicherweise nicht wussten, wer oder was sie war, begriffen es spätestens in diesem Moment. Sie stand den Göttern näher als irgendjemand sonst, und die Menschen wichen unwillkürlich vor ihr zurück.

Aliqua verharrte an ihrem Platz neben einer Säule und umklammerte ihren Blutsteinanhänger mit einer Hand. Innerlich wappnete Aliqua sich für ein brühend heißes Auflodern, sollten die Götter heute Abend wirklich unter sie treten. Vielleicht hätte sie den Anhänger vorab besser ablegen sollen, aber der bloße Gedanke, das Schmuckstück nicht zu tragen, bereitete ihr Unbehagen. Da riskierte sie lieber Brandblasen.

Orela war inzwischen vor den Altar getreten und verharrte dort. Vollkommene Stille hatte sich über die Anwesenden gelegt. Alle Aufmerksamkeit lag auf Orela, die Aliqua plötzlich sehr schmal und zerbrechlich vorkam. Viel-

leicht war es die Bürde, die heute Abend auf ihr lag, so unübersehbar schwer, dass sie winzig dagegen wirkte.

Ein Mann trat vor. Er hielt eine Flöte und begann auf ein Nicken von Orela hin zu spielen. Sein Spiel würde die ganze Zeremonie über anhalten, damit keine Stimme außer der der Sibylle zu hören war. Die Musik erfüllte den Raum, legte sich über jedes Rascheln und jeden leisen Seufzer. Selbst die Rauchschleier schienen sich im Takt zu kräuseln. Dann begann Orela zu sprechen. Sie sprach Gebete, überliefert aus uralter Zeit, von denen die wenigsten überhaupt noch verstanden, was sie besagten. Doch Orela schien zu wissen, was sie tat. Ihr Körper wiegte sich sanft im Rhythmus der Verse, ihre Stimme verwob sich mit dem Klang der Flöte. Eine andere Art der Spannung als die, die Aliqua schon den ganzen Tag gespürt hatte, bemächtigte sich ihrer. Es fühlte sich an, als verdichtete sich die Atmosphäre selbst. Jeder Atemzug kam ihr voller vor, als würde sie mehr als nur Luft einatmen, und ein beinahe schmerzhaftes Kribbeln kroch über ihre Haut. Sie wusste, dass auch alle anderen es spüren konnten. Das Flötenspiel wurde frenetischer. Die Töne überschlugen sich und schraubten sich zu einem euphorischen Schwall an Klängen hoch. Aliqua hätte nie gedacht, dass ein einzelnes Instrument einen solchen Klangteppich erzeugen könnte. Sie war wie gefangen.

Sie konnte nicht sagen, wie lange Orelas Litanei andauerte, doch irgendwann sprach sie Sätze, die nicht mehr zu den überlieferten Gebeten gehörten und klar verständlich waren:

»Wir rufen euch, Erhabenste, ihr Schöpfer von allem. Lenker von Schicksal, Tod und Leben. Erhört unser Bitten und seht unsere Opfer. Wir knien vor euch in Demut.« Anmutig ließ sich Orela auf den Boden sinken, und alle im

Raum taten es ihr nach. Kniend verfolgte Aliqua, was als Nächstes passierte.

Orela warf den Kopf in den Nacken und breitete vor dem Altar die Arme weit aus. Ein Ruck ging durch ihren Körper, sie krümmte sich nach vorne, und ein plötzlicher Windstoß jagte durch das Atrium. Das Flötenspiel stockte für den Bruchteil einer Sekunde, und mehrere Personen rangen wohlvernehmlich nach Atem. Der Wind strich über Aliquas Haut wie eine unsichtbare Hand, was ihr Amulett mit einem wütenden, heißen Pulsieren quittierte. Sie wusste inzwischen, dass dies eine göttliche Präsenz in ihrer Nähe bedeutete, doch heute Abend war ihre erste Reaktion nicht Furcht. Sie lauerte zwar tief in ihrer Magengrube, doch in erster Linie war sie von Aufregung erfüllt. Zumindest schien es ihnen gelungen zu sein, die Götter auf sich aufmerksam zu machen. Das war mehr, als einige von ihnen gehofft hatten.

Der Wind nahm zu, ließ Orelas Haare fliegen und hüllte sie in einen wirbelnden Strudel. Die Kerzen um sie herum flackerten wild, erloschen aber nicht. Dann kehrte Ruhe ein, und alle hielten kollektiv den Atem an. Auch die Flöte war verstummt.

Mehrere Momente verharrte Orela regungslos, mit dem Rücken zu den übrigen Anwesenden. Dann erhob sie sich in einer einzigen flüssigen Bewegung und wandte sich um. Sie war nicht länger das Mädchen, das Aliqua kannte. Als sie die Lider hob, schillerten ihre Augäpfel in einem vollkommenen, überirdischen Weiß. Silber waberte bei jedem Blinzeln über ihre Oberfläche. Orelas Gesichtsausdruck war vollkommen blank und abwesend. Und als sie den Mund öffnete, um zu sprechen, war es nicht ihre eigene Stimme, die ertönte. Es war ein Klang wie Sternenlicht und Verderben. Weder männlich noch weiblich, sondern so vielschichtig, als wäre ihre Stimme aus einem ganzen

Chor an Stimmen gewoben, die sich zu einer vereinten. Alt und jung, trillernd und schleppend. Und in der Summe doch von einer Grausamkeit, die schön und erschreckend zugleich war.

»Ihr habt keine Mühen gescheut, uns die Ehre zu erweisen.« Orelas glühende Augen wanderten über die Berge an Gaben, die rund um den Altar aufgehäuft waren. »Fast könnte man meinen, ihr hieltet uns, eure Götter, für unmäßig in unserem Verlangen nach Huld.«

Niemand wagte auch nur zu atmen. Die Götter fühlten sich beleidigt? Eiseskälte kroch über Aliquas Haut, und wenn sie es gewagt hätte, sich zu bewegen, wäre sie liebend gern rückwärts ausgewichen. Sie wusste, dass die Situation im Bruchteil einer Sekunde eskalieren konnte.

Eine Bewegung ließ sie den Blick von Orela nehmen, und sie sah, dass Marcellus einen Schritt vorgetreten war. Wie immer stand er hoch aufgerichtet da, die Haltung stolz, wie es ihm wohl in die Wiege gelegt worden war. Marcellus Pomponius war nicht einmal in der Lage, vor den Göttern das Haupt zu neigen.

Natürlich sicherte er sich damit ihre Aufmerksamkeit.

»Marcellus Pomponius«, säuselte Orela vielstimmig und machte einen wiegenden Schritt auf ihn zu. Im einen Moment war sie ganz die sinnliche Verführerin, im nächsten fletschte sie die Zähne und strahlte eine kaum zu zügelnde Brutalität aus. Offenbar kämpften die Götter, die sich in ihr versammelten, um die Vorherrschaft. »Es war dein Begehren, das uns heute hierher rief, nicht wahr?«

Widerwillig musste Aliqua zugeben, dass sie Marcellus für das Selbstbewusstsein bewunderte, mit dem er den Göttern entgegentrat. Er ließ sich nicht den kleinsten Hauch von Schwäche anmerken.

»Das ist wahr. Es war meine Idee, euch um Hilfe zu bitten.«

Ein Kichern erklang. »Hilfe wobei?«

Interessierten sich die Götter tatsächlich so wenig für die Menschen, um nicht zu bemerken, was hier in der Stadt vor sich ging? Konnten sie sich nicht denken, worum es ging?

Marcellus linkes Augenlid zuckte, ansonsten ließ er sich mit keiner Regung ansehen, was er von der provokanten Gegenfrage der Götter hielt. »Die Familien Omodeus und Pomponius, eure treuen Diener und Günstlinge, erbitten euren Beistand und eure Hilfe in diesen Zeiten der Not. Eine Seuche grassiert in eurer Hauptstadt auf Erden und droht uns alle dahinzuraffen. Uns, die wir alles geben, um euch zu ehren. Helft uns und lasst uns Zeugen eurer nie endenden Macht werden.«

Er klang reichlich pathetisch, fand Aliqua, aber die Götter schienen Gefallen daran zu finden. Zumindest schleuderten sie ihn nicht umgehend hinab in den Tartaros.

»Unsere Günstlinge seid ihr fürwahr.« Orela hob eine Hand und strich sich damit selbst in einer liebevollen Geste über die Wange. »Und treue Diener überdies.« Eine Pause entstand, in der die Götter leise in sich hineinmurmelten. »Wir haben uns bereits beratschlagt, als wir erfuhren, was ihr vorhattet. Und wir müssen zugeben, dass ihr unsere Erwartungen übertroffen habt. Keine Gottheit wurde je reicher und inniger gefeiert. Und niemanden schätzen wir mehr.« Wieder berührte Orela sich selbst, und Aliqua stieg bei diesem Anblick bittere Galle die Kehle hinauf. Was mochten die Götter in ihrem Leben bereits mit ihr getan haben? Mit ihrem eigenen Körper, über den sie die Kontrolle verlor?

»Gens Omodeus und Pomponius, wir, die obersten Zwölf der Götter Roms, unterbreiten euch ein Angebot. Jetzt und hier. Es erlischt nach Ablauf einer Stunde. So höret!« Wieder fegte eine Windböe durch den Raum und ließ die Ker-

zenflammen zur Größe von Fackeln anschwellen. Geblendet kniff Aliqua die Augen zusammen, von Orela war nur noch ein Schemen gegen die goldene Helligkeit zu erkennen. Die Stimme allerdings wurde mühelos über das Knistern und Tosen hinweggetragen.

»Euren beiden Geschlechtern soll die oberste Huld zuteilwerden: Wir erwählen euch und euer Blut, mehr zu werden als bloße Menschen. Wir reichen euch Ambrosia dar, die Nahrung der Götter selbst, auf dass es euch stärke gegen jedes Leid und Gebrechen, das Alter und den Tod. Einmal in jedem Jahr reichen wir euch den Trank des Lebens dar, auf dass ihr gestärkt bleibet. Nur wer eures Blutes ist oder durch den Bund der Ehe in euer Geschlecht aufgenommen wird, darf Ambrosia kosten. Es ist euch verboten, es jemandem sonst zu geben, und sei er euch noch so lieb. Nach Ablauf eines Jahres vergeht die Wirkung, und der Trank wird von Neuem ausgegeben. Wer leben will, der lebe. Wer göttlich sein will, werde göttlich. Entscheidet weise und besiegelt diesen Pakt im Feuer.«

Santo

Orelas Ankündigung, sie könne einen Gott um Hilfe bitten, schlägt wie ein Blitz in unserer Runde ein. Nachdem Adone und Scuro bisher vergleichsweise cool reagiert haben, schießen sie jetzt von ihren Plätzen hoch und taumeln einen Schritt zurück. Auch ich finde mich auf den Füßen wieder, ohne genau zu wissen, wie ich aufgesprungen bin. Adones beinahe abgebrannte Zigarette landet vergessen auf dem Boden und erlischt mit einem Rauchfähnchen.

Orela lächelt uns zerknirscht zu.

»Bist du des Wahnsinns?«, blökt Adone und schaut sich panisch auf der Dachterrasse um, als könnte er bereits die Anwesenheit einer Gottheit wahrnehmen. »Hast du auch nur eine Millisekunde darüber nachgedacht, was du da vorschlägst?«

Sie zieht die Augenbrauen zusammen. »Ihr benehmt euch wie Riesenbabys! Ich sage es ja nur äußerst ungern, aber wir können uns weiterhin selbst belügen oder irgendwann einsehen, dass wir es ohne die Götter nirgendwohin schaffen werden. Sie haben den Fluch über uns gebracht, und sie können ihn als Einzige wieder lösen. Da können wir so viele alte Quellen durchsuchen, wie wir wollen.«

Adone, Scuro und ich starren sie an wie gereizte Stiere, und es würde mich nicht wundern, sollte einem von uns Rauch aus den geblähten Nasenlöchern dringen. Nicht, dass sich Orela davon aus der Ruhe bringen lassen würde.

»Es gibt einen Gott, dem ich mehr vertraue als jedem anderen. Natürlich bleibt es ein Risiko, weil ich nicht weiß, was in der Zeit nach dem Fluch mit ihm passiert ist, aber früher habe ich ihm vertraut. Ich fürchte, das ist unsere einzige Möglichkeit, um Aliqua schnell zu finden.«

Orela schaut einem nach dem anderen von uns in die Augen. Von der Verletzlichkeit in ihrem Blick ist nichts mehr übrig, stattdessen liegt eine entschlossene Härte in ihren blauen Augen. Sie meint das wirklich ernst. Sie will wieder einen Gott auf die Erde rufen.

Mein Puls beginnt zu rasen, als mir klar wird, was das bedeuten könnte. Mit einem Gott zurück auf der Erde – einem einzigen – könnten wir womöglich nicht nur Aliqua retten, sondern es auch schaffen, den Fluch zu brechen.

Scuro teilt meinen Gedanken offenbar. »Du meinst das vollkommen ernst? Du könntest einen einzelnen Gott zurückholen? Nur diesen einen?«

Unsicher hebt Orela die Schultern. »Nur weil ich mich daran erinnert habe, *wie* es funktioniert, kann ich nicht versprechen, *dass* es auch klappt. Vielleicht haben sich die Götter so sehr abgeschottet, dass ich sie nicht erreichen kann.«

Ich beiße mir auf die Unterlippe, denn ehrlich gesagt glaube ich nicht daran. Die Götter haben nach wie vor ein Auge auf uns, da bin ich mir sicher. Sie haben die Menschheit aufgegeben, aber das hindert sie nicht daran, sich am Leid der Ewiglichen zu ergötzen. Genau deswegen fürchte ich ja, dass sie sich umgehend den Immortali anschließen werden, sollten sie jemals zurückkehren. Die Damnati haben einfach zu deutlich gemacht, wie wenig sie von den Göttern halten. Aber wenn Orela sagt, dass es einen Gott gegeben hat, dem sie vertraute …

Adone mustert mich mit zusammengekniffenen Augen. »Das ist absolut wahnwitzig. Wer sagt uns, dass wir einen Gott unter Kontrolle halten können? Falls ihr es vergessen habt: Sie sind körperlos, und wenn wir Pech haben, besetzen sie unseren Körper. Dagegen können wir absolut nichts tun.« Fahrig steckt er sich eine weitere Zigarette an. »Und welcher Gott schwebt dir überhaupt vor?«

Orela beißt sich auf die Lippe, und für einen Moment sieht sie unglaublich verletzlich aus. »Apollo.«

Ich runzle die Stirn, und Scuro fragt interessiert: »Warum gerade er?«

»Wir hatten die engste Beziehung zueinander, und ich habe ihm immer vorbehaltlos vertraut. Er hat versucht, mir mein Dasein als Medium so angenehm wie möglich zu gestalten – hat die anderen Götter angewiesen, mich so wenig wie nötig zu beanspruchen.«

Fraglich, wie erfolgreich er damit war, denn in meinen Augen wurde Orela früher mit ziemlicher Regelmäßigkeit von Botschaften überfallen.

»Apollo«, sagt Adone dann gedehnt. Misstrauen dringt ihm aus jeder Pore. »Dieser ›Ich verfolge junge Frauen so lange, bis sie sich vor Verzweiflung in Bäume verwandeln, um mir zu entkommen‹-Apollo?«

Orela rollt mit den Augen. »Das sind nur Mythen.«

»Die alle einen wahren Kern enthalten«, beharrt er besserwisserisch.

»Du kannst nicht ernsthaft daran glauben, dass sich irgendjemand jemals in einen Baum verwandelt hat!«

»Das vielleicht nicht, aber die Götter haben nie ein Nein akzeptiert. Warum sollte das heute anders sein?«

Orela und Adone liefern sich ein Blickduell, bis meine Schwester seufzt. Sie ist über einen Kopf kleiner als Adone und blinzelt von unten zu ihm herauf. »Du müsstest mir einfach vertrauen, wenn ich sage, dass ich mich immer auf ihn verlassen konnte.«

Verärgert fuchtelt er mit seiner qualmenden Kippe vor ihrer Nase herum. »Glaub ja nicht, dass mich dieser Dackelblick erweichen könnte. Ich traue keinem Gott, *basta!*«

»Ach, und mir auch nicht?« In gespielt gekränktem Ton zieht Orela die Schultern hoch, und als der Softie, der er im Grunde ist, fällt er voll drauf rein. Ernsthaft, ich habe noch nie einen Menschen so hastig zurückrudern sehen, und das, obwohl er auf dem Trockenen ist.

»Nein, nein, nein, Orela, das meinte ich nicht! Ernsthaft, ich vertraue dir voll und ganz. Es ist nur ... ach Scheiße, das ist einfach beängstigend, okay? Um ehrlich zu sein: mit einem aus dem Exil zurückgekehrten Gott könnten wir versuchen, den Fluch zu brechen, und nur eine Sekunde daran zu denken, macht mir so viel Hoffnung, dass ich ganz genau weiß, wie fertig ich am Ende wäre, wenn es nicht klappt. Ergibt das irgendeinen Sinn?«

Orelas Miene wird weich, als sie zu ihm geht und ihn kurz an sich drückt. »Natürlich tut es das. Ich denke, uns allen geht es so, nicht wahr?« Sie wartet unsere Reaktion nicht ab, sondern fährt fort. »Ja, die Möglichkeit, etwas gegen den Fluch zu tun, bestünde theoretisch, aber wir sollten uns fürs Erste auf den Grundgedanken konzentrieren: Apollo zu rufen, um mit seiner Hilfe Aliqua zu finden! Ich weiß, dass ein Gott sich spielend über jegliche Sicherheitsvorkehrungen der Immortali hinwegsetzen könnte, um sie zu aufzuspüren.«

Daraufhin sagt erst mal keiner von uns etwas. Jeder geht die Möglichkeiten im Kopf durch. Mir wird eine Sache klar: Egal wie gut wir das Für und Wider durchdenken, diese Sache bleibt verdammt unvorhersehbar. Keiner von uns hat eine Ahnung, was genau passieren würde, und das Risiko ist schwer kalkulierbar.

»Wenn wir das tun«, sage ich schließlich. »dann muss das unter uns bleiben.«

Prompt sehe ich Unsicherheit in Adones Augen aufflackern. Es würde bedeuten, die Sache hinter dem Rücken seines Vaters durchzuziehen, der immerhin der Chef der Damnati ist. Nerone ist ein Hardliner, und wenn er auch nur erfahren würde, dass wir uns über so etwas Gedanken machen, würden schon Köpfe rollen. Und das nicht nur metaphorisch.

Scuro kratzt sich nachdenklich am Kinn. »Ohne Hilfe können wir Aliqua nicht aufspüren, zumindest nicht, bevor es zu spät ist.«

Einhelliges Nicken von uns anderen. »Und wenn wir Orelas Vorschlag in Erwägung ziehen, haben wir genau zwei Optionen: Nerone verraten, was wir vorhaben, um von ihm in den Katakomben angekettet zu werden, damit wir es nicht tun können. Oder es einfach ohne sein Wissen durchziehen, Erfolg haben und ihm nachher beichten, was wir getan haben.«

Scuros Sachlichkeit zeigt wie immer Wirkung bei Adone, der sich angesichts der blanken Tatsachen sichtlich entspannt. »Ich fürchte, vorab zu Vater zu gehen, ist momentan keine kluge Idee«, murmelt er. »Er hat mit Remos' Verrat zu kämpfen und ist noch dabei, das Chaos zu beseitigen, das mein werter Bruder hinterlassen hat. Er würde uns keine Sekunde zuhören.« Die Bitterkeit, die in seiner Stimme mitschwingt, verrät, wie sehr auch er daran zu knabbern hat, dass Remo seine Familie verlassen und sich den Immortali angeschlossen hat. Ich denke, das liegt uns allen schwer im Magen, aber für Adone ist es noch mal anders. Keine Ahnung, was ich tun würde, wenn Orela so einen drastischen Schritt gegangen wäre.

Um zu verhindern, dass das Gespräch sich im Kreis zu drehen beginnt, klatsche ich einmal in die Hände. Ich bin ungeduldig und möchte so schnell wie möglich eine Entscheidung treffen. Wobei mich eigentlich nur interessiert, ob Adone und Scuro mit an Bord sind oder nicht.

»Wann könnten wir es tun?«, frage ich meine Schwester.

Sie zieht die Stirn in Falten und wiegt nachdenklich den Kopf. »Morgen? Ich müsste noch einige Vorbereitungen treffen.«

Eine Welle nervöser Energie flutet meinen Körper. »Perfekt. Das gibt uns allen Zeit, noch mal darüber zu schlafen und eine Entscheidung zu treffen. *Va bene*?«

Kapitel Neun

Aliqua

Als ich Stunden später aufwache – meinem Gefühl nach sollte es bereits nach Mittag sein –, dauert es eine Weile, bis ich mich davon überzeugt habe, dass der nächtliche Besuch von Pluto nicht bloß ein besonders lebhafter Traum war. Wenn der eigene Geist dazu neigt, im Schlaf den Körper zu verlassen und auf Erkundungstour zu gehen, ist es manchmal schwer, Realität und Traum auseinanderzuhalten. Aber sosehr ich mir auch wünsche, sein Auftauchen möge nur ein Produkt meines umtriebigen Unterbewusstseins gewesen sein, ist mir doch klar, dass es passiert ist. Gut, ich könnte den Wahrheitsgehalt der Dinge, die er mir erzählt hat, anzweifeln, aber das ist mir schon in der Nacht nicht gelungen. Er ist ein Gott, und ich habe die Aufrichtigkeit aus jeder Silbe herausgehört.

Und das gibt mir jede Menge Stoff zum Nachdenken.

Nachdem mir in den letzten Tagen beinahe die Decke auf den Kopf gefallen ist, bin ich heute dankbar für die Abgeschiedenheit und Ruhe in meinem Zimmer. Sie erlaubt es mir, mich mit dem auseinanderzusetzen, was ich erfahren habe.

Tochter des Pluto. Gezeugt von Kaiser Nero persönlich. Meine Mutter eine »jungfräuliche« Priesterin, über deren schlussendliches Schicksal sich der Gott der Unterwelt nur sehr vage geäußert hat. Mir fällt ein, dass er meinte, die Unkeuschheit konnte für eine Vestalin den Tod bedeuten. Und Valeria hat immerhin ein Kind zur Welt gebracht. Unkeuscher geht es gar nicht. Außerdem ... es ist ihm nicht gelungen, sie aus der Gemeinschaft der Priesterinnen herauszuholen, und sie ist gestorben. Heißt das, sie wurde erwischt und zum Tode verurteilt? Meine Zähne graben sich so fest in meine Unterlippe, dass Blut austritt, und nervös lecke ich über die winzigen, brennenden Wunden.

Wer war meine Mutter, und wie war das alles für sie? Pluto meinte, sie sei nicht vergewaltigt worden, weder von ihm noch von Nero, aber mir vorzustellen, sich in einen körperlosen Gott zu verlieben, fällt mir schwer. Um mit ihm zusammen sein zu können, würde es immer einen anderen, fremden Mann brauchen, der seinen Körper zur Verfügung stellte, und ich weiß nicht, ob ich das könnte. Das mit Santo ist für mich schon verwirrend genug, und er ist selbst aus Fleisch und Blut. Mit einem Gott dagegen ... nein, das wäre auf zu vielen Ebenen einfach nur grotesk.

Nachdem ich eine Weile im Schneidersitz auf der Matratze gesessen habe, lasse ich mich jetzt mit einem Seufzen zurück in die Laken fallen. Die Bettfedern quietschen protestierend, als ich federnd lande.

Plötzlich eine Identität zu haben, ist ziemlich erschütternd. Mir war gar nicht bewusst, wie sehr ich daran gewöhnt war, ein Niemand zu sein. Keine Herkunft, kein Name, keine Wahrheit. Da war zwar immer diese unbefriedigende Leere in mir, aber die konnte ich beiseiteschieben. Mit dem neuen Wissen über meine Herkunft geht das nicht so einfach. Sie drängt sich mir auf wie ein stetiger Juckreiz, den ich nicht ignorieren kann.

Während ich auf dem Bett liege und mir den Kopf zerbreche, frage ich mich, wie lange die Bedenkzeit noch anhalten wird, die Marcellus mir eingeräumt hat. Es ist schon eine Weile her, dass er bei mir war, und ich schätze ihn nicht als besonders geduldigen Menschen ein. Zu schade, dass ich von meinem Zimmer aus nicht wirklich mitbekomme, was im restlichen Haus so vor sich geht. Nur, wenn ich wirklich angestrengt lausche, glaube ich den fernen Klang von Stimmen zu hören, die durch die Flure wehen. Ich würde zu gerne wissen, wie die Stimmung unter den Immortali ist, oder was Marcellus zu ihnen sagt.

Die Zeit beginnt sich wieder zu dehnen und endlos langsam zu vergehen. Als irgendwann mein Magen zu knurren anfängt, fällt mir auf, dass der Immortalos aka Pluto heute nicht mit dem Mittagessen gekommen ist. Das Frühstück stand wie üblich an der Tür, als ich aufgewacht bin, und da ich es erst so spät zu mir genommen habe, ist mir das Ausbleiben der zweiten Mahlzeit noch nicht aufgefallen.

Ist das ein nächster Schritt in Marcellus' Taktik? Nur noch zwei Essensrationen am Tag, um mich weiter zu zermürben? Nun, denke ich, den Blick grimmig auf die Zimmerdecke gerichtet, bei dem Fraß, den sie mir vorsetzen, macht ein Teller mehr oder weniger auch keinen Unterschied.

Als der Abend anbricht und auch mein Abendessen auf sich warten lässt, werde ich allmählich nervös. Gut, auch *das* könnte zu Marcellus' Taktik gehören, aber ich mag nicht daran glauben. Stattdessen befürchte ich, dass sich im Haus etwas zusammenbraut. Schon seit Stunden habe ich das Gefühl, dass die Stimmen, die bis in mein Zimmer dringen, lauter und eindringlicher werden.

Unruhig beginne ich auf meiner Unterlippe herumzukauen, von der Ahnung erfüllt, dass bald etwas geschehen wird.

Als wieder Geräusche an mein Ohr dringen, richte ich mich wachsam auf. Lauschend neige ich den Kopf, um herauszufinden, was ich da höre. Es klingt wie ein Sturm. Wind, der durch das Haus fegt und röhrenden Donner mit sich bringt. Ist das Wetter umgeschlagen und hat ein paar Fenster aufgedrückt?

Aber draußen scheint alles ruhig zu sein. Die Fensterläden rattern und klappern nicht, und ich nehme auch nicht das Prasseln von Regen wahr. Mein Mund wird trocken, und ich schlucke, um die aufkeimende Furcht niederzuringen.

Dieser Sturm tobt im Haus, und er kommt mir immer näher. Die Hände fest in die Laken gekrallt, warte ich ab und werde fast wahnsinnig, weil ich nichts tun kann. Ich komme hier nicht heraus, nichts in diesem Zimmer könnte als Waffe verwendet werden, und verstecken kann ich mich auch nicht. Einzig die finstere, alles verschlingende Macht in meinem Inneren steht mir bei und hebt witternd den Kopf wie ein Untier, das die Gefahrenlage einschätzt. Die Gewissheit, dass sie hier ist und ich doch nicht so wehrlos bin, wie ich mich gerade gefühlt habe, bestärkt mich ein wenig. Wenn ich meine Nerven im Griff behalte, kann ich mich verteidigen.

Das habe ich von Pluto, wird mir in diesem Moment klar. Vielleicht habe ich es noch nicht geschafft, sie willentlich zu kontrollieren und zu nutzen, aber diese totenschwarze Kraft muss ein Teil seines Erbes sein, das er an mich als seine Tochter weitergegeben hat. Endloser als der Tartarus, unersättlicher als der Tod. Der Gedanke, dass ich meine Feinde womöglich nur mit einem Hauch dieser Macht in das Reich meines Vaters befördern könnte, elektrisiert mich. Es sollte mich erschrecken, wie wenig mich der Gedanke, ein Leben zu beenden, abstößt.

Tja, das kannst du komplett auf deine abenteuerliche DNA schieben, flüstert eine scharfzüngige Stimme in meinem Hinterkopf.

Bevor ich mir über irgendetwas davon ernsthafte Gedanken machen kann, ertönt ein Rumpeln direkt vor meiner Tür. Durch das Holz dringt lautes Stimmengewirr herein, zorniges Gebrüll und Rufe. Ich springe vom Bett auf und weiche an die hintere Wand zurück, um so viel Abstand wie möglich zwischen mich und den Eingang zu bringen. Der Türstock knackt und bebt, dann ertönt ein weiteres Krachen, und die Tür fliegt auf. Als Erstes kommt Marcellus ins Zimmer. Er bietet einen seltsamen Anblick: die Arme weit ausgebreitet, die Beine in den Boden gestemmt, als wollte er die lärmende Gruppe von Frauen und Männern hinter sich daran hindern, ins Zimmer einzudringen. Doch es hat keinen Zweck. Wie eine einzige, aufgepeitschte Welle strömen sie herein, sodass Marcellus über die Schwelle stolpert. Mit angstgeweiteten Augen verfolge ich, was vor sich geht, ohne richtig zu begreifen, was da gerade passiert. Meine Kehle ist staubtrocken, und selbst meine dunkle Macht scheint überrumpelt. Marcellus hastet um das Bett herum und baut sich schützend vor mir auf. Mir klappt die Kinnlade herunter. Ich träume, oder? Marcellus Pomponius spielt gerade nicht ernsthaft meinen Beschützer?

Mein Blick gleitet über die Gruppe, die uns nun gegenübersteht. Es sind so viele. Mindestens zwanzig Personen haben es ins Zimmer hinein geschafft, und im Flur hinter der Tür drängen sich noch mal doppelt so viele. Das sind sie also, die Immortali.

Ich weiß nicht, wie genau ich mir die abtrünnigen Ewiglichen vorgestellt habe, aber irgendwie bin ich überrascht, wie *normal* sie aussehen. Auf der Straße hätte ich sie niemals erkannt ... wobei: Als ich näher hinsehe, entdecke ich in ihren Augen denselben Ausdruck, der auch bei allen Damnati mehr oder weniger deutlich zu erkennen ist – eine abgestumpfte Leere, der Schatten von Jahrhunderten, der ihren Blick eintrübt und als einziges körperliches Merkmal verrät, wie alt sie wirklich sind. Rein äußerlich sind sie alle in dem Zustand erstarrt, in dem sie damals den Trank eingenommen haben. Ihre Augen mögen uralt und stumpf sein, aber der Rest von ihnen ist heute Abend völlig aufgepeitscht. Da sind Dutzende Stadien von Zorn, Ungeduld und Gier erkennbar, während sie mich ihrerseits mustern und einzuschätzen versuchen. Aggression summt wie ein Schwarm Bienen in der Luft. Die, die weiter hinten stehen oder es nicht ins Zimmer geschafft haben, recken die Hälse, um einen Blick auf mich erhaschen zu können.

Marcellus steht noch immer vor mir, schwer atmend und die Arme ausgebreitet.

»Stopp!«, knurrt er, als eine Frau vortritt und Anstalten macht, sich uns zu nähern.

Höhnisch schürzt sie die Lippen. »Du kannst sie nicht hier drinnen einsperren und erwarten, dass wir uns ewig in Geduld üben. Nicht nach all den Anstrengungen, die wir unternommen haben, um sie zu finden.« Auf ihre Worte folgt zustimmendes Gemurmel der anderen.

»Ohne mich hättet ihr sie überhaupt nicht in die Finger bekommen!« Marcellus' Erwiderung geht beinahe in einem Chor aus wütendem Gezischel unter. Er hebt die Stimme. »Ich habe es euch doch gesagt! Sie ist noch nicht so weit, und dass ihr alle hier hereinstürmt, macht es nicht besser.«

»Unsere Geduld ist aufgebraucht« Ein bärtiger Mann, der mich etwas an Adones Vater Nerone erinnert, tritt vor. Ein fanatisches Glitzern lässt seine Augen leuchten. »Sie sollte Zeit bekommen, das hat sie. Wenn sie ihre Gabe nicht freiwillig nutzt, dann bringen wir sie eben dazu.«

Seine Worte gehen wie eine Welle aus purer Aggression durch die Anwesenden, die erst zustimmend nicken und dann geschlossen nach vorne drängen.

Panik steigt in mir auf, als Marcellus zurückweicht und mich mit seinem Körper flach gegen die Wand presst. Meine Wange drückt sich gegen seinen Rücken, und ich spüre, wie heftig sein Herz pocht. Sein ganzer Körper vibriert vor Anspannung, aber egal wie entschlossen er sein mag, mich zu verteidigen, er hat keine Chance gegen die anderen Immortali. Es sind einfach zu viele.

Marcellus dreht den Kopf zu mir nach hinten. »Aliqua, es tut mir ...« Weiter kommt er nicht.

Sie zerren ihn von mir weg, dann greifen Hände nach mir, und viel zu spät erwacht mein Kampfgeist. Ich schreie und trete wild um mich, versuche mich loszureißen. Dunkelheit wird durch meine Adern gepumpt, so machtvoll, dass ich es auf der Zunge schmecken kann. Aus dem Nichts trifft mich eine Faust an der Schläfe. Der Schmerz rast wie eine Schockwelle über meine Schädeldecke und lässt mich grelle Lichter sehen. Ich taumle, drohe zu stürzen, aber es ist schier kein Platz im Zimmer, um hinzufallen. Zu viele Körper drängen sich um mich, greifen nach mir, bevor ich zu Boden sacken kann, und befördern mich in Richtung Tür. Gegen den Schmerz blinzelnd, schaue ich die Gesichter an, die an mir vorbeiziehen. Suche nach Pluto. Aber entweder ist er nicht unter dem wütenden Mob, oder ich entdecke ihn einfach nicht.

Wäre jetzt nicht der geeignete Zeitpunkt, um sich ihnen als Gott erkennen zu geben? Ihm muss doch klar sein, dass die Immortali mich nicht aus dem Zimmer holen, um mich in ein schöneres Quartier umzusiedeln.

Ich werde durch einen schmucklosen Flur geschleift, eine breite Freitreppe hinunter, bis wir in einen saalartigen Raum kommen. Eine Tafel, an der mehrere Dutzend Leute Platz finden, steht in der Mitte der Raumes. Die Wände sind von Säulen aus buntem Marmor gesäumt, zwischen denen sich bodentiefe Fenster befinden. Draußen bricht gerade die Nacht herein.

Sie bringen mich zu den Säulen, bis ich zwischen zweien stehe, mit dem Rücken zum Fenster. Mir bleibt keine Zeit, mich zu fragen, was sie hier mit mir vorhaben. Von beiden Seiten werden meine Arme gepackt, bis sie weit gespreizt sind wie ein Flügelpaar. Seile werden um meine Handgelenke geschlungen, und bevor ich ganz begriffen habe, was passiert, bin ich zwischen die beiden Säulen gebunden. Die Arme so weit gespreizt, dass meine Schultern schon jetzt schmerzhaft protestieren. Als Nächstes sind meine Fußgelenke dran. Mein Körper bildet jetzt ein X. Weit geöffnete Gliedmaßen. Die perfekte Zielscheibe. Ich atme in schnellen, heftigen Stößen und mustere die Schar von Immortali, die sich mir gegenüber aufbaut. Keine Ahnung, wo Marcellus ist, wahrscheinlich haben sie ihn ausgeschaltet, aber er könnte sowieso nichts ausrichten. Pluto kann ich auch nirgends entdecken.

»*Allora.*« Der bärtige Mann aus meinem Zimmer tritt vor und mustert mich mit grimmiger Zufriedenheit. »Endlich bekommen wir dich zu Gesicht.«

»Ist es nötig mich hier zu fesseln, um mich *anzusehen?*«, zische ich und zerre an meinen Fesseln. Anstatt auch nur einen Millimeter nachzugeben, ziehen sich die Knoten noch fester um meine Gelenke und schneiden mir tief ins Fleisch.

Der Bärtige steht jetzt direkt vor mir und streckt eine Hand nach meinem Gesicht aus. Heftig reiße ich den Kopf herum, damit er mich nicht anfasst. Er stößt einen ungeduldigen Laut aus, packt mich grob am Kinn und zwingt mich, seinen Blick zu erwidern. Braune Augen, in deren Tiefen ein manisches Feuer lodert. Ein Schaudern überläuft mich, als mir klar wird, dass dieser Mann vor nichts zurückschrecken wird, um von mir zu bekommen, was er will. Und alle anderen, die mit ihm zusammen in mein Zimmer gekommen sind, ebenso.

Inzwischen drückt er die Finger so schmerzhaft in meine Wangen, dass mir Tränen in die Augen steigen.

»Wenn du so ein loses Mundwerk hast, wie es den Anschein hat, wirst du nicht lange hier hängen.« Sein Kommentar erntet schallendes Gelächter ringsum. »Also, zeige uns deine besondere Gabe.«

Reglos starre ich nach unten auf meine nackten Füße. Ich habe nur noch mit den Zehen Kontakt zum Boden, der Großteil meines Körpergewichts hängt an meinen Armen, und das Pochen rund um meine Schulterblätter wird mit jeder Minute stärker. Ich versuche meine Arme zu bewegen, damit das Seil vielleicht an dem glatten Säulenschaft nach unten rutscht und mir ein wenig Erleichterung verschafft. Aber nichts tut sich. Ein schneller Blick zeigt mir, dass schmale Rillen in die Säulen gefräst sind, die nicht sofort auffallen und das Seil an Ort und Stelle halten.

Verdammte Mistkerle.

»Also?« Der bärtige Mann stupst mit seinem Schuh gegen einen meiner Füße, wodurch ich das Gleichgewicht verliere und in die Seile stürze. Ich beiße die Zähne so fest zusammen, dass das Kiefergelenk knackt, um einen Aufschrei zu unterdrücken. Es fühlt sich so an, als würden meine Oberarme jeden Moment aus den Gelenkpfannen springen. Irgendwie finde ich die Balance wieder, jeder Muskel in meinem Körper zittert, während ich meine Arme irgendwie zu entlasten versuche.

»Ich kann es nicht«, keuche ich.

»Ja, das hat Marcellus bereits erwähnt. Ich denke, dir fehlt lediglich der richtige Anreiz, um deine Fähigkeiten zum Vorschein zu bringen.« Angesichts seines Lächeln dreht sich mein Magen um.

Nein, will ich brüllen. Seit ich hier bin, habe ich unermüdlich versucht, meinen Geist auszuschicken, und kein einziges Mal ist es mir gelungen, nicht einmal im Schlaf. Was auch immer sie vorhaben, mit Schmerz oder Folter werden sie es nicht aus mir herauspressen können. Die Gabe ist noch zu neu und rätselhaft für mich. Noch weniger greifbar als Plutos dunkles Erbe, das ab und zu aufflackert. Die Dunkelheit ist auch jetzt bei mir, in Schach gehalten von dem Schmerz, der durch meinen Körper pulsiert. Aber schwarze Flammen rieseln mein Rückgrat hinunter und bahnen sich ihren Weg in mein System.

Ohne Vorwarnung reißt der bärtige Mann sein Bein hoch und verpasst mir einen Tritt in den Magen. Galle schießt meine Kehle hinauf, und ich würge, während mein Körper sich zusammenkrümmen will, aber von den Fesseln daran gehindert wird. Schwarze und weiße Punkte tanzen vor meinen Augen, und ich spucke auf den Boden aus. Direkt vor seine Füße.

Der Bärtige grunzt wütend. Er packt mich an den Haaren und zieht meinen Kopf so weit nach hinten, dass ich kaum noch atmen kann. »Du wirst uns behilflich sein!« Seine Stimme schwillt zu einem beeindruckenden Grollen an. »Und wenn wir dich jeden Tag hier aufhängen müssen, bis du uns deine Gabe zeigst und sie zu kontrollieren beginnst. Wir alle hier wissen, dass du uns nicht freiwillig helfen wirst, nachdem die Damnati Gelegenheit hatten, dir eine Gehirnwäsche zu verpassen.« Er lässt meinen Kopf los, dann trifft mich ein Faustschlag im Gesicht. Ich spüre, wie meine Unterlippe aufplatzt und heißes Blut hervorquillt.

Verzweifelt winde ich mich, um den Schlägen auszuweichen, aber sie prasseln erbarmungslos auf mich ein. Andere Immortali gesellen sich dazu, traktieren mich, bis meine Wangen aufgeschürft und wund sind und auch Blut aus meiner Nase quillt. Ihr Lachen dröhnt überlaut in meinen Ohren, während sie mir immer wieder sagen, ich solle meine Gabe zeigen.

»Ich kann nicht!«, rufe ich mit immer schwächerer Stimme. »Ich habe nie gelernt, wie ...«

Ist ihnen überhaupt klar, dass es bei mir nicht viel zu sehen gibt? Ich bezweifle, dass mein Geist von einem spektakulären Feuerwerk begleitet meinen Körper verlässt. Es ist nichts, was ich vorführen könnte wie ein Zirkuspony, das einen Trick hinlegt.

Und Plutos Erbe? Das sollte am besten tief in mir begraben bleiben, damit die Immortali niemals herausfinden, wer mein Vater ist. Das würde sie wahrscheinlich nur noch mehr anstacheln. Aber je länger sie mich traktieren, desto heftiger wallt die Finsternis in mir auf. Ich spüre, dass sie sich Bahn brechen will, um mich zu verteidigen, und es kostet mich jedes Quäntchen Willenskraft, um sie im Zaum zu halten.

Irgendwann lassen sie von mir ab, und ich muss mich anstrengen, bei Bewusstsein zu bleiben. Zu viel Schmerz zirkuliert durch meinen Körper, lähmt meinen Verstand und nimmt jeden einzelnen Gedanken ein. Mein Gesicht fühlt sich geschwollen und heiß an, Haarsträhnen werden von feuchtem Blut an meine Backen geklebt, und ich habe nicht mal die Kraft, zu versuchen, sie wegzupusten. Wenn ich könnte, würde ich den Immortali gerne sagen, dass das vielleicht die schlechteste Methode in der Geschichte der Menschheit ist, um jemanden dazu zu bringen, ein Kunststück vorzuführen. Aber selbst wenn ich wollte, bin ich zu so einer Anstrengung nicht in der Lage. Denn jeder Atemzug ist eine Qual.

Eine ferne Stimme ruft: »Zieht sie höher, und holt die Stangen!«

Ich schaffe es nicht, ein Wimmern zu unterdrücken, als die Seile an den Säulen weiter nach oben gezogen werden. Meine Füße verlieren jetzt komplett den Kontakt zum Boden, meine Arme sind so stark gespannt, dass ich regelrecht fühle, wie Muskeln und Sehnen knirschen und zu zerreißen drohen. Ich weiß nicht, was sie mit den Stangen vorhaben, aber das kann nur noch mehr Qualen bedeuten. Seit sie mich in diesen Saal geschleppt haben, habe ich darum gekämpft, die Fassung zu bewahren, aber in diesem Moment zerbricht etwas in mir. Die schiere Ausweglosigkeit meiner Situation überwältigt mich. Vielleicht wollten die Immortali anfangs noch meine Gabe mit Gewalt aus mir herauskitzeln, aber inzwischen haben sie sich in einem primitiven Rausch verloren. Es geht nicht mehr darum, mir irgendetwas zu entlocken, sondern nur noch um Demütigung. Folter. Schmerz.

Meine Augen füllen sich mit Tränen, und mehr Blut tropft über mein Kinn, als meine Lippen zu zittern beginnen.

Zum Teufel, die Immortali reden von einer Gehirnwäsche der Damnati und benehmen sich bei unserem ersten Zusammentreffen genau so, wie über sie berichtet wird.

Die Dunkelheit in meiner Brust wallt auf. Sie labt sich an meinem Schmerz und bläht sich auf, bis ich es kaum noch schaffe, sie zu kontrollieren. *Vergeltung*, flüstert sie sanft, *lass mich frei, und ich werde dir zeigen, wozu ich imstande bin.*

Ich bin schon fast so weit, ihrem Säuseln nachzugeben, als mich eine Welle purer, undurchdringlicher Schwärze trifft. Sie rollt durch den Saal wie eine Urgewalt, bringt die versammelten Immortali ins Taumeln und schlingt sich um mich wie fürsorgliche Arme. Ich fühle mich schwerelos, wie losgelöst vom Gewicht meines Körpers, und endlich lässt die unerträgliche Spannung auf meinen Gliedmaßen nach.

TOCHTER.

Ich reiße den Kopf hoch, als eine Stimme, die aus Dunkelheit und Verderben gewoben ist, in meinen Gedanken erklingt. Mein Brustbein vibriert unter der schieren Macht, die in dieser Stimme steckt, und Hoffnung regt sich in mir. Pluto ist hier. Mein Vater. Endlich.

Wie zum Beweis werden die Türen zum Saal aufgestoßen, und der Immortalos eilt herein, dessen Körper Pluto besetzt hat. Keine Ahnung, wo er bisher war, aber Hauptsache, er ist endlich gekommen. Seine Macht hält mich noch immer leicht in den Seilen, während er sich durch die umstehenden Immortali drängt.

»Ihr habt einen Fehler begangen.« Alle drehen sich auf dem Absatz zu ihm um, schockiert von der Stimme, die rein gar nichts mit der eines Menschen zu tun hat – ob unsterblich oder nicht. Ich weiß, dass in diesem Moment alle begreifen, dass etwas unter ihnen ist, das weit mächtiger ist als sie alle zusammen. Und dass sie seinen Zorn geweckt haben.

»Eure Existenz ist verwirkt.«

Schreie ertönen, als Plutos geliehener Körper zu beben beginnt und die Haut Blasen wirft, als würde er von innen zu kochen beginnen. Zwei Männer, die armlange Eisenstangen in den Armen tragen, werden umgeworfen, und die Stangen prasseln auf sie nieder. Einen Moment bleiben sie reglos liegen, dann beginnen Rauchfahnen aufzusteigen, und das Metall schmilzt im Bruchteil von Sekunden. Die beiden Immortali kreischen ohrenbetäubend laut, als geschmolzenes Eisen ihre Körper bedeckt und sich durch Kleidung und Haut frisst.

Pluto indes beginnt zu wanken. Offenbar überfordert die göttliche Macht, die er einsetzt, bereits den menschlichen Körper, der ihn birgt. Aber er macht ungerührt weiter, lässt die entfesselte Finsternis durch den Saal stürmen, wie eine Meute Jagdhunde, die ihre Beute einkreist. Die anwesenden Immortali stieben auseinander, stolpernd und sich gegenseitig aus dem Weg schubsend, in ihrer Panik zu entkommen.

Eine Berührung an meinem Bein lässt mich zusammenzucken, doch als ich nach unten schaue, erkenne ich Marcellus, der mit einem Messer die Fesseln an meinem Fußgelenk bearbeitet. Ich weiß nicht, was irritierender ist: Pluto, der diese waghalsige Monster-Show hinlegt, um die Immortali aufzuhalten, oder Marcellus, der ihm dabei hilft.

Er bemerkt, dass ich ihn anschaue und hebt den Blick zu mir. Als er mein Gesicht sieht, erstarrt er vollkommen, und sein Mund klappt auf. Erst meine ich, dass es daran liegt, wie übel ich zugerichtet bin, doch dann mischt sich so etwas wie Furcht in seinen Ausdruck.

»Merda!«, zischt er und beginnt wie verrückt an dem Seil herumzusäbeln, bis die Fasern endlich nachgeben. Sofort wendet er sich dem anderen Bein zu. Innerhalb weniger Sekunden hat er auch diese Fessel gelöst, und kurz darauf befreit er meine Arme. Als ich wieder auf dem Boden stehe, drohen meine Knie unter mir nachzugeben, weswegen mich Marcellus beherzt um die Taille packt.

»Halte den Blick gesenkt«, ruft er mir über die Übelkeit erregende Kakofonie aus Schmerzensschreien und Hilferufen hinweg zu. Pluto lässt noch immer seiner göttlichen Wut freien Lauf, und Marcellus versucht uns irgendwie durch das Chaos dieses herumwirbelnden Todesballetts zu bringen. Zum Glück sind alle zu sehr mit sich selbst beschäftigt, um zu bemerken, dass ihre kostbare Geisel nicht mehr zwischen den Säulen hängt. Der Steinboden ist schlüpfrig von Blut und Schweiß, die Luft riecht nach Angst und verbranntem Fleisch. Selbst wenn es nicht um mein Leben ginge, würde ich so schnell wie möglich aus diesem Raum hinauswollen.

Trotzdem verharre ich noch einmal am Ausgang, um einen Blick zurückzuwerfen. Marcellus, der mich regelrecht trägt, bleibt dadurch ebenso stehen und folgt meinen Augen.

Plutos Anblick, der unbeirrt die finstere Essenz seiner Macht durch den Raum peitschen lässt, weckt ein zutiefst ursprüngliches Furchtgefühl in mir. Es ist die rohe Demonstration von Macht, die jeden bis in die Knochen erzittern lassen würde, aber zugleich kann ich nicht wegsehen. Mein Blut reagiert mit einem Singen auf die Grausamkeit, die Pluto unter den Immortali verbreitet. Die nackte Panik, die er in ihnen wachruft.

Und dann …

Der Anblick, der sich mir bietet, scheint aus einem Albtraum geboren.

Plutos geliehener Körper verkrampft sich. Blut, so dunkelrot, dass es beinahe schwarz wirkt, strömt aus Augen, Nase, Ohren und Mund. Er wirft den Kopf in den Nacken, anscheinend überwältigt von Schmerzen. Ein stummer Schrei bringt meine Trommelfelle zum Vibrieren. Und dann bricht die Brust des Mannes auf. Wortwörtlich. Mein Magen hebt sich angesichts der Rippen, die durch rohes Fleisch dringen und aufklaffen wie eine sich öffnende Muschel. Sie offenbaren ein Inneres, nass glänzend und rabenschwarz. Es ist, als wäre Tinte anstatt Blut durch die Adern und Venen gelaufen. Durch einen Körper, der schon längst von innen heraus abgestorben ist. Ich wusste nicht, dass Götter ihre Wirte allmählich töten, sie von innen heraus verpesten, bis sie irgendwann kapitulieren. Ehrlich gesagt wollte ich nie so genau wissen, *wie* Menschen sterben, die zu lange eine göttliche Präsenz in sich getragen haben.

Einen Moment noch erfüllt Plutos rachsüchtige Präsenz den Saal, lässt die Grundfesten des Gebäudes in einer wütenden Welle erbeben, dann bricht der Immortalos endgültig zusammen.

Ringsum sind alle erstarrt, und Marcellus nutzt die Gelegenheit, um doch noch unbemerkt zu verschwinden. Im Laufschritt schleppt er mich durch das Foyer mit der Treppe, von dort aus weiter in einen Korridor, der in einer gigantischen Garage endet. Dort setzt er mich am Boden ab, wischt sich eine Schweißspur vom Gesicht und geht dann zu einem Metallschränkchen an der Wand. Während er darin herumsucht, lasse ich den Blick über den Fuhrpark wandern. Mindestens zwei Dutzend Autos parken in dieser Garage, von verbeulten

Nutzfahrzeugen bis hin zu sportlichen Luxusschlitten. Es überrascht mich wenig, dass Marcellus auf einen tief liegenden Sportwagen zugeht, nachdem er den Schlüssel aus dem Schränkchen geholt hat.

»Ist das deiner?«, frage ich skeptisch. Höflich hält er mir die Beifahrertür auf, doch sein ganzer Körper strahlt Ungeduld aus.

»Jetzt schon.« Er verpasst mir einen sanften Schubs, und ich lande in den weichen Ledersitzen. Obwohl ich weich lande, stoße ich zischend den Atem durch die Zähne aus. Noch immer peitscht das Adrenalin durch meine Adern, aber selbst das kann nicht verhindern, dass gefühlt jeder Winkel meines Körper vor Schmerz aufschreit.

Schnell umrundet Marcellus den Wagen und hat den Motor angelassen, bevor ich es geschafft habe, mich anzuschnallen. Mit quietschenden Reifen parkt er rückwärts aus, wendet und jagt dann über eine runde, kopfsteingepflasterte Einfahrt.

Im Rückspiegel sehe ich die Schemen einer gigantischen Villa, deren hell erleuchtete Fenster sich von der samtigen Dunkelheit der Nacht abheben. Wir rasen die Einfahrt hinunter, und meine Gedanken sind noch immer bei Pluto, der vor meinen Augen implodiert ist. Ich weiß nicht, ob ich jemals vergessen kann, was ich gerade gesehen habe. Was mir hier passiert ist.

»Im Handschuhfach sollte ein Lappen liegen, damit kannst du dich sauber machen«, sagt Marcellus. Er jagt den Wagen mit extremer Geschwindigkeit über die Auffahrt, doch das hohe Tempo ist gerade meine geringste Sorge. Tatsächlich finde ich ein Mikrofasertuch, das sauber wirkt. Besser als nichts.

»Warum bist du so ausgerastet, als du mein Gesicht gesehen hast?«, frage ich, während ich vorsichtig meine Lippe betupfe.

»Klapp die Sonnenblende runter und schau selbst.«

Neugierig folge ich der Anweisung und schiebe die Blende vor dem eingebauten Spiegel zurück. Automatisch flammt ein Licht auf, und im ersten Moment kneife ich die Augen gegen die plötzliche Helligkeit zusammen. Dann sehe ich, was Marcellus so in Aufregung versetzt hat:

Mein Gesicht ist geschwollen und blutverschmiert.

Und das Blut ist pechschwarz.

Kapitel Zehn

Rom, 79 n. Chr.

Nach den letzten Worten, die die Götter durch Orelas Mund sprachen, schrumpften die Kerzenflammen zu ihrer ursprünglichen Größe zurück, und Sanctius musste mit ansehen, wie seine Schwester zusammenbrach. Sämtliche Kräfte schienen sie gemeinsam mit den Göttern verlassen zu haben, und sie schlug hart auf dem Boden auf. Noch bevor sich irgendjemand rührte, ja überhaupt Atem schöpfen konnte, eilte er schon zu ihr und kniete neben ihr nieder. Mit einem Mal wirkte sie winzig, eine zierliche Gestalt inmitten eines Haufens weißen Stoffes. Vorhin war sie ihm übermenschlich groß erschienen. Ihre Haut strahlte noch einen Hauch der schimmernden göttlichen Energie aus, die sie bis gerade eben erfüllt hatte. Doch darunter war sie sehr blass und ihre geschlossenen Augen blutunterlaufen.

Mit hämmerndem Herzen berührte Sanctius sie an der Wange.

Er hasste es so sehr, Orela in diesem Zustand sehen zu müssen. Hasste es mit jedem Mal etwas mehr. Besinnungslos, vollkommen ausgelaugt von den überirdischen Kräften, die ihrem Körper alles abverlangt hatten. Als Medium der Götter war seine Schwester von Geburt an stärker als andere Menschen, weswegen sie mehrere Präsenzen zur gleichen Zeit in sich tragen konnte, damit diese aus ihr zu sprechen vermochten. Doch jedes Mal fürchtete Sanctius, dass es nun zu viel für sie gewesen war. Der stärkste Körper kam irgendwann an seine Grenzen, und er konnte einfach nicht begreifen, wie eine grazile Person wie Orela dies aushielt. Alt würde sie nicht werden, so viel stand fest.

Wobei ...

Die Worte der Götter, die für den Moment vollkommen in den Hintergrund gerückt waren, kehrten zu ihm zurück.

Wir reichen euch Ambrosia dar, die Nahrung der Götter selbst, auf dass es euch stärke gegen jedes Leid und Gebrechen, das Alter und den Tod.

Das hatten sie gesagt, klar und deutlich vernehmbar. Vollkommen gefangen in der Sorge um seine Schwester fiel es Sanctius schwer, überhaupt zu begreifen, was das alles zu bedeuten hatte. Ambrosia? Sie boten ihnen Unsterblichkeit an?

Unter seinem sanften Tätscheln begann sich Orela endlich zu bewegen, bis sie mit einem Ruck die Augen aufschlug. Sie waren wieder blau, nicht mehr von diesem vollkommenen Weiß, das er so sehr verabscheute. Ihr Atem beschleunigte sich, und sie versuchte sich aufzusetzen.

»Langsam«, mahnte Sanctius und wollte verhindern, dass sie sich zu schnell aufrichtete.

Ein gereizter Ausdruck huschte über Orelas Gesicht. »Hör auf damit, es geht mir gut!« Sie schob sich den Lorbeerkranz zurück, der ihr beim Sturz in die Stirn gerutscht war, und schaffte es, Sanctius abzuschütteln. »Wirklich, es geht mir gut. Ich war nur ein wenig überwältigt davon, wie viele Götter gekommen sind.«

»Oh, wer war denn alles da?«

»Alle zwölf obersten Gottheiten zuzüglich Pluto.«

Die Tatsache, dass der Gott der Totenwelt anwesend gewesen war, verblüffte Sanctius. Ebenso, dass so viele gekommen waren. Ihre Gaben waren wohl doch zu verlockend gewesen.

Orela zuckte angesichts seiner verblüfften Miene mit den Schultern. »Sie haben uns die Unsterblichkeit angeboten, da wollte er als Herr der Toten ein Wörtchen mitreden. Immerhin entgehen ihm so einige Seelen für sein Reich.«

Erst jetzt, da sie aussprach, was gerade eigentlich passiert war, begann er es wirklich zu begreifen. Unsterblichkeit. Ambrosia. Stirnrunzelnd dachte er über das nach, was ihnen noch mitgeteilt worden war.

»Sie geben uns nur eine Stunde, um uns zu entscheiden.«

»Ganz richtig.« Orela befreite ihre Beine aus den verhedderten Bahnen ihrer Robe und stand auf. »Deswegen habe ich keine Zeit, hier herumzuliegen. Wir müssen uns schnellstens beratschlagen.«

Als sie sich erhob, kam wieder Leben ins Atrium, ganz so, als hätte alles mit angehaltenem Atem darauf gewartet, dass sie auf die Beine kam. Sofort waren sie eingeschlossen von einer wild durcheinanderschnatternden Menge, und Sanctius hatte seine liebe Mühe, Orela etwas Raum zu verschaffen. Ihr Vater kämpfte sich zu ihnen durch, gleich darauf kam Marcellus dazu. Der junge Pomponius wirkte auf geradezu unheimliche Weise begeistert. Das Glühen in seinen dunklen Augen grenzte beinahe an Wahnsinn, als er in die Runde blickte, die Hände tatendurstig ineinander verschränkt.

»Wir alle haben das großzügige Angebot der Götter gehört, und nun ist es an der Zeit, eine Entscheidung zu treffen.« Es bestand kein Zweifel, dass er dies so schnell wie möglich tun wollte.

»Weshalb lange diskutieren? Sagen wir zu!«, rief ein Pomponius hinter ihnen, und zustimmendes Gemurmel wurde laut.

Gebieterisch hob Tiberius eine Hand. »Dies ist eine Angelegenheit, die unser aller Leben nachhaltig beeinflussen wird. Wir haben eine äußerst kurze Bedenkzeit bekom-

men, und diese soll genutzt werden.« Sein Bruder Claudius trat zu ihm hin und legte ihm eine Hand auf den Arm.

»Bruder«, tönte er leutselig. »Diese Angelegenheit könnte doch nicht einfacher zu entscheiden sein. Die Ambrosia wirkt ein Jahr lang. Wenn du nach Ablauf dieser Zeit feststellst, dass es dir zuwider ist, unverwundbar und alterslos zu sein, dann kannst du die nächste Dosis verweigern.«

Der Kommentar des Senators erntete verhaltenes Gelächter. Tiberius lief angesichts der spöttischen Worte seines Bruder rot an.

»Ich sage euch, dass dieses Angebot zu großzügig ist! Wann haben die Götter jemals ein solches Geschenk aus reiner Güte gemacht? Helden mussten Übermenschliches leisten und ihr Leben geben, um Ambrosia kosten zu dürfen. Wir aber haben nur um eine Arznei gegen die Seuche gebeten. Woher diese plötzliche Freigebigkeit?«

Eine hitzige Diskussion über die möglichen Beweggründe der Götter brach aus, die bald aus dem Ruder zu laufen drohte, bis Marcellus entschlossen vortrat.

»Fragen wir doch die Sibylle, welchen Eindruck sie von den Motiven der Götter hat?«

Sanctius richtete sich unwillkürlich gerader auf, als sich der allgemeine Fokus auf seine Schwester richtete. Orela ließ sich von den verlangenden Blicken nicht aus der Ruhe bringen. Sie war es schlichtweg von klein auf gewohnt, sich den fordernden Fragen jener zu stellen, für die die Gottheiten nur gestaltlose Geister waren.

»Sie haben ihr Angebot ernst gemeint«, sagte sie schließlich ruhig. Ihre Stimme wurde mit Leichtigkeit durch den ganzen Raum getragen. »Die Götter haben mir ihre Beweggründe nicht anvertraut, und wie ihr wisst, kann ich mich nicht danach erkundigen. In Minerva und Apollo haben wir starke Fürsprecher, die sich für unsere Belange

einsetzen. Ich weiß, dass wir meist nur die grausame Hand der Götter zu spüren bekommen, aber es gibt auch jene, die sich ernstlich für unser Schicksal interessieren und es zum Guten wenden wollen.«

Als Sanctius Orela ins Gesicht blickte, war er überrascht, als er darin einen ähnlich fiebrigen Ausdruck wie bei Marcellus erkannte. Sie schien die Ambrosia genauso dringend zu wollen wie er.

Weil sie vor Sorge um die Kranken in der Familie schier vergeht, *ermahnte ihn prompt eine innere Stimme, und er zuckte schuldbewusst zusammen. Orela war einer der selbstlosesten Menschen, die er kannte, und wenn es ihr erlaubt gewesen wäre, hätte sie sich Tag und Nacht um ihre erkrankten Vettern gekümmert. Sanctius' beste Freunde, die mit dem Tod rangen.*

Deswegen trat er entschlossen einen Schritt vor, als sein Vater zu einer weiteren, zweifellos noch immer kritischen Erwiderung ansetzte.

»Die Götter muten Orela so viel zu. Jetzt haben sie Gelegenheit, es uns zu vergelten.«

Tiberius öffnete und schloss den Mund wie ein Fisch auf dem Trockenen, Schmerz und Zweifel standen in seinen Augen. Als Vater quälte ihn die Machtlosigkeit seiner Tochter genauso sehr wie ihn als Bruder. Dies war immer ein Quell des stummen Einverständnisses zwischen ihnen beiden gewesen. Orela zu beschützen, um jeden Preis.

Und wenn es nun hieß, sie durch die Ambrosia stärker zu machen? Einen unsterblichen Körper konnten die Götter durch ihre Heimsuchungen nicht zugrunde richten, nicht wahr? Sie wäre geschützt, und sein Gedanke von vorhin, dass sie nicht alt werden würde, würde der Vergangenheit angehören. Allein dafür war Sanctius bereit, einen Pakt einzugehen, der fast zu gut war, um wahr zu sein.

Und dann war da noch Aliqua. Sein Blick geisterte durch den Raum, und er entdeckte sie an demselben Platz ganz am Rand, wo er sie auch vor dem Ritual vorgefunden hatte. Sein Herz explodierte bei ihrem Anblick. Plötzlich bot das Angebot der Götter noch eine weitere Dimension, die er noch gar nicht bedacht hatte. Ein ewiges Leben bedeutete, dass sie gemeinsam die Zeit überdauern könnten. Bis es eines Tages womöglich anders sein würde und es niemanden mehr kümmerte, dass sie als Sklavin geboren worden war. Die Zeit, die sie gemeinsam zur Verfügung hätten ...

Einen köstlichen Moment lang schwelgte Sanctius in dieser Vorstellung, die sich wie ein buntes Mosaik aus Hoffnung vor ihm entfaltete. Dann fanden seine Augen die von Aliqua. Eine heiße Welle aus Zuneigung und Begehren erfasste ihn, wie es vom ersten Moment an gewesen war und wie es bis zum Ende der Zeit bleiben würde. Aber was er in ihr sah, ließ ihn zu Eis erstarren. Das Bernsteinbraun ihrer Augen war überschattet, wie zwei Abgründe, tiefer als die Täler der Unterwelt. Tränen schimmerten darin und ein Schmerz, der ihn so heftig erfüllte, als wäre es sein eigener. Mit einiger Verzögerung begriff er. Und da wurde der Schmerz tatsächlich zu seinem eigenen.

Es gab eine Bedingung für die Ambrosia. Nur jene ihres Blutes durften sie bekommen oder Ehepartner. Beides konnte Aliqua niemals sein.

Diese Einsicht traf ihn mit der Wucht eines Rammbocks.

Sanctius fiel, er trudelte, und nun war die Hand, die auf Orelas Rücken lag, nicht mehr dazu da, um sie zu stützen, sondern um sich selbst festzuhalten. Er rang um Atem, weil er das Gefühl hatte, bei lebendigem Leib ausgeweidet zu werden.

»Sanctius?« Orela wandte ihre Aufmerksamkeit von den noch immer um sie herum tobenden Diskussionen ab und neigte sich zu ihm hin. »Was ist?«

»Du musst mir helfen«, bat er, die Stimme belegt vor Verzweiflung.

Seine Schwester runzelte irritiert die Stirn, dann folgte sie seinem Blick zu Aliqua, und Verstehen leuchtete in ihrem Gesicht auf. »Sanctius ...« Ihr sanfter, begütigender Tonfall ließ ihn die Hände zu Fäusten ballen. Er wollte nicht hören, was sie sagen würde, um ihn zu trösten. Trost war es nicht, was er jetzt brauchte, sondern ihre Hilfe.

»Sie werden dir keine Ausnahme gewähren«, flüsterte sie gebrochen. »Sonst würden andere nachkommen, und die Götter wollen nur eine begrenzte Anzahl von Unsterblichen erschaffen. Es tut mir so leid, Bruder.«

Sanctius konnte sie nicht hören. Das Blut rauschte zu laut in seinen Ohren, ein wütender Sturm, der alles ringsum übertönte.

Die beiden Familien, die weiter das Für und Wider des Angebots besprachen.

Die Mehrheit derer, die dafür stimmten, die Gabe der Götter anzunehmen.

Der Beschluss, den Pakt im Feuer zu besiegeln, wie die Götter es verlangt hatten.

Die Gewissheit, dass Orela die Ambrosia nehmen und Sanctius es auch tun würde, um seiner Schwester beistehen zu können.

Und die Erkenntnis, dass er leben würde, während Aliqua zu Staub zerfallen würde.

Santo

Die Sonne ist gerade dabei unterzugehen, als Orela, Scuro, Adone und ich die Metro-Station am Kolosseum verlassen, unterwegs, um einen Gott zu beschwören.

Obwohl ich weiß, wofür wir das tun, brodelt schon den ganzen Tag Nervosität in meiner Magengrube. Ich versuche dieses lästige Gefühl zu ignorieren, weil ich vollkommen konzentriert sein möchte, aber es ist nicht mehr so leicht wie früher, meine Emotionen wegzuschieben.

Die Station spuckt uns zusammen mit etlichen anderen Menschen direkt vor dem Kolosseum aus. Das Amphitheater war ein noch nicht ganz vollendeter Neubau, als ich unsterblich wurde, und in den folgenden Jahrhunderten ist das verwitternde Bauwerk zu einer Art Spiegel meiner selbst geworden. Nach einigen prachtvollen Dekaden begann die Substanz zu bröckeln, Marmor und Statuen verschwanden, bis es irgendwann zu einem Steinbruch wurde. Aber es steht bis heute. Demoliert und geplündert, aber ungebrochen majestätisch im Licht des frühen Abends.

Wir schieben uns durch das Getümmel rund um das Kolosseum, weiter den breiten, gepflasterten Weg hinunter, der am Konstantinsbogen vorbeiführt, bis wir den wenig beachteten Seiteneingang zum Palatin erreichen.

Und hier heißt es erst mal warten. Knorrige Pinien säumen die Straße, und in ihrem Schatten lehnen wir uns möglichst lässig an den Eisenzaun, der das Gelände von Forum Romanum und Palatin umgibt. Die Anlage schließt jeden Moment, und erst wenn alle Besucher gegangen sind, können wir loslegen.

Adone zündet sich eine Zigarette an und pafft Rauchkringel in die Luft, denen Scuro mit trägem Blick folgt.

Etwa zwanzig Minuten später tritt eine junge Frau auf die Straße und lässt suchend den Blick schweifen. Als sie uns entdeckt, winkt sie uns aufgeregt zu sich. Scuro stößt sich als Erster von dem Zaun ab und schlendert auf sie zu. Als wir ihm folgen, sehe ich, wie die Frau sich nervös durch die kurzen braunen Haare streicht und ihre Lider flattern.

Aha, jetzt ist mir alles klar.

Es war nämlich Scuro, der verkündet hat, uns Zugang zu dem Ort zu verschaffen, an dem Orela das Ritual durchführen will. Und jetzt weiß ich, wie ihm das so schnell gelungen ist. Die junge Frau – eine Weste weist sie als Mitarbeiterin der archäologischen Anlage aus – ist ihm hoffnungslos verfallen. Wahrscheinlich würde sie uns auch erlauben, eine Statue von dem Gelände zu tragen, wenn Scuro sie darum bitten würde. Er murmelt ihr etwas zu, was sie heftig erröten lässt, dann winkt sie uns weiter. Wir treten durch das weiße Steintor, vorbei an dem Kassenhäuschen und auf die parkähnliche Anlage. Es ist immer wieder seltsam, diese Orte meiner Jugend zu betreten, die heute ein Freilichtmuseum sind. Auf dem Palatin residierten einst die Kaiser, und auch wenn ich nicht oft hier war, habe ich die Bilder von damals noch genau vor Augen. Bevor ich vollkommen in Nostalgie versinke (auch so eine nervige neue Anwandlung), schiebe ich die Erinnerungen beiseite und höre stattdessen Scuro und der jungen Wärterin zu.

»Ich warte an der Kasse, bis ihr gehen wollt. Der Sicherheitsdienst weiß, dass heute Abend Gäste hier sind, aber ich habe ihnen erzählt, dass ihr Archäologiestudenten mit einer Sondergenehmigung seid.«

Scuro zeigt ihr sein seltenes Lächeln. »Hervorragend. Ich weiß gar nicht, wie ich dir hierfür danken soll, Vera.«

Sie strahlt ihn an. »Was genau habt ihr eigentlich vor?«

Für einen Moment gerät Scuros Lächeln ins Wanken, aber er hat sich im Griff, bevor sie etwas bemerkt. »Das« – er berührt sie leicht am Arm – »erzähle ich dir später.«

Keine Ahnung, ob es ein *später* geben wird, aber Vera sieht aus, als würde sie jeden Moment vor Aufregung explodieren.

»Ab hier finden wir den Weg selbst.« Scuro lässt noch einmal vielsagend die Hand über ihre Schulter gleiten, dann verabschiedet sich Vera und macht sich auf den Weg zurück zum Eingang. Als sie um die nächste Kurve verschwunden ist, prustet Adone los. Er scheint nur darauf gewartet zu haben, dass Vera geht.

»Ich wusste gar nicht, dass in dir so ein Casanova steckt. Das arme Mädchen.«

Scuros Ausdruck ist wieder so ausdruckslos, als wäre das Lächeln nie da gewesen. »Eifersüchtig, weil ich in deiner Spezialdisziplin an dich heranreiche? Oder weil es eine Frau gibt, die ausnahmsweise mal keinen Blick für dich hatte?«

»Schwachsinn.« Aber Adone plustert sich auf, was verrät, dass Scuro ihn durchaus getroffen hat. »Gar nicht mein Typ«, murmelt er verschnupft in sich hinein.

Von Orela kommt zu diesem letzten Satz ein tadelndes Zungenschnalzen.

»Danke, Mann«, wende ich mich an Scuro, der es mit einem Schulterzucken abtut.

»Da vorne ist es«, unterbricht uns Orela.

Wir passieren gerade das Domus Flavia, das einst Teil des Kaiserpalasts auf dem Palatin gewesen war. Tja, und dann sind wir wirklich da.

Die untergehende Sonne taucht die kläglichen Überreste eines einst prächtigen Bauwerks in warmes orangenes Licht. Ein niedriges Geländer trennt eine Wiese mit einigen Mauerresten vom Gehweg ab, daneben informiert eine Tafel darüber, dass sich hier einst ein Apollotempel befand, der von Roms erstem Kaiser Augustus erbaut wurde. Nur die rechteckige Form des Areals lässt noch auf den Tempelbau schließen, der sich hier einmal auf einer Terrasse befunden hat.

Wir können das Ritual nämlich nicht an einem x-beliebigen Ort in Rom vollziehen, laut Orela muss es »apollinischer Boden« sein, und tja ... Überraschung, besonders viele Orte, die dafür infrage kommen, gibt es nicht mehr. Deswegen sind wir jetzt hier.

Ich war skeptisch, ob diese Überreste ausreichen würden, und auch jetzt stimmt mich der Anblick nicht gerade optimistisch.

Orela scheint mir meine Zweifel anzusehen. »Das ist immer noch eine *area Apollinis.* Der Boden hat nicht vergessen, dass dies ein heiliger Ort ist.« Beherzt schwingt sie ein Bein über das Geländer, und wir beeilen uns, ihr hinterherzuklettern.

Mit schlafwandlerischer Sicherheit geht Orela auf eine Stelle zu, als würde der Tempel für sie noch existieren. Als ich neben sie trete, sehe ich nichts als steinerne Bruchstücke auf dem Boden, die einst vielleicht der Sockel einer Statue gewesen sein können.

»Hier.« Gebieterisch deutet Orela auf die Stelle, und als ich in ihr Gesicht schaue, lauert am Rande ihrer Augen bereits ein silbriger Schleier.

Adone stellt den Rucksack, den er getragen hat, neben ihr ab und packt unsere Utensilien aus. Während er und Orela damit beschäftigt sind, Kerzen in einem großen Kreis um den Sockel herum aufzustellen, und Scuro versucht, ein Weihrauchfässchen anzuzünden, scanne ich angespannt die Umgebung. Vera hat uns zwar versichert, dass die Wachmänner wissen, dass wir hier sind, trotzdem wäre es mir lieber, vollkommen alleine zu sein. Bei diesem Ritual will ich von niemandem gestört werden.

Fünfzehn Minuten später sind wir fertig mit den Vorbereitungen. Die Sonne ist bereits hinter den Kronen der Pinien verschwunden, und eine leichte Brise lässt die Kerzenflammen tanzen. Orela hat sich ihr weißes Gewand mit der Kapuze übergeworfen und hält eine flache Schale mit Wasser in den Händen. Bevor sie loslegt, wirft sie noch einen Blick in die Runde.

»Ihr steht hinter dem, was wir tun werden?«

Wir zögern. Selbst ich, der ich wild entschlossen bin, alles zu tun, um Aliqua zu retten, halte inne. Wir sind in stummer Übereinkunft hierhergekommen, haben Personal bestochen und hinter dem Rücken unserer Familie etwas geplant, das uns auf eine Stufe mit den Immortali stellt. Nein, *schlimmer.* Wir tun etwas, was die Immortali begeistern würde, und allein das sollte Grund genug sein, die Sache abzublasen. Jetzt und hier. Bin ich nicht schon wieder ein egoistisches Arschloch, weil ich die anderen dazu bringe, das Ritual durchzuziehen?

»Ja, verdammt!«, knurrt Adone mit funkelndem Blick. »Für Aliqua!«

Einen kurzen Moment bin ich sprachlos, dann stimmt Scuro ihm zu. »Ja, für Aliqua.«

Meine Kehle ist plötzlich so eng, dass ich kein Wort herausbringe, stattdessen nicke ich.

Orela wirkt zufrieden. »Vielleicht kann einer von euch Wache stehen? Nur um sicherzugehen.«

Sofort tritt Scuro vor, klettert zurück auf den Hauptweg und verschmilzt im nächsten Moment mit den Schatten.

Adone und ich positionieren uns mit einigem Abstand zu beiden Seiten von Orela. Wir lassen sie nicht aus den Augen, auch wenn ich insgeheim weiß, dass ich herzlich wenig tun kann, wenn sie erst einmal in diesem tiefen Zustand der Trance versunken ist.

Betäubend schwerer Weihrauch steigt mir in die Nase, während Orela die Wasserschale leise murmelnd vor sich schwenkt. Das Plätschern des Wassers erfüllt die Luft, bis es mit Orelas Stimme verschmilzt. Sie summt jetzt tief in der Kehle, und ich kann beobachten, wie ein silbriges Leuchten von der Schale aufsteigt. Jede Faser meines Körpers ist zum Zerreißen angespannt, mein Herz rast wie wild. Obwohl ich sehr genau weiß, was wir hier tun, wird mir die Tragweite unseres Handelns erst jetzt so richtig bewusst. Wenn Orela Erfolg hat, wird sie einen Gott beschwören, der seit fast zweitausend Jahren nicht mehr auf der Erde gewandelt ist. Vielleicht hat es keine spürbaren Folgen, vielleicht ändert sich aber auch alles.

Orela wirft den Kopf in den Nacken, hebt die Schale noch ein wenig höher und lässt sie dann fallen. Das Klirren des zerspringenden Porzellans kann ich über das Rauschen, das in meinen Ohren dröhnt, kaum hören. Jede meiner Zellen spürt, womit die Luft sich gerade auflädt. Orela hatte vollkommen recht damit, dass sich dieser Boden daran erinnert, einst göttlich gewesen zu sein. Er scheint unter ihrem Ritual lebendig zu werden, pulsierend und mächtig. Elektrische Spannung steigt in Wellen aus dem Erdreich auf, formt unsichtbare Säulen und Gebälk aus göttlicher Essenz, die ich wirklich zu erkennen glaube. Die aufsteigende Energie schraubt sich immer weiter in die Höhe, verzweigt und vernetzt sich, bis sie sich wie eine knisternde Kuppel um uns spannt. Der Wind ist zur Ruhe gekommen, und selbst die Flammen der Kerzen verharren wie festgefroren. Adone verfolgt das Schauspiel mit leerem Blick, die Lippen leicht geöffnet, als befände auch er sich in Trance. Es ist schwer, sich diesem Zauber zu entziehen, in den wir mit hineingewoben sind. Angestrengt blinzelnd versuche ich mich dem Sog zu entziehen. Der Gedanke, dem Ritual willenlos ausgeliefert zu sein, widerstrebt mir einfach.

Fetzen von lateinischen Worten dringen an mein Ohr. Orela murmelt in einem fieberhaften Rhythmus, ihre Stimme klingt kehlig, beinahe sinnlich. Zwar kann ich nicht verstehen, was sie sagt, aber es hört sich wie ein Lockruf an. Mit ihrer Stimme und ihrem Körper, der sich in einem selbstvergessenen Rhythmus wiegt, beschwört sie einen Gott aus seinem Exil.

Es geschieht im Bruchteil einer Sekunde. Orelas Körper sackt in sich zusammen, bis sie am Boden kauert, das weiße Gewand um sich herum ausgebreitet wie eine Pfütze Mondlicht. Bevor ich überhaupt die Gelegenheit bekomme zu blinzeln, schnellt sie wieder hoch, gespannt wie eine Bogensehne, die Arme über den Kopf gestreckt. Ihre Augen ... sie sind wieder weiß geworden und strahlen ein unnatürliches Licht aus. Vollkommen gebannt starre ich meiner Schwester ins Gesicht. Sie wirkt überirdisch ... schön und fremd. Das Licht aus ihren Augen breitet sich auf ihrer ganzen Gestalt aus, lässt ihre blasse Haut glühen, durchdringt sogar ihre Haare, die bis in die Spitzen leuchten. Ein jäher Windstoß, der aus purem Licht zu bestehen scheint, peitscht durch unsere Sphäre, blendet mich einige quälende Momente lang und ballt sich dann um Orela zusammen. Sie scheint in einem Funken schlagenden Wirbelsturm gefangen. Doch während mein Herz vor Angst beinahe explodiert, bleibt sie vollkommen ruhig. Sie lässt sich in den Wirbel fallen, breitet die Arme weit aus, bis sie zu schweben scheint. Verzweifelt blinzle ich gegen die Helligkeit an, aber es ist keine Einbildung. Orela schwebt einige Zentimeter über dem Boden, gefangen in einem Kokon aus purer, stürmischer Helligkeit.

Ich weiß nur eines: Die Welt könnte um uns herum auseinanderbrechen, und wir würden es innerhalb des Rituals nicht mitbekommen.

Unendliche Herzschläge lang verharrt Orela, dann ertönt ein ohrenbetäubender Donnerschlag, und sie fällt wie eine Marionette, deren Fäden zerschnitten wurden, auf den Boden. Mit angehaltenem Atem verharre ich, aber es ist tatsächlich vorbei. Das Licht zieht sich in sie zurück, die Kerzen sind erloschen, und die Geräusche der Außenwelt dringen wieder zu mir durch. Das entfernte Rauschen des Stadtverkehrs, die ersten Grillen und schnelle Schritte, die auf uns zulaufen.

Mit weichen Knien drehe ich um und sehe Scuro auf uns zusprinten. Wie vom Donner gerührt bleibt er neben mir stehen und legt mir eine Hand auf die Schulter. Fragend schaue ich ihn an, aber er schüttelt nur mit verstörter Miene das Gesicht. Wie auch immer dieses Spektakel von außen ausgesehen haben mag, es muss etwas wirklich Außergewöhnliches gewesen sein, wenn es Scuro dermaßen aus der Bahn wirft.

Adone blinzelt, als wäre er gerade aus einem tiefen Schlaf erwacht, und Orela beginnt sich am Boden zu rühren. Sofort eile ich zu ihr und lasse mich neben sie auf den felsigen Untergrund sinken.

»Hey, wie geht's dir? Alles gut?« Auf den ersten Blick kann ich keine Verletzungen erkennen, aber vielleicht hat sie doch ein paar Platzwunden, nachdem sie aus ihrer schwebenden Position auf die Steine und Brocken herabgefallen ist.

Ihre Lider flattern, und als sie zu mir aufschaut, sind ihre Augen zum Glück wieder vollkommen blau. »Ist er hier? Spürst du ihn?«

Unnötigerweise lasse ich den Blick über das Gelände schweifen, sehe aber weder eine Gestalt, noch spüre ich irgendetwas Göttliches in der Nähe.

»Orela ...«, sage ich behutsam, obwohl sich ein schmerzender Dolch der Enttäuschung in meine Brust bohrt.

»Ich dachte, ich hätte sie gehört. Ich habe gefühlt ...«, murmelt Orela mit tränenerstickter Stimme. »Das Ritual ist zu früh in sich zusammengebrochen.«

Ich ziehe sie hoch an meine Brust, als sie in Tränen ausbricht und von Schluchzern geschüttelt wird, die meine verkümmerte Seele in Fetzen reißen. Ihr Schmerz über das fehlgeschlagene Ritual überrollt mich, und ich kann nicht mehr tun, als sie zu halten und mich zu fragen, was sie einmal mit den Göttern verbunden hat, um sie jetzt in so bodenlose Verzweiflung zu stürzen.

Kapitel Elf

Aliqua

Marcellus jagt den Sportwagen erbarmungslos über das Kopfsteinpflaster der Einfahrt. Die Reifen quietschen, und ich werde gegen die Seitentür geworfen, als er direkt hinter dem säulenbewehrten Tor scharf rechts abbiegt. Soweit ich es im Scheinwerferlicht erkennen kann, folgen wir nicht der asphaltierten Straße, die zu dem Anwesen der Immortali hinführt, sondern rasen einen unbefestigten Pfad entlang.

»Kannst du die Sonnenblende wieder hochklappen? Das Licht stört mich«, knurrt Marcellus, den Blick starr auf die Piste vor sich gerichtet.

Sein rasanter Fahrstil hat mich kurz von meinem eigenen Anblick in dem winzigen Spiegel der Sonnenblende abgelenkt. Jetzt schaue ich wieder hin und muss feststellen, dass es auch beim zweiten Hinsehen nicht besser wird. Mein Gesicht ist geschwollen, von Verletzungen gezeichnet und mit pechschwarzem Blut verschmiert. Eigentlich wollte ich mich so gut wie möglich sauber machen, aber ich bin zu gebannt von diesem verstörenden Bild.

Vorsichtig berühre ich mein Gesicht, aber es ist wirklich real. »Das kann nicht sein.« Meine Stimme ist nur ein kratziges Wispern.

»Weißt du, was nicht sein kann? Dass ich uns unfallfrei aus diesem Rattennest herausbringe, solange dieses Licht mich blendet.«

Marcellus' Genörgel reißt mich aus meiner Starre, und mit mehr Schwung als nötig klappe ich die Blende hoch. Hauptsächlich, weil ich mich selbst nicht mehr sehen will. Blind beginne ich mein Gesicht zu betupfen, das sich unter dem Mikrofasertuch geschwollen und empfindlich anfühlt. Eine ganze Weile bin ich damit beschäftigt, was mir dabei hilft, mich zu beruhigen. Das, was wir in der Villa gerade hinter uns gelassen haben, fühlt sich noch immer zu surreal an. Mein Verstand kämpft damit, den Ereignissen hinterherzukommen und alles zu verarbeiten, aber es ist einfach zu viel. Zu viel Schmerz, zu viel Gewalt, zu viel Unfassbares. Was mit Pluto passiert ist ... er hat sich zu erkennen gegeben, um mich zu befreien. Hat den menschlichen Körper, in dem er sich mühsam eingenistet hatte, geopfert, um seiner Macht freien Lauf lassen zu können. Und jetzt ist er wo genau? Es ging alles so schnell, aber ich hatte das seltsame Gefühl, dass er einfach verpufft ist, als der Immortalos starb. Kein Hauch seiner Präsenz war mehr spürbar, und auch jetzt ist er nicht in der Nähe. Ich meine, selbst ohne einen Körper hätte er sich uns doch problemlos anschließen können, oder? Unsinnigerweise schaue ich mich um, in der Hoffnung, irgendetwas von ihm wahrzunehmen. Aber da ist nur dunkle Vegetation, die am Auto vorbeirast, und ein wolkenloser Nachthimmel.

Schwer lasse ich mich in den Sitz zurückfallen, schiebe den pochenden Schmerz in meinem Körper so weit wie möglich von mir und schließe für einen Moment die Augen. Vor meinen Lidern zucken Bilder in zu grellen, blutigen Farben vorbei, und ich öffne sie schnell wieder, bevor mir davon übel wird.

»Ich habe so viele Fragen«, murmle ich in mich hinein.

Marcellus gibt ein abfälliges kleines Geräusch von sich, während er den Wagen von der Schotterpiste auf eine befestigte Landstraße lenkt. Das Display im Armaturenbrett zeigt an, dass es 00:23 ist. Kein anderes Fahrzeug ist um diese Uhrzeit unterwegs, was mich beruhigt. In der Villa herrschte absolutes Chaos, als wir abgehauen sind, aber ich zweifle keine Sekunde daran, dass die Immortali die Verfolgung aufnehmen werden, sobald ihnen auffällt, dass wir nicht mehr dort sind.

Denn genau das tun wir gerade, oder? Abhauen, meine ich. Marcellus bringt mich weg von den Abtrünnigen, die drauf und dran waren, mich in meine unsterblichen Einzelteile zu zerlegen, um meine Gabe aus mir herauszukitzeln.

Das ist seltsam ... um es vorsichtig auszudrücken.

»Was genau tust du hier gerade?«

Marcellus wirft mir einen Blick zu, was ich angesichts des rasanten Tempos, mit dem wir unterwegs sind, ziemlich fahrlässig finde. »Sie haben dich ziemlich hart am Kopf getroffen, hm? Das hier ist ein Auto, und ich fahre es ...« Er spricht übertrieben langsam und deutlich.

Genervt falle ich ihm ins Wort. »Schon klar, ich bin ja nicht dämlich. Wobei ich mich schon frage, woher du weißt, wie man fährt. Du warst immerhin genauso lange gefangen wie ich.« Ich räuspere mich, um nicht vom Thema abzukommen. Solche Fragen müssen bis später warten. »Warum hilfst du mir gerade? Und wohin bringst du mich?«

Halb erwarte ich, dass er erklärt, er bringe mich zu einem anderen Immortali-Nest, wo die Stimmung gemäßigter ist und niemand Leute zwischen Säulen fesselt. Von einem Gefängnis ins nächste.

»Wir fahren nach Rom«, sagt er schlicht.

Sofort beschleunigt sich mein Herzschlag. Meint er das ernst? Rom? Ich könnte ... ich könnte irgendwie versuchen, Kontakt zu Santo und den anderen aufzunehmen. Wenn ich erst mal dort bin und nicht mehr irgendwo im Nirgendwo ...

»Kein Grund zu hyperventilieren. Falls du dir Sorgen machst: Ich habe vor, dich auf direktem Weg in die Arme deines weinerlichen Liebsten zurückzubringen. Bitte, danke, gern geschehen.« Marcellus klingt in etwa so begeistert, als würde er über eine anstehende Wurzelbehandlung berichten. Mir bleibt bei seinen Worten schier das Herz stehen.

Ich habe mich gerade verhört, oder?

»Nein«, platzt es dann aus mir heraus.

Im Licht der Armaturen sehe ich, wie er die Brauen hochzieht. »Nein?«

»Das kannst du nicht wirklich vorhaben. Das ... das ...«

»Das ist so vollkommen untypisch für einen Superschurken wie mich? Ich kann das nicht ernst meinen, sondern plane insgeheim, dich ins nächste Rattenloch zu stecken?« Seine Stimme ist vollkommen ausdruckslos, aber mir fällt auf, wie fest sich seine Finger um das Lenkrad schließen. Ein bitterer Zug liegt um seinen Mund, als er genau das ausspricht, worüber ich gerade eben noch nachgedacht habe.

»Du hast mich am Vesuv entführt!«, erwidere ich stur. Auch wenn er sich gerade so irritierend anders verhält, er ist kein Unschuldslamm und hat mir bisher allen Grund gegeben, ihm zu misstrauen. Ihn für genau den

Superschurken zu halten, als den er sich gerade selbst bezeichnet hat.

Marcellus seufzt. »Eine Gelegenheit, die ich nutzen musste. Auch wenn sich im Nachhinein herausgestellt hat, dass die Dinge anders liegen, als sie den Anschein hatten.« Jetzt trommelt er mit den Fingern unruhig auf das Lenkrad, anscheinend in Gedanken versunken. Es dauert eine Weile, bevor er weiterspricht.

»Ich war genauso lange wie du gefangen, und obwohl ich nicht dieselbe Gabe wie du habe, konnte ich ein wenig mit der Außenwelt in Kontakt bleiben. Das hatte ich Pluto zu verdanken. Er hat mich gelehrt, wie ich meinen Geist vom Körper trenne, und mit Hilfe der wenigen Macht, die ihm geblieben war, schickte er mich aus. Ich sollte andere Ewigliche finden und ihnen auftragen, uns zu befreien. Es war schwierig und anstrengend, und meistens gelang es mir nicht, lange genug von meinem Körper getrennt zu bleiben, um meine Nachrichten zu übermitteln. Wahrscheinlich hielten mich die Ewiglichen, die ich aufsuchte, für Hirngespinste, weil ich so schnell wieder verschwand, aber als sich die Immortali formten, fand ich irgendwann Gehör. Sie machten sich auf die Suche nach mir, angespornt von meinen kurzen Nachrichten, die sie leider vollkommen falsch interpretiert haben – was mir erst nach meiner Befreiung klar wurde. Aber da war es zu spät.« Er seufzt tief, die Stirn in Falten gelegt.

Ich bin widerwillig fasziniert. Gerade jetzt ist Marcellus so viel nahbarer als jemals zuvor. In meinem alten Leben war er arrogant und gemein, ein reicher Schnösel, der mir das Leben regelmäßig zur Hölle gemacht hat. Und auch als mein Geist seinem begegnet ist, in der Zeit unmittelbar vor seiner Befreiung, war er eher das Gegenteil von nett und freundlich.

»Du meinst es ernst?«, hake ich nach. »Du hilfst mir wirklich dabei, von den Immortali wegzukommen?«

»Götterverdammt, ja.« Er klingt jetzt so genervt, als überlegte er ernstlich, mich jeden Moment aus dem Auto zu werfen.

Trotzdem mache ich weiter. »Und warum tust du das?« Mir ist aufgefallen, dass er vorhin nicht auf meine Frage geantwortet hat, warum er mir hilft. Ich war zwar nie Marcellus' beste Freundin, aber ich kenne ihn gut genug, um zu wissen, dass er nichts aus reiner Freundlichkeit tut. Und ich bezweifle, dass eine Gefangenschaft unter einem Vulkan, und mag sie noch so lange gedauert haben, seinen Charakter so nachhaltig verändert hat. Direkt nach seiner Befreiung habe ich ihn als den erkannt, der er schon immer war. Nichts und niemand hat ihn geläutert.

Ein paar enge Kurven zwingen Marcellus dazu, vom Tempo zu gehen, und eine Weile ist er mit Schalten beschäftigt, ehe er wieder Vollgas geben kann. Kaum merklich dreht er das Kinn in meine Richtung.

»Wie ich schon sagte, die Immortali haben meine Nachrichten falsch verstanden. Unglücklicherweise hat sich nach meiner Befreiung herausgestellt, dass sie zu einem radikalen, engstirnigen Haufen von Trotteln geworden sind, die nicht mit sich reden lassen.«

»Ach, Überraschung«, murmle ich in mich hinein, und er kommentiert es mit einem ironischen Schnauben.

»Ja, nicht wahr? Und das, obwohl sie mich für so was wie ihren Messias gehalten haben.« Er räuspert sich mehrmals. »Das, was dir heute Abend passiert ist, tut mir leid. Ich wollte sie davon abhalten, aber du hast sie ja gehört ... der Mob hat sich verselbstständigt.«

Wo bleibt das Erdbeben, denn ich kann mir kein erschütternderes Ereignis vorstellen, als Marcellus Pomponius, der sich allen Ernstes entschuldigt.

Kaum etwas im Leben ist ausschließlich schwarz oder weiß, aber Marcellus war eine der praktischen Ausnahmen, die sich perfekt in eine Schublade stecken ließen. Praktisch daher, weil es bequem ist, jemandem einen Stempel aufzudrücken und alles andere auszublenden. Die Zwischentöne dagegen ... sind komplizierter. Santo ist das beste Beispiel. Er ist definitiv eine äußerst dunkle Schattierung von Grau mit all seinen Geheimnissen und Lügen. Und doch weiß ich ganz genau, dass er kein schlechter Mensch ist. Inzwischen bin ich geneigter, mir seine Sicht der Dinge anzuhören und seinen Erklärungen eine Chance zu geben – falls er mir welche liefert.

»Ähm, danke«, bringe ich heraus. »Ich habe bemerkt, dass du es versucht hast.«

Ein leicht peinlich berührtes Schweigen breitet sich zwischen uns aus, das nur vom gleichmäßigen Rollen des Motors ausgefüllt wird.

Mein Kopf fühlt sich übervoll an, auch wenn ich das Gefühl habe, noch nicht annähernd genug Antworten bekommen zu haben. Um etwas zu sagen, entschließe ich mich, eine harmlose Frage zu stellen.

»Wo genau sind wir hier eigentlich?«

»In der Toskana, etwa zweieinhalb Stunden von Rom entfernt. Die Villa der Immortali befindet sich in der Nähe von Saturnia. Der Ort ist berühmt für seine Heilquelle.«

Nachdenklich wiederhole ich den Namen des Ortes. »Saturnia. Das ist kein Zufall, oder?«

Marcellus schüttelt den Kopf. »Laut der Sage ist dies der erste von Saturn gegründete Ort in Italien. Da konnten die Immortali einfach nicht widerstehen. Dich genau dorthin zu bringen, haben sie als gutes Omen betrachtet.«

Mein Herz macht einen Hüpfer, wenn ich daran denke, wie nah wir Rom sind. Nachdem ich mit einem Helikopter vom Vesuv weggebracht wurde, habe ich befürchtet, mich an einem weit entfernten Ort irgendwo im Ausland wiederzufinden. Zweieinhalb Stunden Autofahrt dagegen hören sich in meinen Ohren wie Musik an. Ein aufgeregtes Kribbeln erfüllt mich, und es fällt mir schwer, still sitzen zu bleiben.

Unruhig lasse ich den Saum meines T-Shirts durch die Finger gleiten und spüre dabei die Flecken von getrocknetem Blut. Der Stoff ist an den Stellen ganz rau, und mir schaudert, wenn ich daran denke, wie ich ausgesehen habe. Irgendwie habe ich es bisher geschafft, den Gedanken daran weit von mir zu schieben, aber ewig kann ich es nicht verdrängen. Mein Blut ist schwarz, und das ist auf so vielen Ebenen seltsam, dass es mich vor mir selbst gruselt. Was für ein Freak bin ich eigentlich?

»Ich kann das Chaos in deinem Kopf hören«, brummt Marcellus.

»Willst du das Radio einschalten?«, sage ich honigsüß.

Meine Finger können nicht damit aufhören, an einem besonders großen Fleck herumzureiben, und irgendwann fällt es auch Marcellus auf.

»Ah, du machst dir Gedanken über dein Blut.« Er trifft genau ins Schwarze (haha!), und ich zucke zusammen. Die kleine Bewegung schickt ein schmerzhaftes Brennen durch meinen gemarterten Körper, aber ich beiße die Zähne zusammen.

»Das hat mit deinem Erbe als Plutos Tochter zu tun«, erklärt Marcellus ungefragt. »Ich hatte schon in der Antike eine Vermutung, was dich betrifft, in dem Moment, als du in unser Haus kamst, aber das schwarze Blut war das letzte Puzzlestück.«

Meine Neugier gewinnt gegen den vorsichtigen Teil in mir. »Es ist also immer schwarz?« Seit meiner Befreiung habe ich mir keine offene Wunde zugezogen, und aus meinem Leben vor Herculaneum weiß ich noch immer zu wenig.

»Nein. Die meiste Zeit ist es rot, wie bei allen anderen Menschen auch. Nur wenn du deine göttliche Macht einsetzt oder von ihr erfüllt bist, färbt es sich schwarz. Der Effekt hält normalerweise nur so lange an, wie die Macht in dir aktiv ist, dann kehrt auch vergossenes Blut zurück zu seiner roten Farbe.«

»Apropos Pluto. Hast du eine Ahnung, wohin er verschwunden ist, nachdem der sterbliche Körper implodiert ist?« Ich muss daran arbeiten, diese Bilder dauerhaft aus meinem Kopf zu verbannen, sonst werden mich bis zum Ende meiner Tage Albträume verfolgen.

»Keine Ahnung« Marcellus klingt ratlos. »Ich hatte das Gefühl, dass seine Präsenz noch in der Nähe war, als wir die Garage erreicht haben, aber seitdem wir losgefahren sind? Nichts. Nachdem ich so lange mit ihm gemeinsam eingesperrt war, habe ich ein recht gutes Gespür für seine Anwesenheit entwickelt. Er ist definitiv nicht hier.«

Diese Worte sinken wie ein Bleigewicht aus purer Enttäuschung in mein Herz. Also ist Pluto wirklich fort. Aber wo steckt er? Nachdem er in der Villa zu meiner Rettung geeilt ist, habe ich irgendwie angenommen, dass er mich noch weiter begleiten würde. Auch wenn er ein Gott ist, war es tröstlich, ihn in meiner Nähe zu wissen. Ich habe noch so viele Fragen, so viele Dinge, die ich von ihm wissen und ihm erzählen will. »Aber er wird zurückkommen. Nicht wahr?«

»Er ist geschwächt, Aliqua. Während der Gefangenschaft konnte er kaum über seine Kräfte verfügen, und er ist gerade dabei, sie zurückzugewinnen. Diesen Immortalos zu besetzen, ohne aufzufallen, hat ihm alles abverlangt. Ich bin mir sicher, dass er so schnell wie möglich zu dir stoßen wird. Sein höchstes Ziel war es immer, dich zu beschützen.«

Ich nicke und fühle mich gleich ein wenig besser. Pluto hat auch auf mich den Eindruck gemacht, mich schützen zu wollen, und Marcellus kennt ihn nun schon so lange. Wenn er glaubt, dass er zurückkommen wird, kann ich es auch.

Inzwischen haben wir das Waldgebiet hinter uns gelassen und rasen über eine verlassene Landstraße. Schweigen breitet sich zwischen uns aus, während ich immer wieder über den Seitenspiegel hinter uns blicke, um zu überprüfen, ob uns jemand folgt. Jeder Kilometer, den wir hinter uns bringen, ohne dass ein Paar Scheinwerfer im Spiegel auftauchen, bringt mir mehr Erleichterung. Irgendwann werde ich sogar schläfrig, bis Marcellus' Stimme mich aufschrecken lässt.

»Was ist *das* denn?« Mit angestrengt zusammengekniffenen Augen starrt er durch die Windschutzscheibe nach vorne auf die Straße. Ich tue dasselbe, um herauszufinden, was ihn so irritiert. Eigentlich gibt es doch nichts weiter zu sehen als den rissigen Asphaltstreifen mit den weißen Fahrbahnmarkierungen, die im Licht der Autoscheinwerfer leuchten. Und ... oh. Nun kneife ich auch die Augen zusammen, um zu verstehen, was ich da sehe. Einige Hundert Meter vor uns befindet sich irgendetwas auf der Fahrbahn. Auf den ersten Blick sieht es wie eine aufgewirbelte Wolke Staub aus, doch dann erkenne ich grelle, aufblitzende Lichter. Wenn ich es nicht besser wüsste, würde ich sagen, dass da gerade eine kompakte Gewitterwolke über die Straße auf uns zurast. Bevor ich etwas sagen kann, stößt Marcellus einen Fluch aus, drückt heftig aufs Gas und weicht auf den Standstreifen aus, um vielleicht an diesem seltsamen *Ding* vorbeizukommen. Aber als hätte die Blitzwolke ein Bewusstsein und bemerkt, was er vorhat, dehnt sie sich auf die gesamte Breite der Straße aus, und Marcellus legt eine Vollbremsung hin. Ich werde im Gurt nach vorne geworfen, was gar nicht gut für meinen malträtierten Körper ist. Hustend und keuchend stütze ich mich mit beiden Händen auf dem Armaturenbrett ab, um mich zu fangen. Alles dreht sich um mich, und mir ist so übel...

Eine Energiewelle rollt über mich hinweg, und hoffnungsvoll hebe ich den Kopf. Ich kenne diese Empfindung inzwischen und will am liebsten jubeln vor Erleichterung. Weil es nur eines bedeuten kann:

Pluto ist zu uns gestoßen!

Kapitel Zwölf

Rom, 79 n. Chr.

Aliqua erlebte den Rest der Rituals im Haus der Omodei wie in einem betäubenden Nebel. Hatte sie bei der ersten Anrufung der Götter noch jedes Detail voller Spannung verfolgt, so flog nun alles an ihr vorbei. Die beiden Familien entschieden, das Angebot anzunehmen, wobei es jedem Familienmitglied selbst überlassen blieb, ob er oder sie den Trank wirklich einnehmen wollte. Der Großteil sprach sich ohnehin dafür aus, es zu tun. Orela wurde angewiesen, den Göttern ihre Entscheidung mitzuteilen. Zwei große Karaffen wurden auf ihr Geheiß hereingeschafft, um die Gabe der Götter umgehend in Empfang nehmen zu können. Marcellus war das glühende Epizentrum des Spektakels. Er drängte sie alle zur Eile, weil er nach Hause zu seiner Schwester wollte, um ihr die kostbare Rettung sofort zuteilwerden zu lassen. Aliqua freute sich für sie. Wirklich, im hintersten Winkel ihres Herzens fand sie genug Großmut, um froh darüber zu sein, dass ein weiteres junges Leben vor der Seuche gerettet werden würde. Doch gleichzeitig konnte sie den Blick nicht von Sanctius nehmen, der ihr vorhin das Herz zerrissen hatte. Ganz genau hatte sie erkannt, woran er im ersten Moment gedacht hatte. Die Hoffnung, mit ihr gemeinsam in die Unsterblichkeit gehen zu können, wo sie eines Tages frei sein würden. Das war die Naivität der Privilegierten, nicht wahr?

Anzunehmen, dass sich alles zu ihrem Vorteil entwickeln und zum Guten wenden würde. Nun, Aliqua wusste es besser, und sie hatte sofort begriffen, dass ihr selbst kein großzügiges Angebot unterbreitet worden war. Sie war keine Omodeus oder Pomponius und auch nicht von vergleichbar edlem Geblüt. Ihr war die Ambrosia vorenthalten, sie würde sie niemals bekommen. Und den Schmerz über diese Erkenntnis auch in Sanctius' Gesicht zu sehen, war niederschmetternd gewesen.

So niederschmetternd, dass sie kaum mit der Wimper zuckte, als Orela einmal mehr ihre Position einnahm, in Trance verfiel und den Göttern die Entscheidung der Familien mitteilte. Ihre Worte ließen die Kerzen im Atrium noch einmal unnatürlich hochflackern, und Aliquas Medaillon erhitzte sich wieder. Vorhin, als die Götter anwesend gewesen waren, hatte es ein Loch in ihre Brust zu brennen gedroht. Nun sandte es ein regelmäßiges Pulsieren durch ihren Körper, das ihre eiskalten Glieder in eine warme Decke hüllte. Fast kam es ihr so vor, als wollte der Blutstein sie trösten.

Alle Anwesenden zuckten erschrocken zurück, als ohne Vorwarnungen zwei mächtige Flammenzungen von der Decke tropften und in die beiden wartenden Amphoren fielen. Sie züngelten wild zischend hoch, dann breitete sich ein betäubender Geruch im Raum aus, der alle Sinne in Aliqua erwachen ließ. Sie war sich sicher, dieses betörende, süße Aroma noch niemals zuvor gerochen zu haben, aber es sprach sie mit einer Macht an, die sie beinahe dazu brachte, zu den flammenden Gefäßen zu eilen, um sich an ihrem Inhalt gütlich zu tun. Sie musste die Nägel fest in ihre Handflächen graben, um dem Drang zu widerstehen. Die Götter würden sie grausam strafen, sollte sie es jemals wagen, dies zu tun. Der Gedanke allein genügt wahrscheinlich, um sich ihren Unmut zuziehen. Wobei sie sich in einem Anflug von bitterem Zynismus fragte, ob es für sie überhaupt möglich war, im Ansehen der Götter noch *tiefer zu sinken.*

Teilnahmslos verfolgte sie anschließend, wie die Flammen sich verflüchtigten und eilends Becher und Gefäße geholt wurden, damit alle die Gabe der Götter kosten oder sie zu ihren Familien nach Hause bringen konnten. Marcellus gehörte zu den ersten, deren Krug gefüllt wurde, und nicht nur Aliqua beobachtete ihn, als er ihn umgehend an die Lippen führte. Es überraschte sie nicht, dass er in seiner Gier nicht darauf wartete, bis ihm ein Becher gereicht wurde, sondern direkt aus dem Krug trank. Rinnsale der Flüssigkeit liefen ihm übers Kinn. Nachlässig wischte er sie mit dem Ärmel seiner Toga weg, während sein ganzer Körper erzitterte und von innen zu erglühen schien. Für den Bruchteil eines Augenblicks färbten sich seine Augen perlend silber. Alle hielten erwartungsvoll inne, während Marcellus ganz ruhig wurde und schließlich den Kopf in den Nacken warf. Ein Lachen brach aus ihm hervor, volltönend und wild, und es bereitete Aliqua Gänsehaut am ganzen Körper.

»Fürwahr, wir sind gesegnet!«, rief Marcellus. Daraufhin drängten sich die anderen noch begieriger an den beiden Amphoren, um, von seinem Beispiel ermutigt, sich selbst die Ambrosia zu sichern.

Aliqua war erleichtert, als sie kurz darauf aufbrachen. Sie wollte lieber nicht dabei sein, wenn Sanctius die Ambrosia einnahm, und eine Gelegenheit, sich voneinander zu verabschieden, würde es ohnehin nicht geben. Marcellus eilte nach Hause, den Krug fest unter den Arm geklemmt, und die göttliche Gabe schien ihm schon jetzt so viele neue Kräfte verliehen zu haben, dass Aliqua ernstlich rennen musste, um mit ihm mithalten zu können.

Das Domus Pomponius erwartete sie dunkel und hoffnungslos wie eine Gruft. Da kaum noch einer der Sklaven gesund war, hatte Theos an diesem Abend zurückbleiben müssen, um nach Octavia zu sehen. Deswegen war Aliqua die Einzige aus dem Haushalt gewesen, die Marcellus begleitet hatte.

»Hol einen frischen Becher für meine Schwester!«, rief ihr Marcellus zu, kaum dass sie das Haus betreten hatten. Er eilte schon mit dem Krug voll Ambrosia ins Obergeschoss, während Aliqua eilig in die verlassene Küche lief, um das Gewünschte zu holen. Dann folgte sie ihm hinauf.

Octavias Zimmer war dunkel, erfüllt von dem erstickenden Geruch von Krankheit und Elend. Theos stand an der Tür und bedachte Aliqua mit einem rätselhaften Blick, als sie eintrat. Ahnte der Sklave, was sich in dem Gefäß befand, obwohl er nicht im Haus der Omodei dabei gewesen war? Sie bekam das Gefühl, dass er durchaus wusste, was geschehen sollte, und sein betrübtes Kopfschütteln ließ Aliqua die Kehle eng werden.

Marcellus kniete neben der Bettstatt seiner Schwester und strich ihr das klamme Haar aus der Stirn. Octavia war nur noch ein Schatten ihrer selbst, nachdem sie so lange mit der Krankheit gerungen hatte. Das Gesicht aschfahl und ausgemergelt, geronnenes Blut klebte in ihren Mundwinkeln, und ihre Arme waren von schorfigen Wunden überzogen, wo sie sich den juckenden Ausschlag aufgekratzt hatte. Am meisten Sorgen bereitete Aqua allerdings der Umstand, dass ihr zuletzt rasselnder Atem verklungen war. Eine geradezu gespenstische Stille ging von ihrer Herrin aus. Hob sich ihre Brust überhaupt noch?

Marcellus wandte sich zu ihr um und streckte gebieterisch eine Hand aus. »Den Becher.«

»Dominus ...«, setzte Aliqua verzagt an, doch das wahnhafte Glühen, das wieder in seinen Augen aufleuchtete,

ließ sie verstummen. Sie reichte ihm das Trinkgefäß und beobachtete, wie er mit zitternden Händen Ambrosia hineinfüllte. Sofort breitete sich wieder dieser unbeschreiblich verlockende Duft aus, und mit einem Mal war Aliqua davon überzeugt, dass sie nicht zu spät gekommen waren. Diesem Trank würde es gelingen, Octavia zu kurieren, und im Handumdrehen würde sie wieder über ihre Frisur klagen und Aliqua herumkommandieren.

Gebannt beobachtete sie, wie Marcellus den Becher an den Mund seiner Schwester hielt und sie leise murmelnd dazu bringen wollte einen Schluck zu nehmen. Ambrosia rann über Octavias aufgesprungene Lippen und versickerte im Bettzeug. Marcellus fluchte, neigte ihren Kopf nach hinten und drückte ihren Mund auf. Er schaffte es, ihr etwas einzuflößen, und bettete sie dann sanft zurück auf die Kissen.

»Es wird gleich wirken«, murmelte Marcellus in sich hinein. »Gleich wird sie die Augen öffnen.«

Die Minuten verstrichen zäh, während die drei darauf warteten, dass die Ambrosia ihre rettende Wirkung an Octavia vollbrachte. Sie lag vollkommen reglos auf der Matratze, Perlen von Flüssigkeit hafteten auf ihrer Unterlippe. Ansonsten gab sie kein Lebenszeichen von sich.

Aliqua wollte gerade den Mund öffnen, um etwas zu sagen, als ein intensiver heiß-kalter Schauer ihren Rücken hinablief und ihr Anhänger warm zu pochen begann.

Eine Bewegung hinter ihr ließ sie herumfahren und stocksteif verharren.

Theos ging auf das Bett zu, seine Augen von einem silbrig weißen Leuchten erfüllt. Das konnte nur eines bedeuten: Eine Gottheit war in seinen Körper geschlüpft und beherrschte ihn nun. Ängstlich wich Aliqua in den hintersten Winkel des Zimmers zurück, während sie Theos beobachtete, der neben Marcellus am Bett stehen blieb. Ganz lang-

sam wandte Marcellus den Kopf und sah zu seinem Sklaven auf, der zu einer Spielfigur geworden war. Das übernatürliche Glühen seiner Augen erfüllte den dämmrigen Raum.

»Es ist zu spät«, erklärte er mit einer Stimme, die nicht die seine war. Sie klang voll und tief, wie ein Wasserfall, der in eine unendliche Schlucht hinabstürzte. Das dunkle Dröhnen kroch Aliqua unter die Haut.

»Diese Frau gehört bereits in das Reich der Toten. Sie ist nicht mehr zu retten.«

Blitzartig war Marcellus auf den Beinen und baute sich vor Theos auf. »Mors«, schnarrte er. Der Gott des Todes war hier. »Ich habe ein Versprechen erhalten! Gib sie frei!«

Theos legte die Stirn in Falten. »Es ist zu spät für sie. Sie war schon jenseits des Lebens, als du ihr die Ambrosia gabst.«

»Nein!« Marcellus' Stimme überschlug sich vor Verzweiflung. »Das ist nicht wahr! Mir wurde versprochen ... ich habe mein halbes Vermögen investiert ... mir wurde zugesagt, die Zeit würde ausreichen.«

»Von wem?«

»Ich ging in einen Tempel, um für Octavia zu beten, und einer der Priester wurde von Venus besetzt. Sie versprach, dass meine Schwester gerettet werden würde.«

Mors ließ durch Theos ein bellendes Lachen hören. »Oh, auf diese wankelmütige Närrin hättest du nicht hören dürfen. Traue niemals dem Wort einer Gottheit, hat dir das niemand beigebracht?« Er kicherte weiter in sich hinein, amüsiert ob der Dummheit eines Menschen. »Sie lacht gerade bestimmt herzlich über deine Einfalt. Sie hat mit dir und deinen Hoffnungen gespielt, nichts weiter.«

Marcellus zitterte nun am ganzen Körper, die Hände zu wütenden Fäusten geballt. »Aber warum? Warum habt ihr dann überhaupt beschlossen, uns die Ambrosia zu geben, wenn euch doch so wenig daran liegt, unsereins zu retten?«

Theos legte sinnend den Kopf schief. »Wenn ihr nicht so gierig gewesen wärt, hättet ihr womöglich einen Moment innegehalten und euch genau das gefragt.«

Santo

Es hat nicht funktioniert.

Während ich meine schluchzende Schwester halte, sinkt diese Gewissheit wie ein Bleigewicht in meinen Körper. Ich klammere mich mehr an Orela, als dass ich ihr Halt gebe. Zum Glück bemerkt sie nicht, wie sehr meine Glieder zittern.

Mir wird erst in diesem Moment so richtig bewusst, wie viel Hoffnung ich in dieses Ritual gesetzt habe. Irgendwie war ich überzeugt, dass es funktionieren würde. Dass Orela Apollo aus dem Exil holen und er uns helfen würde, Aliqua aufzuspüren. Mir war bewusst, was es bedeuten würde, einen Gott zurück auf die Erde zu holen. Denn insgeheim war mir auch etwas anderes klar: Wären wir erfolgreich gewesen, hätte das möglicherweise auch für alle anderen Ewiglichen einen Hoffnungsschimmer im Kampf gegen den Fluch bedeutet. Nicht das, was den Immortali vorschwebt, sondern die Befreiung aus der Unsterblichkeit.

Sterblichkeit. Tod. Erlösung.

Orela regt sich schniefend in meinen Armen. Die Brust meines Shirts, an das sie ihr Gesicht gepresst hat, ist durchnässt von ihren Tränen, und ein Schluckauf macht ihre folgenden Worte beinahe unverständlich.

»Es tut mir leid.« Mit bebender Unterlippe sucht sie meinen Blick.

Mein Gesicht ist bereits wieder eine neutrale Maske, um sie meine widerstreitenden Gefühle nicht sehen zu lassen. Wenn ich enttäuscht bin, will ich mir gar nicht ausmalen, wie es ihr gehen muss. Da soll sie sich nicht auch noch mit meinen Befindlichkeiten herumschlagen. Außerdem ist sie bestimmt erschöpft.

»Hör auf.« Sanft wische ich ihr mit dem Daumen ein paar letzte Tränen von den Wangen. »Es war ein erster Versuch. Und eine ziemlich überstürzte Aktion. Niemand hat erwartet, dass es sofort funktioniert.«

Lüge.

Adone geht neben uns in die Hocke und nickt teilnahmsvoll. »Santo hat recht, *cara.* Was du hier abgezogen hast, war der Wahnsinn. Du solltest verdammt stolz auf dich sein. Dass Apollo nicht aufgetaucht ist, zeigt nur, welche Penner die Götter sind.«

»Keine fünf Minuten zurück unter euch, und schon erinnert ihr mich wieder daran, warum ich dieser Welt einst den Rücken gekehrt habe.«

Im Bruchteil einer Sekunde sind wir auf den Beinen. Sogar Scuro, der bis gerade eben noch kopfschüttelnd und bleich am Rande stand, taucht wie der Blitz an unserer Seite auf. Instinktiv bauen sich meine Cousins und ich vor Orela auf. Meine Schwester hat sich als Einzige nicht bewegt. Ohne hinsehen zu müssen, weiß ich, dass sie erstarrt hinter uns am Boden kniet. Ihr stockender Atem ist überlaut in der Stille zu hören.

Adrenalin rauscht durch meinen Körper, und ein seltsames Gefühl von Erkennen. Ein prickelndes Summen liegt in der Luft, das ich schon sehr, *sehr* lange nicht mehr gespürt habe. Es ist so lange her, dass ich es im ersten Moment nicht erkannt habe. Dummer Fehler.

Angespannt starre ich in die Schatten zwischen Ruinen und Vegetation. Die Stimme kam von da hinten, aber in der Dunkelheit ist es unmöglich, etwas auszumachen. Sicher ist nur, dass da jemand ist. Oder etwas. Einige Momente vergehen, ehe ich das kaum wahrnehmbare Knirschen von Schritten höre. Je näher sie kommen, desto tiefer sinke ich in meine Angriffshaltung, bereit, jeden Moment zuzuschlagen. Aggression nistet sich tief in meinen Muskeln ein, so mächtig, dass ich von innen erbebe. Während ein Teil meines Bewusstseins schon weiß, was da auf uns zukommt, kann der Großteil es nicht begreifen.

Wie bei allen verdammten Seelen kann das möglich sein? Orela war sich doch so sicher ...

Meine Gedanken reißen abrupt ab, als eine Gestalt aus den Schatten an uns herantritt. Offenbar männlich, das registriere ich als Erstes. Er ist groß, mit eindrucksvollen Muskeln, die sich gegen die Dunkelheit abzeichnen. Sein Gang ist ein lässiges Schlendern, beinahe zu entspannt, als wollte er uns davon überzeugen, wie harmlos er ist. Selbstverständlich misstraue ich dem Braten. *Nichts* mit einer solchen Ausstrahlung könnte jemals auch nur annähernd harmlos sein.

Als er direkt vor uns zum Stehen kommt, muss ich den Kopf in den Nacken legen, um zu seinem Gesicht hochzuschauen. Inzwischen haben sich meine Augen genug an die Dunkelheit gewöhnt, um seine Züge ausmachen zu können. Ich runzle die Stirn. Dieses Gesicht kommt mir auf seltsame Weise bekannt vor, als hätte ich es schon unzählige Male gesehen, ihm aber nie besonders viel Aufmerksamkeit geschenkt. Da ist etwas an den harten, perfekt modellierten Flächen und Linien, das mir vertraut ist. Die Augen allerdings ... die sind eine Nummer für sich. Sie leuchten in einem unnatürlichen Silberton, als besäßen die Augäpfel eingebaute LED-Lämpchen.

Noch immer bin ich nicht bereit, das Offensichtliche zu akzeptieren.

Mehrere Momente lang stehen wir uns schweigend gegenüber und taxieren uns gegenseitig. Ich habe das Gefühl, dass die Situation bei jeder falschen Bewegung eskalieren könnte. Adone und Scuro halten sich genauso unnatürlich ruhig wie ich.

Unser Gegenüber neigt den Kopf, was das schwache Mondlicht auf seinen silbrig blonden Locken schimmern lässt.

»*Oblitus non sum.*«

Ich zucke zusammen, als er das Wort erhebt. Seine Stimme ist ... ich gebe es ungern zu, aber sie klingt wundervoll. Tief und samtig, ihr Echo verharrt in der Luft wie der Nachklang einer Melodie. Einige Augenblicke lang lullt sie mich vollkommen ein, dann fällt mir etwas auf: Hat er nicht gerade noch Italienisch gesprochen? Was will er jetzt mit Latein?

Ich habe nicht vergessen. Das klingt irgendwie unheilvoll.

Just in diesem Moment stößt Orela hinter mir ein atemloses Schluchzen aus. Sofort bin ich wieder vollkommen auf der Hut, denn es klingt für mich ganz so, als hätte sie Angst. Die lateinischen Worte gerade waren offenbar nur an sie gerichtet, und etwas daran hat sie erschreckt. Ich bin vollkommen bereit zu reagieren, sollte er Anstalten machen, sich ihr zu nähern. Bevor nicht vollkommen klar ist, wer oder *was* zum Teufel er ist, bleibe ich wachsam.

Tja, und dann überrascht mich meine Schwester. Ich höre, wie sie sich vom Boden aufrappelt und an der menschlichen Bastion aus Adone, Scuro und mir vorbeiläuft. Sie ist so schnell, dass ich es nicht schaffe, rasch genug zu reagieren, um sie aufzuhalten. Dann klappt mein Mund vor Verblüffung auf, als sie sich mit einem weiteren Aufschluchzen dem Mann entgegenwirft, der blitzschnell die Arme ausbreitet und sie an seine Brust zieht.

Ich äh ... ich habe mich wohl geirrt.

Vollkommen belämmert beobachte ich, wie die beiden sich in den Armen liegen. Orela hat ihre Gliedmaßen so fest um ihn geschlungen, als wollte sie in ihn hineinkriechen, er vergräbt das Gesicht in ihren Haaren. Nach einer Weile beginnt sie damit, den Körper des Mannes zu betasten, als könnte sie nicht glauben, dass er aus Fleisch und Blut ist. Erst jetzt fällt mir auf, dass er quasi nackt ist und nichts weiter als einen Lendenschurz trägt.

»Geht's nur mir so, oder ist das hier unfassbar seltsam?« Adones gedehnte Stimme durchbricht das Schweigen, und ich stimme ihm mit einem grimmigen Nicken zu.

Orela dreht den Kopf und strahlt uns an. »Wir haben es geschafft! Ich habe mich geirrt, wir haben es geschafft!« Tränen funkeln in ihren Augen.

»Nein«, erwidert der Mann sanft und streicht ihr übers Haar. »*Du* hast es geschafft, Orela.«

Als wären wir eine Person, verschränken meine Cousins und ich die Arme vor der Brust.

»Immer langsam«, knurrt Adone warnend.

Äußerst widerwillig löst sich Orela aus ihrer Umklammerung und wendet sich uns noch immer freudestrahlend zu. »Apollo«, sagt sie und legt die Hand auf seinen Bizeps, den sie nicht einmal annähernd umfassen kann. »Ich habe Apollo hierher gerufen.«

Tja, zwecklos, es weiter zu leugnen. Vor uns steht tatsächlich ein Gott, in Fleisch und Blut. Ein Gott, der meine Schwester noch immer dicht bei sich hält, als wäre sie sein Lieblingskuscheltier, das er vor langer Zeit verloren hat. Mir gefällt das nicht. So was von gar nicht. Ich habe große Lust, den ätzenden großen Bruder heraushängen zu lassen, um ein bisschen Abstand zwischen die beiden zu bringen. Sobald wir alleine sind, muss mir Orela so was von viele Fragen beantworten.

Der Schock darüber, dass wir nach so langer Zeit tatsächlich einem Gott gegenüberstehen, währt nicht lange. Mein Verstand nimmt wieder die Arbeit auf und überhäuft mich mit einem Berg an Fragen.

Denn: EIN GOTT STEHT UNS GEGENÜBER.

»Woher hast du diesen Körper?« Misstrauisch lasse ich den Blick ein weiteres Mal über Apollos Gestalt wandern. Ist er in einen der Wachmänner geschlüpft, die auf dem Gelände patrouillieren? Aber die würden ja wohl mehr als nur einen Lendenschurz tragen. Woher hat er dann diesen Körper?

Apollo schaut ebenfalls an seinem Leib hinunter, als würde er ihn gerade jetzt erst bemerken. Ein Ausdruck andächtiger Bewunderung macht sich auf seinem Gesicht breit. Er streckt einen Arm vor sich aus, spannt die Muskeln an und wackelt mit den Fingern. Dann betrachtet er eingehend die Schatten, die bei jeder Bewegung über seine Haut gleiten.

»Nun, das war mehr Arbeit, als ich erwartet hätte«, sagt er, nachdem er sich endlich an seinem Arm sattgesehen hat. »Deswegen bin ich nicht sofort aufgetaucht, nachdem Orela uns gerufen hatte. Ich hatte es leichter in Erinnerung.«

Als er ringsum nur fragende Blicke erntet, runzelt er leicht die Stirn. »Äh ...« Mit der freien Hand wedelt er vage in die Dunkelheit hinter uns. »Ich habe auf einen alten Trick zurückgegriffen und mir einen Leib aus einer Statue geschaffen. Dort hinten stand eine passende Replik, die mich darstellen sollte. Natürlich nur das, was die Menschen sich unter mir vorstellten. Aber ich hätte es schlechter treffen können, nicht wahr?«

Nun leuchtet Verstehen in Orelas Gesicht auf, gleich darauf läuft sie puterrot an und senkt den Blick auf den Boden. Interessant … Diese Reaktion kommt direkt auf meine wachsende Liste von Fragen, die ich ihr stellen werde. Sobald ich die Tatsache verdaut habe, dass Apollo einen Steinblock zum Leben erwecken konnte, um sich einen Körper zu schaffen.

Ein erschrockenes Japsen von Scuro lässt mich den Kopf herumreißen. Er hat die Augen weit aufgerissen, und sofort regt sich in mir Unruhe.

»Hast du gerade gesagt: *nachdem Orela uns gerufen hatte*?« Seine sonst so ruhige Stimme überschlägt sich, und hektisch schaut er sich um.

Verfluchte Hölle … soll das etwa bedeuten …? Ich nehme ebenfalls die Umgebung ins Visier, um mich zu vergewissern, ob noch mehr Statuen zum Leben erwacht sind.

Apollo grinst und macht eine wegwerfende Handbewegung. »Keine Sorge, das hab ich geklärt. Der Ruf hat alle Götter erreicht, aber da er nur mir galt, habe ich dafür gesorgt, dass die anderen dort blieben, wo sie waren. Und ich werde auch nicht lange hier sein. Dieser Statuenkörper ist nur eine zeitweise Lösung.« Ein Hauch von Bedauern schwingt in seiner Stimme mit, und das ist so … *menschlich*, dass es mich vollkommen aus der Bahn wirft. Es sind erst ein paar Minuten, die ich in der Gegenwart des Gottes verbringe, aber er ist schon jetzt so anders, als ich die Götter in ihrer körperlosen Präsenz je erlebt habe. Schwer vorstellbar, dass dieser Kerl einer derjenigen war, die uns zu diesem elendigen unsterblichen Dasein verdammt haben.

Orela wirkt entsetzt. »Ich habe alle gerufen?«

»Es war nur eine winzige Abweichung in der Beschwörungsformel, nicht der Rede wert«, beschwichtigt Apollo sie sofort. »Ich bin ohnehin erstaunt, dass du die Erinnerung daran wiedergefunden hast.«

Ein gereizter Ausdruck huscht über das Gesicht meiner Schwester. »Tja, ich denke, dass mir *irgendjemand* die Erinnerung an das Ritual genommen hat und ich es nicht von selbst vergessen habe?«

Apollos Grinsen gerät nur ein wenig ins Wanken. »Es muss jemand gewesen sein, dem dein Wohl sehr am Herzen lag.« Sein Blick wird treuherzig, und Orela schnaubt.

»Oh bitte, das war ja mal so was von unnötig. Uns wäre so viel erspart geblieben, wenn ich euch hätte zurückholen können.« Sie wirft uns warnende Blicke zu, aber niemand widerspricht ihr. Im Grunde wissen wir, dass sie recht hat. Es ist und bleibt verdammt beängstigend, aber mit einem Gott zurück auf der Erde haben wir endlich den Hauch einer Chance, den Fluch aufzuheben. So lange wir es schaffen, ihn unter Kontrolle zu halten.

Ein Schatten legt sich über Apollos Miene, und wenn ich es nicht besser wüsste, würde ich sagen, dass es eine Mischung aus Bedauern und Mitleid ist. Ein Gott, der zur Anteilnahme fähig ist? Schwer vorstellbar.

»Wir konnten nicht zurückkehren«, sagt er so leise, dass es kaum zu verstehen ist. »Nicht bisher. Selbst wenn du gerufen hättest.« Sanft streicht er Orela eine Haarsträhne hinters Ohr, doch mitten in der Bewegung gerät er ins Taumeln. Wir alle geraten ins Taumeln, als ein tiefes Grollen den Boden erbeben lässt. Meine Nackenhaare stellen sich auf, und wild mit den Armen rudernd kämpfe ich darum, das Gleichgewicht nicht zu verlieren. Die Ruinen um uns herum ächzen unter der

Wucht des Bebens, Gestein platzt ab und regnet zu Boden. Kaum hat sich der Untergrund beruhigt, ertönt ein weiteres beunruhigendes Dröhnen, und eine Windböe, heftiger als die während der Beschwörung, wirft mich beinahe von den Füßen. Der Sturm kesselt mich ein wie ein Tornado, zerrt und reißt an mir, um mich in die Knie zu zwingen. Ich will schreien, aber der Laut wird zurück in meine Kehle gepresst, kaum dass ich den Mund geöffnet habe. Gleichzeitig ertönt ein markerschütterndes Donnern, und eine Reihe von Blitzen zuckt über den vollkommen wolkenfreien Himmel. Purpur, Eisblau und Gelb. Für einen Moment ist es so hell, als wäre die Sonne aufgegangen, das Firmament schimmert perlmuttweiß. Dann endet es genauso abrupt, wie es angefangen hat.

Geduckt stehe ich da, vollkommen außer Atem und lausche in die trügerische Stille hinein. Meine Gefährten um mich herum sind ebenso erstarrt und verharren in äußerster Alarmbereitschaft. Ich kann das Adrenalin, das uns alle erfüllt, beinahe schmecken. Und nicht nur das. Ein Aroma liegt in der Luft, kaum mehr als ein Hauch, aber es genügt, um auf meiner Zunge zu brennen und alle Sinne erwachen zu lassen. Ich reagiere wie ein Süchtiger, der seit langer, *langer* Zeit seinen liebsten Stoff wieder schmeckt. Es lässt sich mit keinem Geschmack vergleichen, den es auf der Erde gibt. Es ist Ambrosia.

Und das kann nur eines bedeuten.

Mein Blick huscht zu Apollo, der Orela mit seinem Körper abschirmt, und unsere Blicke treffen sich. In seinen silbrigen Augen steht namenloses Entsetzen, als er begreift, dass wir an dasselbe denken.

»Oh verdammt!«, sagt der Gott und besiegelt meine dunkelsten Befürchtungen.

Kapitel Dreizehn

Aliqua

Einen köstlichen Moment lang glaube ich daran, dass es Pluto ist, der in einer Wolke aus Blitzen auf uns zugekommen ist. Mein Vater, von dem ich erst so kurze Zeit weiß, aber in dessen Anwesenheit ich mich auf der Flucht vor den Immortali so viel sicherer fühlen würde. Er hat sich erholt und uns gefunden.

Erst als Marcellus heftig flucht, wird mir klar, dass etwas nicht in Ordnung ist. So würde er nicht reagieren, wenn Pluto in der Nähe wäre.

Das hier ist etwas anderes. Und es ist uns nicht wohlgesonnen.

»Was ist los?« Die Worte kommen als raues Flüstern über meine Lippen, weil mir die Angst inzwischen die Kehle abdrückt. Die wirbelnde Blitzwolke hat uns erreicht. Sie bläht sich vor dem Auto auf, bis sie uns vollkommen einhüllt. Das Fahrzeug erbebt unter einem Ansturm reiner, tödlicher Elektrizität, die wie ein Sturmwind um uns herumbraust. Auf meiner Zunge liegt ein fremdartiger, süßlicher Geschmack, und jeder Nerv in meinem Körper reagiert auf die Präsenz dieser tobenden Macht da draußen. Obwohl sie von Unheil und Mordlust kündet, bin ich widerwillig fasziniert.

Marcellus sitzt wie versteinert neben mir, die Augen weit aufgerissen vor Panik. Immer wieder öffnet und schließt sich sein Mund, aber kein Wort kommt heraus.

Der Sturm aus Blitzen schwillt weiter an, und panisch beginne ich mich zu fragen, wie lange es dauern wird, bis dieses Auto zerlegt ist. Immer wieder erbebt die Karosserie unter Blitzeinschlägen, und erste, feine Risse ziehen sich durch das dicke Glas der Windschutzscheibe. Es ist so unglaublich laut, dass ich meine eigenen Gedanken nicht mehr höre.

Eine Sache wird mir klar: Jetzt wird niemand zu meiner Rettung eilen. Pluto ist zu geschwächt, sonst wäre er längst hier, das weiß ich einfach. Und Marcellus hat sich heute Nacht zwar schon als mein Retter in der Not erwiesen, aber gegen diesen Sturm kann er nichts ausrichten. Ich bin es, in der die Fähigkeiten schlummern, uns sicher hier herauszubekommen.

Als hätte sie nur darauf gewartet, kriecht die finstere Macht in mein Herz. Nachdem sie an diesem Abend schon einmal so kurz davor war, aus mir herauszubrechen, hoffe ich, dass es mir jetzt gelingen wird, sie zu gebrauchen. Tief durchatmend schließe ich die Augen und lasse es zu, dass die lebendige Dunkelheit in mir aufgeht. Ich höre sie in meinem Blut singen, mächtig und bereit, alles zu vernichten, was sich ihr in den Weg stellt. Genau das ist der Geist, den ich gerade brauchen kann.

Ich nehme noch einen Atemzug.

Meine Brust dehnt sich aus, als sich weitere verborgene Tiefen in mir auftun. Jeder Herzschlag pumpt mehr von dieser Macht, die aus nichts als Tod und Verderben besteht, in mein System. Bis ich eins mit ihr werde. Es fühlt sich mit einem Mal so natürlich an wie Atmen. Vielleicht, weil ich jetzt mehr darüber weiß, wer ich bin.

Eine Tochter des Abgrunds, der so endlos und bodenlos ist, dass selbst das Licht davor zurückschreckt. Ich lasse mich dort hineinfallen, wovor ich vor Kurzem noch zurückgeschreckt bin. Und zu was ich geworden bin, als ich den fernen, fernen Grund erreiche, lässt mich bis ins Mark erzittern. Ich will den Tod und ich will, dass er erbarmungslos kommt.

Am Rande bekomme ich mit, wie ich den Sicherheitsgurt löse und nach der Autotür greife. Marcellus ruft etwas, aber ich nehme es gar nicht wahr. Draußen toben noch immer die Blitze in einem wütenden Sturm, aber jetzt bin ich ihnen gewachsen. Die Dunkelheit flüstert es mir zu, ein begieriges Wispern, das mich leitet. Dieser Sturm sollte besser wissen, dass er sich mit der Falschen angelegt hat. Ich bin nicht mehr wehrlos. Nicht mehr schwach.

Ich kann die Elektrizität in der Luft deutlich spüren und weiß, dass ein normaler Mensch in dem Moment gegrillt worden wäre, in dem er das Auto verlassen hätte. Ich stemme die Füße fest auf den Boden, um mich gegen die Erschütterungen der Blitzeinschläge zu wappnen, und atme noch ein letztes Mal ein. Das Aroma von verbranntem Erdreich und Ozon legt sich auf meine Zunge. Dann lasse ich zum ersten Mal bewusst meine Dunkelheit los.

Es fühlt sich in etwa so an wie die Erleichterung bei einem Niesen, nachdem sich das Kitzeln in der Nase schon eine ganze Weile aufgebaut hat. Ich zwinge mich, die Augen offen zu halten, um zu beobachten, wie sich eine samtige Schwärze um mich herum ausbreitet. Sie fließt in die Nacht wie flüssige Tinte, dunkler als alles, was ich je gesehen habe. Es ist ein Teil von mir, vielleicht ein Bruchteil meiner Seele, die sich vor meinen Augen ausbreitet. Eine Nacht ohne Sterne, ohne Mond und ohne Hoffnung. Die Blitze werden davon zurückgedrängt, knisternd und Funken schlagend. Ich ersticke sie.

Eine Gänsehaut überläuft mich, als ich einen zornigen Schrei spüre. Ich kann ihn nicht hören, aber er ist da, so rasend und urtümlich, als würde die Naturgewalt selbst mir zürnen. Etwas oder *jemand* tobt da gegen mich. Mit aller Kraft stemme ich mich den Blitzen entgegen, bis Plutos Macht eine schützende perlschwarze Kuppel über mir und dem gesamten Auto geschaffen hat. Elektrische Impulse donnern von außen dagegen, versuchen, Lücken in der Abwehr zu finden und den Panzer zu durchdringen. Jedes Mal fühlt es sich so an, als würde mir eine unsichtbare Faust in den Magen boxen.

Ein letztes Mal schöpfe ich tief Atem, sammle jedes Gran an Kraft in mir und brülle dann in die Nacht hinaus: »Verschwinde!« Ich fliege meinem Ruf hinterher. Wortwörtlich. Was ich sonst nur schlafend erlebe, passiert in diesem Augenblick bei vollem Bewusstsein. Mein Geist schlüpft aus meinem Körper, verbindet sich mit der knisternden Kraft, die ich ausgeschickt habe. Ich *bin* jetzt mit jeder Faser die Dunkelheit, ohne Gewicht oder Form. Aber mit sehr viel Durchschlagskraft. Mir bleibt keine Zeit, überrascht zu sein, damit kann ich mich auch später noch auseinandersetzen. Im Moment zählt nur, mich meinem Angreifer entgegenzustellen und ihn oder sie bestenfalls ins Nirwana zu schicken. Und es scheint zu funktionieren. Die Wucht meines Geistes ist so groß, dass das Spannungsfeld der Blitze in sich zusammenfällt. Kurz zucken noch ein paar grelle Funken auf, ein zorniges Grollen lässt die Luft erzittern, dann spüre ich ganz deutlich, dass sich die fremde Macht verflüchtigt.

Sicherheitshalber verharre ich noch eine Weile inmitten meiner Schatten, die sich in der nun ruhigen Luft kräuseln, weiter bereit zuzuschlagen, sollte noch einmal etwas oder jemand auftauchen. Aber es bleibt so lange ruhig, dass ich mir erlaube, mich etwas zu entspannen, und das ist der Moment, in dem ich in meinen Körper zurückgleite. Ich gerate ins Wanken, als ich plötzlich wieder meine Gliedmaßen spüre, das Wummern meines Herzschlags und die Schwere eines Leibes, die ich für kurze Zeit vollkommen vergessen hatte. Mit einem enttäuschten Flüstern, weil sie gerne einen heftigeren Kampf ausgefochten hätte, zieht sich die Macht in mein Innerstes zurück, wo sie sich einrollt wie ein Drache. Schläfrig, aber ein Auge immer offen, um falls nötig sofort anzugreifen.

Ich habe noch immer damit zu kämpfen, mich in meinem Körper wieder einzufinden, und sinke auf die Knie. Ich fühle mich vollkommen ausgelaugt und matt, dazu seltsam desorientiert, nachdem ich gerade noch substanzlos und leichter als Luft war. Kalter Schweiß bedeckt meine Haut, und das ist der Augenblick, in dem ich so richtig verstehe, was an diesem Abend alles passiert ist.

Die Immortali, die mein Zimmer gestürmt haben, um mich in die Halle zu zerren.

Wie sie mich zwischen den Säulen gefesselt und gequält haben.

Plutos Auftauchen.

Die Flucht mit Marcellus, der möglicherweise doch nicht zu hundert Prozent mein Feind ist.

Und jetzt das hier.

Es ist einfach zu viel, und zum ersten Mal seit einer Ewigkeit spüre ich Tränen meine Kehle hinaufsteigen. Mir war gar nicht bewusst, dass ich bisher kaum geweint habe, aber jetzt bricht sich ein Schluchzen in mir Bahn, das alles mit sich nimmt. Schmerz und Angst und Verrat. Die salzigen Tränen waschen meine offenen Wunden aus, es brennt mit jedem Atemzug, aber ich kann nicht aufhören zu weinen. Es überkommt mich in Wellen, und ich rolle mich mitten auf der Fahrbahn zusammen, neben dem Vorderreifen des Autos, während ich den Geruch von verschmortem Asphalt einatme.

Aus weiter Ferne höre ich Schritte, die das Fahrzeug umrunden und zu mir kommen. Jemand flucht und kniet sich neben mich. Aber ich habe nicht die Kraft, den Kopf zu heben. Meine Augen sind ohnehin so verquollen, dass ich nichts erkennen würde. Auch so weiß ich, dass es Marcellus ist, der da neben mir kauert. Wir beide sind alleine hier draußen, jetzt, nachdem ich diese Blitzwolke in die Flucht geschlagen habe.

Ich bin froh, dass Marcellus mich nicht berührt, aber seine Anwesenheit sorgt dafür, dass ich mich weniger alleine fühle, und irgendwann habe ich mich so weit beruhigt, dass ich mich aufsetzen kann. Zitternd lehne ich mich gegen den Kotflügel und versuche mein tränennasses Gesicht an der Schulter meines Shirts zu trocknen – der einzige Teil meiner Kleider, den ich noch für annähernd sauber halte.

Marcellus schaut mich ernst an. »Geht es?«

Zaghaft hebe ich die Schultern. »Das hat gutgetan ... ich meine ... da hat sich einiges angestaut.« Unfein ziehe ich die Nase hoch.

»Dass sich da was *angestaut* hat, konnte ich sehen«, erwidert Marcellus vielsagend, und ich bin gerade wirklich froh, dass er so wenig fürsorglich ist. Jemand Mitfühlendes wie Orela, die mich jetzt garantiert in den Arm genommen und selbst ein paar Tränen verdrückt hätte, hätte es nur schlimmer gemacht. Wahrscheinlich hätte ich mich eine Woche lang in meinem Elend gesuhlt, aber Marcellus zwingt mich dazu, mich zusammenzureißen. Was mir gerade entschieden lieber ist.

»Ja«, sage ich gedehnt. »Das war wohl das, was die Immortali aus mir herauskitzeln wollten.« Ironisch, dass es unmittelbar nach meiner Flucht von dort passiert ist. Weil ... weil wir von einer gigantischen Blitzwolke angegriffen wurden. Als sie aufgetaucht ist, hat sich alles in mir darauf fokussiert, die Bedrohung zu bekämpfen, aber jetzt im Nachhinein? *Wie* schräg war das bitte? Und eine Sache muss schon sehr ungewöhnlich sein, wenn sie mir, einer Unsterblichen, die fast zweitausend Jahre unter Vulkanmassen begraben lag, negativ auffällt.

Mit einer Hand fuchtele ich über mir in der Luft herum. »Hast du eine Ahnung, was das gerade war?«

Marcellus zieht die Augenbrauen zu einem steilen V zusammen und wirkt plötzlich sehr besorgt. »Das ... nun ...« Er schürzt die Lippen zu seinem üblichen Schmollmund. »Das war ungewöhnlich, nicht wahr?«

Ich muss mich dazu zwingen, nicht mit den Augen zu rollen. Schön, dass wir uns in diesem Punkt einig sind.

»Ehrlich gesagt dachte ich im ersten Moment, es sei Pluto, weil es sich so göttlich angefühlt hat, aber er war es nicht. Erstens hätte er uns niemals angegriffen, und zweitens hatte er nie etwas mit Blitzen am Hut.«

Ich merke, wie sich seine Miene in meiner spiegelt und ich die Stirn runzle. Es fühlte sich also göttlich an ... und Blitze ...

»Jupiter?«, hauche ich ungläubig. Der Gott der Götter, der Herr der Blitze. Wenn etwas Göttliches mit elektrischen Ladungen um sich wirft, dann wäre es wohl er. »Unmöglich!«

Marcellus wiegt nachdenklich den Kopf. »Würdest du dich damit besser fühlen, wenn ich behaupten würde, es sei nur ein durchgeknallter Kugelblitz gewesen?«

Entschieden schüttle ich den Kopf. Nein, würde ich nicht. Seit Santos Lügen hat die Wahrheit einen völlig anderen Stellenwert für mich bekommen. Da nehme ich sogar Marcellus mit Handkuss, der in etwa so einfühlsam wie ein Vorschlaghammer ist.

»Wer oder was es auch immer war, du hast es dank der Gaben deines Papas in die Flucht geschlagen. Bravo!«

Zuerst nicke ich, froh darüber, dass ich die dunkle Macht endlich einmal zielführend einsetzen konnte, doch dann stutzte ich. Mit zusammengekniffenen Augen nehme ich Marcellus ins Visier.

»Du wusstest es?«

Träge hebt er eine Augenbraue. »Was?«

»Dass Pluto mein Vater ist! Oder zumindest auf eine sehr schräge Weise an meiner Zeugung beteiligt war.« Ich erinnere mich an etwas, das er am Vesuv zu mir gesagt hat, kurz bevor ich in den Helikopter gezerrt wurde. *Benutzt dein Erbe, um Vulcanus' Brut zu besänftigen, anstatt deine eigene Haut zu retten. Du hast noch viel zu lernen. Dein Papi wird nicht erfreut sein, dass du ihn um so viele Seelen gebracht hast.* In diesem Moment war ich zu aufgewühlt, um zu verstehen, was er damit meinte, und später war ich mit anderen Dingen beschäftigt. Aber es beweist eindeutig, dass Marcellus bereits da wusste, wer ich war.

Marcellus grinst über meine Formulierung. »Ja, in der Tat. Es ließ sich nicht vermeiden, dieses Detail herauszufinden, nachdem ich so lange mit Pluto zusammen eingesperrt war.«

»Und davor?«, hake ich nach. »Wusste vor Herculaneum irgendjemand von meiner Herkunft?«

»Ich hatte eine Ahnung, als du zu uns kamst, die sich immer weiter erhärtet hat. Anfangs konnte ich nicht benennen, was es war, aber du hattest diesen Anhänger, in den Plutos Symbol eingeritzt war, und dann dieser Vorfall, als dein Blut schwarz wurde ... ich bin nach und nach zu der Überzeugung gelangt, dass du etwas Besonderes sein musstest.«

Ich schlucke hart, weil sich mir eine Frage aufdrängt, die ich nicht ignorieren kann. »Warst du es? Hast du mir von der Ambrosia gegeben und den Pakt mit den Göttern gebrochen?«

Ich lasse Marcellus nicht aus den Augen, während ich auf seine Antwort warte. Ein paar Wolkenfetzen sind aufgezogen und verdecken immer wieder den Mond, doch selbst im Dunkeln kann ich seine Miene genau erkennen.

»Nein, ich war es nicht. Ich habe den Pakt nicht gebrochen. Das gehörte nicht zu meinen Plänen.« Fest schaut er mir in die Augen, dann strafft er sich und geht vorne um das Auto herum.

Ich habe ihm so lange in so vielem misstraut, aber heute Nacht hat sich etwas zwischen uns verändert. Etwas, das ich nie für möglich gehalten hätte. Wir sind zu Verbündeten geworden. Und ich glaube ihm, wenn er sagt, er habe nichts mit meiner Unsterblichkeit zu tun.

Für Marcellus ist das Gespräch damit beendet. Wahrscheinlich hätte ich noch weiter nachgebohrt, wenn ich nicht so schlapp gewesen wäre. Als ich mich wieder ins Auto setze, spüre ich erst so richtig, wie viel Kraft mich der Kampf gegen die Blitze gekostet hat, und ich bin froh, mich in den bequemen Sitz fallen zu lassen. Allerdings bin ich fest entschlossen, zu einem späteren Zeitpunkt mehr über Marcellus und seine *Pläne* herauszufinden. Auch wenn er nicht derjenige ist, der den Bruch mit den Göttern herbeigeführt hat, ein Unschuldslamm ist er definitiv nicht. Da ist noch immer die Frage, warum er überhaupt unter dem Vesuv begraben lag. Und was er sonst noch über meine Vergangenheit weiß.

Jetzt fühle ich mich ziemlich schläfrig und hoffe, dass wir den restlichen Weg nach Rom ohne weitere Zwischenfälle hinter uns bringen können.

Aber das Auto scheint andere Pläne als ich zu haben. Marcellus dreht mehrmals den Zündschlüssel, ohne dass der Motor auch nur einen Mucks von sich gibt. Stirnrunzelnd versucht er es immer wieder und donnert irgendwann die Hand aufs Armaturenbrett. Bei zickenden Elektrogeräten mag diese Methode vielleicht funktionieren, das Auto zeigt sich allerdings unbeeindruckt.

»*Ma vaffanculo,* das müssen die Blitze gewesen sein«, schimpft er. »Ich wette, sie haben die Fahrzeugelektronik ruiniert.«

Besorgt gebe ich meine lümmelnde Haltung auf und setze mich gerader hin. »Wir kommen nicht weiter?«

»Mit diesem Wagen definitiv nicht. Würde mich nicht wundern, wenn er jetzt ein Fall für den Schrottplatz wäre.« Wütend schlägt er die Fäuste auf das Lenkrad und lässt schließlich die Stirn darauf sinken.

Kapitel Vierzehn

Rom, 79 n. Chr.

Octavia war tot.

Aliqua konnte nicht fassen, dass die mächtige Gabe der Götter ihr nicht geholfen hatte. Marcellus' Anstrengungen, sie zu retten, waren umsonst gewesen. Nun, zumindest was seine eigene Mission betraf. Dem Rest seiner Familie und den Omodei hatte er eine Existenz ermöglicht, die die aller Normalsterblichen bei Weitem übertraf. Aliqua konnte sich nicht ausmalen, was jemand erreichen konnte, der unverwundbar und unsterblich war. Die Möglichkeiten waren endlos.

Theos, der gerade von Mors, dem Gott des Todes, besetzt worden war, wankte, nachdem die göttliche Präsenz seinen Körper verlassen hatte. Seine Haut war gräulich, und Schweiß stand auf seiner Stirn.

»Geht es dir gut?«, erkundigte Aliqua sich leise, und er nickte. Stoisch wie eh und je.

Wachsam wandte sie sich dann wieder Marcellus zu. Er war ruhig geworden – besorgniserregend ruhig. Aliqua hatte den Verdacht, dass unter dieser spiegelglatten Oberfläche Emotionen brodelten, die jeden Moment mit vernichtender Gewalt hervorbrechen konnten. Die Sehnen an seinem Hals traten hervor, als hielte er mit aller Macht einen Schrei zurück. Als er sich bewegte, zuckte Aliqua in-

stinktiv zurück, doch er drehte sich zum Bett seiner Schwester und ging daneben in die Knie.

»Sie werden dafür bezahlen, dich verraten zu haben«, schwor er rau. »Hört ihr mich, ihr Götter? Ihr werdet es büßen, euer Wort gebrochen zu haben.« So sanft, wie sie ihn noch nie erlebt hatte, kreuzte er die Arme seiner Schwester vor ihrer Brust, strich ihr noch einmal über die Stirn und richtete sich dann auf.

»Komm, Theos, ich habe Dinge zu erledigen.«

Ohne einen weiteren Blick verließ er den Raum und ließ Aliqua zurück, die ihm staunend hinterherstarrte. Er hatte nicht verlangt, dass sie mitkommen solle. Zum ersten Mal seit dem Tod seines Vaters. Sie wechselte noch einen Blick mit Theos, ehe der sich beeilte, seinem Herrn zu folgen.

Aliqua blieb alleine und voller Fragen zurück.

Marcellus und Theos kamen an den zwei folgenden Tagen nicht zurück nach Hause. Was auch immer Marcellus vorhatte, es nahm ihn so sehr in Anspruch, dass er sich nicht einmal um die Beisetzung seiner Schwester kümmerte. Oder hoffte er, ihre Rückkehr von den Toten erwirken zu können?

Alleine im Haus, bis auf eine Handvoll verbliebener Sklaven, wurde Aliqua mit jeder Stunde unruhiger. Es behagte ihr nicht, nichts zu tun, und allmählich begann sie sich Sorgen zu machen. Aber sie wusste auch nicht, an wen sie sich wenden sollte. Die anderen Sklaven waren zu ängstlich, um das Haus zu verlassen, und hatten beschlossen, bis zur Rückkehr ihres Herrn zu verharren. Von den übrigen Mitgliedern der Pomponius-Sippe wusste sie nicht mal, wo genau diese wohnten und wie sie sie erreichen könnte.

Sollte sie losgehen und nach Marcellus und Theos suchen? Aber wo sollte sie beginnen? Die beiden konnten überall sein. Nein, alleine würde sie die beiden bestimmt nicht finden.

Blieb nur Sanctius. Ihn in seinem Zuhause aufzusuchen, wäre gewagt, aber sie war allein und wusste nicht wohin mit sich. Octavia lag dort oben in ihrem Zimmer, und sie war noch nicht einmal rituell gewaschen worden, weil niemand es ohne die Anwesenheit des Hausherrn gewagt hatte. Nein, wenn ihr jemand helfen konnte, dann die Omodei. Spätestens seit dem Abkommen mit den Göttern waren die beiden Familien enger miteinander verbunden denn je.

Bevor sie aufbrach, sagte sie Gallus, der noch immer wacker die Pforte bewachte, dass sie ausgehen würde, doch er nahm sie kaum zur Kenntnis.

Aliqua brachte den Weg zum Esquilin so schnell wie möglich hinter sich. Der Sommer hatte einen undurchdringlichen Mantel aus Hitze über die Stadt geworfen, und wer konnte, war längst aufs Land geflohen – auch um der grassierenden Seuche zu entkommen. Dennoch herrschte rege Betriebsamkeit, denn die wenigsten waren wohlhabend genug, um zu flüchten. Und egal wie sehr sie die Seuche fürchteten, früher oder später mussten sie vor die Tür, um Einkäufe zu erledigen oder ihr Tagwerk zu verrichten.

Der aufgewirbelte Staub der Straßen brachte Aliqua zum Husten, und die Haare klebten ihr feucht und schwitzig im Nacken, als sie das Domus Omodeus erreichte. Während sie pochte, schlug ihr das Herz bis in den Hals hinauf. Sie wusste nicht, wer sie empfangen und ob sie überhaupt vorgelassen werden würde. Die Pforte öffnete sich auf ihr Klopfen hin, und sie stand einem Haussklaven mittleren Alters gegenüber. Sie kannte ihn nicht, und er musterte sie mit distanzierter Höflichkeit.

»Salve«, grüßte sie höflich. »Ich komme mit dringender Nachricht von Marcellus Pomponius.« Nun, so ganz

stimmte das nicht, niemand hatte sie geschickt, aber ihr Anliegen war tatsächlich dringend. Wer sollte sich um Octavia kümmern, wenn ihr Bruder verschwunden blieb?

Ihr Gegenüber verzog keine Miene. »Ich fürchte, der pater familias *ist ausgegangen.«*

»Ich kann warten!«

»Er ist in … einer Familienangelegenheit unterwegs. Ich glaube nicht, dass er heute noch zurückkehrt.« Sein Zögern verriet ihr, dass es wohl mit der Ambrosia zu tun hatte. Vielleicht war Tiberius dabei, den Göttertrank an die Mitglieder seiner Familie zu verteilen, die am Abend des Rituals nicht anwesend gewesen waren.

»Bitte, gibt es niemanden sonst, mit dem ich sprechen kann? Den Sohn des Hauses …«

»Ich denke nicht …«

»Was geht hier vor?«

Der Sklave an der Pforte zuckte zusammen, als hinter ihm eine weibliche Stimme erklang, in der ein energischer Unterton mitschwang. Aliqua hätte vor Erleichterung am liebsten geseufzt. Orela war hier!

Die irisierenden blauen Augen der jungen Frau weiteten sich, als sie Aliqua vor dem Eingang ihres Hauses stehen sah.

»Aliqua, was ist geschehen?«

Aliqua sah sich nach allen Seiten um, unsicher, ob sie auf offener Straße darüber sprechen sollte. »Es geht um Marcellus … ich wusste nicht wohin.«

Orelas Augen weiteten sich, und sie machte eine auffordernde Geste mit der Hand, um sie hereinzubitten. Der Haussklave neben ihr wirkte wenig begeistert Aliqua einzulassen, doch er trat beiseite und ließ sie passieren.

Als sie das Atrium betraten, überlief Aliqua ein Schaudern. Heute, verlassen und bei Tageslicht, sah es völlig anders aus, aber die Bilder jenes Abends standen ihr noch ge-

nau vor Augen. Hier hatten die Götter ihr mit dem Angebot an die Familien Pomponius und Omodeus zu verstehen gegeben, dass jemand wie sie auf keine Gnade hoffen durfte.

Ein plötzliches Gefühl von Schwäche drohte sie zu überwältigen, doch sie kämpfte entschlossen dagegen an. Sie war bloß müde, redete sie sich ein, nachdem sie in den letzten Tagen kaum geschlafen hatte.

Orela führte sie durch das Haus bis in den begrünten Innenhof. Die Sonne stand hoch am Himmel, weswegen sie sich in den Schatten des Arkadengangs setzten, der einmal um den Garten herumführte. Hier herrschte eine angenehme Kühle, die vom Gemäuer ausging, und das Brummen in Aliquas Kopf beruhigte sich endlich ein wenig.

Orela, die neben ihr saß, beugte sich besorgt zu ihr. Sie musste den Trank der Unsterblichkeit bereits eingenommen haben, aber für Aliqua sah sie aus wie immer. Nun, ehrlich gesagt hatte sie auch Marcellus nichts davon ansehen können, aber sie bezweifelte, dass ein solches Geschenk der Götter ohne Spuren bleiben würde. Vielleicht lag es daran, dass Orela schon immer diese besondere, überirdische Aura umgeben hatte, oder es entwickelte sich erst mit der Zeit.

»Sag mir, was ist geschehen?«

Aliquas Hals war unangenehm trocken und rau, aber sie wagte es nicht, nach Wasser zu fragen. So etwas stand ihr nicht zu. Sie begann zu berichten, wie sie am Abend des Rituals nach Hause zurückgekehrt waren und wie Marcellus seiner Schwester die Ambrosia eingeflößt hatte.

»Dann ist Mors aufgetaucht und hat verkündet, dass sie tot ist und nicht zurückgeholt werden kann.«

Entsetzen zeichnete sich auf Orelas blassem Gesicht ab, und helle Silberfunken leuchteten in ihren blauen Augen auf. Lauschte sie gerade den Göttern? Unruhig rutschte Aliqua auf ihrem Platz hin und her.

»Marcellus hat kurz danach das Haus verlassen und ist seitdem nicht mehr zurückgekehrt. Ich wusste nicht wohin, deswegen kam ich hierher. Ich konnte einfach nicht ... Octavia ... es hat sich noch niemand um sie gekümmert.« Fiebrige Hitze stieg in Aliqua auf, als die Verzweiflung sie übermannte. Es war, als hätte die Erschöpfung bis zu genau diesem Moment gewartet, um sie zu übermannen. Sie hatte ihre Botschaft überbracht, und nun brach alles, was sie so stoisch zurückgehalten hatte, über sie herein.

Das Entsetzen darüber, dass die Götter ihr Wort gebrochen hatten und Octavia jetzt tot war.

Marcellus' beängstigende Reaktion darauf.

Mors' Worte.

Der unkluge Stich von Neid, weil Sanctius und die anderen ein Leben in Unsterblichkeit erwartete, so lange, wie sie es wünschten, während sie selbst vergehen würde, ohne eine Spur auf dieser Welt zu hinterlassen.

Wie aus weiter Ferne hörte sie Orelas Stimme, aber das Dröhnen hinter ihrer Stirn wurde übermächtig, und zitternd sank sie mit dem Rücken gegen die kühle Wand. Flatternd schlossen sich ihre Lider über brennenden Augen. Sie wollte sich ausruhen, nur eine kurze Weile, bevor sie hoffentlich mit Hilfe der Omodei ihren Herrn aufspüren würde und die Beerdigung seiner Schwester hinter sich bringen konnte.

Aliqua

Ich weiß nicht, wie lange wir schweigend in dem kaputten Auto sitzen, beide niedergedrückt von der Tatsache, dass es nicht weitergeht. Mir ist klar, dass wir für so was eigentlich keine Zeit haben. Die Immortali haben vielleicht längst unsere Spur aufgenommen, und unser kostbarer Vorsprung schrumpft mit jeder Minute weiter in sich zusammen. Aber der Gedanke, auszusteigen und den Weg zu Fuß fortzusetzen, treibt mir beinahe wieder die Tränen in die Augen.

Mein ganzer Körper schmerzt, und ich möchte mich nur noch irgendwo zusammenrollen, um die letzten Stunden zu vergessen. Trübe starre ich durch die rissige Frontscheibe, als ein paar Scheinwerfer aus der Gegenrichtung auftauchen. Sofort verkrampft sich alles in mir. Bisher war die Strecke bemerkenswert verlassen, aber es war klar, dass früher oder später jemand vorbeikommen würde. Instinktiv gehe ich in Abwehrhaltung und habe die Hand auf dem Türgriff, ehe ich weiter darüber nachdenken kann. Marcellus folgt mir, als ich aus dem Wagen in die niedrige Böschung am Straßenrand hechte. Hier wachsen nur ein paar dürre Hecken, aber es muss fürs Erste als Versteck genügen.

Wahrscheinlich sind es nur harmlose Passanten, die sich über den abgestellten Wagen am Seitenstreifen wundern, aber ich will kein Risiko eingehen. Die Immortali könnten Schleichwege kennen und uns von beiden Seiten einzukesseln versuchen.

Der Wagen kommt näher, das Brummen des Motors übertönt das leise Pfeifen meines Atems. Irre ich mich, oder wird er langsam?

Nur aufmerksame Menschen, die sehen wollen, ob mit dem verlassenen Auto alles in Ordnung ist, versuche ich mich selbst zu beruhigen, aber es nützt nichts. Mein Herz hämmert wie wild, und mein Körper öffnet eine letzte Adrenalin-Reserve, die mich mit blanker Panik flutet.

Der Wagen kommt zum Stehen, und das Licht der Scheinwerfer sickert durch die Äste, hinter denen wir uns zusammenkauern. Autotüren knallen, und mehrere Personen steigen aus. Das Blut rauscht inzwischen so laut in meinen Ohren, dass ich von ihren gemurmelten Unterhaltungen nichts verstehe. Durch das Geäst sehe ich mehrere Paar Füße, die unser Auto umrunden – seltsamerweise trägt einer von ihnen keine Schuhe.

Nicht bewegen, trichtere ich mir ein, *bloß nicht bewegen!*

Das Versteck in der Böschung ist vielleicht nicht ideal, aber wenn wir keine verdächtigen Geräusche von uns geben, verschwinden sie vielleicht wieder, ohne uns zu entdecken.

Und dann plötzlich, als hätte jemand in meinem Kopf an einem Lautstärkeregler gedreht, verstehe ich, was sie sagen.

»Es muss hier gewesen sein, die Spuren seiner Anwesenheit liegen noch in der Luft.«

Jemand flucht heftig.

»Das heißt, er hat sie erwischt? Wo ist sie hin ...?«

»Oder die Immortali?«

Ganz langsam, wie in Zeitlupe, hebe ich den Kopf, nicht ganz sicher, ob ich mich täusche oder nicht. Ich wage es nicht, mir Hoffnungen zu machen, wenn es genauso gut sein kann, dass meine Wahrnehmung mir einen Streich spielt.

Die fremde männliche Stimme, die ich nicht einordnen kann, ertönt wieder. »Wenn ihr euch einen Moment beruhigen könntet.«

Die anderen schnattern weiter wild durcheinander. Ein Seufzen ertönt, dann setzt sich die barfüßige Person in Bewegung und kommt mit entschlossenen Schritten direkt auf uns zu. Marcellus zieht die Luft durch die

Zähne ein, und ich presse mir die flache Hand auf den Mund, um ein Fiepen zu ersticken.

»Na wen haben wir denn da?«

Wie gebannt starre ich zu dem Mann hoch, der über uns aufragt. Im Scheinwerferlicht, das ihn von hinten anstrahlt, kann ich nicht mehr als die Umrisse seiner Gestalt erkennen. Bis auf das silbrige Aufblitzen seiner Augen, das mir merkwürdig vertraut vorkommt. Seine Anwesenheit verstärkt die Vermutung, dass ich an erschöpfungsbedingten Wahnvorstellungen leide.

»Hier drüben ist sie«, ruft er den anderen über die Schulter zu. »Und sie ist nicht allein.«

Auf seine Worte hin bricht Chaos aus.

Ich werde an den Schultern gepackt und aus dem Gebüsch gehoben. Der Griff ist nicht grob, aber ich bin so erledigt, dass ich mich kaum auf den Beinen halten kann. Das ist aber auch gar nicht nötig. Denn kaum setzt mich der Mann am Boden ab, schlingen sich von allen Seiten Arme um mich wie ein Gewühl von Anakondas. Kraftlos winde ich mich, überzeugt, jeden Moment mit einem Griff am Nacken überwältigt zu werden.

Bis mir ein unverwechselbarer Geruch in die Nase steigt. Ungläubig hebe ich den Kopf. Direkt vor meinem Gesicht befindet sich ein Ohr, um das sich rabenschwarze Locken kringeln. Ihm plötzlich so nahe zu sein, bringt mich vollkommen durcheinander, und ich muss mich einfach vergewissern.

»Santo?«

Mit Mühe dreht er den Kopf, wie ich hoffnungslos eingekeilt in dieser Gruppenumarmung, bis sich unsere Blicke finden.

Während der Gefangenschaft bei den Immortali habe ich so oft darüber nachgedacht, wie ich reagieren würde, sobald wir uns wieder gegenüberstehen. Die Gefühle, die mich in diesem Moment überschwemmen, sind allerdings vollkommen anders als das, was ich mir ausgemalt habe. Ich bin so erleichtert, dass ich weinen möchte, und will ihn umarmen und niemanden sonst. Irgendwie fühlt sich das an, als würde mein Herz mich selbst verraten, aber ich bin zu müde, um mich dagegen zu wehren. Adones und Orelas aufgekratzte Stimmen dringen an mein Ohr, aber ich höre kaum noch etwas davon. Es ist, als hätte mein ausgelaugter Körper noch genau bis zu diesem Moment ausgehalten. Bis ich mich vergewissert hatte, dass ich in Sicherheit bin und es tatsächlich meine Freunde sind, die uns gefunden haben.

Denn das sind sie.

Freunde.

Santo

Aliquas Augen rollen nach hinten, dann klappen ihre Lider zu, und ihr Körper sackt in sich zusammen. Nur die Tatsache, dass Adone, Orela und ich sie noch immer in dieser Gruppenumarmung halten, verhindert, dass sie hinfällt.

Irgendwie schaffe ich es, mich um die Arme der anderen herumzuwinden, Aliqua um die Taille zu fassen und sie aus dem Knäuel herauszuziehen. Schwer lehnt sich ihr schlaffer Körper gegen mich, ihr Gesicht an meiner Schulter verborgen, und ich nehme mir einen Moment, um sie einfach nur festzuhalten. Meine Hände malen Kreise auf ihren Rücken, die eigentlich nur mich selbst beruhigen, aber vielleicht spürt sie es ja. Dass jemand da ist und sie hält, dass sie in Sicherheit ist. Als Nächstes streiche ich über ihre nackten Arme, und da fällt mir auf, dass etwas nicht stimmt. Ich spüre Kratzer und

Schwellungen und seltsam klebrige Stellen. Vorsichtig fasse ich Aliqua an den Schultern und halte sie so weit von mir, dass ich sie genauer in Augenschein nehmen kann. Es ist stockdunkel hier draußen, aber die Scheinwerfer unseres Wagens, mit dem wir wie die Irren hierhergerast sind, spenden genügend Licht, um zu erkennen, wie fürchterlich mitgenommen Aliqua ist. Obwohl, nein, *mitgenommen* ist die Untertreibung des Jahrhunderts. Auf den ersten Blick kann ich keinen heilen Flecken Haut erkennen. Ihr Gesicht ist von Schnittwunden und Prellungen überzogen, die allmählich anschwellen. Und sie ist über und über mit einer pechschwarzen Substanz bedeckt, deretwegen sie sich an manchen Stellen so seltsam anfühlt. Mit gerunzelter Stirn beuge ich mich zu ihr hin und schnuppere, um herauszufinden, welche Substanz das ist. Es ist sehr viel dünnflüssiger als Teer, aber zu dick für Tinte. Alles, was ich wahrnehmen kann, ist der deutliche, metallische Geruch von Blut. Ich halte mich nicht mit der Frage auf, warum dieses Blut so schwarz ist. Den Zorn, der in mir aufsteigt, kümmert das nicht. Er brennt sich wie eine Stichflamme durch alles Rationale in mir und hinterlässt einen schwelenden Abgrund.

Sie wurde verletzt. Ob von den Immortali oder während des enormen Ausbruchs von göttlicher Energie, der uns überhaupt an diese Stelle gelockt hat, ist mir vollkommen egal. Für die Bestie in mir zählen nur die unübersehbaren Blessuren und die Tatsache, dass sie zusammengebrochen ist. Mein Blick geistert über ihre Schulter hinweg und landet auf einer Gestalt, die sich am Rande unserer Gruppe aufhält. Apollo meinte, sie sei nicht allein. Ein Zittern überläuft mich, als ich erkenne, wer da bei ihr war: Marcellus.

Jetzt brennen meine Sicherungen endgültig durch. Ich gebe Aliqua an Adone weiter, der besorgt zu uns getreten ist; in seinen Armen ist sie sicher. Dann stürze ich mich auf Marcellus. Er hat keine Zeit, um zu reagieren, als ich auf ihn pralle, rasend vor Wut und Rachsucht. Heftig packe ich ihn vorne am Hemd und ziehe ihn so kraftvoll an mich heran, dass seine Kiefer hörbar aufeinanderschlagen. Im nächsten Moment quillt Blut über seine Lippen, er hat sich wohl in die Zunge gebissen. *Rotes Blut.*

»*Du*«, zische ich. Er besitzt nur noch alle seine Gliedmaßen, weil ich mich nicht entscheiden kann, welches ich ihm als Erstes ausreißen will. In meinem Kopf summt es, so außer mir bin ich, und es fällt mir schwer, überhaupt Worte zu bilden.

»*Was* hast du ihr angetan?«

Marcellus schluckt, noch immer tropft Blut von seiner Unterlippe. Es erfüllt mich mit wilder Genugtuung, dass ich ihm zumindest diesen arroganten Ausdruck aus dem Gesicht gewischt habe, ohne ihn überhaupt richtig berührt zu haben. Angst ist ein Gift, das nicht geschluckt werden muss, um seine Wirkung zu entfalten.

»Hör mir zu«, krächzt er dann. »Ich war das nicht ... es ist alles ganz anders ...«

»Ja genau.« Meine Stimme trifft vor Hohn. »Du warst das nicht? Darf ich dich daran erinnern, dass *du* sie vom Vesuv entführt hast?«

»Das leugne ich ja nicht. Aber alles danach ...«

Er ächzt, als ich ihn am Kinn packe und die Finger fest in seine Wangen grabe. »Spar dir die Erklärungen. Sie bedeuten mir ohnehin nichts.«

Ich will Rache für Aliqua, aber bevor ich dazu kommen kann, legen sich zwei kräftige Hände auf meine Schultern und ziehen mich von Marcellus weg. Ich bin so perplex darüber, dass ich ihn tatsächlich loslasse und ein paar Schritte zurücktaumle. Noch immer tobt die Bestie in meinem Inneren und brüllt nach Vergeltung. Ich rede ihr gut zu, dass diese Sache noch nicht beendet ist.

Marcellus reibt sich das Gesicht und spuckt Blut auf den Boden. Angewidert weiche ich weiter zurück und schüttle die Hände ab, die mich noch immer zurückhalten. Ein Blick über die Schulter zeigt mir, dass es Apollo ist. Witzig, dass ausgerechnet ein Gott mich zur Räson bringen will.

»Glaub nicht, dass es mich kümmern würde, was ihr Menschen miteinander treibt, aber wenn du hier eine Sauerei veranstaltest, könnte das jede Menge unerwünschte Aufmerksamkeit erregen«, erklärt er nüchtern.

»Er hat recht«, sagt Marcellus, der den Gott mit einem seltsamen Gesichtsausdruck mustert. »Die Immortali sind uns auf den Fersen. Dieser ... Zwischenfall hier hat Aliqua und mich ohnehin so viel Zeit gekostet ... wir sollten sehen, dass wir hier wegkommen.«

»Wow, wow, wow!« Adone, der Aliqua auf die Arme gehoben hat wie eine Braut, tritt zu uns. »Was soll das heißen, die Immortali sind hinter *euch* her? Ich dachte, du bist so was wie ihr Guru?«

Marcellus bleckt die roten Zähne. »Dachte ich auch, aber die Dinge haben sich geändert. Können wir auf ihn hier hören« – er nickt zu Apollo – »und schnellstens von hier verschwinden?«

Mir gefällt das nicht. So was von gar nicht. Ich schaue mich um und treffe auf Orelas Blick, die sich bisher auffallend im Hintergrund gehalten hat. Ihre Miene wirkt konzentriert, und sie schaut immer wieder in Apollos Richtung.

»Was? Ich bin kein Lügendetektor«, murmelt sie fahrig, als sie meine fragende Miene bemerkt. »Aber wenn ihr mich fragt: Wir sollten so schnell wie möglich nach Rom zurückkehren. *Alle.*«

Ich knirsche mit den Zähnen, weil es mir absolut nicht gefällt, Marcellus mitzunehmen, aber es nicht zu tun, wäre kolossal dumm. Die Immortali würden ihn garantiert früher oder später aufgabeln, und wir können nicht riskieren, dass er ihnen erzählt, wer Aliqua aufgesammelt hat. Natürlich werden sie sich denken können, bei wem sie unterkommt, aber wir müssen sie ja nicht mit der Nase darauf stoßen. Lieber sollen sie noch ein wenig die Gegend absuchen, bevor sie sich auf Rom konzentrieren.

Für den Moment ist es erst mal wichtig, uns alle in das Auto zu schaffen. Nachdem wir auf dem Palatin die Explosion göttlicher Aktivität wahrgenommen haben, sind wir, ohne darüber diskutieren zu müssen, ins nächste Taxi gesprungen. Scuro hat den Fahrer mit ein paar Scheinen dazu gebracht, sämtliche Tempolimits in der Stadt zu brechen, und er hat uns in Rekordgeschwindigkeit zurück nach Campo Marzio gebracht, wo wir in Adones Land Rover gesprungen sind. Wir konnten uns zwar nicht sicher sein, was wir vorfinden würden, aber Scuro ist zur Sicherheit in Rom zurückgeblieben, um so einen freien Platz im Auto zu schaffen – den wir jetzt für Aliqua brauchen. Fragt sich nur, was wir mit Marcellus anstellen. Auf den Schoß nehme ich ihn definitiv nicht.

Apollo hat bereits auf dem Beifahrersitz Platz genommen – schon während der Taxifahrt hat er die ganze Zeit gejammert, dass ihm hinten schlecht wird. Ein Gott, dem auf der Rückbank übel wird, das muss man sich wirklich auf der Zunge zergehen lassen.

Adone platziert Aliqua sanft auf einem der hinteren Sitze, und Orela hilft ihm, sie festzuschnallen.

»Tja«, sagt Adone dann zu Marcellus. »Sieht so aus, als müsstest du in den Kofferraum.«

Dieser zuckt gleichmütig mit den Schultern. »Von mir aus. Aber bevor wir aufbrechen, sollten wir uns vielleicht noch schnell um diesen Wagen hier kümmern. Ich habe ihn den Immortali gestohlen.«

Verdammt, er hat recht. Der ziemlich ramponierte Sportwagen muss weg, um die Immortali so lange wie möglich auf Trab zu halten. Sollen sie ruhig noch ein paar Stunden nach dem Auto fahnden.

»Schieben wir ihn die Böschung hinunter«, schlägt Marcellus vor. »Hinter den Büschen ist er von der Straße aus nicht zu sehen.«

Irgendwie nervt es mich, dass sein Vorschlag echt gut ist. Aber wir haben keine Zeit, herumzustreiten. Also stimme ich grummelnd zu, und wir drei beeilen uns, das Auto von der Straße zu rollen. Adone, der durch das Beifahrerfenster das Steuer hält, murmelt halblaut, welche Schande es sei, einen solchen Wagen so zugrunde zu richten.

»Du kannst ja zurückkommen und ihn aufbereiten, wenn der Stress vorbei ist.« Kameradschaftlich klopfe ich ihm auf die Schulter, als wir zu seinem Geländewagen zurückkehren.

Marcellus findet bequem im Kofferraum Platz, und ich nehme den mittleren Sitz auf der Rückbank, um neben Aliqua sein zu können. Ihr Kopf hängt schlaff nach vorne, und vorsichtig bette ich ihn an meine Schulter, damit sie es etwas bequemer hat. Als wir alle angeschnallt sind, gibt Adone Gas, um uns in die Stadt zurückzubringen.

Kapitel Fünfzehn

Aliqua

Ich fühle mich miserabel.

Es kommt mir vor, als wäre mein Körper durch den Fleischwolf gedreht und danach von einer Walze überrollt worden. Hinter meiner Stirn dröhnt es bestialisch, was es mir schwer macht mich zu erinnern, warum ich mich in diesem Zustand befinde.

Vielleicht erst mal die Augen aufmachen und die Lage sondieren. Ächzend, weil mir wirklich *alles* wehtut, setze ich mich auf und zwinge meine verklebten Lider auseinander. Meine Zunge fühlt sich pelzig an, und ich habe den wirklich widerlichen Geschmack von Blut im Mund. Aber meine Umgebung lässt mein Herz einen freudigen Satz machen.

Das ist ohne jeden Zweifel mein Zimmer in Rom. Ich bin in Santos und Orelas Gästezimmer. Weiches Morgenlicht fällt durch die zurückgezogenen Vorhänge und legt sich wie eine Liebkosung auf meine Haut. Einen langen Moment lang erlaube ich es mir, die Sonne zu genießen, die ich über so viele Tage hinweg nicht zu Gesicht bekommen habe. Weil ich von den Immortali in diesem verrammelten Zimmer festgehalten worden bin.

Als sich die Erinnerungen durch meinen trägen Geist kämpfen, verziehe ich den Mund – was prompt ein Stechen durch meine Unterlippe schickt. Vorsichtig betaste ich sie und erinnere mich daran, dass mich auch dort ein Schlag getroffen und einen Riss verursacht hat. Zum Glück ist die inzwischen verkrustete Wunde nicht wieder aufgerissen, aber ich muss daran denken, nicht zu herzhaft zu gähnen oder auf andere Weise den Mund zu weit aufzureißen.

Erst mal duschen, beschließe ich dann. Irgendjemand (ich denke Orela) hat mich zwar in einen sauberen Pyjama gesteckt, aber darunter fühle ich mich unangenehm schmutzig.

Als ich nach der Dusche in den Kleiderschrank schaue, finde ich dort alle Kleidungsstücke, die ich vor meinem Aufbruch nach Tivoli hier zurückgelassen habe. Es kommt mir so vor, als wäre eine Ewigkeit vergangen, seit ich die Reisetasche gepackt habe, um mich in der Villa vor den Immortali zu verstecken. Was mein Empfinden angeht, bin ich auch nicht mehr dieselbe, die Rom an jenem Tag verlassen hat. Ein weiterer weißer Fleck auf der Landkarte meiner Vergangenheit hat sich gefüllt, aber es steht mir noch bevor, diesen neuen Teil meiner selbst wirklich zu erkunden.

Besorgt frage ich mich plötzlich, wie die anderen darauf reagieren werden, dass Pluto mein Vater ist. Und welche schräge Rolle Kaiser Nero dabei spielte. Wird es für sie etwas ändern, dass etwas Göttliches in meiner DNA steckt?

Bevor sich meine Gedanken noch wilder aufbauschen können nehme ich mir bequeme Yogahosen, ein Shirt und Unterwäsche aus dem Schrank und kämme mir nach dem Anziehen die feuchten Haare aus.

Und dann ... kann ich es nicht länger hinauszögern. Der Blick in den Badezimmerspiegel hat mir verraten, dass ich genauso übel aussehe, wie ich mich fühle, und ich will mich den anderen wach und einigermaßen munter zeigen. Obwohl gerade niemand bei mir ist, weiß ich genau, dass sie sich um mich gekümmert haben und sich Sorgen machen. Außerdem bin ich überzeugt, dass eine Tasse Kaffee ungemein zur Besserung meiner Verfassung beitragen würde.

Trotzdem bin ich angespannt, als ich in den Flur hinaustrete und in den hinteren Teil der Wohnung laufe.

Ich verharre am offenen Durchgang zum Wohnzimmer und spähe in den Raum.

Mir bietet sich ein merkwürdiges Bild.

Adone, Scuro und Santo sitzen stocksteif nebeneinander auf dem Sofa, und obwohl sie mir den Rücken zukehren, ist unschwer erkennbar, dass ihre ganze Aufmerksamkeit auf den Sessel neben dem offenen Kamin gerichtet ist. Darin fläzt sich Marcellus, die Beine vor sich ausgestreckt und ganz so, als hätte er keine Sorgen. Irgendwie nehme ich ihm diese Lässigkeit nicht ganz ab, weil er seinerseits die drei Cousins nicht aus den Augen lässt, die ihn garantiert mit Mörderblicken traktieren. Die ganze Szene kommt mir wie ein stummes Kräftemessen zwischen den vieren vor, und ich bin mir nicht sicher, ob ich es unterbrechen möchte.

Die Entscheidung wird mir abgenommen, als am anderen Ende des Flurs das Schloss der Wohnungstür klickt und Orela von draußen hereinkommt. Aber sie ist nicht allein. Ihr folgt ein Mann, bei dessen Anblick ich meine eingerissene Lippe vollkommen vergesse und meinen Mund in stummer Bewunderung zu einem O forme. *Atemberaubend* beschreibt nicht einmal annähernd, wie schön er ist. Er ist fast ein bisschen *too much*.

Er trägt Jeans, T-Shirt und eine Sonnenbrille, aber selbst dieses legere Outfit kann nicht davon ablenken, wie außergewöhnlich er ist. Da ist ein kaum wahrnehmbarer Perlmuttschimmer, der ihn umgibt, und als er die getönte Brille abnimmt, stockt mir der Atem. Seine Augen leuchten in einem Silberton, der es so aussehen lässt, als würde er mit einem Real-Life-Fotofilter herumlaufen. Mit der freien Hand streicht er sich seine silbrig blonden Locken aus der Stirn und lächelt zu Orela hinunter, die amüsiert mit den Augen rollt.

Ein prickelndes Summen rollt über meine Haut, aber ich bin zu beschäftigt damit, die beiden anzustarren, um es wirklich wahrzunehmen.

Als ich meinen Blick von ihm losreißen kann, sehe ich, dass die zwei mit Einkaufstüten beladen sind. Anscheinend hat Orela ein neues Opfer für die Gewaltmärsche gefunden, die sie *Shoppingtouren* nennt. Die beiden sind in ein leises Gespräch vertieft, halten aber abrupt inne, als sie mich im Flur stehen sehen. Mit einem freudigen Aufschrei lässt Orela ihre Taschen fallen und saust auf mich zu. Es tut ziemlich weh, als sie mir überschwänglich um den Hals fällt und mich an sich drückt. Aber ich schiebe sie nicht von mir, sondern umarme sie mindestens genauso fest. Der inzwischen so vertraute Duft ihres blumigen Shampoos steigt mir in die Nase, und für einen Moment will ich einfach nur ausblenden, was alles passiert ist.

Orela löst sich von mir und schiebt mich etwas von sich, um mich in Augenschein nehmen zu können. Ihre Brauen ziehen sich besorgt zusammen, je länger sie mich ansieht. »Wie geht es dir? Ich hätte nicht gedacht, dass du so schnell wieder auf die Beine kommst.« Sie wirft ihrem Begleiter einen fragenden Blick zu, doch er zuckt nur mit den Achseln.

»Ich ähm … fühle mich etwas ramponiert, aber ansonsten wirklich gut. Ich bin froh, wieder hier zu sein.«

Ein Lächeln glättet Orelas besorgte Miene. »Geht mir auch so. Du kannst dir gar nicht vorstellen, wie sehr …«

Sie will noch mehr sagen, aber ein Tumult, der im Wohnzimmer losbricht, lässt sie innehalten. Es klingt, als würde dort drinnen ein Handgemenge stattfinden, und wir drei eilen sofort zum Durchgang.

Santo, Scuro und Adone sitzen nicht länger lauernd auf dem Sofa, sondern sind damit beschäftigt, Marcellus zurückzuhalten, der offenbar den Raum verlassen wollte.

»Du kommst ihr ganz sicher nicht zu nahe«, knurrt Santo, der ihn gerade im Schwitzkasten hält. Marcellus entwindet sich erstaunlich geschickt seinem Griff, versucht, an ihm vorbeizuschlüpfen, trifft aber schon nach einem Schritt auf Adone, der wie eine menschliche Mauer bereitsteht.

»Geht das schon wieder los«, seufzt Orela und klingt unüberhörbar genervt. »Hört auf damit und benehmt euch!«

Aber sie scheinen sie überhaupt nicht zu hören. Oder sie bewusst zu ignorieren. Adone lässt die Knöchel knacken, und Scuro schleicht sich unauffällig von der Seite an, wahrscheinlich um sich Marcellus zu schnappen, bevor sein Cousin Hackfleisch aus ihm machen kann. Allerdings bewegen sie sich beide gleichzeitig, wodurch sie aufeinanderprallen und Marcellus in einem Knäuel um sich schlagender Gliedmaßen unter sich begraben. Santo, der zu nah dabeisteht, wird ebenfalls mitgerissen. Das Ganze wäre ziemlich komisch, wenn sie dabei nicht so einen Höllenlärm veranstalten würden. Wenn das so weitergeht, rufen die Nachbarn unter uns noch die Polizei.

Ich spüre, wie sich die dunkle Macht prompt in meiner Brust regt, aber ich habe Angst sie einzusetzen. Ich weiß nicht, ob sie den vieren schaden würde, wo sie doch immer ganz scharf darauf zu sein scheint, andere zu vernichten. Selbst dazwischenzugehen, wage ich aber auch nicht. Hilfe suchend schaue ich zu Orela, die aussieht, als würde sie jeden Moment vor Wut platzen. Offenbar ist es nicht das erste Mal, dass so was passiert.

Hinter mir erklingt ein müdes Seufzen, und der silberblonde Mann tritt vor. Sorgsam stellt er seine Einkaufstüten neben dem Sofa ab und ich höre ihn etwas murmeln, das verdächtig nach »dämliche Menschen« klingt, dann erfüllt mit einem Mal eine knisternde Spannung den Raum. Alle meine Sinne reagieren auf diese wirbelnde, Funken sprühende Energie, die unter meine Haut kriecht. Es ist ein seltsames Gefühl, aber nicht unangenehm. Vielmehr fühlt es sich vage vertraut an und als würde etwas in mir darauf antworten. Wir sind uns ähnlich, und was da auch immer um mich herumwirbelt, ist mir nicht feindlich gesonnen.

Helligkeit erfüllt das Wohnzimmer, eine Wolke wie aus funkelndem Mondlicht, die sich über den ringenden Körpern zusammenballt. Lässig hebt Orelas Begleiter eine Hand, und die vier fliegen auseinander. Schwer atmend bleiben sie in jeweils einer Ecke des Sitzbereichs liegen und heben desorientiert die Köpfe.

Mit offen stehendem Mund starre ich den Unbekannten an. Jetzt möchte ich am liebsten einen Schritt vor ihm zurückweichen, weil das, was er da gerade getan hat, definitiv nicht normal war. Sogar gemessen an den Standards einer von den Göttern verfluchten Unsterblichen.

»Wie hast du ... was war das?«

Die Jungs sind inzwischen wieder auf den Beinen und funkeln ihn böse an. Die leuchtende Energie schwebt noch immer mitten im Raum und verhindert, dass sie wieder auf Marcellus losgehen können. Das in sich wirbelnde, funkenhelle Licht zieht meine Aufmerksamkeit wie magisch auf sich, und nur mit Mühe kann ich meinen Blick davon losreißen. Meine Augen tränen ein wenig, und ich fühle mich seltsam benommen.

Eine Weile verharren wir so, dann zerstäubt das Licht allmählich, und die Spannung in der Luft verschwindet. Zurück bleibt nur der blonde Mann, der einen äußerst selbstzufriedenen Eindruck macht.

»Gern geschehen.« Er schaut zu Orela, und ein Lächeln bricht seine so unnahbare Miene auf, als sich ihre Blicke treffen. Es zu beobachten, fühlt sich an, als würde ich direkt in die Sonne starren. Der Berg an Fragen in meinem Kopf wächst sprunghaft an, was mich aus dem Gleichgewicht bringt. Im Stehen gerate ich ins Wanken, was sofort Santos Aufmerksamkeit auf sich zieht. Ihn zu sehen, jetzt, da er nicht mehr mit Marcellus rangelt, versetzt mir einen Stich, der nichts mit den pochenden Verletzungen überall an meinem Körper zu tun hat. Mein Innerstes reagiert in einer Weise auf seine Anwesenheit, die es schwer macht, mich daran zu erinnern, dass er nicht aufrichtig zu mir war. Er hat genau die Gefühle vor mir verheimlicht, die auch jetzt wieder in mir aufwallen, wenn ich ihn sehe. Ich hasse es, dass ich nicht damit aufhören kann, ihn zu wollen, und keine Ahnung habe, wie ich ihm seine Lügen vergeben soll.

Was ich aber schaffe, ist, mir von alldem nichts anmerken zu lassen und stark zu bleiben. Heißt, ihm nicht postwendend um den Hals zu fallen, als er zu mir eilt und zögerlich seine Hand ausstreckt.

»Geht's dir gut? Hast du Schmerzen?« Die Sorge zeichnet sich überdeutlich auf seinem Gesicht ab, aber er hält eine Armlänge Abstand und kommt nicht näher. Was gut ist, wie ich mir sage.

Ein wenig hilflos zucke ich mit den Schultern – was sich als Fehler herausstellt. Mein Oberkörper hat sich anscheinend noch nicht davon erholt, zwischen diesen Säulen aufgehängt worden zu sein, denn die kleine Bewegung schickt einen reißenden Schmerz von meinem Nacken über die Schultern und Arme bis hinunter zum Steißbein. Verschwommene Flecken tanzen vor meinen Augen, und nur mit Mühe kann ich einen Schmerzenslaut unterdrücken.

»Ich glaube … ich muss mich setzen.«

Santo zögert nicht lange, sondern schlingt einen Arm um mich. Als er meinen Rücken auf der Höhe meiner Schulterblätter berührt, entfährt mir ein Ächzen. Einen Moment wird Santo vollkommen ruhig, dann leitet er mich behutsam zum Sofa, wo ich mich mit bedächtigen Bewegungen setze.

»Was ist da geschehen?« Die Worte sind knapp und klingen beinahe emotionslos, aber ich kann seine Rage spüren. Sie kocht ganz nah unter der Oberfläche und erfüllt seine Augen mit einem unheilvollen Glühen. Ich muss seine Gedanken nicht lesen können, um zu wissen, dass es ihn nach Blut und Vergeltung verlangt.

»Das war wohl meine Schuld«, ertönt es nasal aus der hintersten Zimmerecke, und alle Anwesenden fahren zu Marcellus herum, der noch immer am Boden kauert. Er sieht ziemlich mitgenommen aus und wirkt, als hätte er schon lange kein Auge mehr zugetan. Ich kann immer noch nicht von mir behaupten, ihn besonders zu mögen, selbst nicht, nachdem er mir zur Flucht verholfen hat. Aber dass er meine Verletzungen jetzt auf seine Kappe nehmen will … protestierend will ich mich vom Sofa aufrichten, aber Santo hält mich mit einer Geste zurück. Seine Aufmerksamkeit ist auf Marcellus gerichtet, während er wie ein Raubtier neben mir kauert, das bereit ist, die Seinen mit Klauen und Reißzähnen zu verteidigen. Seine Nasenflügel zittern, als er tief einatmet.

»Du hast genau eine Chance, das zu erklären.«

Die Stimmung im Wohnzimmer ist merklich angespannt, auch wenn die anderen sich im Hintergrund halten.

»Ich wollte Aliqua mehr Zeit erkaufen, aber ich bin gescheitert. Die Immortali haben sie aus ihrem Zimmer gezerrt und versucht, die Gabe aus ihr herauszuprügeln.«

Ein Grollen läuft durch Santo. Er ist so nah neben mir, dass ich das Zittern seiner Muskeln spüre, und ich weiß, dass er sich nicht mehr lange unter Kontrolle halten kann.

Vorsorglich lege ich ihm eine Hand auf den Arm. Er atmet mit einem zischenden Laut aus, als ich ihn berühre. »Bitte, lass ihn weiterreden.«

Sein Blick schnellt zu mir, und ich erkenne Unglauben darin. Anscheinend kann er nicht nachvollziehen, warum ich Marcellus diese Chance geben will und er ihn nicht sofort in Fetzen reißen darf.

»Ich möchte es verstehen«, sage ich sanft und erwidere zum ersten Mal, seit ich wieder in seiner Nähe bin, vollkommen seinen Blick. In das Blau seiner Iris abzutauchen, fühlt sich wie immer an, als würde mir eine riesige Faust die Luft abdrücken, und ich muss darum kämpfen, mich nicht vollkommen darin zu verlieren. Sollte es zu einem klärenden Gespräch zwischen uns kommen, muss ich daran denken, seine Augen zu meiden. Sonst werde ich innerhalb von Sekunden zu Wachs in seinen Händen.

Santo fletscht die Zähne und sieht unverkennbar unglücklich aus, aber er nickt Marcellus auffordernd zu.

Dieser hustet trocken. »Ich habe Aliqua zu den Immortali gebracht, in dem Glauben, dass sie dieselben Ziele verfolgen wie ich. Wie sich herausgestellt hat, war ich falsch informiert, und leider habe ich es nicht geschafft, sie aufzuhalten, als ihre Geduld mit Aliqua zur Neige ging. Ob ich sie und ihre Gabe benutzen wollte? Ja. Ob ich dem zustimme, was die Immortali ihr angetan haben? Absolut nicht.« In seinem Blick glüht eine Ernsthaftigkeit, die ich noch nie bei ihm gesehen habe. Ich zumindest glaube ihm, aber er hat mir gegenüber auch entsprechende Taten gezeigt. Keine Ahnung, was die anderen davon halten.

Santo neigt den Kopf, wodurch er mehr denn je wie ein lauerndes Raubtier aussieht. »Was willst du damit sagen, die Immortali verfolgen nicht dieselben Ziele wie du?«

Damit klaut er mir zwar meinen Text, weil mir genau dieselbe Frage auf der Zunge brennt, aber ich bin zu gespannt auf die Antwort, um ihn deswegen zu unterbrechen.

»Ich muss euch nicht erklären, worauf sie es abgesehen haben, nicht wahr? Dieses Blabla von wegen die Götter zurückzuholen und die Ewiglichen zu gottgleichen Herrschern über die Sterblichen zu machen. Tja, das alles habe ich erst nach meiner Befreiung erfahren und war gelinde gesagt vor den Kopf gestoßen. Aus meiner Gefangenschaft heraus habe ich die Immortali kontaktiert und versucht, ihnen meine Mission zu vermitteln.« Er hält inne und wendet den Kopf, um mit schwer zu deutender Miene zu Apollo zu schauen. Der Gott erwidert seinen Blick, die Arme vor der Brust verschränkt, und irgendwas an der leichten Krümmung seiner Lippen sagt mir, dass er weiß, was Marcellus gleich sagen wird.

»Meine Mission, die Götter zurückzuholen, um sie endgültig zu vernichten.«

Kapitel Sechzehn

Rom, 79 n. Chr.

Sanctius betrat den Innenhof, kurz nachdem Manius ihn über einen unerwarteten Besucher informiert hatte, der von Orela in Empfang genommen worden war. Der Sklave hatte nervös gewirkt, da seine Schwester selten alleine Gäste empfing. Zu oft standen aufdringliche Bittsteller vor ihrer Pforte, die nach der Hilfe der Sybille verlangten und mit einer inzwischen routinierten Mischung aus Höflichkeit und Entschlossenheit abgewiesen wurden.

Seine Schritte beschleunigten sich, als er Orelas Stimme hörte, die eindeutig aufgeregt klang.

Er traf sie unter den Arkaden an, wo sie sich über eine zusammengesunkene Person beugte. Erst als er näher kam, verstand er, was sie sagte.

»Wie geht es dir? Fühlst du dich krank?« Sanft tätschelte sie eine Wange. »Aliqua, mach die Augen auf!«

Sanctius erstarrte mitten in der Bewegung. Aliqua war hier? Es ging ihr nicht gut?

So hastig, dass er beinahe über seine eigenen Füße stolperte, legte er die letzten Schritte zu den beiden zurück und sah nun, dass Aliqua mit dem Rücken gegen die Wand gesunken war, die Augen geschlossen, das Gesicht gespenstisch blass.

Orela sah mit geweiteten Augen, in denen Sorge brannte, zu ihm auf.

»Sie ist gerade erst gekommen«, erklärte sie, während sich Sanctius auf Aliquas anderer Seite auf die steinerne Bank sinken ließ. Vorsichtig nahm er ihre schlaffe Hand in seine und suchte nach dem Puls am Handgelenk.

»Hat sie etwas gesagt?«

Seine Schwester nickte. »Sie wirkte angespannt, als sie ankam, mehr nicht. Sie hat mir davon erzählt, dass Octavia verstorben ist und die Ambrosia nichts ausrichten konnte. Seitdem ist Marcellus verschwunden, und niemand hat sich um ihren Leichnam gekümmert.« Sie schöpfte zitternd Atem. »Kaum hatte sie zu Ende gesprochen, hat sie die Augen verdreht und ist in sich zusammengesunken.«

Hinter Sanctius' Schläfe begann es zu pochen. »Wir müssen sie in ein Bett bringen und sie versorgen. Vielleicht ist es die Seuche.«

Sie wechselten besorgte Blicke. Obwohl sie beide die Ambrosia bereits eingenommen hatten und damit unempfänglich für jegliche Krankheit waren, wussten sie nur zu gut, dass dies für Aliqua nicht galt. Sie war verwundbar wie jeder Mensch in dieser Stadt, der nicht das Glück hatte, Omodeus oder Pomponius zu heißen. Die Bitterkeit über diese Ungerechtigkeit stieg einmal mehr wie ätzende Säure in Sanctius auf, als er aufstand und Aliqua auf die Arme hob. Ihr Kopf rollte kraftlos gegen seine Schulter, aber er bildete sich ein, sie leise murmeln zu hören.

»Es wird alles gut«, redete er ihr sanft zu, auch wenn es in seinem Inneren völlig anders aussah. Wenn sie wirklich erkrankt war, dann stand mitnichten fest, ob alles gut werden würde. »Hier bist du sicher.« Zumindest das konnte er ihr versprechen.

Mit raschelnden Röcken lief Orela neben ihm her, schob Vorhänge und Paneele beiseite, damit er mit seiner Last hindurchtreten konnte. Sie brachten Aliqua in ein Zimmer, das in unmittelbarer Nähe ihrer eigenen Gemächer lag und für gewöhnlich genutzt wurde, wenn Familienmitglieder zu Besuch kamen.

Sanft bettete Sanctius sie auf dem Lager nieder, Orela breitete eine leichte Decke über sie. Dann verharrten sie beide mit besorgten Mienen an ihrer Seite.

»Vater wird noch eine ganze Weile unterwegs sein«, bemerkte Orela irgendwann leise. Tiberius war umgehend nach dem Ritual aufgebrochen, um ihren kranken Vettern, die zur Genesung in eine Villa auf dem Land gebracht worden waren, die Ambrosia persönlich zu überbringen. Nach dem, was Sanctius über das Schicksal von Octavia gehört hatte, hoffte er, dass es den beiden nicht genauso ergehen würde. Er betete, dass die Rettung für sie nicht zu spät kam.

»Ich kann es einfach nicht glauben, dass Octavia nicht mehr zu retten war«, murmelte Sanctius, den Blick unverwandt auf Aliquas blasse Züge gerichtet.

Orela verzog das Gesicht. »Ich habe den Göttern aufmerksam gelauscht, und sie wissen von Marcellus' Zorn. Aber Ambrosia hilft nur den Lebenden, und Octavia war bereits in Plutos Reich übergegangen. Keine Seele, die dort Eingang gefunden hat, kann jemals zurückkehren. Cerberus bewacht die Pforten eifersüchtig.«

Sanctius seufzte tief, als sie den dreiköpfigen Hund erwähnte, der den Eingang zum Totenreiche bewachte. »Dennoch, einen Mann wie Marcellus Pomponius hätte ich mir nicht zum Feind gemacht. Vor allem jetzt nicht, da er den Göttern ähnlicher geworden ist als alle anderen Menschen ringsum.«

Seine Schwester schnalzte warnend mit der Zunge. »Wir können den Göttern nicht gefährlich werden.« Eine Emotion, die ihn an Furcht erinnerte, ließ ihre Augen weit werden.

Sanctius bereute seine Worte im selben Moment. Es war äußerst unklug, so etwas vor seiner Schwester zu äußern, die den Göttern auf Gedeih und Verderb ausgeliefert war. Ein kleiner Teil von ihr würde immer parteiisch sein, und es war nicht gerecht von ihm, sie mit solchen Aussagen direkt darauf zu stoßen. Oder womöglich zu riskieren, dass Orela selbst ein Urteil wegen Lästerung gegen ihn aussprechen musste, denn die Götter waren ständig um sie herum und könnten sie belauschen.

»Es ist niemand in der Nähe«, murmelte Orela, und es klang, als wollte sie sich für ihre Reaktion entschuldigen. Sofort legte ihr Sanctius eine Hand auf die Schulter.

Ja, das wusste er eigentlich auch. Seit er den Trank vor wenigen Nächten zu sich genommen hatte, war nicht nur die Unsterblichkeit über seinen Leib gekommen, sondern die Ambrosia hatte ihn noch mehr beschenkt. Er fühlte sich leistungsstärker, benötigte weniger Schlaf und hatte das Gefühl, über Nacht an Muskelmasse zugelegt zu haben. Das alles ließ sich dem Einfluss der Götternahrung zuschreiben, aber er wusste noch nicht, wie er sich damit fühlen sollte. Außerdem war da diese besondere Sensibilität.

War es früher nicht mehr als eine schaudernde Ahnung gewesen, wenn eine Gottheit in der Nähe war, so spürte er ihre Anwesenheit nun mit unfehlbarer Sicherheit. Dazu kam, dass er es genau zu wissen schien, wenn sich eine Person in der Nähe aufhielt, die wie er die Ambrosia genommen hatte. Er konnte es schwer beschreiben, aber da flackerte etwas in seinem Kopf auf und verriet ihm, dass jemand in der Nähe war.

Dieses Bewusstsein schien eine neue Fähigkeit zu sein, die er erst noch üben und erproben musste, bis er ihr volles Potenzial ausschöpfen konnte, aber es würde ihm auf Dauer einen Vorteil verschaffen.

»Meinst du, Tante und Onkel können Vater davon überzeugen, den Trank doch zu nehmen?«, schnitt Orela ein völlig anderes Thema an.

So aus seinen Gedanken gerissen, blinzelte Sanctius ein paarmal, ehe er den Faden fand. »Tante Diana womöglich, sie ist weniger aufbrausend als unser Onkel.«

Nachdenklich wiegte Orela den Kopf. »Oder Drusilla. Sie könnte ihn von der Aufrichtigkeit der Götter überzeugen.«

Santo verkniff sich eine Antwort, bevor er seine Schwester erneut in eine Konfliktsituation brachte. Denn in seinen Augen war Drusilla, die Schwester seines Vaters, alles andere als ein gutes Beispiel für die sogenannte Aufrichtigkeit der Götter. *Seine Tante symbolisierte für ihn eher das genaue Gegenteil; was mit Sterblichen geschah, die zu eng mit der göttlichen Macht verwoben waren.*

Seine Tante war eine Auserwählte wie Orela, und er war schon lange der Meinung, dass die häufige Anwesenheit der Götter in ihrem Körper ihr nicht gerade guttat. Geistig war sie häufig weggetreten und wandelte mehr wie ein entrückter Geist auf der Erde. Dafür warf sie in ihren klaren Momenten mit Aussagen um sich, die, egal ob grausam oder wunderbar, dazu neigten, wahr zu werden. Soviel er wusste, gehörte sie zu denjenigen, die sein Vater als Erste mit der Ambrosia besucht hatte, da ihr Sohn zu den Erkrankten gehörte. Aber von den Geschehnissen rund um die Anrufung der Götter hatte sie sich ferngehalten. Inzwischen war es zu spät für ihn, um zu zaudern, aber er fragte sich, ob Drusilla etwas ahnte. Und ob sie die Ambrosia tatsächlich annehmen würde.

Aliqua, die sich unruhig auf der Bettstatt zu bewegen begann, riss ihn aus seinen Überlegungen. Die Ambrosia und alles, was damit zusammenhing, war gerade nebensächlich. Wenn Aliqua sich wirklich die Seuche eingefangen hatte, dann würde sie ihr nicht helfen können. Der Ge-

danke, dass er ein solch potentes Mittel in Händen hielt, ihr aber nichts davon geben durfte, zerriss ihn schier. Wofür war die Gabe der Götter gut, wenn sie doch nur für einige wenige zugänglich war? Wer entschied, wer es verdient hatte, ewig zu leben, und wer nicht?

Natürlich kannte er die Antwort, aber das machte es ihm nicht leichter.

Er würde die Ambrosia kein zweites Mal einnehmen, beschloss er.

Was war eine Liebe schon wert, wenn er nicht bereit war, dafür Opfer zu bringen? Orela würde diesen Entschluss verstehen, sein Vater ohnehin, und alle anderen, die es nicht taten? Auf die kam es nicht an. Der Entschluss dehnte sich in seiner Brust aus, warm und weit, während er auf Aliquas blasses Gesicht hinuntersah.

Die Seuche würde wieder verschwinden, wie jede andere Krankheit auch, die das Imperium in steter Regelmäßigkeit heimsuchte. Er würde nicht länger einem Schicksal entfliehen, das allen vorgegeben war: Jeder Schritt, jeder Atemzug trieb einen Menschen auf den Tod zu. Ob er heute in Form einer Krankheit zuschlug oder eines fernen Tages im hohen Alter, konnte niemand sagen. Aber dass sie ihm nicht entrinnen konnten, war eine unumstößliche Wahrheit, die sie alle betraf.

Was war ein unsterbliches Leben wert, wenn er es nicht mit derjenigen teilen konnte, der sein Herz gehörte? Denn ob sie es wusste oder nicht, Aliqua besaß es längst, und ein Teil von ihm würde für immer gehen, wenn sie es in Plutos Reich mitnahm.

Aequat omnis cinis. Inpares nascimur, pares morimur.

Die Worte des Philosophen Seneca, den sein Vater so bewunderte, kamen ihm in den Sinn.

Die Asche macht alle gleich. Ungleich werden wir geboren, gleich sterben wir.

Ja, unumstößlich war ihm diese Wahrheit immer erschienen, es war die *eine sichere Tatsache in einer Welt voller Mysterien. Nur würde er niemals zu Asche werden, wenn er es nicht wollte. Während Aliqua jeden Moment zerfallen konnte, fortgeweht von der Zeit, als hätte es sie nie gegeben. Wenn sie sonst auch so unterschiedlich waren, in diesem Aspekt wollte er ihr gleich sein.*

Was er getan hatte, war bereits geschehen und konnte nicht mehr zurückgenommen werden, aber in einem Jahr würde er eine andere Entscheidung treffen. Er hatte seinen Entschluss schon jetzt gefällt. Für sie. Und gegen eine Welt, die ihnen weismachen wollte, dass sie nicht zusammen sein konnten.

Aliqua

Lähmendes Schweigen folgt auf Marcellus' Worte. Ich blinzle verwirrt, weil ich mich verhört zu haben glaube.

Marcellus will die Götter vernichten? *Das* ist seine Mission? Ich hätte nicht ungläubiger sein können, wenn er behaupten würde, es ginge ihm darum, für die Legalisierung von Cannabis zu kämpfen.

»Ich hatte geplant, aus der Gefangenschaft zurückzukehren und eine Gruppe vorzufinden, die bereit wäre, alles zu tun, um das Dasein der Götter zu beenden. Stattdessen haben sie sich in die Idee verrannt, ihre Macht ausweiten zu können, wenn sie die Götter auf ihre Seite ziehen. Und egal was ich gesagt habe, sie ließen sich nicht mehr davon abbringen.«

»Aber warum?« Orela stellt diese Frage, und ihre Stimme klingt wie ein gebrochenes Wispern.

Marcellus fährt zu ihr herum, und als er sie ansieht, entzündet sich ein Glühen in seinen dunklen Augen, das von uraltem Zorn und Schmerz genährt wird. Eine wilde Entschlossenheit, die ganz nah an der Grenze zum Wahnsinn vorbeischrammt.

»Sie gaben mir einst ein Versprechen, das war der einzige Grund, warum ich überhaupt bereit war, ihnen dermaßen in den Hintern zu kriechen. Die Seuche? Es war mir egal, wer daran starb, auch wenn es mich selbst erwischt hätte. Aber dann wurde Octavia krank.« Es ist kaum vernehmbar, aber bei der Erwähnung seiner Schwester geht ein Bruch durch seine Stimme. Eine winzige Fraktur, die verrät, wie groß sein Schmerz einst gewesen sein muss.

Blinzelnd schaut er auf. »Octavia war der einzige Mensch, der mir je wirklich etwas bedeutet hat. Unser Vater … er war ein schwacher Mann, aber meine Schwester und ich waren aus demselben Holz geschnitzt. Sie verstand es, erbarmungslos zu sein, um zu bekommen, was sie wollte, und sie war die Einzige, die mich je geliebt hat. Kaum jemand mochte mich, weil ich schon immer anders war, aber sie verstand mich und war immer für mich da. Als sie krank wurde, hätte ich Himmel und Hölle in Bewegung gesetzt, um sie zu heilen.« Ich sehe, wie er die Hände zu Fäusten ballt, die Arme fest an die Seiten gepresst. »Ich *habe* Himmel und Hölle in Bewegung gesetzt und mir zusichern lassen, es sei genug. Dass ich rechtzeitig kommen würde und die Ambrosia selbst die retten würde, die schon auf dem Weg in das Reich der Toten waren. Eine Lüge, wie sich herausstellte. Seit diesem Tag, an dem Octavia starb, schwor ich den Göttern Rache. Ich hatte es satt, dass sie die Menschen zu ihren Spielbällen machten und unsere Schicksale nach Gutdünken lenkten. Ich wollte einen Weg finden, sie ein für alle Mal unschädlich zu machen, und ich war schon unfassbar nahe an der Lösung dran.«

Niemand sagt ein Wort. Das Schweigen im Raum ist bleiern und so allumfassend, dass es schwer auf die Ohren drückt. Ich fühle mich tatsächlich ein wenig benommen. Mir war nie klar ... vielleicht war ich damals als Sklavin nicht lange genug im Haushalt Pomponius, um die Beziehung zwischen den beiden Geschwistern richtig einzuschätzen, aber es überrascht mich, jetzt zu hören, *wie* innig Marcellus seine Schwester geliebt hat. Bruchstückhaft erinnere ich mich daran, wie unerbittlich er wurde, nachdem sie sich mit der Seuche angesteckt hatte, aber er hat nie durchblicken lassen, dass seine Handlungen auf Zuneigung begründet waren. Mir kam Marcellus eher so vor, als wollte er die Seuche in seinem Haus kraft seines Willens besiegen. Notfalls eben mit der Hilfe der Götter.

Irgendwann durchbricht ein träges Kichern das fassungslose Schweigen. Es kommt von dem silberblonden Mann, der mit der Hüfte lässig an der hohen Armstütze des Sofas lehnt und vorhin die Streithähne mit dieser Wolke aus reinem Licht voneinander getrennt hat.

»Deine Mission ist greifbarer, als du denkst.«

Orela schnappt bei den Worten nach Luft und stößt ihm anklagend mit dem Ellenbogen in die Seite. »Hast du nicht gehört, was er gesagt hat?«

Das scheint ihn nicht im Mindesten zu irritieren, denn er wirkt unverändert amüsiert. »Diese Selbstüberschätzung ist etwas, was mich an euch Menschen schon immer über die Maßen amüsiert hat. Die Götter vernichten.« Er lacht nochmals auf.

Okay, was bitte? Wer zum Teufel ist dieser Kerl?

Santo verlagert neben mir unwohl sein Gewicht von einem Fuß auf den anderen. »Apollo, vielleicht solltest du jemanden wie Marcellus Pomponio nicht auf die leichte Schulter nehmen ...«

Ich höre, was Santo sagt und wie er den merkwürdig schönen Typen nennt, aber mein Geist weigert sich, das Offensichtliche auch nur zu denken. Das könnte eine Erkenntnis sein, die so entsetzlich ist, dass ich mich gerade einfach nur weigere, es zu begreifen. Wahrscheinlich habe ich mich schon vorhin instinktiv dagegen gesperrt, als ich bei seinem Anblick das verräterische Prickeln gespürt habe.

Santo seufzt nach einem Seitenblick auf mich. »Man kann dir deutlich ansehen, was du denkst, und ich fürchte, du liegst richtig: Das hier ist Apollo höchstpersönlich. Er und weitere Götter sind auf die Erde zurückgekehrt.«

Jetzt bin ich es, die einfach nur lachen möchte. Denn das ist doch einfach nur absurd! Die Götter ... zurück ... wie kann das sein? Ein kaltes Kribbeln, das sich verdächtig nach Angst anfühlt, rinnt mein Rückgrat hinunter und droht sich in meinem Körper auszubreiten.

Ich habe gelernt, die Götter zu fürchten, und auch wenn es ohne sie kein Entkommen aus dem Fluch der Unsterblichkeit gibt, war es immer beruhigend, sie weit fort im Exil zu wissen. Pluto ist etwas anderes, aber der Rest von ihnen? Äußerst beängstigend.

Misstrauisch beäuge ich den hochgewachsenen, strahlend schönen Mann neben Orela. »Hast du einen Sterblichen besetzt?« Ein verdammtes Topmodel vielleicht?

Die Bilder des Immortalos, den Pluto besetzt hatte, tauchen vor meinem inneren Auge auf. Wie seine Brust aufbrach und offenbarte, was die lange Anwesenheit eines Gottes mit seinem Körper getan hatte ...

Apollos volle Lippen krümmen sich zu einem Lächeln. »Ich habe mir einen eigenen Körper geformt. Das ist eine ... temporäre Lösung und bequemer, als die ganze Zeit den Geist eines Menschen unterdrücken zu müssen.

Wobei …« Er streckt eine Hand vor sich aus, und erschrocken erkenne ich, dass ein Riss seine marmorblasse Haut durchzieht. Er sieht aus wie eine Teekanne mit einem Sprung. »… auch dieser Leib darunter leidet, wenn ich meine göttliche Macht einsetze. Wie unerfreulich!«

Orelas Blick ist wie hypnotisiert auf die gesprungene Hand gerichtet, sie wirkt abgrundtief erschüttert.

»Wie ist das alles überhaupt möglich?«, frage ich schließlich mit tauben Lippen. Ich sperre mich noch immer energisch gegen die Angst, deren kalter Hauch mich frösteln lässt. Fragend schaue ich in die Runde. Orela, Santo, Adone und Scuro wechseln eindeutig schuldbewusste Blicke, und dann bekomme ich von den vieren eine Erklärung geliefert, die mich regelrecht umwirft. Sie erzählen abwechselnd, was sich an dem Abend auf dem Palatin ereignet hat und warum sie überhaupt dort waren.

»Ihr habt das getan, um *mich* zu finden?« Meine Stimme ist fast ein Kreischen, aber ich kann einfach nicht an mich halten. Das war so was von riskant und impulsiv und einfach absolut wahnsinnig! Gleichzeitig bin ich so gerührt, dass ein dicker Kloß Tränen meine Kehle eng werden lässt. Ist es normal, dass ich sie gleichzeitig schlagen und umarmen möchte?

Ich spüre, wie Santo sich neben mir anspannt, als könnte er das Gefühlschaos in meinem Inneren wahrnehmen. Sein Blick gleitet über mich, und wieder rührt sich ein Grollen tief in seiner Brust. Ich bin wirklich froh, dass ich mir das ganze schwarze Blut gerade in der Dusche abgewaschen habe, aber mir ist auch klar, dass er mich zuvor so gesehen hat. Er weiß, was die Immortali mir angetan haben. Und plötzlich fühle ich mich seltsam schwach neben ihm. Scham kriecht heiß meinen Hals hinauf, weil ich mich gegen die Misshandlungen nicht zur Wehr setzen konnte. Dieser Impuls ist dämlich, das weiß ich sehr gut, aber ich kann ihn einfach nicht abschütteln. Noch immer brennt alles in mir vor Demütigung, wenn ich daran denke, wie sie mich zwischen die Säulen gebunden haben. Wie ich das Wimmern nicht mehr unterdrücken konnte ...

Zum Glück ergreift Marcellus das Wort und bewahrt mich davor, in dem Strudel aus Erinnerungen mitgerissen zu werden. Damit tut er wieder etwas, das mir hilft, und ich kann das Gefühl der Irritation darüber einfach nicht abschütteln.

»Wenn es stimmt, was ihr sagt, und nicht nur Apollo aus dem Exil zurückgekehrt ist, dann wurden wir gestern Abend von Jupiter angegriffen.«

Das sichert ihm die Aufmerksamkeit aller Anwesenden. Sie plappern so wild durcheinander, dass ich kaum ein Wort verstehe.

Apollo muss erneut sein göttliches Licht als Warnung aufblitzen lassen, damit Ruhe einkehrt. Santo scheint davon aber herzlich unbeeindruckt. »Warum hast du uns das nicht schon längst erzählt?«, brüllt er Marcellus an.

Dieser neigt aufreizend den Kopf. »Ich versuche mit euch zu reden, seit wir hier angekommen sind. Aber ihr habt ja nichts Besseres zu tun, als die Muskeln spielen zu lassen und mich mit Vorwürfen zu überhäufen.«

»Vorsichtig, Pomponio, man könnte meinen, du seist weinerlich.«

Wütend verengt Marcellus die Augen. »Ich verstehe vollkommen, dass ihr mir misstraut, aber jetzt, da die Götter wieder unter uns sind, hätte ich mit etwas mehr Selbsterhaltungstrieb von euch gerechnet.«

»Dir kein Wort zu glauben, ist Selbsterhaltung genug! Wenn ich daran denke, was es uns beim letzten Mal, als wir auf dich gehört haben, eingebracht hat ...«

»Ihr wart genauso begierig auf das Angebot der Götter wie ich!«

»HÖRT AUF!« Meine Stimme jagt auf Todesschwingen durch die Wohnung, eisig und abgrundtief. Die Dunkelheit pulsiert in mir, aufgepeitscht von dem Gefühlschaos, das mich völlig aus dem Gleichgewicht bringt. Nur mit größter Mühe kann ich verhindern, dass etwas davon aus mir herausbricht und vielleicht etwas anrichtet, das ich nicht mehr ungeschehen machen kann. Ich zwinge mich zu tiefen, regelmäßigen Atemzügen.

»Ihr benehmt euch kindisch, alle beide«, presse ich zwischen den Zähnen hervor. »Über die Vergangenheit können wir uns später streiten. Gerade gibt es wirklich dringendere Probleme.«

Ich wende mich Apollo zu, der noch immer an der Couch lehnt, als plagte ihn keine Sorge auf dieser Welt. Allerdings wabert das übernatürliche Silber seiner Augen aufgewühlt, als sich unsere Blicke treffen.

»Kann es wirklich sein, dass es Jupiter war, der uns auf der Straße angegriffen hat?«

Er zieht eine Braue hoch. »Da brauche ich mehr Details.«

Also erzähle ich, wie die Wolke aus Blitzen über den Asphalt auf uns zugerast ist und uns im Auto eingekesselt hat.

Der Gott pfeift leise durch die Zähne. »Ja, das war er. Offenbar hat er nach seiner Rückkehr keine Zeit verloren, um dir den Garaus zu machen.«

Ich schlucke unwohl. »Götter können das, nicht wahr? Eine Unsterbliche auslöschen, meine ich.«

Er nickt, und stärker als noch in jenem Moment wird mir klar, wie knapp ich dem Tod entronnen bin. Hätte ich es nicht geschafft, Plutos Macht einzusetzen, hätten

Santo und die anderen wahrscheinlich nicht mehr als ein Häufchen Asche von mir gefunden.

Obwohl ich so lange und erholsam geschlafen habe, überwältigt mich in diesem Moment eine Welle der Erschöpfung. Alles, was ich gerade erfahren habe, ist einfach zu viel, und dabei habe ich noch nichts über das größte Geheimnis von allen gesagt: die Wahrheit über meinen Vater.

Ob Apollo es weiß? Kann er spüren, welches Erbe ich in mir trage? Weiß Jupiter es ebenfalls und wollte mich deswegen postwendend töten?

All das überschlägt sich in meinem Kopf und droht ihn jeden Moment zu sprengen.

»Ich brauche eine Pause«, wispere ich. »Und etwas zu essen.«

Kapitel Siebzehn

Santo

Aliqua liegt lang ausgestreckt auf einem Sofa in der Bibliothek, und bei ihrem Anblick möchte ich mir am liebsten einen Tritt in den Hintern verpassen. Unter den brutalen Abschürfungen und Schwellungen ist ihr Gesicht unglaublich blass, und selbst im Schlaf verzieht sich ihr Mund bei jedem Atemzug, als bereitete es ihr Schmerzen. Es war schon gestern schlimm, sie so zerschlagen zu sehen, aber über Nacht ist es nicht besser geworden. Sie hat den gesamten Tag verschlafen, nachdem wir noch vor dem Sonnenaufgang in Rom angekommen waren, und ich war so erleichtert, sie vorhin wach und aufrecht zu sehen. Jetzt schläft sie wieder, nachdem sie ein paar Happen gegessen hat, und ich sitze neben ihr. Das Gesicht, das sie beim Aufwachen bestimmt als Allerletztes sehen will. Aber seit ich weiß, dass Jupiter sie angegriffen hat, wage ich es nicht, ihr den Rücken zuzukehren. Natürlich kann ich einem Gott so gut wie gar nichts entgegensetzen, aber es geht mir ums Prinzip. Wenn ihr jemand nach dem Leben trachtet, dann will ich an ihrer Seite sein. Basta!

In der Wohnung ist inzwischen zum Glück Ruhe eingekehrt. Sie ist groß, aber mit all den Leuten, die sich heute hier versammelt haben, droht sie doch aus den Nähten zu platzen. Ganz abgesehen davon, dass wir sie alle hier gar nicht beherbergen können. Aliqua beansprucht das Gästezimmer, und ich werde mein Bett garantiert nicht mit Apollo oder Marcellus teilen. Marcellus, den ich widerwillig als eine Art von Verbündeten akzeptieren muss.

Fürs Erste haben wir ihn bei einem wenig begeisterten Scuro untergebracht, aber jemand von uns muss ein Auge auf ihn haben, und Apollo hat sich bereits bei Adone einquartiert. Bei den beiden bin ich mir absolut nicht sicher, ob aus dieser vorübergehenden Wohngemeinschaft eine tiefe Feindschaft oder die dickste Männerfreundschaft aller Zeiten hervorgehen wird. Hierbehalten wollte ich den Gott definitiv nicht, auch wenn Orela heftig protestiert hat. Aber das Risiko, dass seine dauerhafte Anwesenheit die anderen Götter anlocken könnte, war mir zu groß. Immerhin hat er eine Art kurzzeitiges Schutzschild über die Wohnung gelegt, das uns abschirmt.

Aliqua dreht sich im Schlaf, im nächsten Moment zuckt ihr Körper zusammen, und stöhnend schlägt sie die Augen auf. Sie will sich sofort aufrichten, aber mit einer Geste bedeute ich ihr, besser liegen zu bleiben. Stirnrunzelnd schaut sie zu mir hoch.

»Hey!«

Ihr benommener Blick gleitet über mich und den Sessel, den ich mir neben das Sofa gezogen habe. Ich kann ihr ansehen, wie zerrissen sie angesichts meiner Anwesenheit ist, und mir geht es genauso. Aber so war es schon immer zwischen uns, und die Erfahrung hat mich gelehrt, dass nichts und niemand uns lange voneinander fernhalten kann. Das, was uns vom ersten Moment an verbunden hat, ist wie ein schwarzes Loch zwischen uns, das uns unaufhaltsam zu sich hinzieht.

»Du hast Schmerzen«, stelle ich fest. »Wo?«

»Es ist nicht so schlimm ...« Aliqua vergräbt die Zähne in der Unterlippe, aber der Versuch, die Schmerzen zu vertuschen, ist witzlos. Orela, die Aliqua nach unserer Ankunft hier in saubere Sachen gesteckt hat, konnte keine schwerwiegenden äußerlichen Verletzungen feststellen, die über Abschürfungen und Blutergüsse hinausgehen.

»Du hast sogar im Schlaf das Gesicht verzogen und bist vorhin fast umgekippt, als du nur mit den Schultern gezuckt hast.«

Sie wirkt ärgerlich, als würde es ihr nicht passen, wie genau ich sie beobachtet habe.

»Es ist mein Rücken«, gesteht sie schließlich ein. »Die Immortali haben mich an den Armen zwischen zwei Säulen aufgehängt, und seitdem schmerzt der ganze Bereich wie verrückt. Ich glaube, da wurde einiges gezerrt.«

»Diese dreckigen Bastarde ...« Ich bin schon halb aufgestanden, als sie die Hand hebt. Bilder explodieren vor meinen Augen, die gesichtslose Immortali zeigen und wie ich jedem Einzelnen von ihnen heimzahlen will, was sie getan haben. Festgebunden zwischen Säulen ... bei der bloßen Vorstellung steigt mir die Galle hoch.

Aliquas Finger verharren Millimeter vor meinem Arm. »Nicht, sie haben schon für das bezahlt, was sie getan haben. Die meisten zumindest«

Angesichts dieser kryptischen Formulierung ziehe ich die Brauen hoch. »Selbst wenn du sie eigenhändig in den brodelnden Krater eines Vulkans geworfen hast, wäre ich nicht zufrieden mit ihrer Strafe. Für das, was sie dir angetan haben, verdienen sie weit Schlimmeres.« Marcellus meiner Meinung nach auch, weil er sie überhaupt erst in diese Situation gebracht hat, aber das spreche ich nicht laut aus. Aliqua scheint eine seltsame Kameradschaft mit ihm entwickelt zu haben. War sie lange genug eingesperrt, um schon das Stockholm-Syndrom entwickelt zu haben?

Aliqua wirkt nicht glücklich, ganz so, als könnte sie meine Gedanken hören. »Warum interessiert dich das überhaupt so sehr? Diese ganzen Rachegelüste und so.«

Nun, offenbar kann sie meine Gedanken durchaus nicht lesen, aber was sie sagt, erwischt mich eiskalt. »Das fragst du noch?«

»Ist das dein verdammter Ernst?« Sie versucht, sich aufzusetzen, doch ihr malträtierter Körper sackt sofort zurück in die Polster. Trotzdem ballt sie ihre Hände zu wütend gezückten kleinen Fäusten. »Du bist derjenige, der mich vom ersten Moment an verleugnet hat, nachdem ich aus diesem vermaledeiten Gefängnis freigekommen bin! Wie viel kann ich dir schon bedeuten, wenn du mit keinem Wort erwähnt hast, was damals passiert ist? Und wage es nicht, zu behaupten, das Ganze läge schon zu lange zurück. Es hat dich seitdem keine Sekunde mehr losgelassen, und es frisst dich auf, bis heute.«

Tränen funkeln in ihren hellen Augen, doch sie blinzelt energisch dagegen an.

Jedes ihrer Worte erwischt mich wie eine glühende Klinge mitten in der Brust. Hieb um Hieb um Hieb. Schwer atmend beuge ich mich näher zu ihr hin.

»Lass mich eines klarstellen: Dir nichts von alledem zu sagen, diente einzig und alleine dazu, dich zu schützen. Aber das habe ich dir schon einmal gesagt.«

Aliqua stößt ein bitteres Schnauben aus. »Und hast du schon mal daran gedacht, mir zu sagen, *vor was* genau du mich schützen wolltest? Vielleicht kann ich dann ein bisschen mehr Verständnis für dich aufbringen.«

Alle guten Vorsätze zerbröseln in diesem Moment. Ja, ich habe erst vor Kurzem gelernt, wie erleichternd es sein kann, ein Geheimnis nach so langer Zeit zu lüften, und dass einem nicht postwendend der Kopf abgerissen wird, wenn man die eigenen Verfehlungen beichtet. Aber hier, mit Aliqua, fühlt es sich so an, als würde eine eiserne Schranke in mir einrasten, die mit allen Mitteln versucht, mich aufzuhalten.

Dass sie mich hasst, weil ich sie belogen habe, ist im Gegensatz zu dem, was sie empfinden wird, sobald sie alles erfährt, die sanfteste Streicheleinheit. Dieses Wissen könnte sie zerstören. Kein Zweifel.

»Vielleicht ...«, sage ich dann mit seltsam rauer Stimme, »... habe ich nichts gesagt, weil ich nicht wollte, dass du es weißt. Dass du zurückgekommen bist, ist ein Geschenk, das ich nicht verdient habe, und ich war so selbstsüchtig deine Unwissenheit zu genießen. Die Tatsache, dass du mich so angesehen hast, wie es einmal war ... offen und ohne den Ballast der Vergangenheit ... es war zu verlockend. Und inzwischen glaube ich, dass noch etwas anderes dahintersteckt.«

Fragend neigt sie den Kopf.

Ein Teil der hässlichen Wahrheit stürmt gegen die Schranke an und schwappt darüber wie klebriger Teer.

»Ich habe es womöglich getan, weil ich es darauf angesetzt habe, dass du es herausfindest. Einem Teil von mir war klar, dass ich die Wahrheit über uns nicht für immer von dir würde fernhalten können und genau das passieren würde. Als hätte ich von Anfang an Vorkehrungen dafür getroffen, dass du dich von mir abwendest. Damit du mich hasst, bevor du sehen kannst, was aus mir geworden ist. Ich bin deiner nicht würdig, Aliqua, das war ich nie, und etwas in mir ist froh, dass ich deine Vergebung nicht mehr erlangen kann.«

Sie starrt mich an, unendlich lange Sekunden, mit offenem Mund und noch immer feuchten Augen. Trotz dem, was ich gerade gesagt habe, nehme ich die Züge ihres Gesichts mit den Augen eines Liebenden in mich auf. Jede delikate Linie, die heute von Schwellungen und Schnitten verunziert ist, was mich rasend macht. Denn wie könnte ich das jemals stoppen? Die Gefühle für sie strömen mit jedem Herzschlag durch meinen Körper, bittersüß und quälend. Aber ich hege sie eifersüchtig, weil sie mir wie das einzig Wertvolle vorkommen, das ich in letzter Zeit hervorgebracht habe. Das einzig Gute, was in meinem porösen Herz überdauern konnte.

»Du gibst auf?«, wispert Aliqua.

»Du bist etwas, um das ich niemals hätte kämpfen dürfen. Überhaupt den Wunsch danach zu verspüren, war töricht. Es hat unser Schicksal besiegelt.«

Eine Flamme entzündet sich in den bernsteinbraunen Tiefen ihrer Iris. Es ist ein kaltes Feuer, das in ihrem Blick brennt und mich vollkommen fesselt. Irgendetwas ist anders an ihr, auch wenn ich nicht benennen kann, was es ist.

»Hast du es dir schon immer so einfach gemacht, Sanctius?«, zischt sie und stützt sich auf einem Arm auf, wodurch sie sich näher zu mir hinbeugen kann. Mein erster Reflex ist es zurückzuweichen, aber wie so oft kann ich es nicht. Sie bannt mich mit einem Zauber, den ich um unser beider willen gerne brechen würde.

»Glaub nicht, dass ich nicht ganz genau weiß, was du hier gerade tust. Du gibst auf, damit ich mich von dir abwende und dein Geheimnis weiter sicher bleibt. Lieber nimmst du weiteren Schmerz in Kauf, als *das* zu offenbaren. Aber du spielst mit der Falschen.« Sie richtet sich noch weiter auf, bis sie sich über mich erhebt und auf mich hinunterschauen kann. Bei allem, was heilig ist … sie ist eine Göttin, nichts weniger. Zerzaustes Haar, zerschlagenes Gesicht und eine Entschlossenheit, die jeden in die Knie zwingen würde.

»Ich werde dir verzeihen« Die Worte klingen wie eine Drohung. »Es wird nicht leicht, aber im Gegensatz zu dir halte ich nichts davon, aufzugeben, sobald es schwierig wird. Ich sehe dich, Santo, und ich weiß, was aus dir geworden ist. Ich kenne den Abgrund, den du mich manchmal sehen lässt, und ich habe keine Angst, darin zu verschwinden, weil ich es bin, die ihn überhaupt erst in dich gegraben hat. Genauso wie du einen Abgrund in mich geschlagen hast. Die Frage ist nur: Hast du Angst zu fallen?«

Ich öffne die Lippen, um ihr zu sagen, dass ich mich längst im Sturzflug befinde, doch sie hebt die Hand und legt mir einen Finger auf den Mund. Kurz verharrt sie, dann beginnt sie mit der Fingerspitze die Kontur meiner Lippen nachzuzeichnen.

»Dieser verlogene Mund«, murmelt sie. »Erzähl mir eine Wahrheit, ein einziges Mal.«

Mein Atem fließt heiß und stockend über ihre Hand. Ich will sagen, dass nicht alles eine Lüge war, aber das ist es nicht, was sie hören will. »Ich habe dich schon so viele Male verloren, dass ich mir nicht vorstellen kann, dich jemals wirklich haben zu können.«

Ich schieße beinahe senkrecht aus dem Sessel hoch, als sie ihren Finger abrupt krümmt und mit ihrem Nagel meine Unterlippe anritzt. Ein stechender Schmerz erfüllt mich, der sich im Bruchteil einer Sekunde zu etwas anderem auswächst. Begehren, Lust, *Hunger.* Rasend heiß frisst es sich durch meine Adern, so wild und ungestüm, dass die Welt um mich herum ins Wanken gerät. Jeder Nerv in meinem Körper erwacht unter dem Schock zum Leben, als Blut aus dem winzigen Riss quillt und auf mein Kinn tropft.

Aliqua lächelt und fängt den Tropfen mit dem Daumen auf. »Rotes Blut.« Ihre Worte dringen kaum zu mir vor, und ich habe keine Zeit, mich darüber zu wundern. Mein ganzes Sein konzentriert sich darauf, dass sie ihre Hände ungeachtet des Blutes, das daran haftet, um mein Gesicht legt und mir in die Augen schaut.

Sie wartet, und ich bin entschlossen, ihr eine weitere Wahrheit zu beweisen: wie selbstsüchtig ich bin. Ich überbrücke den winzigen Abstand zwischen uns und lege meine pochenden Lippen auf ihre. Aliqua entweicht ein überraschtes Keuchen, doch sie öffnet den Mund für mich, als ich vorwärtsdränge. Ihr Geschmack explodiert auf meiner Zunge, und ich dringe immer tiefer vor, will mir mehr von ihr nehmen, während der Riss an meiner Unterlippe wie eine Warnung pulsiert. Ihre Finger gleiten in mein Haar und krallen sich fest in die Strähnen, um mir nicht vollkommen die Führung zu überlassen. Es ist ein Kuss wie ein Kampf, und selbst wenn ich ihn verliere, gewinne ich so viel.

Ich bin so kurz davor, sie vom Sofa auf meinen Schoß zu ziehen und Dinge zu tun, von denen ich seit Äonen träume, als sie wispert: »Ich verrate dir auch eine Wahrheit: Ich besitze dein Herz, und wenn du es zurückwillst, kannst du es nur von mir bekommen.«

Flinker, als ich es in ihrem verletzten Zustand erwartet hätte, steht sie vom Sofa auf und verpasst mir einen leichten Schubs vor die Brust, sodass ich zurück in den Sessel geworfen werde.

Mit wiegenden Hüften verlässt sie die Bibliothek, und ich bin zu überrumpelt, um ihr zu folgen.

Kapitel Achtzehn

Rom, 79 n. Chr.

Zwei Wochen vergingen, und obwohl sich Sanctius und Orela ununterbrochen um sie kümmerten, ging es Aliqua stetig schlechter. Sie schlief viel und war in den wachen Momenten kaum ansprechbar. Einige Tage nach ihrer Ankunft im Domus Omodeus hatte sie Fieber bekommen, wenig später setzte der gefürchtete, rasselnde Husten ein. Und obwohl Sanctius mit jedem verstreichenden Tag darauf hoffte, ihr Zustand möge sich verbessern, trat eher das Gegenteil ein. Die Seuche raffte sie langsamer dahin als die meisten anderen, von denen er gehört hatte, dafür umso erbarmungsloser.

Von Marcellus fehlte indes weiter jede Spur, und nachdem volle zwei Wochen verstrichen waren, machte Sanctius sich selbst auf den Weg zum Domus Pomponius, um Erkundigungen einzuholen, und nach seiner Rückkehr eilte er sofort zu Orela, die an Aliquas Lager wachte.

»Was gibt es von den Pomponii zu berichten?«, erkundigte sie sich prompt.

Sanctius sank auf den Hocker auf der anderen Bettseite und berichtete seiner Schwester, was er vorgefunden hatte. Marcellus' Sklaven hatten nichts von ihrem Herren gehört, aber zumindest hatten sie berichtet, dass Mitglieder der Familie Pomponius von Octavias Tod und dem Fernbleiben ihres Bruders erfahren hatten und ihre Beisetzung in die Wege leiteten.

Über ihre Unterhaltung hatte sich Aliqua zu bewegen begonnen, und sofort beugte sich Sanctius zu ihr hin. Ihre Lider flatterten, und angestrengt, als kostete es sie herkulische Anstrengung, öffnete sie die Augen. Das sonst so klare Hellbraun ihrer Augen war trübe und ganz glasig vom Fieber. Doch sie wirkte das erste Mal seit Tagen wach und erwiderte Sanctius' Blick.

»Ihr habt …« Ein rasselnder Hustenanfall würgte sie ab. »Ihr habt von Octavia gesprochen?«

Alles in Sanctius erstarrte, als sie erneut hustete und plötzlich etwas Rotes über ihre Lippen quoll.

Bei allen Göttern, sie hustete Blut!

Er musste den Blick abwenden, damit sie ihm nicht das Entsetzen vom Gesicht ablesen konnte, und begriff, wie schlecht es um sie stand. Jedes Mal, wenn sie in wachen Momenten danach fragte, ob sie gesund werden würde, hatte er ihr gut zugeredet. Der Glaube ist der halbe Erfolg, sagte sein Vater immer, und deshalb durfte er ihr die Überzeugung nicht nehmen, dass sie genesen würde. Auch wenn die Angst angesichts des blutigen Hustens ihn schier überwältigte. Heftiger als jemals zuvor sehnte er sich danach, ihr die Ambrosia geben zu dürfen, und heftiger als zuvor verfluchte er die Götter und das Schicksal, weil er es nicht konnte.

Orela indes reagierte blitzschnell. Mit einem feuchten Tuch, das sie dafür nutzte, Aliqua die fieberheiße Haut zu kühlen, wischte sie die Spuren ab und half ihr dann vorsichtig, sich in den Kissen aufzusetzen.

»Du musst etwas trinken, danach geht es dir bestimmt besser.« Unendlich geduldig half sie Aliqua dabei, einen halben Becher längst erkalteten Weidenrindensuds zu trinken.

Sobald sie damit fertig war, kam Aliqua auf ihr Anliegen zurück. »Octavia. Es wird sich um sie gekümmert?«

Sanft strich ihr Orela eine verschwitzte Strähne hinters Ohr und nickte. »Sanctius war vorhin dort. Für ihre Beisetzung wird gesorgt.«

Diese Information schien Aliqua zu erleichtern. Ihr Kopf sank nach hinten, und sie murmelte: »Gut. Die Götter wissen ... ich habe meine Schuld gegenüber meiner Herrin beglichen.«

Sanctius fuhr zu ihr herum, beunruhigt, weil ihre Worte einen seltsam endgültigen Klang gehabt hatten. So als ... als akzeptierte sie ihr Schicksal, nun, da sie wusste, dass Octavia die letzte Ehre erwiesen werden würde.

Die Tonlosigkeit, mit der sie sprach ... die schiere Abwesenheit von Gefühl ... Sie bildete Sätze in diesem Moment, aber sie selbst, das Mädchen, das er liebte, schien nicht mehr greifbar. Als hätte das Fieber schon fast alles von ihr aufgezehrt.

Dieser Gedanke erfüllte ihn mit überwältigender Panik. Er konnte nicht zulassen, dass sie ihm entglitt. Wenn sie beide schon nicht die Unsterblichkeit teilen durften, dann hatte er zumindest auf einige gemeinsame Jahre gehofft. Vielleicht sogar Jahrzehnte, in denen er bis ans Ende der Welt gegangen wäre, um dort mit ihr zusammen sein zu können. Verdammt, er hätte Rom und alles, was er hier besaß, dankend hinter sich gelassen, wenn ihm dafür Zeit mit Aliqua vergönnt gewesen wäre.

Fortunas Spiel mit ihnen beiden entfaltete immer weitere grausame Facetten, doch für ihn war es zu spät. Sanctius konnte nicht mehr kehrtmachen und Aliqua aus seinem Leben streichen. Und es machte ihn fuchsteufelswild, dass sie schon aufgegeben zu haben schien, während er noch lange nicht damit fertig war zu kämpfen.

Tränen brannten in seinen Augen, als er sich zu ihr beugte und ihren Blick suchte. »Bist du wirklich bereit, zu gehen und mich zurückzulassen?«

Stumm blickte sie zu ihm auf, die Lider schwer, die Wangen hochrot. »Du bist doch längst an einem Ort, an den ich dir niemals folgen könnte.« Eine einzelne Träne löste sich aus ihrem Augenwinkel und rann ihre Wange hinab.

»Aliqua!« Sanctius griff nach ihrer Hand, um sie daran zu hindern, die Augen zu schließen. »Es ist nur ein Jahr! Ein Jahr Unsterblichkeit, danach nehme ich die Ambrosia nicht wieder ein. Für uns.«

Doch ihre Augen waren schon wieder geschlossen, die Lippen leicht geöffnet, und nur das Rasseln in ihren Lungen verriet, dass sie noch atmete.

Sanctius sank auf dem Schemel in sich zusammen, während Orela ihn mit einem herzzerreißend mitfühlenden Blick ansah.

»Oh, Bruder…«

»Nicht!«, presste er zwischen den Zähnen hervor. Er würde auseinanderbrechen, wenn sie ihn jetzt trösten wollte. Dafür war es zu früh.

Ein leises Scharren an der Tür zur Kammer ließ sie beide aufmerken. Manius trat mit einer respektvollen Verneigung ein.

»Verzeiht die Störung, aber ein Gast ist soeben eingetroffen. Dominus Remus, er bringt Neuigkeiten vom Landsitz.«

Sofort war Orela auf den Beinen. Es schien ein gutes Zeichen, dass einer ihrer Vettern geschickt worden war, um ihnen Kunde zu bringen.

»Ich empfange ihn umgehend.« Sie wandte sich zu Sanctius um. »Du willst hierbleiben, nehme ich an?«

Sanctius nickte stoisch. »Ich stoße später zu euch und höre mir an, was es Neues gibt.«

Aber zunächst würde er hier bei Aliqua bleiben und ihre Atemzüge zählen, bis er sich sicher sein konnte, dass ihr letzter noch nicht darunter war.

Später am Tag erfuhr Sanctius, dass Remus zuversichtliche Neuigkeiten gebracht hatte. Sie saßen bei einem frühen Abendessen zusammen, als sein Vetter auch ihm berichtete, alle Erkrankten der Familie hätten die Ambrosia inzwischen verabreicht bekommen und selbst jene, um die es besonders schlecht gestanden habe, seien inzwischen genesen. Remus, der noch jünger war als Orela, berichtete mit kindlicher Begeisterung von den Gaben, die sich in ihm entfalteten.

»Ich habe ein Gefühl von Kraft in den Adern, als ob Blitze über meine Haut tanzen würden. Wartet nur ab, nicht mehr lange, und ich kann mit einer Berührung Menschen niederstrecken, als wäre ich Jupiter persönlich.« Übermütig ließ er die Muskeln an seinen Armen spielen. Sanctius und Orela, die beide mit den Gedanken nicht völlig bei der Sache waren, gaben nur gemurmelte Antworten von sich. Unbeeindruckt plapperte Remus noch eine Weile weiter, bis er irgendwann verkündete:

»Ich darf nicht vergessen, euch zu sagen, dass euer Vater bis zur Hochzeit auf dem Land bleiben wird.«

Damit sicherte er sich die Aufmerksamkeit der Geschwister. »Die Hochzeit deines Bruders? Aber die ist doch erst für den kommenden Monat geplant, oder etwa nicht?«

»Ja, und jetzt, da er wieder vollauf genesen ist, steht dem auch nichts mehr im Wege. Aber Onkel Tiberius hat die Ambrosia noch immer nicht genommen und fühlt sich fernab der Stadt sicherer.« Seinem Tonfall war zu entneh-

men, wie wenig er die Entscheidung seines Onkels nachvollziehen konnte.

Sanctius und Orela wechselten einen Blick. Dass ihr Vater sich noch immer weigerte, die Gabe der Götter anzunehmen, beunruhigte sie beide. Dass er losgezogen war, um die Ambrosia unter ihren Verwandten zu verteilen, hatten sie als positives Zeichen gewertet und darauf gehofft, dass er einer Dosis für sich selbst zugeneigter sein könnte, nachdem er die positiven Auswirkungen auf seine Familie gesehen hätte. Aber ihre Vettern waren genesen und bereit zu heiraten, und ihr Vater schien noch immer nicht von seiner Einstellung abgerückt zu sein.

Aliqua

Der Körper, in dem ich mich befinde, ist nicht meiner.

Diese Erkenntnis überkommt mich schleichend, und zunächst kann ich gar nicht sagen, wie ich überhaupt darauf komme. Denn eigentlich fühlt sich so, wie ich gerade bin, alles vollkommen normal an. Ich sitze gemütlich in einem Sessel, die Beine vor mir ausgestreckt und eine kalte Flasche Bier in der Hand. Im Fernsehen läuft ein Krimi, aber die Handlung ist ziemlich vorhersehbar und wenig spannend. Ich gähne, hebe die Hand und kratze mich am Kinn, das von einem dichten Bart bedeckt ist. Die Haare reiben rau wie Stacheldraht über meine Fingerkuppen, ein Gefühl, das dermaßen fremd für mich ist, dass ich endgültig aufmerke.

Irgendetwas stimmt hier nicht. Ich *habe* keinen Bart und überhaupt ... ich schaue mich in dem Wohnzimmer um und bin mir mit einem Mal sehr sicher, noch nie in diesem Raum gewesen zu sein.

Das hier ... das bin nicht ich. Nicht mein Körper, nicht die vertraute Wohnung, die ich seit Kurzem mein Zuhause nenne.

Mein Geist ist gewandert, wird mir klar, und es ist eines der ersten Male, in denen es mir währenddessen vollkommen bewusst ist.

Meine Gedanken überschlagen sich. Ist diesem Mann bewusst, dass sich gerade eine weitere Person in ihm befindet? Dass er nicht alleine ist?

Ich verhalte mich so still wie möglich und beobachte ihn aus seinem eigenen Inneren heraus. Er sitzt vollkommen entspannt da, nimmt immer wieder einen Schluck von seinem Bier und folgt schläfrig der Fernsehsendung. Offenbar hat er keine Ahnung.

Ich dagegen werde unruhig. Ich hasse es, dass ich ihn besetzt halte und nicht weiß, wie ich wieder verschwinden soll. Denn das möchte ich, dringend. Die Emotionen wirbeln heiß und heftig in mir auf, und da zuckt er zusammen. Behaarte Fingerknöchel schließen sich fester um die Flasche, und er wendet den Kopf, als hätte er etwas gehört. Auf dem Bildschirm ertönt Sirenengeheul, und nach einigen Augenblicken lässt er sich wieder zurück in den Sessel sinken. Auch ich atme auf.

Ich kann genau spüren, wo seine Gedanken fließen. Sie sind nur durch eine hauchdünne Schwelle von mir getrennt, und es wäre ein Leichtes, nicht nur in seinen Körper, sondern auch in seinen Geist zu schlüpfen. Doch davor habe ich zu viel Respekt.

Stattdessen warte ich weiter ab, dazu verdammt auszuharren, weil ich keine Ahnung habe, wie ich wieder gehen soll. Mir bleibt also nichts anderes übrig, als durch seine Augen den Fernseher anzustarren.

Götter, ist das langweilig!

Ich frage mich ... ich rücke näher an die Barriere seines Bewusstseins heran und raune ihm eine Anweisung zu.

Der Arm, der sich anfühlt, als würde er zu mir gehören, hebt sich und greift nach der Fernbedienung, die auf einem Tischchen neben der Sessellehne steht. Der Mann bleibt weiterhin ruhig, beginn durch die Sender zu zappen, als wäre es seine eigene Idee gewesen.

Was zum Teufel! Ein sehr großer Teil von mir zuckt erschrocken vor dem zurück, was ich gerade getan habe. Ich habe diesen Menschen manipuliert! Ohne dass er auch nur den Hauch einer Ahnung davon hat, dass sich gerade ein fremdes Bewusstsein in ihm befindet. Schreck schüttelt mich, wenn ich mir ausmale, was ich alles anrichten könnte. Bisher war ich eine unbeteiligte Beobachterin, wenn ich auf meinen Geistwanderungen fremde Menschen besucht habe, aber das hier? Ein Gedanke würde genügen, und ich könnte diesen Mann dazu bringen, die schlimmsten Dinge zu tun. Mein Geist gerät ins Trudeln, und ich spüre, wie mir der Kontakt zu diesem Körper entgleitet. Erleichtert sperre ich mich nicht dagegen, sondern lasse es zu, durch das Nichts zu sausen, bis ich wieder in mir selbst angekommen bin.

Ich schnappe nach Luft, und es fühlt sich an, als hätte mein Körper seit Stunden nicht geatmet. Was womöglich auch stimmt. Santo hat mich einmal beinahe für tot gehalten, als er zu mir ans Bett gekommen war, während ich meinen Körper auf einer Geistwanderung zurückgelassen hatte.

Als sich meine Atmung wieder reguliert hat, setzte ich mich im Bett auf und streiche mir die zerzausten Haare aus dem Gesicht. Es tut unendlich gut, wieder in einem Zimmer aufzuwachen, in dem die Fenster nicht ununterbrochen mit Läden verschlossen sind. Im hereinströmenden Tageslicht gelingt es mir viel besser, mich zu sammeln und über den Schock hinwegzukommen, dass ich ahnungslose Menschen zu Marionetten machen kann.

Was stimmt nicht mit mir?

Nun, die Antwort auf diese Frage kenne ich inzwischen, nicht wahr? Plutos Erbe ist verantwortlich für diese Fähigkeit. Doch im Gegensatz zu der flüssigen Dunkelheit kann ich dieser Gabe immer weniger abgewinnen. Ich will den Göttern nicht auf diese Art ähnlich sein.

Schaudernd schlage ich die Bettdecke zurück und steige aus dem Bett. Obwohl ich mich so mies fühle, merke ich sofort, wie viel besser sich mein Körper heute fühlt. Gestern noch hat jeder Winkel bei der kleinsten Bewegung geschmerzt und gepocht, meine Glieder waren steif und empfindlich. Heute ist davon kaum noch etwas zu spüren. Vorsichtig lasse ich die Schultern kreisen und stelle erleichtert fest, dass auch diese Läsion weiter abgeklungen ist.

Nachdem ich mich angezogen habe, tappe ich in den Wohnbereich und folge dem Klang von Geschirrgeklapper in die Küche. Ich atme unwillkürlich auf, als ich nur Orela sehe, keine Spur von ihrem Bruder. Nach unserem gestrigen Gespräch in der Bibliothek musste er zu einer Patrouille-Runde los, was mich ehrlich gesagt erleichtert hat. Selbst wenn wir uns nicht im selben Zimmer aufhalten, ist mir Santos Anwesenheit in der Wohnung ständig bewusst, und der Abstand hat mir gutgetan.

Orela schaut auf, als sie mich kommen hört. »Guten Morgen, wie geht's dir?«

Mit einem Gähnen lehne ich mich an den Küchentresen. »Schon sehr viel besser als gestern. Die Verletzungen heilen gut ab.«

Orela wirkt erleichtert darüber, und als sie Kaffee für uns beide zubereitet hat, gehen wir damit auf die Dachterrasse. Nach den Tagen ohne Sonnenlicht in der Villa der Immortali zieht es mich nach draußen, und sofort überkommt mich ein angenehmes Gefühl von Ruhe angesichts der Dächer ringsum und des weiten blauen Himmels über mir.

Wir setzen uns nebeneinander auf das Loungesofa, fürs Erste vollkommen zufrieden mit unseren dampfenden Kaffeebechern und der Sonne.

Meine Gedanken bleiben allerdings nicht lange ruhig und friedlich, denn sie wandern natürlich prompt zu unserem neuen Hauptproblem: der Rückkehr der Götter.

»Sag mal«, setze ich zögerlich an, »wie genau ist das mit Apollo? Er hat jetzt einen eigenen Körper?« Ich werde mich vorsichtig an dieses Thema herantasten und nicht gleich mit der Tür ins Haus fallen.

Nachdenklich wickelt sich Orela eine Haarsträhne um den Finger. »Er hat bei seiner Rückkehr ... improvisiert und sich einen Leib aus einer Statue geformt. Es verlangt ihm so ziemlich alles seiner Macht ab, das Gestein zum Leben zu erwecken und einen Körper aufrechtzuerhalten, der auf gewisse Weise noch empfindlicher ist als der eines Menschen. Du hast ja gesehen, was passiert ist, als er gestern seine Götterkraft eingesetzt hat.« Sie lächelt wackelig, die Wangen nervös gerötet. »Aber er hat es schon immer verabscheut, sich eines Menschen zu bedienen, und das ist zumindest für eine Weile eine gute Lösung.«

Ich nicke zustimmend, während sich gleichzeitig Verwunderung in mir breitmacht. Es überrascht mich, dass ein Gott solche Skrupel besitzt.

»Und wie genau ist das jetzt mit den zurückgekehrten Göttern?«, fahre ich mit dem nächsten Punkt meines

Fragenkatalogs fort. »Sie könnten doch jeden Moment hier auftauchen, jetzt, da sie wieder da sind, oder?«

Skeptisch schaue ich hoch in den freien Himmel über mir, plötzlich unsicher, ob es eine gute Idee war, nach draußen zu gehen. Sind die Götter womöglich in genau diesem Moment in der Nähe und lauern nur darauf, zuschlagen zu können? Belauschen sie uns?

Beruhigend legt mir Orela eine Hand auf den Arm. »Apollo hat einen Schutzschirm über uns alle und die Wohnung gespannt. Im Endeffekt verstecken wir den göttlichen Funken in uns, den die Götter und andere Ewigliche wahrnehmen können. Das hier erscheint ihnen als Wohnhaus voller Normalsterblicher, wie jedes andere in der Stadt auch. Wir sind für sie ein blinder Fleck.«

Obwohl es sehr beruhigend ist, so was zu hören, bleibt ein kleiner Rest Unwohlsein in mir zurück.

»Apollo hat also seine Macht wieder eingesetzt?«

Orela verzieht den Mund. »Könnte sein, dass ihm dadurch das halbe Ohr zerbröselt ist.«

Ein nervöses Lachen baut sich in meiner Kehle auf, wenn ich mir das vorstelle. Aber es erstirbt rasch. Da ist noch etwas ...

»Und du?«, erkundige ich mich zaghaft. »Kannst du sie wieder hören?«

Orela wird ganz ruhig, und die Haarsträhne, mit der sie wieder zu spielen begonnen hat, entgleitet ihren Fingern. »Apollo hat meinen Schutz besonders verstärkt und dafür gesorgt, dass meine Fähigkeiten als Medium unterdrückt werden. Die anderen Götter könnten mich sonst sofort finden, weil meine Gabe angeboren ist und nicht durch die Ambrosia kam ... es ist tiefer in mir verwurzelt und damit stärker. Ich hoffe, das ergibt irgendeinen Sinn für dich.«

Ich nicke, und ein tiefer Atemzug strömt über meine Lippen. Das bedeutet ... solange ich hier bin, kann auch Pluto mich nicht finden.

Orelas Handy meldet sich mit einem leisen Brummen, und ihre Miene hellt sich auf, als sie auf das Display schaut. »Santo kommt zurück. Und er hat Apollo dabei.« Eine weitere Nachricht geht ein, und sie runzelt die Stirn. »Oh, und Marcellus auch. *Juhu*!«

Ich stoße sie leicht in die Seite. »Hey, Marcellus ist einer von den Guten.«

Sie rollt mit den Augen. »Sagst *du*.«

»Du behauptest dasselbe von Apollo, und stelle ich das infrage, obwohl er ein Gott ist? Nein.«

Augenblicklich laufen Orelas Wangen wieder knallrot an. »Das ist was anderes.«

»Ja«, grinse ich und stemme mich von dem Sofa hoch. »Weil ich im Gegensatz zu dir keine Herzchenaugen bekomme, wenn ich von Marcellus spreche.«

»Aliqua«, zischt sie empört und schaut sich nervös nach allen Seiten um.

»Was?«

»Sag so was niemals, wenn Santo in der Nähe ist, okay? Ich liebe meinen Bruder, aber er hat einen so übertriebenen Beschützerinstinkt, wenn es um mich und ... mein Liebesleben geht.«

»Aha!« Triumphierend zeige ich mit dem Finger auf ihre Brust. »Du gibst es also zu, dass da mehr ist.«

Sie senkt den Kopf, um unser Kaffeegeschirr aufzusammeln, aber mir ist klar, dass sie dadurch nur meinem Blick ausweichen will.

»Weißt du, spätestens seit der Aktion in Tivoli, als du ausgerechnet mit seiner Statue gekuschelt hast, war mir relativ klar, dass da irgendwann etwas zwischen euch gewesen sein muss.«

»O nein, erinnere mich nicht *daran.*« Orela richtet sich wieder auf und verzieht gequält das Gesicht. »Diese Sache kommt auch auf die schwarze Liste! Kein Wort zu Santo *und* Apollo, sonst ... sonst ...«

Grinsend knuffe ich sie in die Seite. »Keine Angst, dein Geheimnis ist bei mir sicher. Und hey, inzwischen hast du ja sogar eine lebendige Statue zum Kuscheln.«

Kapitel Neunzehn

Rom, 79 n. Chr.

Der Tod zog mit jedem Tag engere Kreise um sie.

Sosehr sie auch dagegen ankämpfte, war der eisige Hauch in Aliquas Nacken zu präsent, ihre schwindenden Kräfte zu deutlich, um es zu ignorieren.

Das Fieber kam und ging in heftigen Wellen, die ihr Blut zum Kochen brachten und sie wünschen ließen, sich die Haut vom Körper reißen zu können. Alles schmerzte, jedes Glied, jeder Knochen. Selbst die Berührung des dünnen Leinentuchs, das sie bedeckte, wurde unerträglich. Die Hitze brachte ihre Gedanken zum Schmelzen, und sie war jedes Mal dankbar, wenn sie in die tiefe Bewusstlosigkeit abtauchen konnte, in der ihr Zustand zu einer fernen Erinnerung verblasste. Gleichzeitig kämpfte sie dagegen an, immer begleitet von der Angst, das nächste Mal nicht mehr aufzuwachen, wenn sie der Erschöpfung nachgab. Einzig die Stimmen, die ständig an ihrer Seite waren, hinderten sie daran, sich der Krankheit vollkommen zu ergeben. Sie waren wie ein Anker, der sie an die Oberfläche zurückholte, wenn sie zu tief versank und das Atmen vergaß. Da waren Hände, die sie stützten, wenn der Husten ihre Lungen zerfetzte und sie Blut spuckte. Die ihre glühende Haut mit nassen Tüchern kühlten, ihre verschwitzten Hemden wechselten und sie zwangen, ein paar Schlucke zu trinken. Wenn das Fieber gnädig war, sich zurückzog und ihr eine kurze Atempause gewährte, schaffte sie es, mit ihnen zu sprechen.

Orela und Sanctius. Sie wusste, dass die beiden sich aufopferungsvoll um sie kümmerten, auch nach knapp drei Wochen noch mit einer wilden Entschlossenheit im Blick, die ihre eigene Erschöpfung verdrängte. Aliqua war nicht oft kräftig genug, um mit ihnen zu sprechen, und selbst wenn es ihr gelang, brachte sie es einfach nicht über sich … ihnen zu sagen, was sie seit Tagen spürte. Den Tod, der wie ein geduldiger Schatten in der Ecke hockte und ihre Atemzüge zählte. Vielleicht spürten sie es auch, weigerten sich aber stur, es anzuerkennen. Eine Weile hatte sie Kraft aus ihrer Verbissenheit ziehen können, aber selbst diese Quelle war inzwischen ausgeschöpft. Erschöpft.

Aliqua zwang sich, die Augen zu öffnen, als Hände ihr zärtlich die Haare aus der Stirn schoben. Obwohl sie sich so elend fühlte, hatte Sanctius' Berührung noch immer die Macht, sie bis ins Innerste zu bewegen. Eine winzige statische Entladung, selbst wenn er sie nur flüchtig streifte.

Sein ganzes Gesicht leuchtete auf, als er bemerkte, dass sie ihn ansah, und die müden Linien, die sich darin eingegraben hatten, glätteten sich für den Moment. Durch die Gabe der Götter unsterblich oder nicht, er musste inzwischen unendlich erschöpft sein, auch wenn er es sie nicht sehen ließ.

»Da bist du ja«, murmelte er sanft und liebkoste ihre Wange.

Aliqua schmiegte sich in die Berührung, entschlossen, es zu genießen, solange es ihr noch vergönnt war.

»Wie fühlst du dich?«

Sie räusperte sich, was wie das Raspeln einer Reibe über Gestein klang. Diese Frage war schwierig zu beantworten, und sie wollte sich selbst und ihn nicht länger anlügen, indem sie mit Gut *antwortete. Denn nichts war gut.*

»Soll ich ehrlich sein? Es geht mir miserabel.«

Sanctius presste die Lippen zusammen und senkte rasch die Lider. Aber sie hatte den Schmerz gesehen, der in seinen Augen aufgeflammt war. Und die Angst.

Es sollte nicht so schwer sein. Wahrlich nicht. Im Grunde waren sie beide schon längst verloren, nur dass das Unvermeidliche nun viel früher kam, als sie befürchtet hatte.

Als er wieder aufblickte, brannte die Entschlossenheit in ihm wilder denn je. »Du solltest etwas trinken, ich habe Brühe hier. Kannst du sitzen?«

Sie ließ sich von ihm aufhelfen, bis sie an die Kissen gelehnt im Bett saß, doch schon nach wenigen Schlucken längst erkalteter Brühe war sie erschöpft. Mit letzter Kraft kämpfte sie einen Hustenanfall nieder, der sie prompt befallen wollte.

»Sehr gut, das war mehr, als du beim letzten Mal geschafft hast.«

»Sanctius …«, setzte sie an.

Ein wilder Ausdruck breitete sich auf seinem Gesicht aus. Für einen Moment ähnelte er auf frappierende Weise Marcellus, als dieser vom Tod seiner Schwester erfahren hatte. Beide befanden sich in einem Zustand der Verleugnung, auch wenn Marcellus die bittere Wahrheit schließlich hatte einsehen müssen.

Und sosehr sich Sanctius dagegen sträubte, auch er musste erkennen, was ungesagt in ihrer Stimme mitschwang. Die bodenlose Erschöpfung, die Endgültigkeit, die sie mit blutendem Herzen zu akzeptieren begann.

Sie wollte nicht enden. Nicht jetzt, nicht auf diese Art. Aber für sie stand keine Rettung durch göttliches Erbarmen in Aussicht. Ihre Geburt machte es unmöglich.

»Es tut mir so leid.« Jedes Wort kostete sie unendliche Kraft, aber sie musste es ihm sagen, solange sie noch

konnte. »Es tut mir leid, dass uns nicht mehr Zeit vergönnt war. Es gibt so vieles, das ich mir noch gewünscht hätte, so vieles, das ich erleben wollte. Mit dir. An deiner Seite, in deinem Schatten, egal wie.«

Sie hielt seinen Blick fest, ertrug den Schmerz, der sich bei ihren Worten in ihn grub. Sie wusste, wie grausam es war, seine Hoffnung zu zerschlagen, aber er musste es einsehen, bevor er sich vollends darin verrannte. Er sollte nicht zugrunde gehen an ihrem Schicksal.

Er öffnete den Mund, um etwas zu erwidern, aber sie war noch nicht fertig. Rasselnd schöpfte sie Atem. »Du hast mehr für mich gegeben als jeder andere zuvor, und dafür werde ich dir für immer dankbar sein. Ich wollte es schaffen, aber ich bin so müde. In mir ist nichts mehr übrig, das gegen die Seuche kämpfen könnte. Verzeih mir, dass es mir nicht gelingt.«

Sanctius' Kummer, die schiere Verzweiflung, die sich in ihn eingrub, nahm ihr den Atem. Es war eine andere Art der Qual als Gliederschmerzen und die wunde Kehle. Es zerriss ihr das Herz, ihn zu beobachten, während er verstand, es wirklich begriff, was sie sagte und worauf es schlussendlich hinauslaufen würde.

Ihre Arme waren bleischwer, als sie an ihren Nacken griff und an der Schnur zerrte, die schon ihr Leben lang dort hing. Sanctius beobachtete reglos, wie sie mit der Kette kämpfte, bis sie es schließlich schaffte, sie über den Kopf zu ziehen. Die Abwesenheit des vertrauten Anhängers hinterließ eine ungewohnte, kalte Leere an ihrer Brust, aber Aliqua ließ nicht zu, dass dieses Gefühl ihr zu nahe ging. Mit zitternder Hand hielt sie Sanctius die Kette hin, der Anhänger aus Blutstein schwang sanft im freien Raum zwischen ihnen.

»Nimm ihn.«

Er rührte sich noch immer nicht, den Blick wie hypnotisiert auf den pendelnden Stein gerichtet.

»Ich möchte, dass du ihn bekommst. Der Anhänger war mir stets ein treuer Talisman, und ich hoffe, dass er auch dich beschützen wird. Somit bleibt zumindest ein wenig von mir bei dir zurück.«

Seine Lippen zitterten, und er schluckte schwer, ehe er herausbrachte: »Wenn ich ihn nehme, dann habe ich das Gefühl dein Schicksal zu besiegeln. Dann ist es endgültig.«

Sanctius griff nach ihrer Hand, schloss die Finger um den Blutstein, der unter ihrer gemeinsamen Berührung warm zu pochen begann. Als spürte selbst der Stein, welche mächtigen Gefühle zwischen ihnen flossen. Sanctius umklammerte sie so fest, als fürchtete er, sie könnte ihm schon in diesem Moment entgleiten.

»Es ist … endgültig.« Nie war es ihr schwerergefallen, etwas auszusprechen, und nie hatten ihre eigenen Worte so wehgetan. Sie hustete, und mit einem Mal kehrte der kämpferische Ausdruck in seine Augen zurück. Entschlossen blinzelte er die Tränen weg. »Ich gebe dir die Ambrosia.«

Aliquas ganzer Körper verkrampfte sich. »Sanctius, nein!«

»Niemand muss es je erfahren. Und falls doch, ist es mir egal, welche Bestrafung die Götter für mich bereithalten. Ich kann es nicht hinnehmen, dass du stirbst, während sich das, was dich retten könnte, in unmittelbarer Nähe befindet.«

»Tu das nicht! Ich will nicht dafür verantwortlich sein, dass du dich ihrem Zorn aussetzt!« Aliquas Stimme hatte sich gehoben, was sich prompt rächte. Ein Hustenanfall überkam sie mit solcher Heftigkeit, dass die Welt um sie herum für einige Momente schwarz wurde. Ihr Körper krümmte sich und rebellierte, und als Sanctius ihr hastig

ein Tuch vor den Mund drückte, wusste sie, dass sie wieder Blut hustete.

Die Konturen des Zimmers um sie herum verschwammen, nur sein Gesicht blieb scharf. Ihr Fokus. Ihr Anker. Als der Husten endlich abebbte, half er ihr dabei, sich wieder hinzulegen, und wischte ihr das vor Anstrengung glühende Gesicht mit einem frischen Tuch ab. Das Gespräch und der Husten hatten sie so sehr erschöpft, dass ihre Augen jeden Moment zuzufallen drohten. Verbissen kämpfte sie dagegen an.

»Tu es nicht«, bat sie ein letztes Mal. »Brich nicht ihr Gebot!«

Aliqua

Gerade als wir von der Dachterrasse ins Wohnzimmer zurückkehren, klickt das Schloss der Eingangstür, und Santo kommt zusammen mit Apollo und Marcellus herein. Alle drei wirken nicht gerade glücklich, und angesichts ihrer miesepetrigen Mienen muss ich mir ein Grinsen verkneifen. Sie legen ihre Jacken ab, und neugierig recke ich den Kopf, um vielleicht einen Blick auf Apollos zerbröseltes Ohr zu erhaschen, aber seine silberblonden Locken sind im Weg.

Stumm führt Santo alle in das selten genutzte Esszimmer, wo wir ringsum an der Tafel Platz nehmen. Diese Zusammenkunft hat den seltsamen Charakter einer hochoffiziellen Konferenz. Alle sitzen seltsam steif da und beäugen einander mit einer Mischung aus Neugier und Argwohn.

Santo nimmt Marcellus ins Visier. »Weiß Scuro, dass du hier bist?«

Lässig lehnt sich Marcellus in seinem Stuhl zurück. »Ich hatte nicht den Eindruck, dass er mein Kindermädchen ist.«

Santo bleckt die Zähne. »Es geht darum, dass du keine Dummheiten begehst, Pomponio.«

Ein herablassendes Lächeln erscheint auf Marcellus' Gesicht, aber er geht nicht auf Santos Provokation ein. »Wie dem auch sei. Ich bin nur hier, weil ich euch mitteilen möchte, dass ich eine Entscheidung getroffen habe.«

Jetzt sind wir alle ganz Ohr.

Als er sich der ungeteilten Aufmerksamkeit gewiss ist, fährt er fort. »Ich werde zu den Immortali zurückkehren.«

In das einsetzende Schweigen hinein japst Santo: »Ich hab's doch gewusst! Du bist und bleibst...« Er beugt sich über die Tischplatte zu Marcellus hin, drauf und dran, ihn zu packen.

Instinktiv strecke ich unter dem Tisch die Hand aus und lege sie auf Santos Bein, um ihn durch die Berührung zu beruhigen. Sanft drücke ich zu, wenige Zentimeter über seinem Knie, und wie zur Antwort zucken die Muskeln unter meinen Fingern.

»Lass mich ausreden.« Bedächtig legt Marcellus die gespreizten Finger aneinander. »Ich habe gestern Abend mit Massimo gesprochen, und da ist mir bewusst geworden, dass ihr einen Mann in den Reihen der Immortali braucht. Einen verlässlichen Mann, nicht so eine Pfeife wie Adones jämmerlichen Bruder. Ich bin bereit, zu ihnen zurückzukehren, mit allen Konsequenzen, die daraus folgen könnten.«

Ich runzle die Stirn, während ich über sein Vorhaben nachdenke. Zu den Immortali zurückzukehren, nachdem er mich selbst von dort weggebracht hat, kommt mir ziemlich selbstmörderisch vor. Zwar glaube ich nicht, dass uns in dem Chaos jemand beobachtet hat, aber die Immortali sind bestimmt klug genug, um eins und eins zusammenzuzählen.

»Meinst du wirklich, dass das schlau ist? Was wirst du den Immortali erzählen?«

Unbekümmert zuckt Marcellus mit den Schultern. »Ich werde tun, was jeder gute Lügner macht: eine Geschichte erfinden, die ich mit genügend wahren Details spicke, um sie plausibel werden zu lassen.« Er räuspert sich. »Du bist aus der Villa entkommen, und ich habe mich sofort an deine Fersen geheftet, bin dann aber auf deine Damnati-Freunde gestoßen, die dir zu Hilfe gekommen sind. Ihr habt mich verschleppt, und nur mit Müh und Not konnte ich mich befreien und zu meinen Brüdern und Schwestern zurückkehren.«

Besonders Apollo wirkt ziemlich beeindruckt. »Ich erinnere mich wieder, warum wir damals so schnell bereit waren, eure Bitte anzuhören. Du kannst verdammt überzeugend sein.« So etwas wie widerwilliger Respekt schwingt in seiner Stimme mit.

Marcellus' Blick flackert dunkel auf, aber er überspielt es schon im nächsten Moment, indem er flapsig einen imaginären Hut vom Kopf zieht. Apollo lässt ihn nicht aus den Augen, sagt aber nichts weiter.

»Und das ist dein voller Ernst? Du wirst uns über das, was bei den Immortali vor sich geht, zuverlässig auf dem Laufenden halten?«, hake ich nach. Meine Hand liegt inzwischen flach auf Santos Oberschenkel. Ich strecke und krümme meine Finger in einem regelmäßigen Rhythmus und lasse dabei meine Fingernägel über den Stoff seiner Jeans fahren. Jedes Mal stockt sein Atem ein winziges bisschen.

»Ich werde mich so oft wie möglich melden, am besten über Massimo. Er wird so tun, als wäre er interessiert daran, die Lager zu wechseln, das erzeugt am wenigsten Argwohn.«

Santo schnalzt spöttisch mit der Zunge. »Hoffen wir, dass sich dein Einsatz auszahlt.«

Marcellus stützt die Unterarme auf den Tisch und schaut bedächtig in die Runde. »Wisst ihr, warum ich diesen Vorschlag überhaupt mache? Warum ich es riskiere, noch einmal in diese Schlangengrube zurückzukehren, nachdem ich ihnen ihre kostbare Beute unter der Nase weggeschnappt habe?« In seiner Stimme vibriert eine Dringlichkeit, die mich augenblicklich alarmiert. Er spielt keine Spielchen mehr. »Ich war nicht lange bei den Immortali, aber ich weiß, was sie vorhaben, jetzt, da die Götter so unverhofft zurückgekommen sind.«

Ich bekomme mit, wie Santo und Apollo einen düsteren, bedeutungsschwangeren Blick tauschen.

»Die Immortali wollen die Macht der Götter wiederentfachten und ausweiten, das ist bekannt. Aber wisst ihr, wie sie das vorhaben?« Er legt eine Kunstpause ein. »Sie wollen, dass die einzige Barriere, die die Götter bisher vor uns getrennt hat, fällt. Sie wollen ihnen eigene Körper geben, die ganz alleine ihnen gehören.«

Apollo reißt die Augen so weit auf, dass das Silber beinahe überquillt. Sein Körper spannt sich an, und ich kann den Marmor unter seiner straffen Haut schimmern sehen. »Das ist nicht möglich!«

Mokant hebt Marcellus das Kinn. »Ach nein? Und was hast du getan, als du dir diesen Leib genommen hast? Du bist sogar noch einen Schritt weiter gegangen und hast totes Material zum Leben erweckt.«

Für den Bruchteil einer Sekunde schweift Apollos Blick zu Orela, die vollkommen überrumpelt wirkt. »Keines meiner Geschwister könnte mir dies nachmachen«, grollt Apollo. »Sie wären aus mehreren Gründen nicht dazu in der Lage. Außerdem ist dies nur eine zeitweise Lösung für mich. Ich *kann* nicht für immer in dieser Hülle bleiben.« Ein schmerzlicher Ausdruck huscht über sein gemeißeltes Gesicht, und ich sehe ihn schwer schlucken. »Kein menschlicher Körper kann einen Gott lange genug in sich tragen, geschweige denn eine Ausübung von Macht überleben.«

»Ja, möglich«, stimmt ihm Marcellus zu. »Deswegen haben die Immortali die Drecksarbeit für die Götter übernommen, während diese im Exil steckten.« Jetzt nimmt er Santo ins Visier. »Habt ihr euch nicht gefragt, was mit den Sterblichen geschieht, die immer wieder verschwinden?«

Eine Schockwelle läuft durch Santos Körper, und ich spüre, wie seine Muskeln unter meiner Hand zu Stein werden. Er öffnet den Mund, aber kein Laut dringt hervor.

Marcellus lacht bitter auf. »Dacht' ich's mir. Die Immortali nehmen seit Jahrzehnten Experimente an Sterblichen vor und arbeiten daran, ihre Körper gegen die Präsenz einer Gottheit abzuhärten. Damit sie sogar widerstandsfähiger werden als Ewigliche – die haben sich ja bereits als weniger langlebig als erwartet herausgestellt. Die zurückgekehrten Göttern verlangt es nach Körpern, in denen sie herumstreifen können, um den Menschen wieder ein Gesicht bieten zu können. Sie wollen nicht länger *unsichtbar* sein.«

Sterbliche, mit denen experimentiert wurde, damit ihre Körper die Anwesenheit einer Gottheit für längere

Zeit aushalten ... verdammt, ich glaube, mir dreht sich der Magen um.

Prompt erscheinen die Bilder aus der Villa der Immortali vor meinem inneren Auge, als Plutos Macht den besetzten Immortalos regelrecht zerfetzt hat. Ich muss die Zunge fest gegen den Gaumen pressen, um die immer stärker werdende Übelkeit zurückzudrängen.

Ich habe das Problem der Götter mit eigenen Augen gesehen: Ewigliche sind stark und können sie länger in sich tragen als Sterbliche, aber selbst sie geraten beim Einsatz von zu viel göttlicher Macht an ihre Grenzen. Wenn die Immortali wirklich widerstandsfähige, sterbliche Hüllen geschaffen haben, dann gibt es kaum noch etwas, das die Götter aufhalten könnte.

Ich halte die Berührung zu Santo nicht mehr länger aufrecht, um ihn zu beruhigen, sondern um mich an ihm festzuhalten.

»Wie?« Eigentlich will ich es gar nicht so genau wissen, aber die Worte sind mir entschlüpft, bevor ich sie aufhalten kann.

»Ewigliche sind unfruchtbar, wir können uns also nicht mit Sterblichen fortpflanzen und die daraus entstandenen Hybriden als Gefäße für die Götter nutzen. Und alle Reste der Ambrosia sind bei dem Weggang der Götter verschwunden. Ich weiß nur so viel, dass die Immortali seit beinahe einem Jahrhundert an dieser Idee arbeiten und inzwischen einen gut bestückten Fundus an Sterblichen besitzen, die nur noch darauf gewartet haben, dass die Götter zurückkehren. Die ihr ihnen jetzt praktischerweise auf dem Tablett serviert habt.«

»Damit haben wir unsere Antwort.« Apollos Stimme klingt so tief und dunkel, als dränge sie aus einem Grab herauf. Wieder schaut er zu Santo, und dieser nickt mit einer Miene, die nichts als nacktes Entsetzen zeigt. Sie sind offenbar beide zu derselben Erkenntnis gelangt. »Ich habe Santo heute Nacht auf seiner Schicht durch Rom begleitet, weil ich sehen wollte, was meine Geschwister so treiben. Wir haben keine Spur von ihnen gefunden«, sagt der Gott zu Orela und mir. »Ich konnte mir nicht erklären, weswegen sie nicht postwendend hierhergekommen sind, aber jetzt wissen wir wieso: Sie müssen sich nach ihrer Rückkehr auf den Weg zu den Immortali gemacht haben, um ihre neuen Körper in Besitz zu nehmen. Sie haben die Rufe vernommen.«

Der Schock über das, was die Immortali mit den verschleppten Sterblichen angestellt haben, hat sich noch nicht annähernd gelegt, als Marcellus wiederholt, dass er als Spitzel zu den Immortali zurückkehren will. Diesmal protestiert niemand. Entweder weil wir zu erschüttert sind oder weil wir nun doch eingesehen haben, dass kein Weg daran vorbeiführt.

Meine Gedanken kreisen einzig und allein um die Menschen, die in die Fänge der Immortali geraten sind. Unschuldige, die wahrscheinlich keinen blassen Schimmer davon hatten, dass so etwas wie Götter und Unsterbliche existieren, und die ihnen nun auf Gedeih und Verderb ausgeliefert sind.

Mit halbem Ohr höre ich, wie Marcellus mit Orela spricht und ihr Angebot ausschlägt, eines ihrer Fahrzeuge zu benutzen, um zurück in die Villa in Saturnia zu kommen.

»Zu auffällig«, knurrt er, nimmt aber ein paar Geldscheine an, die sie aus der Anrichte neben der Tür holt.

»Kauf dir ein Prepaidhandy, bevor du die Stadt verlässt. Kannst du dir Santos Nummer merken?« Sie rattert eine Zahlenfolge herunter, die Marcellus ein paarmal wiederholt, ehe er nickt.

»Ich melde mich, sobald ich kann« Unsere Blicke treffen sich, und für einen Moment ist da wieder dieses uneigennützige Gefühl zwischen uns, das für kurze Zeit auch im Auto geherrscht hat. Die Gewissheit, zumindest in dieser einen Sache auf derselben Seite zu stehen und einander zu unterstützen. Ich nicke ihm zu, unfähig, Worte zu finden.

»Ich melde mich«, verspricht er noch einmal, dann dreht er sich um und geht.

Nachdem Marcellus gegangen ist, schweigen wir eine ganze Weile, jeder in seine eigenen Gedanken versunken, bis Santo sich schließlich räuspert.

»Wir müssen Nerone informieren«, verkündet er heiser. »Es tut mir leid, Orela, aber wir können die Rückkehr der Götter nicht länger verheimlichen. Das wäre absolut fahrlässig.«

Sofort legt Apollo beschützend einen Arm um ihre Schultern, die bei den Worten ihres Bruders nach vorne gesackt sind.

Ihr entweicht ein zittriges Seufzen. »Ich weiß. Das hätten wir ohnehin längst tun sollen.« Mit einer schmalen Hand reibt sie sich über die Kehle.

»Ich will dabei sein.« Die Geschwister fahren prompt zu mir herum. Sie sehen beide ganz danach aus, als wollten sie protestieren, aus den unterschiedlichsten Gründen, aber bevor sie dazu kommen, schneide ich ihnen schon das Wort ab.

»Ihr werdet ihm diese Sache persönlich erklären wollen, und da sich im Grunde alles um mich dreht, werde ich dabei sein. Ich kann nicht zulassen, dass ihr die Schuld alleine auf euch nehmt.«

Santo sieht ganz so aus, als wollte er zu einem heftigen Protest ansetzen, aber ich bringe ihn mit einem scharfen Blick zum Schweigen. »Ich diskutiere nicht darüber. Wenn ihr es Nerone beichtet, dann bin ich dabei.«

Er beißt die Zähne zusammen, sagt aber nichts dazu, sondern wendet sich an Apollo. »Ist es sicher für sie, die Wohnung zu verlassen?«

Dieser zuckt mit den Schultern. »Ich kann euch weiter mit meinem Schutzschirm umgeben und decken.«

Prompt runzelt Orela besorgt die Stirn. »Aber dann zerbröselst du noch weiter!«

»Das hier?« Apollo grinst entwaffnend, schiebt ein paar silbrig blonde Locken zurück und offenbart für einen Moment sein Ohr, von dem ein Teil der Ohrmuschel abgesprungen ist. »Nicht der Rede wert.«

Orela wirkt nicht wirklich überzeugt, und die Art, wie sie und Apollo sich anstarren, gibt mir das Gefühl, dass sie stumm weiterdiskutieren.

Santo steht abrupt vom Tisch auf, was meine Hand von seinem Bein gleiten lässt. »Ich kontaktiere Nerone und organisiere ein Treffen mit ihm. Hoffen wir, dass er einen guten Tag hat und uns zu Ende erzählen lässt, bevor er uns einen Kopf kürzer macht.«

Kapitel Zwanzig

Aliqua

Tintenschwärze und Abgründe und das Ende von allem.

Eine Stimme ruft nach mir, mit einer Eindringlichkeit, die mich mitten in der Nacht aus dem Schlaf hochfahren lässt. Glasklar dröhnt die Stimme in meinen Ohren nach, ein so gewaltiges Echo, dass es mir so vorkommt, als hätte sich jemand gerade eben noch direkt neben mir befunden. Aber das ist ein Trugschluss. Ich bin alleine in meinem Schlafzimmer, nachdem wir den restlichen Tag in der Wohnung verbracht haben. Nerone war zu beschäftigt, um uns noch am selben Tag zu empfangen, egal wie sehr Santo darauf gepocht hat, dass die Angelegenheit dringend sei. Anscheinend gab es irgendeinen Vorfall mit Drusilla, um den sich sein Onkel kümmern musste, weswegen wir auf morgen vertröstet wurden. Eine weitere Schonfrist, die wir in einer Mischung aus Erleichterung und Sorge angenommen haben. Es war schon spät, als ich ins Bett gegangen bin, definitiv vollkommen allein, aber jetzt …

Ein fast schmerzhaftes Prickeln läuft über meine bloße Haut, und ich schaue mich um, ohne wirklich etwas von meiner Umgebung wahrzunehmen.

Alle meine Sinne sind in Aufruhr, und in meinem Nacken ballt sich als drängendes Kribbeln das Gefühl zusammen, ich müsse handeln. Jetzt sofort. Es flüstert in mir, ich müsse mich bewegen, weil ansonsten etwas Schreckliches passiert. Und wieder kommt es mir so vor, als würde jemand nach mir rufen. Ich weiß nicht, wer oder was es ist, aber alles drängt mich zu handeln. Es ist überwältigend. Ich *muss* »ihm« zu Hilfe kommen. Wie von selbst schwinge ich die Beine aus dem Bett, meine bloßen Füße kommen auf dem kühlen Parkett auf, und entschlossen gehe ich in Richtung Tür. Meine Umgebung verschwimmt um mich herum, während ich noch immer voller Konzentration auf den Ruf lausche, der aus einiger Entfernung zu kommen scheint. Und eine Angst mit sich bringt, die so intensiv ist, als käme sie aus mir selbst.

Ich bewege mich wie eine Schlafwandlerin, selbstvergessen und doch zugleich mit erstaunlicher Klarheit. Es ist meine Pflicht, dem Rufenden beizustehen, zu helfen, ihn aus seiner Furcht zu befreien. Ich weiß es einfach.

Laue Nachtluft schlägt mir entgegen, als ich aus dem Wohngebäude komme und auf die Straße hinaustrete. Alles ist verlassen und ruhig, niemand begegnet mir, während meine Schritte immer schneller werden, weil ich es jetzt deutlicher spüre. Die mächtige, pulsierende Präsenz, die mich dorthin zieht, wo ich sein muss. Ein gewaltiges Tosen beherrscht mein Inneres, lässt mich rennen, während die Altstadt von Rom wie ein Nebel an mir vorbeizieht. Wie im Wahn erreiche ich eine mäßig befahrene Straße, schlängele mich zwischen parkenden Autos hindurch und werde angehupt, als ich ganz knapp vor einem heranbrausenden Lieferwagen die Fahrbahn überquere. Aber ich weiß, dass es mich nicht einmal aufhalten würde, sollte ich angefahren werden.

Ich tauche in ein enges Gassengewirr ein, und mein Puls gibt ein immer rasenderes Tempo vor. Meine Schritte sind das einzige Geräusch ringsum. Sie tragen mich weiter und immer weiter, bis ich endlich ankomme.

Der Platz ist kleiner und enger, als die meisten Leute glauben. Wenn sie hierherkommen, sind sie überrascht von den Häuserfronten, die ihn von allen Seiten einrahmen und kaum Platz lassen für die Attraktion, die sie alle herlockt: der Trevibrunnen. Das gewaltige Monument nimmt die komplette Südfassade eines Palazzos ein und zieht mit seiner Schönheit jeden Tag Hunderte Besucher an. Heute Nacht ist er verlassen. Die Kräfte, die sich unheilvoll knisternd in der Luft ballen, scheinen alle Sterblichen instinktiv abzuschrecken.

Langsam nähere ich mich dem beleuchteten Brunnen. Das Wasser, das über eine modellierte Felsenlandschaft sprudelt, auf der sich Meeresgestalten tummeln, bis es in ein flaches Becken hinabläuft, schillert in einem magischen Türkiston. Andächtig lasse ich den Blick über die Figuren der Wassergötter und Hippocampi, mythische Wasserpferde mit einem Fischschwanz, gleiten. Sie wirken so lebendig, als würden sie tatsächlich über die Fluten reiten und jeden Moment aus dem Wasser hervorbrechen. In der Mitte des Brunnens thront die gewaltige Skulptur von Oceanus, der als Ursprung aller Gewässer angesehen wird.

Das Gurgeln der Wasserspiele lullt mich ein, und ich gehe die Stufen hinunter, die mich zum Wasserbecken bringen. Ein Meer aus Münzen glimmt am Grund des Beckens, als ich ein Bein über die niedrige Brüstung schwinge und hineinsteige. Das Wasser ist eiskalt und reicht mir etwa bis zur Mitte der Oberschenkel. Als die Kälte auf meine bloße Haut trifft, fühlt es sich so an, als würde ein Schalter in meinem Kopf umgelegt werden, und mit einem Mal bin ich hellwach.

Hellwach. Nachdem ich gerade wie im Traum gewandelt bin, kaum Herrin meiner selbst. Mit wachsendem Schrecken schaue ich mich nach allen Seiten um. Ich bin noch immer vollkommen allein auf dem Platz und stehe mit nichts weiter als einem Pyjamaset aus Shorts und Tanktop bekleidet mitten im Trevibrunnen. Unter meinen bloßen Füßen spüre ich die glitschigen Münzen, die Tag für Tag hineingeworfen werden.

Das Gefühl, dass hier etwas überhaupt nicht in Ordnung ist, macht sich in mir breit.

Gerade eben war ich mir noch so sicher, dass ich hierherkommen *muss*. Dass irgendjemand verzweifelt nach mir ruft und mich braucht. Es war keine Zeit, um darüber nachzudenken, keine Option, es *nicht* zu tun. Aber jetzt ist es zu ruhig hier, gottverlassen ruhig.

Ich drehe mich einmal um die eigene Achse, alle Sinne geschärft. Instinktiv warte ich nur auf das, was als Nächstes geschieht, und ich werde nicht enttäuscht.

Das Rauschen des Wassers um mich herum schwillt jäh an. Sturzbäche ergießen sich über die Felsen, und ringsum erheben sich wilde Wellen in dem flachen Becken. Ich bin in einem wütenden Ozean gefangen, der sich schäumend aufbäumt und über die Begrenzungen des Brunnens hinausschwappt. Gischt nimmt mir die Sicht, und obwohl ich weiß, dass der Trevibrunnen mit Süßwasser gespeist wird, schmecke ich ganz deutlich Salz auf den Lippen. Und im nächsten Moment spüre ich es. Die Präsenz von etwas Gewaltigem, die heranrauscht wie ein Tsunami. Wände aus Wasser schießen rings um mich in die Höhe und verharren flüssig, aber wie festgefroren. Ich bin gefangen, unfähig, mich zu bewegen, während ich hinter dem Wasser einen dunklen Schemen erkenne, der zu mir in den Brunnen steigt. Als die Gestalt näher kommt, teilt sich das Wasser ehrerbietig wie ein Vorhang, und ich finde mich einem Mann gegenüber. Spontan schätze ich ihn auf Mitte vierzig, das schwarze Haar wird an den Schläfen bereits schütter, und ein Vollbart bedeckt die untere Hälfte seines Gesichts. Ansonsten ist rein äußerlich absolut nichts Besonderes an ihm zu erkennen. Wäre er mir tagsüber auf der Straße begegnet, hätte ich bestimmt nicht geahnt, was da in ihm steckt. Hier und jetzt ist mir aber absolut klar, dass kein normaler Sterblicher zu mir in den Brunnen gekommen ist. Mich hierhergelockt hat. Auch wenn ich nicht über das besondere Gespür von Santo und seinen Cousins für die Anwesenheit göttlicher Energie verfüge, zeigt mir spätestens ein Blick in seine Augen, mit was ich es zu tun habe. In ihnen steckt das silbrig weiße Leuchten, das ich von Apollo kenne, nur ist dieses hier durchsetzt mit Aquamarinblau. Und so voll abgrundtiefer Bösartigkeit, dass ich unwillkürlich zurückweiche. Mit dem Rücken pralle ich gegen hartes Wasser, und er lässt ein amüsiertes Glucksen hören.

»Du willst fliehen? Tatsächlich?« Das Timbre seiner tiefen Stimme klingt nach brechenden Wellen und erbarmungslosen Wasserstrudeln, die alles und jeden mit sich in die Tiefe ziehen. So urgewaltig wie das Element, das er beherrscht.

Ein Teil von mir ist beeindruckt, als ich sehe, dass er knietief im Wasser steht, aber seine Kleidung sich nicht vollsaugt. Als hätte selbst das Wasser zu viel Angst vor ihm, um ihm zu nahe zu kommen.

»Du bist Neptun, nicht wahr?« Meine Stimme klingt heiser, weil ich mich so anstrengen muss, die Panik in mir niederzuringen. Wenn ich jetzt die Nerven verliere, bin ich schon so gut wie tot. Okay, meine Chancen stehen ohnehin nicht besonders gut, aber ich muss mich daran erinnern, dass ich schon einmal einen Gott in die

Flucht geschlagen habe. Auch wenn ich keine Ahnung habe, ob es einen Unterschied macht, dass ich Jupiter im Gegensatz zu Neptun in seiner körperlosen Form gegenübergestanden bin. Über allem steht, dass ich einen kühlen Kopf brauche, um die dunkle Macht in mir zu finden. Wenn mir das nicht gelingt, bin ich verloren.

Ein Lächeln lässt ein paar Goldzähne in seinem Gebiss aufblitzen. »Wie klug du doch bist!« Sarkasmus trieft aus jeder Silbe, und ich beiße die Zähne zusammen. Wie wenig klug ich tatsächlich bin, beweist die Tatsache, dass er mich hierherlocken konnte. Im Schlaf war ich ihm ausgeliefert, er konnte mich trotz Apollos Schutzschirm erreichen, vielleicht auch deshalb, weil mein Geist mal wieder davongewandert ist.

Wenn ich das hier überlebe, nehme ich mir vor, *dann muss ich lernen, die Geistwanderungen zu kontrollieren.* Ansonsten kann ich womöglich vor Angst nie wieder ein Auge zu tun.

Angelockt von den rohen Emotionen in meinem Blut, spüre ich endlich ein nachtdunkles Flackern tief in meiner Brust. Plutos Macht regt sich wie ein Raubtier, das träge ein Auge öffnet, weil es meine Angst wittert. Mit einem tiefen Atemzug greife ich danach, hoffe, dass mein Wille stark genug ist, um die Glut zu entfachen.

Neptun mustert mich indes interessiert. »Ich kann nicht erkennen, *von wem* du bist«, stellt er unzufrieden fest. »Da ist noch immer dieser Schutz, der dich umgibt.« Er kommt weiter auf mich zu, als hoffte er, durch mehr Nähe Klarheit zu gewinnen.

Aber von mir wird er die Wahrheit nicht erfahren. Ich werde schweigen, und wenn es das Letzte ist, was ich tue. Die Macht, die sich inzwischen bis in meine letzte Pore ausgebreitet hat, duckt sich. Ich bin mir immer noch nicht sicher, *wie gut* ich sie wirklich im Griff habe, aber ich beschwöre sie, sich weiter zurückzuhalten, bis ich sie rufe.

»Ich weiß nicht, was du meinst.« Ich versuche Zeit zu schinden. Außerdem interessiert mich selbst, was genau er eigentlich von mir will. Ich bin die Tochter eines Gottes, aber warum macht mich das für ihn interessant? Oder Jupiter?

Neptun beäugt mich aufmerksam. »Du weißt es nicht, ehrlich? Warst nicht du es, die meinen Bruder, den Gott der Götter, zurückgewiesen hat? Lass dir gesagt sein, diese Gegenwehr hat ihn überrascht, aber er ist auch mehr als gewillt, es dir heimzuzahlen.«

Na wunderbar, dann kann ich mich wirklich auf mehr gefasst machen.

»Deine Existenz alleine ist Rechtfertigung genug, um dich zu vernichten. Göttern ist es seit Langem verboten, sich mit Menschen fortzupflanzen. Und nach dem, was du getan hast, verlangt jede einzelne Gottheit nach deinem Kopf. Es ist ein Privileg, dass ich derjenige sein darf, der dich beendet.«

Mich beenden. Obwohl der Gott der Meere mir gerade unmissverständlich mitgeteilt hat, dass er die Absicht hat, mich zu töten, muss ich gegen ein Lachen ankämpfen. Offenbar kann er mir mein klammheimliches Amüsement ansehen, denn wütend kneift er die Augen zusammen.

»Ich habe durchaus nicht die Absicht, *beendet zu werden*«, mache ich ihm klar und stelle die Beine weiter auseinander, um auf dem glitschigen Boden einen besseren Stand zu haben.

Auf meine Worte hin peitscht das Wasser wütend hoch und bestäubt mich mit einer weiteren Woge salziger Gischt, die in meinen Augen brennt.

Neptun legt den Kopf in den Nacken und lacht dröhnend auf. »Diese Naivität hat mich schon immer an den Menschen amüsiert. Diese Überzeugung, dem gewachsen zu sein, das wir sind. Komm, kleines Mädchen, lass mich dir zeigen, was ich mit deinen *Absichten* tun werde.«

Er breitet seine Arme wie Schwingen neben seinem Körper aus, spreizt die Finger und streckt sie ein paarmal prüfend so, als hätte er sich noch nicht vollkommen an das Gefühl dieses physischen Leibs gewöhnt. Das silbrige Blau seiner Augen wirbelt auf wie eine schäumende Strömung, und die Sehnen an Armen und Hals treten hervor. Mit einem tiefen Atemzug befiehlt er das Wasser zu sich, das sich wie bei Ebbe zurückzieht und sich in Wellen um ihn aufbauscht. Das Spektakel ist so beeindruckend, dass ich es einen Augenblick vollkommen gebannt beobachte. Doch schon im nächsten Moment entweicht mir der Atem mit einem heftigen Keuchen, als Neptun die Fäuste ballt und das Wasser auf mich zuschickt. Es gibt kein Entkommen. Die Wellen brechen über mir zusammen, doch sie ziehen mich nicht mit sich hinunter. Stattdessen umfangen sie mich wie ein Kokon, und ich spüre, wie ich angehoben werde. In einer glimmenden Blase aus Wasser schwebe ich direkt vor Neptun, dessen Züge ich nur noch seltsam verzogen wahrnehmen kann. Sein grausames Lächeln verzerrt sich beinahe bis zur Unkenntlichkeit, als er zufrieden die Arme vor der Brust verschränkt und mich in meinem Gefängnis beäugt.

Als er spricht, dringt seine Stimme so klar in mein Ohr, als stünde er unmittelbar neben mir.

»Falls du es dich gerade fragen solltest: Im Moment habe ich dich nur gebannt, und das Wasser wird dir nichts anhaben, weil ich wirklich gerne erst ein paar

Antworten von dir hätte, bevor ich dich auslösche. Aber ein Gedanke von mir genügt, und deine jämmerliche Existenz wird in Fetzen gerissen.«

Das Wort *gebannt* zerrt an einem uralten Anker in meinen Erinnerungen. Auch in Herculaneum war ich gebannt, und die Gewissheit, mich gerade in derselben Situation zu befinden, lässt die Panik in mir überkochen. Verzweifelt beginne ich in der Wasserblase um mich zu schlagen. Ich trete und winde mich, um irgendwie die Hülle dieses fließenden Gefängnisses zu durchstoßen. Ein Schrei entweicht mir, aber nur Luftblasen dringen aus meinem Mund, und die Dunkelheit in mir ist zu weit entfernt, um mir helfen zu können. Ich kämpfe bis zur Erschöpfung, auch wenn ich rein gar nichts ausrichten kann. Das Wasser hält mich unbarmherzig in seiner Mitte, trügerisch sanft und schmeichlerisch.

Neptuns Kichern dringt an meine Ohren. »Naiv, wie ich schon sagte. Hast du nun genug?«

Ich zeige ihm die Zähne, was er durch die Membran der Blase hoffentlich sehen kann.

Der Gott gibt sich unbeeindruckt. »Also, von wem stammst du ab?«

Ich senke die Lippen, presse sie fest zusammen, um mich durch keinen Laut zu verraten. Wenn Götterkinder wirklich etwas Verbotenes sind, darf kein Laut über meinen Vater meine Lippen verlassen. Wir kennen uns kaum, und er ist und bleibt ein Gott, eine Tatsache, die mich noch immer frösteln lässt, aber da ist noch mehr. Zum Beispiel die Tatsache, dass er mich mein Leben lang beschützt hat. Jetzt, da ich in Neptuns Fängen bin, beginne ich zu verstehen, warum er diesen Entschluss gefasst hat, ungeachtet der Konsequenzen. Ja, ich bin als namenlose Sklavin aufgewachsen, und er musste sich von mir abwenden, aber immerhin konnte ich leben, anstatt postwendend von den anderen Göttern ermordet zu werden.

»Nein? Du willst nicht?« Falsches Bedauern schwingt in seiner Stimme mit, und er hebt die Hand. Das Wasser drängt mit einem Mal vor, presst sich wie eine Faust gegen meine Lippen und zwingt meinen Mund auf. Ein Strahl bitteres Salzwasser schießt meine Kehle hinunter, dringt in meine Lungen ein und füllt mich aus wie pures Feuer. Mein schwereloser Körper spannt sich an wie eine Bogensehne, und ich will schreien, während sich das unerbittliche Brennen in mir ausbreitet. Der Bann sorgt zwar dafür, dass ich ohne Atemluft auskommen muss, aber das verhindert nicht, dass mich das Salz von innen zerfrisst wie Säure. Ich ertrinke und tue es doch nicht. Keine Ahnung, wie lange Neptun das Wasser in mich schickt, aber für mich ist eine kleine Ewigkeit vergangen, als er endlich die Hand sinken lässt und das schreckliche Gefühl aufhört. Ich sinke in mich zusammen, am ganzen Leib zitternd, und nur der sanfte Auftrieb der Strudel hält mich halbwegs aufrecht.

»Das war nur ein kleiner Vorgeschmack«, verkündet Neptun süffisant. »Wir können das beliebig oft wiederholen. Für mich macht das keinen Unterschied. Also, Götterbastard, sag mir, von wem du abstammst.«

Die bloße Vorstellung, diese Tortur wieder durchmachen zu müssen, lässt mich beinahe einknicken, aber nur fast. Die Erinnerung an Plutos Stimme steigt in mir auf, die für mich so sehr nach Heimat und Geborgenheit geklungen hat, lange bevor ich wusste, was uns verbindet. Ich klammere mich an die Erinnerungen, lasse sie tief in meine Willensstärke einsinken, wo sie mir Kraft geben sollen. Und noch etwas passiert: Meine Dunkelheit hebt erwartungsvoll den Kopf.

Neptun sagt etwas, das nicht zu mir durchdringt, und als ich nicht reagiere, scheint er die Geduld zu verlieren. Seine Hand peitscht vor, und diesmal dringt der Wasserstrahl gewaltig und voller nasser Glut durch Mund und Nase. Mein Körper krümmt sich unter dem Inferno, das mich von innen aufzehrt, und jetzt zögere ich nicht länger, meine Kraft einzusetzen. Es ist purer Instinkt, der mich dazu bringt, sie zu rufen, ihr zu befehlen, mir beizustehen. Und sie kommt meiner Anweisung nur zu gern nach. Sie frisst sich an meinem Schmerz hoch, schwillt an und brüllt dem Wasser ihr Lied aus Tod und Verderben entgegen.

Während ich mich bereitmache zuzuschlagen, bemerke ich, dass Neptun den Bann gelockert haben muss, denn Atemnot macht sich in mir breit. Meine Lungen schmerzen jetzt nicht nur unter dem Ansturm des Salzwassers, sondern sie schreien auch nach Sauerstoff. Schwindel überkommt mich, und es ist bestimmt nur noch eine Frage von Minuten, ehe ich das Bewusstsein verliere. Aber mir wird auch etwas klar: Was er garantiert als Maßnahme geplant hat, um mir noch mehr Qualen zuzufügen, verleiht mir gleichzeitig mehr Spielraum, um meine Macht einzusetzen. Er hat die Barriere geschwächt, und es sollte einfacher sein, sie zu durchdringen. Ich zögere nicht länger.

Die Schwärze fließt aus mir heraus, sickert wie dickflüssige Tintentropfen in das Wasser um mich herum, bis ich von einer Wolke aus Schwärze umgeben bin. Mein Blut singt angesichts der bodenlosen Dunkelheit, die so vollkommen mein Element ist. Neptun ist vielleicht der Herr über das Wasser, aber die Finsternis hat es jetzt übernommen, und sie gehorcht ganz mir. Noch immer bettelt mein Körper um Atemluft, weswegen ich mich mit aller Macht aufbäume. Das Wasser folgt meinem Befehl nicht so bereitwillig wie Neptun, aber schließlich beugt es sich und gibt mich frei. Die Schwere kehrt zurück in meinen Körper, und ich lande mit beiden Füßen wieder im Brunnenbecken. Gierig schöpfe ich Atem, bis sich das Schwindelgefühl gelegt hat. Dann hebe ich den Blick auf das Szenario vor mir: Die nun tiefschwarze Wassersphäre schwebt wabernd zwischen Neptun und mir in der Luft. Ich spüre, wie er seine Macht ausschickt, um die Kontrolle zurückzuerlangen, aber ich halte mit allem, was ich bin, dagegen. Und ich bin jede Menge. Der Quell meiner Macht scheint unerschöpflich, jetzt, da ich ihr immer mehr Raum gebe. Ich bin ihre eigene Kreatur, und sie ist mein Schwert und Schild.

Pechschwarzes Wasser sprudelt inzwischen aus dem gesamtem Trevibrunnen, ein krasser Kontrast zu dem schneeweißen Tavertin und Marmor, aus dem er erbaut ist.

Die Selbstgefälligkeit ist längst von Neptun gewichen. Sein gestohlenes Gesicht ist bleich geworden, und er weicht tatsächlich einen Schritt zurück, als ich die Hände hebe.

»Pluto«, flüstert er, und ich bin überrascht, als ich echte Angst aus seiner Stimme heraushöre. »Du stammst von Pluto ab.«

Das Erbe meines Vaters stärkt mir den Rücken, und ein Hochgefühl durchströmt mich wie eine aufputschende Droge. Eine innere Stimme versichert mir, dass ich dem Gott gewachsen bin, wenn nicht sogar mehr. Ich versetze ihn in Angst und Schrecken – das muss etwas heißen.

Betont nachdenklich neige ich den Kopf. »Wie fühlt es sich an, in diesem Körper zu hausen, der einem armen Sterblichen geraubt wurde? Fühlt es sich so an, als hättest du das Recht dazu, ihn dir zu nehmen und zu benutzen?«

Wie feine Rauchfahnen schlängelt sich Schwärze an seinen Beinen hinauf, tränkt seine Kleidung in Dunkelheit, und Neptun erschaudert. »Ich muss sie vor dir warnen …«

»Oh, das denke ich nicht.« Das Letzte, was ich will, ist, dass alle Götter mein Erbe kennen. Dieses Wissen hat es einen besonderen Stellenwert für sie, und diesen Vorteil will ich so lange wie möglich auf meiner Seite haben.

Was ich als Nächstes tue, geschieht aus reinem Instinkt. Ich gebe dem Drängen der Dunkelheit nach, die immer gieriger nach Tod und Verdammnis lechzt. Und ich bin überaus geneigt, Neptun eine erste Kostprobe davon zu geben.

Wie beim letzten Mal, als ich Jupiters Blitzen gegenüberstand – der anders als Neptun ganz offensichtlich nicht erkannt hat, woher meine Kräfte stammen –, lasse ich mich fallen, vollkommen eins mit der Macht, die aus einer unendlich tiefen Quelle strömt und sich vor meinen Augen entfaltet.

Bevor er überhaupt dazu kommt zu blinzeln, rast die Wasserkugel, die mich gerade eben noch gefangen gehalten hat, auf Neptun zu und hüllt ihn vollkommen ein. Sein Schrei wird erstickt von einer Flut aus purer Finsternis. Wellen branden ringsum auf, schäumend und schwarz, im Gleichtakt mit meinem Zorn. Denn verdammt noch mal, ich bin fuchsteufelswild. Ich sehe und höre nichts mehr von dem Gott, während ich ein Inferno entfessle, das jeder meiner Atemzüge weiter anfacht. Ich stehe in nachtschwarzen Flammen und finsterstem Rauch, bis das letzte bisschen meiner Kraft verbraucht ist und die Dunkelheit zu mir zurückkehrt wie ein erschöpfter Krieger nach erfolgreicher Schlacht. Das Wasser im Brunnen kommt zur Ruhe, es nimmt erneut seine strahlende hellblaue Farbe an, und allmählich dringt auch die Umwelt wieder auf mich ein.

Blinzelnd und schwer atmend schaue ich mich um.

Klatschnass und nur im Pyjama stehe ich im berühmtesten Brunnen der Welt

Und der Gott, der mich hierhergelockt hat, um mich zu vernichten, scheint vom Erdboden verschluckt worden zu sein.

Kapitel Einundzwanzig

Rom, 79 n. Chr.

Aliqua schlug die Augen auf und wusste, dass sie tot war.

Das war die einzige Erklärung, die ihr einfiel. Denn so gut hatte sie sich in ihrem ganzen Leben noch nicht gefühlt.

Jede Faser ihres Körpers schien vor Energie zu summen, ihre Gedanken waren das erste Mal seit einer Ewigkeit klar und nicht vom Fieber getrübt, und überhaupt schien da so viel mehr *zu sein. Sie konnte es nicht benennen, aber es kam einem Gefühl von Unverwundbarkeit gleich. Aliqua fühlte sich so sehr im Einklang mit sich und ihrem Körper, dass sie vor Freude am liebsten gejauchzt hätte. Wenn das bedeutete, sein sterbliches Leben hinter sich zu lassen, dann hätte sie sich nicht fürchten müssen. Es war herrlich. Der einzige Wermutstropfen war, dass Sanctius hier wohl niemals zu ihr stoßen würde. Sie konnte sich nicht vorstellen, dass er das unsterbliche Leben aufgeben würde, um ihr in den Tod nachzufolgen, aber wie gerne hätte sie ihm davon erzählt, wie wunderbar es war. Vielleicht hätte er es sich doch anders überlegt …*

Eine Weile lag sie so da, vollkommen in sich selbst versunken, ehe sie ihre Umgebung wahrzunehmen begann. Ihre Stirn runzelte sich.

Sie lag in einem Bett und starrte eine Zimmerdecke an, die ihr höchst vertraut vorkam. Als sie den Blick senkte, erkannte sie, dass sie auf ebenjenem Lager lag, auf dem sie unendliche Tage lang gegen die Seuche gekämpft hatte. Sie trug sogar noch das verschwitzte Hemd, das streng roch und mit unappetitlichen Flecken in Rot und Schwarz übersät war.

Konnte das Nachleben der irdischen Welt so frappierend ähneln? Erste Zweifel keimten in ihr auf, und sie rappelte sich im Bett auf. Als sie das letzte Mal die Augen geschlossen hatte, war es ihr nicht mehr möglich gewesen, sich ohne fremde Hilfe aufzusetzen. Ohne jeden Zweifel war dies das Zimmer im Haus der Omodeos, in dem sie gepflegt worden war. Aber das konnte nicht sein. Es konnte *ihr nicht so gut gehen. Sie war im Sterben gelegen, das wusste sie mit unfehlbarer Sicherheit. Wenn sie sich jetzt so gut fühlte …*

Bevor der Gedanke sich vollends entfalten konnte, betrat jemand den Raum. Sanctius und Orela, die vollkommen in eine hitzige Diskussion vertieft waren.

Gedämpft redete Sanctius auf seine Schwester ein. »Und ich sage dir, Remo hat sich überhaupt nicht dafür interessiert, als ich ihm von Aliquas Genesung erzählt habe. Er war ja nicht einmal hier drinnen, um zu sehen, wie schlecht es ihr ging. Er hat nur davon gesprochen, dieses Wagenrennen vor der Stadt besuchen zu wollen.«

Orela hatte die Lippen zu einer grimmigen Linie zusammengepresst. »Wir können froh sein, dass er noch so voller kindlichem Übermut ist und die Welt um sich herum kaum wahrnimmt. Die Dienstboten dagegen …«

»Wissen auch nichts! Wir haben niemanden hier hereingelassen. Schließlich wollten sie sich nicht anstecken.«

»Ich hoffe wirklich, dass ich dieses Wissen vor den Göttern geheim halten kann. Wenn auch nur einer einen gründlicheren Blick auf meinen Geist wirft …«

»Dann hör auf, daran zu denken!«

Vollkommen in ihren Schlagabtausch vertieft, zuckten beide zusammen, als sie ihre Aufmerksamkeit schließlich dem Bett zuwandten und Aliqua aufrecht darin sitzen sahen. Sie teilte die Verblüffung, die sich auf ihren Gesichtern ausbreitete.

Einige Augenblicke lang herrschte eine schier unerträgliche Spannung im Raum, dann stieß Sanctius einen Laut aus, halb trockenes Aufschluchzen, halb Jubelschrei. Er stürmte auf das Bett zu, kniete sich auf die Matratze und umfasste Aliquas Gesicht mit beiden Händen.

»Wie geht es dir?«, raunte er frohlockend. »Wie geht es dir, wie geht es dir?« Immer und immer wieder, bis sich die Worte in Aliquas Kopf zu drehen begannen und sie selbst die Antwort darauf nicht mehr wusste.

»Ich ähm … ich lebe noch?« Die Anwesenheit der beiden Unsterblichen sollte eigentlich Beweis genug sein, dass sie noch unter den Lebenden weilte, aber sie musste es von ihnen hören.

»Ja, das tust du.« Überwältigt von Gefühlen, drückte Sanctius seine Lippen auf die ihren, und bei dem Kontakt seines weichen Mundes glaubte sie das erste Mal, seit sie aufgewacht war, dass sie wirklich am Leben war. So berauschend könnte sich der Tod niemals anfühlen. Ihr Herz überschlug sich, tanzte übermütig angesichts der schieren Unfassbarkeit, der Seuche tatsächlich entkommen zu sein.

Als sich Sanctius von ihr löste, platzte sie atemlos heraus: »Aber wie? Es ging mir so schlecht … wie viel Zeit ist seit dem letzten Mal vergangen, als ich bei Bewusstsein war?« Sicherlich mussten es Wochen gewesen sein, wenn es ihr wieder so gut ging.

Sie blickte von Sanctius zu Orela, die einen verlegenen Eindruck machte. »Das war in der vorletzten Nacht«, gab sie schließlich preis.

Aliqua sah zu Sanctius, der bestätigend nickte. Sie konnte es nicht fassen. Absolut nicht. Diese Behauptung war so absurd, dass ein Lachen in ihr aufstieg. Es brach sich Bahn, und die Abwesenheit des rasselnden Hustens machte sie so glücklich, dass sie noch heftiger zu lachen begann. Keuchend sank sie in die Kissen zurück und wischte sich die Augen. Sie mussten lügen ... oder ein götterverdammtes Wunder steckte hinter ihrer Heilung. Ihre Gedanken kamen ins Stocken.

Ein götter...verdammtes ... Wunder.

Sie riss die Augen auf. »Nein!« Sanctius war ihr plötzlich zu nahe, er verschwamm vor ihren Augen, und sie rutschte über die Matratze zurück, um etwas Abstand zwischen sie beide zu bringen. Vollkommen schockiert schaute sie ihn an und konnte nicht glauben, was sich in ihrem Verstand gerade aufbaute.

»Ihr habt das nicht getan.«

Sie blickte zu Orela, deren Gesicht vor Schuldbewusstsein glühte, und schüttelte den Kopf, bis ihr Haar wie aufgepeitschte Schlangen um ihren Kopf flog. Beschwichtigend hob Sanctius die Hände.

»Du lebst, Aliqua. Dir geht es wieder gut. Einzig darauf kommt es an.«

Glühend vor Zorn richtete Aliqua sich auf. »Es kommt einzig darauf an, dass ihr das Gebot der Götter gebrochen habt. Ich darf die Ambrosia nicht bekommen! Was habt ihr getan!«

»Pst, nicht so laut.« Hektisch schaute Sanctius zur Tür, doch die Wut tobte weiter in Aliqua und vermischte sich mit Angst.

»Es hat uns überkommen«, wisperte Orela kaum hörbar. Die plötzliche Verletzlichkeit in ihrer Stimme war es, die Aliqua ein wenig zur Räson brachte. »Wir können uns

beide nicht erklären, warum wir es getan haben. Aber Sanctius hat dir den Trank eingeflößt, und ich war dabei.«

Stumm schüttelte Aliqua den Kopf, sie konnte einfach nicht damit aufhören. Die Vorstellung, dass sie die Gabe der Götter erhalten hatte, dass diese ihre Leben gerettet hatte, überstieg schlichtweg ihre Vorstellungskraft. Sie, die als zu nieder eingestuft worden war, um diese Huld zu erlangen.

»Ich verstehe das nicht! Was meinst du damit, es habe euch überkommen?«

Die Geschwister wechselten einen unsicheren Blick.

»Es war wie ein Wahn, als wäre ich nicht mehr ich selbst«, sprach Sanctius schließlich, die Brauen finster zusammengezogen, als versuchte er vergeblich, sein eigenes Verhalten nachzuvollziehen.

Orela nickte zustimmend. »Ich war nicht Herrin meiner selbst. Womöglich ... womöglich hat uns der Wunsch, dich zu retten, übermannt und alle Vernunft negiert.« Sie klang nicht vollkommen überzeugt von dieser Erklärung, aber es schien keine bessere zu geben. Nichts, was ihr unbedachtes Handeln gerechtfertigt hätte.

Nichts außer schierem Wahnsinn.

»Sie werden es erfahren«, flüsterte Aliqua schließlich. »Die Götter werden davon erfahren, und ihre Strafe wird grausam sein.«

»Gar nichts werden sie erfahren.« Sanctius hob die Stimme, einen strengen Ausdruck auf dem Gesicht. »Ich bin mir sicher, dass sie es nicht bemerken werden, solange niemand hingeht und uns an sie verrät. Es gibt zu viele Menschen, als dass sie auf alle ein Auge haben könnten, und solange wir Aliqua verstecken, werden sie ihre Unsterblichkeit hoffentlich nicht bemerken. Keiner von uns dreien wird etwas sagen.« Er schaute in die Runde. »Wir

müssen es ein Jahr geheim halten, danach verfliegt die Wirkung.«

»Ein Jahr.« Aliqua kam diese Zeitspanne mit einem Mal unendlich vor. Könnte sie es tatsächlich schaffen, sich für eine solche Zeitspanne vor den Göttern zu verstecken? War so etwas überhaupt möglich? Sie zweifelte sehr daran, dass den Göttern so etwas lange entgehen würde.

»Wir werden einen Weg finden«, schwor Sanctius, und dieselbe wilde Entschlossenheit, die er schon an ihrem Krankenlager gezeigt hatte, kehrte in seine Augen zurück. Zaghaft griff er nach ihrer Hand. Sie entzog sie ihm nicht, als er sanft einen Kuss auf ihre Knöchel drückte. »Du lebst, und das ist alles, was zählt.«

Santo

Ich weiß nicht, was mich weckt, aber mit einem Mal bin ich hellwach.

Nach der Patrouille-Nacht bin ich früh und ziemlich gerädert ins Bett gefallen, auch wenn mich die Ereignisse des Tages noch eine Weile wach gehalten haben. Bis gerade eben habe ich geschlafen wie ein Stein, aber jetzt starre ich mit rasendem Herzen in die Dunkelheit, noch zu verwirrt, um zu begreifen, was vor sich geht. Ich weiß nur, dass sämtliche Sirenen in mir wie wild Alarm schlagen. Und da ist eine seltsame innere Überzeugung, die mir zuflüstert, dass mit Aliqua etwas nicht in Ordnung ist. Irritiert runzle ich die Stirn und versuche dem Impuls nachzuspüren. Vielleicht hilft mir mein Radar dabei, etwas Klarheit zu schaffen. Ich konzentriere mich auf meine Fähigkeit, und was ich spüre, ist ziemlich ungewöhnlich. Nicht weit von mir entfernt befindet sich definitiv ein Herd göttlicher Energie, aber es fühlt sich so anders an, als ich es von Ewiglichen kenne. Es ist so viel kraftvoller und hinterlässt ein anderes Gefühl bei mir. Irgendwie drängend und verzweifelt. Und da ist noch immer das Gefühl, dass Aliqua in Schwierigkeiten ist. Aber das dürfte gar nicht sein, oder? Apollo hat seinen Schutzschirm über die Wohnung gespannt, und Aliqua hat sich zur selben Zeit wie ich in ihr Zimmer zurückgezogen. Trotzdem stehe ich auf, ziehe mir schnell eine Hose und einen Hoodie über und trete hinaus in den Flur. Nur um wirklich sicherzugehen. In der Wohnung ist es still, und alles scheint wie immer zu sein, doch als ich zu Aliquas Schlafzimmer schaue, setzt mein rasender Herzschlag einen Takt lang aus. Und dann noch einen. Es holpert in meiner Brust, während ich die offen stehende Tür anstarre.

Oh verdammt.

Stolpernd eile ich hinüber, spähe in den Raum und finde ihn verlassen vor. Das Bettzeug ist zerwühlt, und als ich eine Hand auf die Matratze lege, ist keine Spur ihrer Körperwärme mehr spürbar. Sie ist schon eine Weile fort. Sicherheitshalber schaue ich auch in das angrenzende Badezimmer (verlassen) und spurte dann wie ein Irrer durch alle Räume der Wohnung, sogar aufs Dach. Die Panik droht mich zu überwältigen, als ich sie nirgends finde. Aliqua ist wirklich fort, und die Ahnung, dass ihr vielleicht etwas passiert ist, wächst sich zu unerbittlicher Gewissheit aus. Mir dreht sich der Magen um, wenn ich daran denke, was geschehen sein könnte. Götter, Immortali ... vielleicht doch Marcellus, der uns direkt nach seiner Rückkehr verraten hat ...

Ich habe keine Geduld, auf den Aufzug zu warten, als ich Hals über Kopf die Wohnung verlasse, sondern nehme die Treppe nach unten. Nackte Angst hat mich fest im Griff, als ich Minuten später auf die Straße hinausstürze. Bilde ich es mir nur ein, oder liegt heute Nacht eine unnatürliche Ruhe über der Stadt? Vielleicht bin aber auch ich selbst zu laut. Zu panisch. Alles dreht sich.

Blind lasse ich mich von dem Radar in meinem Kopf lotsen, das immer heftiger ausschlägt, je weiter ich laufe. An der spanischen Treppe vorbei, weiter in Richtung Süden, bis ich das Trevi-Viertel erreiche. Erst hier werde ich langsamer und erlaube mir, einen Moment durchzuatmen. Ich bin jetzt ganz nah dran, und egal wie heftig alles in mir danach schreit, zu Aliqua zu eilen, muss ich bedachtsam vorgehen. Wenn sie wirklich in der Klemme steckt, dann könnte es ein gewaltiger Fehler sein, wie ein Wilder dazwischenzuplatzen. Zuerst muss ich mir ein Bild der Lage verschaffen. Durch das enge Gassengewirr pirsche ich mich voran, und mit jedem Schritt wird klarer, wohin ich mich bewegen muss: der Trevi-Brunnen, der dem *Rione* seinen Namen gibt. Inzwischen bin ich nah genug, um nicht nur auf das Radar zu achten, sondern auch meine unmittelbare Umgebung zu belauschen. Mein Herz schlägt immer noch viel zu schnell, aber ansonsten bin ich jetzt gefasster und in den hoch konzentrierten Zustand des Jägers übergegangen. Als ich auch nach einer knappen Minute nichts Auffälliges höre oder spüre, wage ich mich vorsichtig vor.

Die nächtliche Beleuchtung des gigantischen Brunnens, der mehr ein künstlerisches Monument ist, erhellt den gesamten Platz. Ohne die Menschenmenge, die sich sonst hier tummelt, ist das Spritzen und Gluckern des Wassers deutlich zu hören. Ich pirsche mich noch näher heran, einen Teil meiner Aufmerksamkeit wende ich konstant dafür auf, die Umgebung zu sondieren, damit mir ja nichts entgeht. Allerdings fällt meine Lauerstellung abrupt von mir ab, als ich die schmale Gestalt entdecke, die mitten im Brunnenbecken steht. Meine Lippen öffnen sich zu einem stummen Ruf, als mir klar wird, dass es tatsächlich Aliqua ist. In diesem Moment lasse ich jede Vorsicht fallen und eile auf sie zu. Ich wage es noch nicht, die Erleichterung zuzulassen, solange ich nicht weiß, was ihr widerfahren ist – ich weiß besser als jeder andere, dass innere Wunden genauso grausam sein können wie äußerliche Verletzungen. Und die Götter sind wahre Meister darin, die Köpfe von Menschen zu verhexen.

Reglos wie eine Statue steht Aliqua im leuchtenden Wasser, mit dem Rücken zu mir. Sie trägt nur Shorts und ein Tanktop und scheint bis auf die Haut durchnässt zu sein. Ich verharre am Brunnenrand und rufe leise ihren Namen. Langsam, wie in Zeitlupe, dreht sie sich zu mir um und starrt mich mit einem Ausdruck sprachlosen Erstaunens an. Aufmerksam nehme ich sie in Augenschein, aber äußerlich wirkt sie unversehrt. Mein Blick wandert weiter zu ihren Augen, und ich bin erleichtert, als sie mir aufgewühlt, aber ansonsten klar entgegenschaut. Kein Zweifel, sie muss etwas Extremes erlebt haben, scheint aber keine tieferen Verletzungen davongetragen zu haben.

»Santo?« Ihre Stimme ist ein heiseres Wispern. »Bist du es wirklich?«

Meine Brust zieht sich schmerzhaft zusammen, weil sie so verloren klingt. Alles, was sie an Fassung aufgebaut hat, beginnt Schicht für Schicht von ihr abzublättern, je länger wir einander ansehen. Ein Schaudern schüttelt ihren Körper. Verdammt, es muss eiskalt im Wasser sein, immerhin speist eine Bergquelle den Brunnen.

»Ja, ich bin's.« Keine Ahnung, wie sie das überzeugen soll, falls sie wirklich daran zweifelt, dass ich es bin, den sie vor sich sieht. Aber offenbar genügt der Klang meiner Stimme, denn ihre Miene entspannt sich prompt.

»Komm her, ich helfe dir raus. Das Wasser muss eisig sein.«

Fest beißt sich Aliqua auf die bebende Unterlippe, nickt und kommt mit vorsichtigen Schritten auf mich zu. Langsam tappt sie über die Münzen, die den Boden des Brunnenbeckens pflastern, bis sie nach meinen ausgestreckten Händen greifen kann. Kurzerhand schlinge ich einen Arm um ihre Taille und hebe sie über die Brüstung. Ihr Körper fühlt sich an wie ein Eisklumpen, und ungeachtet der Nässe ziehe ich sie fest an mich. Aliqua lässt es geschehen, es ist der erste Moment von so intensiver Nähe, seit sie nach unserem Auftauchen an der Landstraße ohnmächtig geworden ist. Langsam sinke ich zu Boden, lehne mich mit dem Rücken an die Einfassung des Brunnens und ziehe Aliqua zu mir herunter. Bibbernd kriecht sie in meinen Schoß, schlingt Arme und Beine um mich und vergräbt das Gesicht am Kragen meines Hoodies. Sanft reibe ich mit den Händen über ihre bloßen Arme, dann fasse ich ihre Haare im Nacken zusammen und wringe vorsichtig das Wasser heraus. Sie gibt keinen Ton von sich, schmiegt sich nur fröstelnd an mich. Als ich mich kurz aus ihrem Griff zu lösen versuche, um mir den Hoodie über den Kopf zu ziehen, verwandeln sich ihre Gliedmaßen in Würgeschlangen.

»Lass nur ganz kurz los«, murmle ich beschwörend. »Damit ich dir meinen Pulli geben kann.« Der Griff ihrer Arme lockert sich tatsächlich so weit, dass ich mich aus dem Kleidungsstück winden und es ihr überstreifen kann. Zum Glück trage ich noch ein Shirt darunter, und solange man nicht in einem Brunnen voller Quellwasser gebadet hat, ist die Nacht angenehm lau.

Ich weiß nicht, wie lange wir anschließend zusammensitzen. So nah, dass kein Blatt zwischen uns passt. Obwohl in meinem Kopf unaufhaltsam die Fragen rotieren, was zum Teufel passiert ist, warte ich ab, bis Aliqua sich beruhigt und gesammelt hat, um von selbst zu erzählen. Gleichzeitig behalte ich die Umgebung auf dem Schirm, wachsam für jede Veränderung. Ehrlich gesagt wundert es mich, dass noch keine weiteren Damnati hier aufgetaucht sind. Ich kann doch nicht der Einzige in der Stadt gewesen sein, der diese überwältigende Aktivität wahrgenommen hat?

Mit der Zeit spüre ich, wie Aliquas Zittern allmählich nachlässt, und ich fürchte schon, dass sie vor Erschöpfung eingeschlafen ist, als sie nahe an meinem Hals flüstert: »Marcellus hat nicht gelogen.«

Sofort versteife ich mich, ermahne mich aber schon im nächsten Moment dazu, nicht die Nerven zu verlieren. Es ist nur eine dunkle Ahnung, aber ich bin davon überzeugt, dass Aliqua heute Nacht etwas Traumatisches widerfahren ist, und wenn sie davon erzählen soll, dann muss ich Ruhe ausstrahlen. Verständnis.

»Worüber hat er nicht gelogen?«, erkundige ich mich, während ich in langsamen Kreisen über ihren Rücken fahre. Als sie das gestern unter dem Tisch mit mir gemacht hat, war die Wirkung sowohl anregend als auch entspannend. Ich hoffe, dass ich gerade Letzteres bewirke.

»Dass die Immortali Sterbliche verschleppt haben, um ihre Körper den Göttern bei einer möglichen Rückkehr zur Verfügung zu stellen. Und dass die Götter umgehend davon Gebrauch gemacht haben.«

Eine Kälte, die nichts mit dem frierenden Mädchen in meinen Armen zu tun hat, macht sich in mir breit. Raureif überzieht mein Inneres wie einen scharfkantigen Panzer.

»Was ist passiert?«

Ich höre, wie Aliqua schluckt. »Ich wurde aus dem Bett gelockt.« Tränen klingen aus ihrer Stimme, und unwillkürlich drücke ich sie fester an mich. »Keine Ahnung wie genau ... vielleicht haben sie sich meine Gabe zunutze gemacht ... aber ich war davon überzeugt, dass jemand in Schwierigkeiten war und ich ihm helfen musste. Ich war wie in Trance, nur darauf konzentriert hierherzukommen. Und als ich den Brunnen erreicht habe und zu mir gekommen bin, war es schon zu spät.«

Zu viel strömt auf mich ein. Fragen, Gedanken, Gefühle. Aber vor allem eines: ein Zorn, der sich durch sämtliche Schichten meines Seins frisst und meine Menschlichkeit mit sich reißt. Übrig bleibt eine Bestie, die vernichten will. Koste es, was es wolle.

»Wer?«, stoße ich hervor.

Sie zögert nur einen Moment. »Neptun.«

Nur ihre Hand, die an der Seite meines Halses liegt, hält mich in diesem Moment davon ab aufzuspringen. Die Berührung ist ein Anker, der mich erdet und daran erinnert, dass es hier um sie geht und nicht darum, loszustürmen, um Rache am Gott der Meere zu nehmen. Ich würde mich ihm entgegenstellen, jetzt sofort, ohne mich um die Konsequenzen zu kümmern. Wahrscheinlich könnte er meine gesamte Existenz mit einem Fingerschnippen auslöschen, aber selbst das rückt in den Hintergrund. Ich will ihm zeigen, wie es ist zu bluten, nun, da er sich einen Körper genommen hat. Denn ab jetzt sind die Götter angreifbar. Vielleicht nicht zu vernichten, weil, na ja, sie sind immer noch göttliche Kreaturen, aber zumindest nicht mehr unsichtbar und vollkommen unantastbar. Jetzt bieten sie definitiv genug

Angriffsfläche, um ihnen eine Abreibung zu verpassen. Der Gedanke elektrisiert mich so sehr, dass ich die Zähne zusammenbeißen muss, um meinen Tatendrang weiter niederzuringen. Ich zwinge mich, langsam und ruhig durch die Nase zu atmen, um die rasende Mordlust zu bändigen, die nach Blut und Vergeltung verlangt. Aliquas Duft mischt sich in meine Atemluft und besänftigt die Bestie weiter.

Aliqua gibt ein kehliges Geräusch von sich. »Sie werden bezahlen. Für diese Menschen und alles andere.« Es ist, als hätte sie meine Gedanken gehört. Als verstünde sie auch ohne Worte, wie es in mir tobt, nachdem Neptun es gewagt hat, sie hierherzulocken.

Und obwohl es mich innerlich fast zerreißt, wenn ich nur daran denke, muss ich mehr erfahren von dem, was sich zugetragen hat. »Er hat dich also hierhergelockt und ist dir in menschlicher Gestalt gegenübergetreten. Was wollte er? Und wie hast du es geschafft, ihn zu vertreiben?« Mir fällt ein, dass das hier nicht das erste Mal war, dass sie auf einen Gott getroffen ist. Jupiter selbst hat sie angegriffen, als sie mit Marcellus vor den Immortali geflohen ist. In diesem Moment war ich zu erleichtert darüber, dass sie einigermaßen unversehrt der Entführung entkommen war, um mich zu fragen, wie sie es verhindern konnte, von Jupiters Blitzen pulverisiert zu werden. Weder sie noch Marcellus haben sich dazu geäußert.

»Es ist ... also ...« Aliqua ringt um Worte, das Gesicht noch immer an meiner Brust vergraben. Ich will sie nicht dazu drängen, mich anzusehen, aber schließlich hebt sie von selbst das Gesicht. In ihren Augen schimmert ein furchtsamer Ausdruck. »Ich habe herausgefunden, wer mein Vater ist.«

Okay, damit habe ich nicht gerechnet.

»Nun, es klingt vielleicht unglaublich, aber wie sich herausgestellt hat, ist Pluto mein Vater.« Ihre bleichen Wangen röten sich, und mir klappt endgültig die Kinnlade runter.

»Pluto?«, echoe ich dumpf. »Der Gott der Unterwelt?«

Sie nickt. »Er war die ganze Zeit über auf der Erde, eingesperrt zusammen mit Marcellus, und bei den Immortali hat er sich mir zu erkennen gegeben. Wir haben geredet. Die ganze Geschichte ist wirklich verrückt. Laut Pluto hat er damals den Körper von Kaiser Nero besetzt, um mit meiner Mutter, einer vestalischen Priesterin, zusammenkommen zu können.«

So absurd das alles auch klingt, *dieser* Punkt hört sich so sehr nach den Göttern an, dass ich es auf der Stelle glaube. Trotzdem kneife ich die Augen zusammen, während ich das alles zu begreifen versuche.

»Dann heißt das, du hattest die ganze Zeit kaiserliches Blut in dir?«

Nachdenklich schiebt Aliqua die Unterlippe vor. »Scheint so. Aber genauso habe ich einen Anteil von Pluto abbekommen, wie auch immer das möglich ist. Immerhin hat er keinen eigenen Körper, und überhaupt ... bis zu *diesen* Details sind wir nicht gekommen. Nun ja. Offenbar ging die Sache für meine Mutter nicht gut aus, und Pluto brachte mich zu meinem Schutz zu einer Sklavin, damit niemand etwas von meiner Herkunft erfuhr. So wurde ich selbst eine Sklavin.«

Ich muss ein missfälliges Geräusch unterdrücken, das mir zu entwischen droht.

Wirklich nobel von Pluto, seinen Nachwuchs beschützen zu wollen, aber mir fällt es schwer zu glauben, dass dieser Weg die einzige Möglichkeit war, um für ihre Sicherheit zu sorgen. Ich weiß, wie sehr Aliqua darunter gelitten hat, eine namenlose Sklavin ohne Herkunft zu sein. Und Pluto selbst hat sie dazu verdammt? Egal wie man es dreht und wendet, wenn es um die Götter geht, läuft es schlussendlich immer auf die ein oder andere Tragödie für die Menschen hinaus.

»Nun, jedenfalls, um auf deine eigentliche Frage zurückzukommen: Ich konnte Neptun und davor auch Jupiter nur mit Hilfe von Plutos Erbe trotzen.« Und dann erzählt sie stockend von einer Macht aus purer Dunkelheit, die sie schon seit geraumer Zeit spürt, aber erst seit Kurzem wirklich einsetzt. Ich bin gelinde gesagt ... vollkommen geplättet. Andächtig lausche ich ihr, während sie das Gefühl beschreibt, wenn sich die Kraft in ihr erhebt, jeden Winkel von ihr ausfüllt, mächtig genug, um selbst einen Gott in die Flucht zu schlagen.

Als ich endlich wieder Worte finde, klinge ich vollkommen andächtig. »Deswegen das schwarze Blut.« Ein weiteres Puzzleteil rutscht an seinen Platz, eine Merkwürdigkeit, die sich nun erklärt. »Plutos Erbe steckt in deinem Blut, und sobald es wach ist, zeigt es sich in der veränderten Farbe.«

Aliqua nickt. »Und daher auch meine Gabe, meinen Geist wandern zu lassen. Weißt du noch, was Drusilla gesagt hat? *Du besitzt eine Fähigkeit, die denen der Götter ähnelt.* Sie ging bei unserem Besuch davon aus, dass ein Gott sie mir bei der Geburt geschenkt haben musste, dabei war sie wohl von vornherein angeboren. Geerbt.«

Ja, auch das ergibt auf beinahe schmerzhafte Weise Sinn. Die Tatsache, dass Drusilla nicht mehr Antworten für uns hatte, lag wohl wirklich daran, dass so viele von Aliquas Erinnerungen verschüttet sind, aber garantiert auch an der außergewöhnlichen Tatsache, dass sie das Kind eines Gottes ist. Ich zumindest kann mich an keine solchen Nachkommen erinnern, die in meinem Leben vor der Unsterblichkeit bekannt gewesen wären. Natürlich gab es die Geschichten und Sagen über Halbgötter, aber das waren eben auch damals schon nichts anderes als Mythen. Irgendwann schienen die Götter damit aufgehört zu haben, Sterbliche zu schwängern, und Pluto hat aus welchen Gründen auch immer eine Ausnahme gemacht. Und das ausgerechnet mit einer Vestalin. Die Priesterinnen der Göttin Vesta schworen von Kindheit an absolute Keuschheit. Verlor eine von ihnen ihre Jungfräulichkeit, egal ob freiwillig oder nicht, wurde das als großes Unglücksomen für Rom und das Reich angesehen und die betreffende Vestalin hart bestraft. Aliqua scheint keine Details über das Schicksal ihrer Mutter zu kennen, und zumindest muss ich Pluto zugutehalten, dass er sie davor verschont hat. In der Regel wurden unkeusche Vestalinnen nämlich zur Strafe lebendig begraben. Wenn Aliquas Mutter dasselbe Schicksal zuteilwurde, bin ich froh, dass sie noch nichts darüber weiß.

Verwundert starre ich Aliqua an, noch immer damit beschäftigt, diese neue Erkenntnis zu verdauen. Es wird wohl eine Weile dauern, bis ich das volle Ausmaß verstehen werde, samt der unweigerlichen Konsequenzen, die sich daraus ergeben.

»Warum hast du nicht längst etwas gesagt?«, frage ich schließlich. Sie hat die Wahrheit während der Gefangenschaft bei den Immortali erfahren und bisher geschwiegen.

Aliqua senkt das Kinn, aber ich kann trotzdem die Verletzlichkeit erkennen, die über ihre Miene huscht. »Zum einen war ich nicht gut auf dich zu sprechen – auch wenn ich offenkundig schlecht darin bin, es dich spüren zu lassen.«

Dem ungebrochen hoffnungsvollen Teil in mir fällt auf, dass sie den ersten Teil des Satzes in der Vergangenheitsform formuliert hat. Das würde zu dem passen, was sie letztens in der Bibliothek zu mir gesagt hat, auch wenn sich das inzwischen wie ein ferner Fiebertraum anfühlt.

»Und es ist so viel anderes passiert.«

Noch ein Punkt für sie. Ich bin ja selbst den Ereignissen seit ihrer Entführung kaum hinterhergekommen.

»Und ...« Aliqua zögert einige Sekunden lang. »Ich hatte Angst davor, es euch zu erzählen.«

Ich zucke zusammen, als hätte sie mir eine Ohrfeige verpasst. Denn genauso fühlen sich ihre Worte an.

»Aber warum?« Hat mein Vertrauensbruch sie so tief verunsichert, dass sie uns allen nicht mehr vertrauen kann? Hab ich wirklich so viel ruiniert?

»Ich habe befürchtet, ihr könntet mich mit anderen Augen sehen, sobald ihr es wisst. Ich meine ... ihr hasst die Götter für das, was sie mit euch gemacht haben, und nun bin ich irgendwie eine von ihnen.«

Der Zorn von vorhin erwacht wieder, und mit einem Ruck spannt sich mein ganzer Körper an. Aliqua gerät auf meinem Schoß ins Wanken, und damit sie nicht fällt, schlinge ich blitzschnell einen Arm um ihre Taille. Die andere Hand lege ich sanft unter ihr Kinn und bringe sie dazu, den Blick zu mir zu heben. Als sich unsere Augen ineinander verhaken, knurre ich:

»Du bist nicht wie sie.« Ich betone jede Silber einzeln, damit sie auch wirklich zu ihr durchdringen. »Wer oder was auch immer dein Vater ist, definiert nicht, wer du bist. Du gleichst nicht ansatzweise diesen Kreaturen.« *Lass dir das von jemandem gesagt sein, dessen Handlungen ihn viel mehr zu einem Monster ihrer Größenordnung gemacht haben.*

Aliqua blinzelt heftig, und da sind so viele Zweifel und eine tiefe Zerrissenheit in ihr.

»Ich weiß einfach nicht, wie ich damit umgehen soll. Bisher habe ich Plutos Macht nur in Extremsituationen eingesetzt, und ich habe nicht das Gefühl, sie besonders gut unter Kontrolle zu haben. Was ist, wenn sie mich eines Tages überwältigt und ich gefährlich werde? Und Pluto, den ich am besten fragen könnte, was ich tun soll, ist verschwunden, seit er mir bei den Immortali geholfen hat.«

Ich lasse die Hand vom Kinn an ihre Wange gleiten, versuche ihr mit der Berührung zu verdeutlichen, dass ich nicht vor ihr zurückschrecke. Egal wie finster ihr Blut ist.

Sie gibt ein stockendes Seufzen von sich und verharrt reglos.

»Und vergiss nicht, es gibt gegenwärtig noch jemanden, der dir vielleicht ein paar Einzelheiten über dein göttliches Erbe verraten kann.«

Kapitel Zweiundzwanzig

Aliqua

Etwa eine Stunde vor dem Morgengrauen kehren Santo und ich in die Wohnung zurück. Obwohl ich inzwischen seinen Hoodie trage, bin ich bis auf die Knochen durchgefroren, und mein erstes Ziel ist ein schönes, heißes Vollbad. Zum Glück habe ich genug Zeit dafür, denn Santo und ich haben beschlossen, noch ein paar Stunden abzuwarten, bis die anderen aufwachen. Zwar bin ich begierig darauf, mit Apollo zu sprechen, aber so egoistisch, sie alle vor dem Sonnenaufgang aus dem Bett zu werfen, kann ich dann doch nicht sein.

Santo und ich trennen uns im Flur, und er murmelt etwas davon, noch ein Nickerchen im Wohnzimmer machen zu wollen.

Ich tappe in mein Badezimmer, verharre aber wie angewurzelt vor der Wanne, als mir klar wird, dass ein *Bad* zwangsläufig mit *Wasser* einhergeht. Oh Mann, wie dämlich!

Stocksteif stehe ich da und bringe es einfach nicht über mich, den Hahn aufzudrehen. Bei der bloßen Erinnerung an das Geräusch von rauschendem Wasser stellen sich mir die Nackenhaare auf, und ich bin wieder in Neptuns Blase gefangen. Ein Dröhnen erhebt sich in meinen Ohren, das jeden vernünftigen Gedanken schluckt. Da ist nur noch Platz für die Bilder und Eindrücke aus dem Trevibrunnen und die Angst, die ich bis jetzt zurückhalten konnte. Ein Schluchzen kämpft sich meine Kehle hinauf. Santos Anwesenheit hat den Schrecken des Erlebten für den Moment gelindert, aber jetzt, da ich alleine bin, überkommt es mich wieder mit voller Macht.

»Aliqua?«

Ich wirble herum, als ich Santos Stimme leise aus dem Schlafzimmer höre. Die Badezimmertür steht offen, und er verharrt unsicher wenige Schritte davon entfernt.

Hastig räuspere ich mich und versuche zu kaschieren, dass ich gerade mit Vollgas auf einen hysterischen Anfall zugerast bin.

Santo neigt den Kopf, und unter seiner Musterung habe ich mal wieder das Gefühl, nackt zu sein und nichts vor ihm verbergen zu können.

»Tut mir leid, wenn ich hier so reinplatze, aber ich habe gerade etwas gespürt ... von dir.« Er runzelt die Stirn und sieht so aus, als würde er selbst nicht ganz begreifen, was in ihm vorgeht. »Es war so ähnlich wie der Impuls, der mich vorhin aufgeweckt und dazu gebracht hat, nach dir zu suchen. Ist ... äh alles in Ordnung?« Er schiebt sich ein paar zerzauste Haarsträhnen aus der Stirn und wirkt leicht verlegen.

Da heute für mich ohnehin der Tag der emotionalen Entblätterung ist, versuche ich gar nicht erst, ihn mit einer ausweichenden Erklärung abzuspeisen. Außerdem bin ich zu müde dafür.

»Ich bin gerade ausgeflippt, als ich das Badewasser einlassen wollte.«

Einen Moment wirkt Santo verwirrt, dann leuchtet Verstehen auf seinem Gesicht auf. Gleichzeitig kehrt der flackernde Zorn zurück, der seine blauen Augen wie Gasflammen lodern lässt. Dieser Zorn hat mich schon vorhin eingehüllt wie eine wärmende Decke, so viel tröstlicher als jedes Mitleid. Vielleicht, weil ich diesen Impuls viel besser nachvollziehen kann als Bedauern und Jammer.

»Willst du, dass ich hierbleibe?« Seine Wangen röten sich, als er diesen Vorschlag macht, aber wir schauen beide nicht weg. Die Vorstellung, Santo könnte mir während des Bades Gesellschaft leisten, spricht einen niederen, aber sehr interessierten Teil in mir an. Ich bin schon wieder zu sehr gefangen in den Gefühlen, die seine Nähe bei mir auslöst, und verheddere mich ständig in ihnen. Merke: Auf Santo sauer zu sein, ist sehr viel leichter, wenn er außer Reichweite ist.

»Du könntest mir das Badewasser einlassen, wenn das okay für dich ist.«

Als er nickt, schnappe ich mir den Bademantel vom Haken an der Wand und trete aus dem Bad. Santo geht hinein und schließt die Tür hinter sich, worüber ich sehr dankbar bin. Durch das Holz ist das Wasserrauschen kaum zu hören, und schnell schäle ich mich aus dem feuchten Pyjama und Santos Pulli. Nur im Bademantel, warte ich, bis sich die Tür wieder öffnet und er mich hineinwinkt. Die Wanne ist bis obenhin mit fluffigem Schaum gefüllt, der den herrlichen Duft von ätherischen Ölen verströmt.

»Soll ich jetzt gehen?« Santos Stimme klingt heiser, und irgendwo tief in meinem Unterleib zuckt ein Muskel.

»Nein.«

Sein Kehlkopf hüpft, als er schwer schluckt. »Okay. Aber ich dreh mich um, während du reingehst.«

Ruckartig dreht er sich zur Wand und senkt den Kopf, während ich noch einen Moment unschlüssig verharre. Ich glaube ihm, dass er nicht hinschauen wird, aber die

Vorstellung, mich nackt mit ihm im selben Raum zu befinden, ist seltsam. Und aufregend.

Prompt kehren die Bilder jener Geistwanderung zurück, als ich ihn von Tivoli aus besucht habe und mein körperloses Ich Dinge mit ihm getan hat ... ich weiß noch immer nicht, *wie* real diese Erfahrung war, aber in meinen Erinnerungen fühlt sie sich echt an. Die Gewissheit, dass wir uns schon einmal *so* nah waren, hilft mir dabei, den Bademantel abzustreifen und in die Wanne zu steigen. Ich bin sogar so sehr mit diesen Gedanken beschäftigt, dass ich meine Paranoia vor Wasser kurzzeitig verdränge.

Und hier in der Wanne ist es auch vollkommen anders als im Brunnen. Ein zufriedenes Aufseufzen entfährt mir, als ich in das warme Wasser gleite und darin versinke.

Santo räuspert sich. »Ist es zu heiß?«

»Nein, es ist perfekt.« Mit einem Blick versichere ich mich, dass der Schaum mich vollkommen bedeckt. »Du kannst dich wieder umdrehen, falls du magst.«

Sofort schnellt Santo zu mir herum, und unsere Blicke treffen sich. In seinen Augen steht ein derart intensiver Ausdruck, dass ich eine Gänsehaut bekomme, obwohl ich im warmen Wasser liege. Ganz langsam bewegt er sich auf die Wanne zu, und instinktiv halte ich den Atem an, während ich ihn beobachte. In diesem Moment wird mir mal wieder mit schmerzlicher Deutlichkeit bewusst, wie schön er ist. Schwarzes Haar, blasse Haut und die blausten Augen der Welt. Er ist eine Tragödie, die in eine menschliche Form gegossen wurde und obwohl ich eine Hauptrolle darin spiele, ist er meine Lieblingsgeschichte.

Santo geht direkt neben der Wanne in die Knie, stützt einen Arm auf den Rand und beobachtet mich unter schweren Lidern hervor. Ich möchte ihn so dringend anfassen, beherrsche mich aber und klemme meine Hände unter meine angewinkelten Knie.

Schließlich taucht er die Hand in die Wanne, als wollte er sich selbst vergewissern, dass es wirklich nicht zu heiß ist. Ein Ruck geht durch mein Inneres, als mir bewusst ist, dass er mich jeden Moment berühren könnte.

»Bedrückt dich das Wasser?« Santo nimmt den Blick keine Sekunde von meinem Gesicht, als wollte er sich keine Reaktion entgehen lassen.

Ehrlich gesagt habe ich keine Sekunde mehr an Neptun gedacht, seit Santo sich zu mir umgedreht hat und herübergekommen ist. Als Ablenkung funktioniert er wirklich ganz wunderbar.

Aufrichtig schüttle ich den Kopf. »Überhaupt nicht. Ich fühle mich ein wenig lächerlich, dass ich deswegen so durchgedreht bin.«

An Santos Kiefer zuckt ein Muskel. »Tu das nicht, bitte. Dir ist heute Nacht etwas Furchtbares passiert, das die meisten anderen nicht überlebt hätten. Was du empfindest, egal was, ist vollkommen gerechtfertigt. Fühl dich nicht schlecht deswegen.«

Ich senke den Blick und beobachte seine Hand, die noch immer gemächlich durch den Schaum pflügt und Wasser gegen meine Knie schwappen lässt. Es kostet mich jedes Quäntchen Zurückhaltung, nicht rein zufällig mein Bein auszustrecken, damit seine Finger es streifen.

»Wird es leichter für dich, wenn ich dir sage, dass ich noch nie so viel Angst hatte wie vorhin, als ich aufgewacht bin und wusste, dass irgendetwas mit dir nicht stimmt? Und dein Bett leer war, als ich nachgesehen habe?«

Überrascht reiße ich mich von seiner Hand los. So etwas aus seinem Mund zu hören, überwältigt mich, weil er selten mit solcher Offenheit über seine Empfindungen spricht. Wenn überhaupt, kann ich sie ihm nur ansehen, für den Bruchteil von Sekunden. Oder ich reime es mir aus seinen Reaktionen zusammen, wie vorhin, als der Zorn ihn beinahe überwältigt hätte und ich wusste, dass er am liebsten losstürmen würde, um Rache zu nehmen.

»Ich wollte dir keine Angst machen«, murmle ich. »Und ich wollte dir niemals wehtun.«

Wieder möchte ich darauf drängen, dass er sich mir öffnen und endlich darüber sprechen soll, was er mit sich herumschleppt. Aber in diesem Moment ... nach dem, was im Trevibrunnen passiert ist ... überkommt mich die Erkenntnis, dass es mir gar nicht mehr so viel bedeutet. Natürlich möchte ich weiterhin die Wahrheit erfahren, und das werde ich auch, früher oder später, aber nachdem ich so knapp an der Vernichtung vorbeigeschrammt bin, rückt die Dringlichkeit in den Hintergrund. Ich zweifle nicht daran, dass es etwas Grauenvolles ist, das Santo mit sich herumschleppt, aber was es auch ist, ich werde damit zurechtkommen. Die Wahrheit kann mich nicht empfindlicher treffen als der Tod. Ich bin ihr gewachsen, so, wie ich Neptun gewachsen war.

Als sich diese Gewissheit in mir festsetzt, überkommt mich ein Impuls, so brennend und dringlich, dass es mir für einen Moment den Atem verschlägt.

Santo und ich könnten einander verlieren. Jetzt, da die Götter zurück sind, könnte es jeden Moment wieder geschehen. Die heutige Nacht ist das beste Beispiel, und ich habe keine Ahnung, ob meine Macht beim nächsten Mal erneut bestehen kann. Denn ohne Zweifel wird es ein nächstes Mal geben. Und ich will dreifach verdammt sein, wenn ich die Momente, die mir mit Santo vergönnt sind, nicht nutze.

Ich muss ihm einfach nahe sein. Ihn spüren. So viel wie möglich.

Er wirkt verblüfft, als ich mich nach vorne beuge und durch das Wasser auf ihn zugleite. Seine Lippen teilen sich, als ich mich direkt vor ihm befinde, unsere Gesichter auf gleicher Höhe, nur getrennt durch den Dunst, der aus dem heißen Badewasser aufsteigt. Aufmerksam taxiere ich ihn.

Seine Hand im Wasser ist jetzt nur noch Zentimeter von meiner Haut entfernt, und ich kann die Berührung beinahe spüren. Raue Fingerkuppen auf seifiger Haut, mein aufgewühlter Atem, der sich seinem anpasst. Die Erwartung zerreißt mich schier.

Santos Nasenflügel blähen sich. Er schaut mich an, als wäre er nicht sicher, ob er gerade der Jäger oder die Beute ist.

Bedächtig richte ich mich auf den Knien auf. Mein Herz rast, während sich mein Oberkörper aus dem Wasser erhebt und Schaum meine Brust hinunterläuft.

Santos Pupillen weiten sich, während er den Blick nach oben wandern lässt, über nackte Haut und herabtropfenden Schaum, wie ein Künstler, der ein Kunstwerk bestaunt. Er gräbt die Zähne in die Unterlippe, und instinktiv presse ich die Schenkel zusammen. Was ihm natürlich nicht entgeht.

Ich hebe eine Hand aus dem Wasser, und sofort greift er danach. Tropfnass verschränken sich meine Finger mit seinen, und er richtet sich ebenfalls auf.

»Bist du dir sicher?« Eine Schwere vibriert in seiner Stimme, die mir durch Mark und Bein geht. Und die Gewissheit, dass er sich zurückziehen würde, jetzt oder später, sobald ich darum bitte.

Ich nicke, und im selben Moment treffen unsere Lippen aufeinander. Es ist, als würden wir genau da anknüpfen, wo wir vor wenigen Tagen in der Bibliothek aufgehört haben. Ich tauche mit der Zunge in seinen Mund, koste ihn tief und gierig, und auch er erobert meinen Mund. Gefühle rasen wie Feuerwerkskörper durch mich hindurch und explodieren in siedend heißen Funkenschauern. Schrecken verbrennt zu Begehren, und ich ersticke beinahe an dem Verlangen, Santo zu berühren. Ich will seine Haut auf meiner Haut, die Nähe, die ich mein Leben lang nicht haben konnte. Die mir in der Vergangenheit verwehrt blieb, aber jetzt ist alles anders, und ich bin gierig.

Als wüsste er genau, was in mir vorgeht, löst sich Santo von mir und erhebt sich. Auch ich stehe auf, meine Beine ein wenig taub, nachdem ich so lange in der Wanne gekniet habe, und nicht im Geringsten beschämt darüber, nun vollkommen nackt vor ihm zu stehen. Mit leicht benommenem Blick greift Santo nach einem Handtuch und breitet es einladend vor mir aus. Als ich aus der Wanne steige, schlingt er es um mich und zieht mich dann eng an seine Brust. Eingewickelt wie eine Mumie lächle ich zu ihm hinauf.

Das Grinsen, mit dem er antwortet, ist ein Versprechen, das mich erschaudern lässt.

Kurzerhand hebt er mich hoch und trägt mich die wenigen Schritte hinüber zu meinem Bett, wo er mich sanft ablegt. Ich stütze mich auf den Unterarmen auf, um ihn besser dabei beobachten zu können, wie er sich Shirt und Hose auszieht.

Mein Atem stockt.

Unter meiner Musterung verengt er leicht die Augen. »Schau mich weiter so an, und ich kann für nichts garantieren.«

Amüsiert ziehe ich die Brauen hoch. »Wie schaue ich dich denn an?«

Er stützt ein Knie auf die Matratze, schwingt das andere Bein über meine Hüften, bis er über mir kauert wie eine lauernde Raubkatze. Seine Augen glühen, und noch nie habe ich erlebt, dass die Farbe Blau eine solche Hitze ausstrahlt. Es versengt mich, und unruhig winde ich mich unter ihm.

»Du siehst mich an, als wäre ich mehr, als ich eigentlich bin. Als würdest du Dinge in mir sehen, von denen ich selbst gar nichts weiß. Als könnte ich tatsächlich gut sein. Gut genug. Ich wünsche mir ... ich wünschte, ich könnte so werden, wie du mich siehst.«

Das Handtuch klafft auf, als ich mich recke und die Hände um seinen Kopf lege. Luft streicht kühl über meine erhitzte Haut. Fest schaue ich ihm in die Augen, in denen Schmerz und Lust miteinander ringen. »Ich habe dich gewählt, vor allen anderen. Damals und auch heute. Du bist mein Held und mein Schurke. Mein Retter und meine Verdammnis. Meine Liebe und mein Hass. Du bist alles, was ich je wollte, Santo. Daran darfst du niemals zweifeln. Vielleicht hat das Schicksal uns auf diesen Weg geschubst, aber wir haben beide beschlossen, nicht kehrtzumachen.«

Einen Moment lang kneift er die Augen zu, und ich recke mich, um ihm einen Kuss auf die Stirn zu drücken. Ein Schaudern läuft durch seinen Körper, kurz verkrampft er sich und öffnet dann die Lider. Das, was in seinem Blick tobt, trifft mich in seiner Rohheit mitten ins Herz. Hoffnung, Reue, Verzweiflung und Hunger. Ein Hunger, der nach meiner Seele greift und sie zu verschlingen droht.

Santo neigt den Kopf und drückt mir einen Kuss auf die Stirn. »Meine Heldin.« Seine Stimme klingt wie die reinste Sünde, als er nach unten wandert und dicht an meinem Mund spricht. »Meine Rettung.« Er liebkost die Linie meines Unterkiefers und gräbt für eine Sekunde die Zähne in mein Kinn, was mir ein atemloses Stöhnen entlockt. »Meine Liebe.« Ich bäume mich auf, als er mit Lippen und Zunge meine Kehle hinuntergleitet, immer weiter, bis er das Tal zwischen meinen Brüsten erreicht. Heiß streicht sein Atem über meine Nippel, die sich unter dem Hauch zusammenziehen und aufrichten. Von unten schaut er zu mir auf, und dieser Blick alleine schickt eine Welle prickelnder Hitze tief in meinen Bauch.

Atemlos beobachte ich, wie er die linke Brust mit einer Hand umfasst und mit dem Daumen aufreizend langsam über die Spitze reibt. Jeder Nerv in meinem Körper reagiert auf seine Berührung, füllt meine Adern mit Feuer und dem Verlangen nach *mehr*. Unfähig stillzuhalten, schlinge ich die Beine um seine Hüften und ziehe ihn näher an mich heran. Ruhelos streiche ich mit den Händen über seinen Rücken, ziehe die Nägel über seine Haut, während er mit Fingern und Lippen immer weiter über meinen Körper wandert und mich in den Wahnsinn treibt.

Ich versinke in einem schwerelosen Taumel, angefacht vom Geschmack seiner Haut und dem tiefen Grollen, das aus seiner Brust aufsteigt.

»Du bist schöner als in jedem meiner Träume«, murmelt Santo und haucht Küsse auf meine Hüftknochen. »Süßer und berauschender als jede Fantasie.«

Ich winde mich unter seinen Worten, und er umfasst mit einem leisen Lachen meine Hüften, um mich ruhig zu halten.

»Ich erinnere mich an eine Nacht, als du mich besucht hast, obwohl du eigentlich in Tivoli sein solltest.« Langsam schiebt er sich an meinem Körper nach oben, behält die Hand aber zwischen meinen leicht geöffneten Beinen. »Aber du warst trotzdem hier bei mir. Du weißt es auch, nicht wahr?« Seine Finger tanzen über die Innenseite meiner Schenkel, immer näher auf mein Zentrum zu.

Ich schaffe es nicht, zu antworten, zu sehr auf das konzentriert, was er mit seinen Fingern macht. Er taucht in die Feuchtigkeit zwischen meinen Beinen ein, umkreist diesen einen empfindlichen Punkt, von dem ich schon gehört, aber nie erfahren habe, wie sich eine Berührung dort anfühlt. Wie sich herausstellt, ist das Gefühl mit nichts zu vergleichen, das ich je zuvor gespürt habe. Eine Mischung aus purer Ekstase und Hitze, die sich in Wellen in mir ausbreitet.

»Ich gebe den Gefallen zurück, falls du dich fragst, was ich vorhabe.«

»Santo«, ächze ich und strecke die Arme nach ihm aus, kralle die Hände in sein Haar. Als Antwort bewegt er die Finger schneller, und der Atem entweicht mir mit einem hilflosen Stöhnen. Das Pochen breitet sich bis in die Zehenspitzen aus, meine Hüften zucken im Rhythmus seiner Berührungen. Es ist nicht genug, und gleichzeitig weiß ich einfach nicht, wohin mit mir und den Empfindungen, die in mir kochen.

»Bitte.«

»Bitte was?«, entgegnet er aufreizend ruhig.

Anstatt zu antworten, lege ich wieder die Beine um ihn, kreuze die Knöchel über seinen Lenden und zeige ihm ohne Worte, was ich will. *Alles. Mehr als alles.*

Santo lacht atemlos auf, als wir uns aneinanderpressen, nur noch getrennt durch den Stoff seiner Boxerbriefs.

Doch als wir uns in die Augen schauen, wird er ernst. »Ich träume seit Jahrhunderten davon, eins mit dir zu sein«, sagt er leise. »Obwohl es aussichtslos war, konnte ich nicht damit aufhören.«

Ich greife nach dem Bund seines Slips und schiebe ihn ohne viel Federlesen nach unten. Wir ringen beide nach Atem, als wir uns jetzt berühren, ohne störenden Stoff zwischen uns, aber noch immer nicht annähernd nah genug.

»Ich wusste es nicht«, japse ich, während er erneut meine Brüste liebkost, diesmal mit dem Mund. Es ist schwierig, Worte zu formen, während Feuerzungen durch meinen Körper lecken und auf ihrem Weg jeden klaren Gedanken versengen. »Ich wusste nicht, dass ich dich die ganze Zeit gebraucht habe. Als ich unter Herculaneum lag und davor. Jetzt.«

Seine Nähe ist berauschend, das Vibrieren seiner Muskeln unter meinen Fingern, die Hitze seiner Haut. Er fängt meinen Blick ein, als er sich vorwärtsschiebt, seine Härte gegen mich drängt und mir ein Japsen entlockt. Trotzdem hält er inne, die Zähne fest zusammengebissen, die Brauen konzentriert zusammengezogen.

»Soweit ich weiß, bist du noch Jungfrau.«

Dieser Kommentar lässt mich atemlos auflachen. »Die älteste Jungfer der Welt.« Ich recke mich und presse die Lippen an seinen Hals, genau auf die Stelle, wo sein Puls unter der Haut donnert. Sanft zwicke ich ihn mit den Zähnen, und Santos Hüften zucken unkontrolliert vor.

»Bist du dir wirklich sicher? Ich will nicht, dass du später etwas bereust.«

»Weißt du, was ich bereuen würde? Vernichtet zu werden, ohne das hier mit dir erlebt zu haben. Du bist nicht der Einzige, der Jahrhunderte warten musste.«

Bevor er antworten kann, ziehe ich ihn zu einem Kuss zu mir heran. Süß und heiß und wie ein Versprechen. Santo erwidert den Kuss in einer wilden Mischung aus Sehnsucht und Verlangen, und in diesem Moment rückt die Welt wieder ins Lot. Wärme breitet sich in mir aus, nachdem die Einsamkeit mich so lange mit ihrer beißenden Kälte ausgehöhlt hat. Mir war gar nicht bewusst, wie sehr ich gefroren hatte, seit ich in die Asche verstoßen worden war.

Kapitel Dreiundzwanzig

Rom, 79 n. Chr.

Nachdem sie noch eine ganze Weile hin und her diskutiert Pläne geschmiedet und Möglichkeiten ersonnen hatten, wie sie dem Blick der Götter entgehen konnte, hatte Aliqua darum gebeten zu baden. Orela hatte sofort nach Sklaven geschickt, die Wasser erhitzen sollten und einen Zuber ins Zimmer schleppten. Aliqua war froh, das Zimmer nicht verlassen zu müssen, denn obwohl sie sich wie neugeboren fühlte, zollte die lange Zeit des Liegens im Bett doch ihren Tribut. Vor allem nach dem heißen Bad fühlte sie sich noch zittrig und war dankbar, es sich wieder im Bett bequem machen zu können. Die verschmutzten Laken waren in der Zwischenzeit gewechselt worden, und Orela bot an, sich um ihre feuchten Haare zu kümmern.

»Es fällt mir so schwer zu begreifen, dass ich nun unsterblich bin«, gestand Aliqua ein, während Orela ihr duftende Öle in die Haarspitzen massierte und anschließend mit einem Kamm die Strähnen entwirrte.

»Fühlst du dich anders als davor?«

In einem jähen Anflug von Humor verdrehte Aliqua die Augen. »Ja, nicht mehr krank.«

Orela schnalzte mit der Zunge. »Du weißt, worauf ich hinauswill.«

Das Aufkeimen von Albernheit verflog, als Aliqua in sich hineinhorchte. Da war noch immer dieses Pulsieren einer völlig neuen, unerschöpflichen Lebensenergie in ihr, die ihr zuflüsterte, alles sei möglich. Dass sie die Fesseln, die Normalsterblichen auferlegt waren, abgeworfen hatte und nun Dinge vermochte, die jegliche Vorstellung übertrafen. Ebenjenes Gefühl, das sie nach dem Aufwachen zu der Überzeugung gebracht hatte, bereits in die Unterwelt eingegangen zu sein. Es war ihr noch fremd, gleichzeitig fühlte sie sich so eins mit sich selbst wie noch nie. Als wäre nach langer Zeit ein fehlendes Teil endlich an seinen Platz gerückt.

Sie versuchte es für Orela in Worte zu fassen, die darauf ein zustimmendes Brummen von sich gab.

»Mir ergeht es genauso, dieses Gefühl nun vollständig zu sein. Wobei ich mich frage ...« Sie beendete den Satz nicht, und Aliqua ging davon aus, dass sie über ihre nächsten Worte nachdenken musste. Die regelmäßigen Striche des Kamms durch ihre Haare wurden langsamer und kamen schließlich zum Erliegen. Orela schwieg eine ganze Weile. So lange, dass Aliqua sich doch nach ihr umwandte, um zu sehen, was in ihr vorging.

Ihr stockte vor Entsetzen der Atem.

Sanctius' Schwester saß vollkommen reglos hinter ihr auf der Bettkante, als hätte der Blick der Medusa sie gestreift und in Stein verwandelt. Den Kamm noch erhoben, starrte sie blicklos ins Nichts, und ihre Augen waren es, die Aliquas Aufmerksamkeit vollkommen fesselten. Ein überirdisches weißes Glühen flammte hinter ihrer Iris auf, so hell, dass es das Blau verdrängte und binnen Sekunden ihre Augen komplett füllte. Es war derselbe Zustand, in den sie an jenem Abend verfallen war, als die beiden Familien die Hilfe der Götter angerufen hatten. Und das konnte nur eines bedeuten: Ein Gott oder mehrere waren in ihr.

Orela begann ihren Oberkörper in einem selbstvergessenen Rhythmus zu wiegen, weiß leuchtend und seelenlos wanderte ihr Blick durch den Raum.

Aliqua wusste, dass sie verschwinden sollte, solange sie noch konnte. Hätte das Amulett noch an ihrer Brust gehangen, es hätte sie längst mit seiner pulsierenden Hitze dazu ermahnt zu fliehen. Aber sie war wie festgewachsen, vollkommen gebannt von Orelas Anblick.

Ihre langen schwarzen Haare begannen unter einer unsichtbaren Brise zu tanzen, von der Aliqua nichts spüren konnte. Das Wiegen ihres Körpers wurde heftiger, der Kamm fiel zu Boden, und schließlich bog sich ihr Oberkörper mit einem krampfhaften Ruck durch wie eine gespannte Bogensehne. Den Kopf weit in den Nacken geworfen, den Blick zur Decke gerichtet, öffnete sie den Mund. Eine Stimme drang aus ihrer Kehle, in der der Zorn eines Wesens schwelte, das die Macht besaß, die Erde in ihren Grundfesten zu erschüttern. Sie rollte durch den Raum wie ein Donnerschlag, der die Mauern durchdrang und sich um Aliquas Körper legte wie der kräftige Leib einer Würgeschlange. Die Macht drückte zu, verlangte Einlass, aber sie hatte das Gefühl, dass sie keinen Zugang zu ihr fand. Stattdessen presste sie ihr erbarmungslos die Luft aus den Lungen.

»Das Wort, das ihr gegeben habt, wurde gebrochen. Ihr, die ihr so reich von uns beschenkt wurdet, habt nicht an euch gehalten in eurer menschlichen Gier. Wir kennen den Namen des Schuldigen und werden ihn richten. Sanctius aus dem Geschlecht der Omodei, komme nach Herculaneum und stelle dich deinen Taten. Auf dass dem Rest von euch Gnade zuteilwerde. Wie wir gesprochen, so werden wir strafen.«

Kaum hatte die markerschütternde Stimme ihren Leib verlassen, sackte Orela nach vorne, ihr Körper hing kraft-

los über den Rand der Matratze hinaus. Ein trockenes Würgen entrang sich ihr.

Aliqua, der sich vor Entsetzen ebenfalls der Magen umgedreht hatte, handelte blitzschnell. Sie beugte sich über das Bett und zog eine der Schalen heran, die noch immer dort standen, seit die Geschwister versucht hatten, sie gesund zu pflegen. Gerade noch rechtzeitig bugsierte sie das irdene Gefäß unter Orelas herabhängenden Kopf, ehe die Sybille sich erbrach. Krämpfe schüttelten ihren Körper, und trockene Schluchzer entrangen sich ihr. Sorgsam hielt ihr Aliqua das lange Haar zurück, mit Fingern, die angesichts der Botschaft der Götter zu Eis gefroren waren. Ihr ganzer Körper fühlte sich eiskalt und taub an.

Als Orela sich beruhigt hatte und es schaffte sich aufzurichten, reichte Aliqua ihr einen Becher mit Wasser, den sie dankbar annahm. Anschließend breitete sie ein Tuch über die besudelte Schale und stellte sie vor den Eingang der Kammer, um den Inhalt später zu entsorgen. Nachdem dies erledigt war, verharrte sie neben dem Bett. Die Momente, in denen sie sich um Orela gekümmert hatte, hatten verhindert, dass ihre Gefühle sie umgehend überwältigten. Sich um jemanden zu kümmern, war für sie eine normale, alltägliche Tätigkeit geworden, die ihr vollkommen in Fleisch und Blut übergegangen war.

Bebend und mit schweißfeuchtem Gesicht saß Orela auf dem Bett, ihre inzwischen wieder vollkommen blauen Augen vor Panik geweitet. Ihre Blicke trafen sich, und das, was für einige segensreiche Augenblicke in den Hintergrund gerückt war, überrollte Aliqua mit voller Macht.

Die Götter wussten Bescheid.

Sie wussten, dass Sanctius sich über die Regeln hinweggesetzt und ihr die Ambrosia gegeben hatte.

Sie hatten kein Jahr Zeit, um sich vor ihnen zu verstecken. Die Götter waren längst dahintergekommen.

Und nun hatten sie ihn zu sich gerufen, um ihn zu strafen. Um ihn zu vernichten. Daran bestand kein Zweifel.

Orelas Lippen begannen zu zittern, und sie fuhr sich mit gekrümmten Fingern durchs Haar. Wie Krallen kämmten sie durch die Strähnen, rissen daran, um irgendwie mit dem fertigzuwerden, was sie gerade selbst verkündet hatte. Die Endgültigkeit, mit der sie das Schicksal ihres Bruders besiegelt hatte.

Wenn es nicht so schrecklich gewesen wäre, hätte Aliqua über den Aberwitz lachen können. Er hatte es getan, um ihr Leben zu retten, und hatte seines dafür verwirkt.

War es das, worin Liebe schlussendlich gipfelte? In Raserei, die aller Vernunft zum Trotz handelte, selbstsüchtig genug, um alle Warnungen in den Wind zu schlagen? In der kopflosen Aufgabe des eigenen Lebens? Aliqua hatte nie darum gebeten, dass für sie ein solches Opfer erbracht werden sollte, und sie konnte es erst recht nicht akzeptieren, dass ein anderer ihretwegen eine Strafe der Götter hinnehmen musste. Allein sie war dafür verantwortlich, dass Sanctius die Regeln gebrochen hatte. Wären sie einander nie begegnet, hätte er sich nicht zu solch einer Dummheit hinreißen lassen. Die Konsequenz, die sich daraus für sie ergab, war Furcht einflößend, aber bestechend klar in ihrer Schlichtheit.

Orela neigte den Kopf, als sie den stählernen Ausdruck in Aliquas Gesicht bemerkte. Sie wirkte wachsam, als versuchte sie zu durchschauen, was in ihr vorging.

»Wo ist Sanctius gerade?« Dieselbe Ruhe, die Aliqua seit ihrem Entschluss in sich fühlte, sprach auch aus ihrer Stimme.

Ratlos hob Orela die Schultern. »Ich weiß nicht, wohin er gegangen ist, nachdem dir dein Bad bereitet worden ist. Aber ich vermute, dass er das Haus verlassen hat, ansonsten hätte er es gespürt, als die Vision kam.« Ein jäher

Schwall von Tränen erstickte ihre Stimme, und sie presste sich die Hand auf den Mund.

»Gut.« Aliqua ging ein paar Schritte im Zimmer auf und ab, erleichtert, dass er offenbar nicht in der Nähe war, um sie zu unterbrechen. Er durfte nicht wissen, was sie vorhatte.

»Hör mir zu«, beschwor sie Orela dann leise. »Ich kann nicht zulassen, dass die Götter Sanctius bestrafen. Er hat ihr Gebot nur für mich gebrochen, und ich werde mich dieser Verantwortung stellen.«

Orelas Augen wurden weit, und sie schien zu begreifen, worauf Aliqua hinauswollte.

»Nein.«

»Doch.« Sie trat näher auf die Sybille zu, die seltsamerweise nahezu unbemerkt ihre Freundin geworden war. Die erste Freundin, die sie je gehabt hatte. In diesem Moment war sie ihre einzige Vertraute.

»Du liebst deinen Bruder, nicht wahr? Und du willst nicht, dass ihm ein Leid geschieht. Ich ebenso, und deswegen musst du mir helfen.« Tief holte sie Atem, um das auszusprechen, wozu sie mit jeder Sekunde entschlossener war. »Verrate ihm nichts von dieser Nachricht der Götter. Niemals. Kein Wort davon. Denn ich werde an seiner Stelle nach Herculaneum gehen und mich den Göttern stellen. Ich werde sie darum bitten, stattdessen mich zu bestrafen, und ich werde nicht aufgeben, ehe sie das nicht akzeptiert haben. Schließlich ging es ihnen darum, dass die Ambrosia nur Mitgliedern der beiden Familien gereicht werden darf, und ich bin der lebende Beweis dafür, dass eine Unwürdige ihre Gabe erhalten hat. Sie werden zufrieden sein, mich an seiner Stelle zu richten.« Und zugleich dachte sie: Ich werde ihnen eine Geschichte erzählen, die ihn reinwäscht. Einen Bericht darüber geben, wie ich ihn verführt und manipuliert habe, bis er nicht mehr Herr sei-

ner Sinne war, sodass ich ihm die Ambrosia entwenden konnte.

Orela rang hörbar nach Atem. »Aliqua …«

»Es ist, wie ich es gesagt habe. Ich liebe deinen Bruder, und wenn dieses Gefühl nur eine gute Sache auf dieser Welt anzurichten vermag, dann lass mich dies tun. Ich weiß, er täte dasselbe für mich.«

»Das täte er«, wisperte Orela und sah immer noch so aus, als könnte sie jeden Moment in Tränen ausbrechen. »Was verlangst du noch von mir?«

Fieberhaft dachte Aliqua darüber nach, was noch getan werden musste. »Er darf nicht hier sein, wenn ich gehe, und nichts von meinen Absichten erfahren. Ich brauche deshalb eine Lüge von dir.« Etwas keimte in ihren Gedanken auf und wuchs sich zu einem Plan aus. »Sobald er hierher zurückkehrt, berichtest du ihm von der Nachricht, die du erhalten hast, aber mit einer kleinen Abwandlung: Schick ihn nicht nach Herculaneum, sondern an einen Ort in der entgegengesetzten Richtung. Er soll sofort dorthin aufbrechen, damit mir selbst genug Zeit bleibt, um nach Herculaneum zu kommen.«

Mit einer Miene voller Gram nickte Orela. Es schien ihr nicht leichtzufallen, aber sie war bereit, Aliquas Bitte zu entsprechen. »Ich schicke ihn nach Aurinia, Saturns erste Stadt. Zu Pferde wird er mindestens zwei Tage dorthin brauchen, das sollte dir genug Zeit verschaffen, selbst wenn er bemerkt, dass wir ihn hereingelegt haben.« Sie runzelte die Stirn. »Aber dir bleibt keine Zeit, den Landweg zu nehmen. Wir müssen dich von Ostia aus mit dem Schiff schicken. Ich werde sehen, was ich tun kann.« Orela stürzte sich fiebrig in die Umsetzung ihres Vorhabens, auch wenn ihr anzusehen war, dass sie es nicht gerne tat. Bevor sie weiter fortfahren konnte, trat sie schließlich einen Schritt vor und zog Aliqua an sich.

»Ich wollte nicht, dass es so endet, Aliqua«, sagte sie mit tränenerstickter Stimme. »Ich hatte stets die Hoffnung ... ich war überzeugt davon, dich eines Tages Schwester *nennen zu können.«*

Fest drückte Aliqua sie an sich, schöpfte Trost aus der kostbaren Umarmung. Sie brachte es nicht über sich, zu erwidern, dass dieselbe Hoffnung, allen Widerständen zum Trotz, in ihr gelebt hatte.

Kapitel Vierundzwanzig

Aliqua

Der nächste Morgen kommt spät und träge. Ich habe keine Ahnung, wann wir schließlich eingeschlafen sind, aber Santo ist bei mir geblieben, und noch nie habe ich so ruhig geschlafen. Die Anwesenheit eines anderen Körpers neben mir war mir die ganze Zeit unterschwellig bewusst, aber das Gefühl war nicht ungewohnt oder einengend, eher im Gegenteil. Eng verschlungen mit Santo, mein Kopf auf seine Brust gebettet, habe ich mich so geborgen gefühlt wie noch nie in meinem Leben. Dieser unerfüllte Hunger nach Nähe ist in dieser Nacht unaufhaltsam aus mir herausgebrochen. Wie eine Bestie, die nach Berührungen lechzte und jetzt zufrieden schnurrt.

Inzwischen sind Santo und ich beide wach, aber zu träge, um aufzustehen. Ich glaube, wir wollen den Moment, in dem wir uns wieder der Realität stellen müssen, noch eine Weile hinauszögern. Ich für meinen Teil habe absolut nichts dagegen. Santos Finger malen Kreise meine nackten Rücken hinauf und hinunter, und ich räkle mich wie eine zufriedene Katze. Es fehlt nicht viel, und ich beginne zu schnurren.

»Wie fühlst du dich?« Seine Stimme hört sich noch immer heiser vom Schlaf an, was zugegeben ziemlich sexy klingt.

Versuchsweise strecke ich mich, muss aber feststellen, dass mir ausnahmsweise einmal nichts wehtut. Gut, einige Bereiche sind vielleicht ein wenig empfindlich, aber das ist nicht der Rede wert.

»Fantastisch«, gähne ich.

Santo fasst nach meinem Kinn und dreht meinen Kopf herum, bis ich ihn anschaue. »Wirklich?«

»Hey, warum sollte ich dich anlügen?«

»Du neigst dazu, deine Verfassung kleinzureden, damit ich mir keine Sorgen mache«, sagte er nervtötend besserwisserisch und zieht die Brauen hoch.

Ich muss gegen den Drang ankämpfen, ihm die Zunge rauszustrecken. »Vielleicht weil *du* dazu neigst, sofort losstürmen zu wollen, um mich zu rächen, sobald klar wird, dass ich verletzt bin.« Ich ahme seine Mimik nach und hebe abwartend die Augenbrauen.

Santo wirkt hin- und hergerissen zwischen Amüsement und Ernst. »Das hier ist ja mal vollkommen anders.«

»Ja«, grinse ich. »Weil du dir schlecht selbst eine reinhauen kannst, nicht wahr?«

Ein Grollen steigt aus seiner Brust auf, und ich kreische vergnügt, als er sich herumrollt, bis ich unter ihm liege. Das Gewicht seines Körpers drückt mich in die Matratze und lässt Wünsche in mir aufflammen, von denen ich dachte, dass sie fürs Erste gestillt sind. Santo neigt den Kopf, bis sein Atem mein Ohr streift, und will gerade dazu ansetzen, etwas zu sagen, als die Tür zu meinem Schlafzimmer auffliegt. Jemand stolpert hastig herein.

»Aliqua, ist alles in Ordnung? Ich habe deinen Schrei gehört ...«

Santos aufgestützter Arm versperrt mir halb die Sicht, aber ich kann trotzdem genug von Orela erkennen, um zu sehen, wie ihre Augen riesig werden. Ihr Gesicht wechselt in besorgniserregendem Tempo von kalkweiß zu hochrot, als sie uns beide in meinem Bett sieht. Splitternackt wohlgemerkt. Keine Ahnung, wohin die Bettdecke verschwunden ist, gerade eben war sie noch da. Blind taste ich über die Matratze, um einen Zipfel davon zu erwischen, damit wir uns bedecken können. Mir ist die Situation mindestens so peinlich wie Orela.

»Oh … ich habe gehört … ich dachte … äh. Entschuldigung!« Glühend vor Scham wendet sie sich zum Gehen, doch aus dem Flur ertönen bereits weitere hastige Schritte.

Santo liegt inzwischen flach auf mir, um mich wie eine menschliche Decke abzuschirmen, und drückt mir mit seinem Gewicht den Atem aus den Lungen.

»Was ist los? Geht's ihr nicht gut?«

Oh Mist, Adone! Wenn er jetzt auch noch hier hereinplatzt, kann ich mich endgültig wieder irgendwo unter der Erde einbuddeln.

»Orela!«, zischt Santo, und seine Schwester stürzt zur Tür.

»Alles bestens!«, ruft sie nach draußen, ihre Stimme mehrere Tonlagen zu hoch. Mit dem Körper verdeckt sie den Spalt zwischen Tür und Angel, damit Adone nicht hereinkommen kann.

»Bist du sicher? Da hat doch jemand geschrien. Und ich hab gerade bei Santo reingeschaut, und er ist nicht in seinem Zimmer. Hast du eine Ahnung, wo er steckt?« Adone klingt ehrlich besorgt.

»Ich äh …«, stammelt Orela wenig hilfreich.

Ich vergrabe mein brennendes Gesicht an Santos Brust, weil Orela so vollkommen durch den Wind ist und kläglich dabei scheitert, Adone zu beruhigen.

»Sag mal, warum siehst du eigentlich aus wie ein gekochter Hummer?«, erkundigt er sich argwöhnisch. »Was ist da drinnen los?«

»Nichts, gar nichts. Und du musst dir wirklich keine Sorgen um Santo machen.«

»Je öfter du *nichts* sagst, desto weniger glaube ich dir.«

Orela wirft uns einen panischen Blick über die Schulter zu, zuckt bei unserem Anblick zusammen und platzt dann heraus: »Santo ist hier drinnen, bei Aliqua.«

Schweigen folgt auf ihre Worte, dann beginnt Adone draußen im Gang schallend zu lachen. »Lass mich durch, das will ich sehen!«

»Nein!«, kommt es einstimmig von Orela, Santo und mir.

Adones Gelächter schwillt noch weiter an. »Meine Güte, ich bin nicht der eifersüchtige Ehemann, der zu früh nach Hause gekommen ist.«

»Du bist schlimmer«, brumme ich, und sein Gekicher verrät, dass er mich gehört haben muss.

Orela schiebt sich endlich durch die Tür und ruft im Hinausgehen: »Ich mache Kaffee.«

Die Tür schließt sich mit einem Klicken hinter ihr, Santo und ich verharren aber noch einige Augenblicke regungslos. Ich zumindest traue es Adone zu, dass er Orela niederringt, um doch noch einen Blick »in flagranti« auf uns zu erhaschen.

Als es ruhig bleibt, stemmt sich Santo auf die Unterarme auf, und ich kann endlich wieder durchatmen. Er grinst auf mich hinunter. »Damit wäre das auch erledigt.«

Mürrisch boxe ich ihm gegen den Oberarm. »Orela ist vielleicht für immer traumatisiert vom Anblick deines nackten Hinterns, und Adone wird nie wieder die Klappe halten, das ist dir schon klar.«

»Hey!« Er beugt sich runter und stupst mit seiner Nase gegen meine. »Solange du nichts bereust, kann dir das sonst wo vorbeigehen.«

»Ich bereue nichts.« Sanft stupse ich zurück. »So, und jetzt raus hier, ich habe gehört, es gibt Kaffee.«

Eine halbe Stunde nachdem Santo gegangen ist, habe ich mich so weit gesammelt, dass ich es wage, mein Schlafzimmer zu verlassen. Außerdem ist die Aussicht auf Kaffee zu verlockend. Frisch gewaschen und angezogen tapse ich in Richtung Küche, bereit, mich Adones Spott zu stellen. Er lehnt bereits mit einer Tasse in der Hand an der Arbeitsfläche, während Orela vollauf mit der Kaffeemaschine beschäftigt ist. Als er mich hereinkommen sieht, hellt sich sein Gesicht auf, und ich spanne mich unwillkürlich an. Aber er hebt nur die Hand zu einem High five, und ohne weiter nachzudenken, schlage ich ein.

»Wofür war die?«

»Dafür, dass du eeendlich unseren Santo entjungfert hast.« Er klimpert übertrieben mit den Wimpern und formt einen Kussmund.

»Ich habe ihn ganz sicher nicht *entjungfert.*« Nein, dafür wusste er viel zu gut, was er tun muss, damit ich Wachs in seinen Händen bin. Und ich werde ihm garantiert keinen Vorwurf machen, dass er in fast zweitausend Jahren andere Geliebte hatte. Immerhin galt ich als tot, und ich will wetten, dass selbst Adone über die Jahrhunderte nichts hat anbrennen lassen. »Falls du es vergessen hast: *Ich* war diejenige, die eine Ewigkeit weggesperrt war.«

Sein Mund öffnet sich, doch ich komme ihm augenrollend zuvor. »Und ja, das macht mich zur ältesten Jungfer der Welt.«

Anerkennend pfeift er durch die Zähne. »Ex-Jungfer.«

Ich nicke, und Adone hebt erneut die Hand. Sein Schlag gegen meine Handfläche ist so fest, dass ich ins Wanken gerate.

Ein Arm, der sich ohne Vorwarnung von hinten um meine Taille schlingt, bringt mich wieder ins Gleichgewicht. Santo riecht frisch geduscht, und feuchte Strähnen kitzeln meine Wangen, als er sich vorbeugt, um mir einen raschen Kuss auf die Wange zu drücken. Ich strahle angesichts der ungewohnten Zuneigungsbekundung.

Adone gibt ein würgendes Geräusch von sich. »Ihr mutiert jetzt aber nicht zu diesen ätzenden Pärchen, mit denen man sich keine fünf Minuten mehr im selben Raum aufhalten kann, weil sie sich ununterbrochen gegenseitig ablecken?«

Angewidert verziehe ich das Gesicht. »Hör auf, mir solche Bilder in den Kopf zu pflanzen.« Ich schüttle mich, und Santo lacht.

»Ich bin wieder da!« Apollos Stimme dröhnt vom anderen Ende der Wohnung herüber, und ich höre, wie die Wohnungstür hinter ihm ins Schloss fällt. Die Anwesenheit des Gottes lädt die Luft mit einer leichten elektrischen Spannung auf, unter der sich die feinen Härchen auf meinen Armen aufstellen. Mich schaudert, wenn ich an Neptun zurückdenke, aber Apollos Anwesenheit fühlt sich zum Glück vollkommen anders an. Nur ein Hauch von Bedrohlichkeit, wie sie auch in Plutos Präsenz mitgeschwungen ist.

»Ich habe die letzten Cornetti mit Vanillefüllung bekommen. Du hattest recht, Orela, Geld ist wirklich nicht schwer zu benutzen, es …« Apollo betritt die Küche und hält mitten im Satz inne. Seine Nasenflügel blähen sich, und suchend schaut er sich um, ehe sein Blick auf mir zum Liegen kommt. Seine Augen leuchten auf wie Scheinwerfer.

»Was ist mit dir passiert?« Achtlos lässt er die Tüte mit Gebäck auf die Anrichte fallen und kommt mit raumgreifenden Schritten auf mich zu. Dicht vor mir bleibt er stehen und holt tief durch die Nase Luft, als nähme er meinen Geruch auf.

Hitze schießt mir ins Gesicht. Kann er … kann er womöglich wahrnehmen, dass ich mit Santo geschlafen habe? Verfügt er als Gott über irgendwelche urwüchsigen Instinkte, die ihm das anhand meines Geruchs verraten? Unwillkürlich will ich zurückweichen, komme aber nicht weit, weil Santo mich noch immer mit einem Arm festhält. Sein Körper in meinem Rücken ist zu Stein erstarrt.

Apollos Aufmerksamkeit ist noch immer vollkommen auf mich geheftet. »Du bist mit einer Gottheit in Berührung gekommen«, sagt er schleppend und schnuppert ein weiteres Mal. »Ich kann es wahrnehmen … aber die Spuren sind verwischt.« Nachdenklich neigt er den Kopf.

Die Stille in der Küche ist mit Händen greifbar. Adone und Orela verharren wie gebannt im Hintergrund, Schock und Verwunderung zeichnen sich auf ihren Mienen ab.

Mit einem Ruck reiße ich mich von Apollo los, dessen glühende Augen mich gebannt haben wie ein Schlangenbeschwörer.

»Es war Neptun«, sage ich so leise, dass ich mich selbst kaum verstehe. Aber Apollo hört mich und holt scharf Luft. So knapp wie möglich, ohne dabei wichtige

Details auszulassen, berichte ich vom Vorfall der letzten Nacht. Man sollte meinen, dass es bei Tageslicht leichter sein würde, darüber zu sprechen, und die Bilder ihren Schrecken verlieren würden, aber das ist nicht der Fall. Wenn überhaupt wird mir nur noch klarer, wie entsetzlich die Momente im Brunnen waren, als Gefangene des Wassers. Nur Santos Nähe, die mich wie ein beruhigender Kokon einhüllt, verhindert, dass mich die Erinnerung zurückreißt und überwältigt.

Apollo stößt eine Reihe von Flüchen aus. Sein Blick schnellt zu Orela, die ihn eindringlich anschaut, und mich überkommt das seltsame Gefühl, dass zwischen den beiden ein stummer Austausch stattfindet.

»Ich verstehe nicht, warum ich nichts davon mitbekommen habe«, knurrt er schließlich frustriert und ballt die Hände zu Fäusten. Der Marmorriss an seinem Handrücken tritt dabei überdeutlich hervor. Hauchfeine Verästelungen haben sich inzwischen davon abgespalten und wandern seinen Unterarm hinauf.

»Das habe ich mich auch schon gefragt.« Santos Stimme erklingt dicht hinter meinem Ohr. »Adone, hast du was wahrgenommen?«

Sein Cousin schüttelt den Kopf. »Ich habe mit Scuro ein Fußballspiel geschaut, bis er zur Patrouille musste.«

Kurz flackert in meinen Gedanken die Frage auf, wo Scuro gerade steckt, aber sie verblasst schon im nächsten Moment. Wahrscheinlich schläft er nach einer Nacht auf den Straßen von Rom.

»Würde der Hämatit auch bei einem Gott wirken?« Orelas Stimme ist vollkommen ruhig, als sie diese Frage stellt.

Meine Augen werden groß.

Hämatit?

Es kann doch kein Zufall sein, oder?

»Von welchem Hämatiten sprichst du?«, erkundigt sich Apollo mit einer Stimme, aus der hervorgeht, dass er bereits eine Ahnung hat.

»Die Immortali haben vor geraumer Zeit einen Blutstein-Anhänger in die Hände bekommen und herausgefunden, dass der Stein ihre göttlichen Kräfte verbirgt. Seitdem bekommt jeder Immortalos einen Anhänger, der mit einem Splitter dieses Steins versehen ist. Das genügt, um zu verhindern, dass wir sie orten können.«

Apollo wirkt zutiefst verblüfft über diese Information, während mir laut pochend das Blut in den Kopf steigt. Überlaut trommelt der Puls in meinen Ohren, angefacht von einer Wut, die mich beinahe von den Füßen reißt.

»Das ist mein Anhänger!«, platzt es aus mir heraus. Ich bin mir absolut sicher. Mein Blutsteinanhänger, den ich mein ganzes früheres Leben gehütet habe wie einen Schatz, weil er das einzige persönliche Besitztum war, über das ich verfügt habe. Das einzige Verbindungsstück zu meinen Eltern und, wie sich herausgestellt hatte, das Abschiedsgeschenk meines Vaters, bevor wir einander überhaupt kennengelernt haben. Ich weiß nicht, wann oder wie ich ihn verloren habe, aber es macht mich rasend, wenn ich nur daran denke, dass die Immortali ihn munter zerschlagen. *Stücke* davon abbrechen, um sich mit der Macht des Steins unsichtbar zu machen. Und nun könnten sie auch noch den Göttern damit helfen?

»Dein Anhänger?«, hakt Apollo interessiert nach.

»Ja.« Unwirsch werfe ich den Kopf zurück und verpasse nur um ein Haar Santos Kinn. Ich spüre, wie er einen Schritt zur Seite ausweicht, um meinem aufflammenden Zorn zu entgehen. »Ich habe ihn von meinem Vater bekommen. Von Pluto.«

Ich schaue in die Runde und treffe auf die vollkommen geschockten Mienen von Orela und Adone. Sie sehen genauso aus, wie ich mich gefühlt habe, als ich die Wahrheit über mein Erbe erfahren habe. Als überstiege das Gehörte schlichtweg ihr Vorstellungsvermögen. Selbst Santo, der die Wahrheit ja bereits kennt, stößt den Atem mit einem hörbaren Zischen aus. Mit zusammengebissenen Zähnen warte ich ab, dass sich die Information in ihnen setzt, Wurzeln schlägt, und sie sich entscheiden, wie sie das Ganze bewerten wollen. Auch wenn Santo so gut reagiert hat, bin ich doch aufs Neue angespannt. Außerdem ist er eigentlich kein geeigneter Vergleichswert. Er würde wahrscheinlich nicht einmal mit der Wimper zucken, wenn mir Hörner und ein Drachenschweif wachsen würden.

Während Orela und Adone in stummem Schock gefangen zu sein scheinen, zeigt sich an Apollo eine deutlichere Reaktion. Seine Wangen röten sich, und er sieht aus, als würden ihm jeden Moment die Augen aus den Höhlen quellen.

»Pluto!«, stößt er aus, sein Tonfall ist eine Mischung aus Ungläubigkeit und widerwilliger Bewunderung. Fassungslos schüttelt er den Kopf. »Dieser verdammte Geheimniskrämer! Insgeheim war ich ja doch davon überzeugt, dass Jupiter es war ... dachte, es sei der Beweis gewesen, als er dich direkt nach seiner Rückkehr angegriffen hat ...«

Ich starre ihn an. »Die Götter wussten von mir?«

Apollo zieht die Augenbrauen so weit hoch, dass sie beinahe unter seinem Haaransatz verschwinden. »Wir wussten von dem Moment an von dir, als du deinen Anhänger in der Vergangenheit abgelegt hast. Aber es war unmöglich, zu erkennen, von welcher Gottheit du abstammst. Und da du selbst keine Ahnung davon hattest, konnten wir dir auch kein Wissen abpressen. Natürlich haben wir uns untereinander misstraut und uns gefragt, wer es gewesen sein könnte, aber niemand hat etwas verraten. Bis heute.« Er schaut uns der Reihe nach an, ein zynisches Lächeln auf den Lippen, das seine hellen Augen nicht erreicht. »Als Kind einer Gottheit ist Aliqua das, was wir am meisten fürchten.« Sein Blick kommt auf mir zum Liegen. »Du trägst ein göttliches Erbe in dir, einen Funken der Macht deines Vaters, der auf dich überging. Dieser Funke macht dich zu etwas unglaublich Gefährlichem, was der Grund ist, warum dein Vater so sehr darauf geachtet hat, dich verborgen zu halten.«

»Was ... was meinst du damit?«

»Nun, um das zu beantworten, muss ich euch einweihen in die Geschichte der Götter.«

Wir hängen alle wie gebannt an Apollos Lippen, als er sich in seinem Sessel zurücklehnt, die Fingerspitzen beider Hände sinnend aneinandergelegt. Seine Miene wirkt abwesend, während er an Dinge denkt, die so weit zurückliegen, dass sie jedes menschliche Ermessen sprengen. Schatten von Emotionen huschen über seine Züge, zu flüchtig, um sie benennen zu können. Aber keine davon wirkt positiv. Als er zu sprechen beginnt, lädt sich die Atmosphäre im Wohnzimmer mit einer knisternden Energie auf, die mich vollkommen bannt. Es ist so, als würde die Geschichte, zu der er ansetzt, lebendig durch den Raum gleiten und sich wie ein Schleier um uns legen.

»Es gab eine Zeit, in der wir Götter physische Körper besaßen, und obwohl dies schon so lange zurückliegt, haben es die Menschen nicht vergessen, nicht wahr?« Er wirft einen raschen Blick seinen Leib hinunter, der aus einem marmornen Abbild geformt ist, das Künstler von ihm schufen. »Lange Zeit schien uns alles wunderbar. Wir Götter blieben unter uns, die Menschheit betete uns an und brachte Opfer dar. Auf unserem hohen Thron waren wir die unangefochtenen Könige der Welt. Aber mit der Zeit kam die Langeweile, und der Reiz, sich öfter unter die Menschen zu mischen, wurde zu verlockend. Ich denke, jeder von euch kennt die Geschichten von Gottheiten, allen voran Jupiter, die sich menschliche Geliebte nahmen und mit ihnen Kinder zeugten. Ab diesem Augenblick wurde es gefährlich, auch wenn wir es zunächst nicht ahnten. Nachkommen von Göttern und Menschen unterschieden sich meist kaum von Sterblichen; manche bekamen Gaben oder Stärken ihrer göttlichen Eltern mit, aber egal wie gut sie sich entwickelten, welche Ambitionen sie hegten oder was sie vollbrachten, sie konnten uns nicht gefährlich werden – so dachten wir. Um es kurz zu sagen: Das stellte sich als Irrtum heraus. Eine fundamentale Gesetzmäßigkeit unseres Daseins ist, dass Gleiches nicht Gleiches töten kann. Wir Götter sind einander ebenbürtig und können uns nicht vernichten, ohne dadurch selbst zugrunde zu gehen. Aber mit den Halbgöttern sah es anders aus. Sie haben die Macht, einen Gott zu töten, und als sie sich zusammenfanden, um eine Revolution gegen ihre Eltern, die alte Götterriege, zu proben, mussten wir handeln. Wir erkannten, dass wir in unseren physischen Körpern angreifbar waren, und suchten nach einem Weg, diese Daseinsform hinter uns zu lassen. Schließlich eröffnete sich uns ein Weg, auch wenn er einen Preis forderte, der geradezu lachhaft schien: um unsere göttlichen Körper hinter uns lassen zu können, mussten wir unsere Herzen opfern. Und damit die Fähigkeit, wahrhaftig zu lieben, Mitgefühl, Erbarmen und Wärme empfinden zu können. Zu diesem Zeitpunkt waren wir bereits uralte Geschöpfe und nach unserer langen Existenz dermaßen verroht vor lauter Langeweile, dass unsere Herzen ohnehin längst verkümmert waren. So dachten wir. Außerdem siegte unser Wunsch, in Sicherheit zu sein vor den Halbgöttern, und so schlossen wir einen Pakt untereinander: Wir gaben unsere Herzen auf, vernichteten die übrigen Halbgötter und schworen uns, nie wieder Nachwuchs mit den Menschen zu zeugen. Unsere Körper legten wir in den finstersten Tiefen des Tartarus zur Ruhe, auf alle Zeit versiegelt und schlafend, um unantastbar zu werden.« Apollo stützt die Ellenbogen auf die Oberschenkel, seine gesamte Aufmerksamkeit ist auf mich gerichtet. Ich erzittere angesichts des überirdischen Glühens, das in seiner Iris wabert. Ein mulmiges Gefühl kriecht mein Rückgrat hinauf, jetzt, da ich weiß, wozu ich theoretisch in der Lage bin. Und Verständnis keimt in mir auf, warum Pluto derart drastische Maßnahmen ergriffen hat, um mich zu beschützen. Wenn ich die Ernsthaftigkeit, mit der Apollo von dem Pakt der Götter gesprochen hat, richtig deute, dann verstößt meine Zeugung so ziemlich gegen alle Regeln, die sie zwischen sich aufgestellt haben.

»Versteht ihr jetzt, weshalb Aliqua eine solche Gefahr für uns darstellt? Vor allem, da wir den Pakt vergessen haben, den wir einst geleistet haben: keinen Körper mehr dauerhaft als den unseren zu beanspruchen.« Mit einem selbstkritischen Grinsen blickt Apollo an seiner Gestalt hinunter. »Ich selbst kann mich davon nicht ausnehmen, aber zumindest kann ich von mir behaupten, aus anderen Motiven zu handeln als der Rest von uns. Sei's drum. Aliqua ist die größte wandelnde Gefahr für die Götter auf der Erde, und natürlich setzen die anderen jetzt alles daran, sie so schnell wie möglich auszuschalten, *bevor* sich das volle Potenzial ihrer Macht in ihr entfalten kann. Sie wollen das vollenden, was damals in Herculaneum nicht gelungen ist.«

Er sieht mich mit einem Blick an, als sollte ich wissen, wovon er spricht, aber ich kann nur hilflos die Schultern heben.

Als er reihum nur auf weitere verständnislose Mienen trifft, kneift Apollo die Augen zusammen und schaut zu Orela. Sie wirkt wie weggetreten und schüttelt kaum merklich den Kopf. »Sie weiß es nicht mehr«, haucht sie tonlos.

Sind das Tränen, die in ihren Augen schimmern? Die ganze Situation überfordert mich zunehmend, aber meine Gedanken rasen immer weiter, Windung um Windung durch meinen Kopf, bis jede Überlegung dröhnt wie ein heftiger Glockenschlag. Ich möchte mir die Hände auf die Ohren pressen und schreien, damit es aufhört, aber dieses Chaos wurde losgetreten, um sich unaufhaltsam zu entfalten. Der Stein rollt, und wenn ich nicht aufpasse, reißt er mich auf seinem Weg den Abhang hinunter mit sich.

Mein Herz beginnt so rasend schnell zu pochen, dass mir schwindelig wird, als eine Erkenntnis in mir aufsteigt: Apollo weiß, was damals geschehen ist. Womöglich kennt er sogar die Antworten darauf, warum ich in dem Asche-Gefängnis unter Herculaneum gelandet bin. Die Dringlichkeit reißt mich beinahe von den Füßen, doch Apollo kommt mir zuvor.

Seine Stimme wird schwer und schleppend. »Es ist an der Zeit, dass du die Wahrheit über das erfährst, was damals im Jahr Neunundsiebzig geschehen ist. In Herculaneum und davor.« Sein Blick wandert weiter zu Santo. »Und du auch.«

Kapitel Fünfundzwanzig

Herculaneum, 79 n. Chr.

Für das Städtchen Herculaneum war es ein Tag wie jeder andere, als Aliqua am Vormittag des Folgetages dort ankam. Mit einem Boot, das Orela eilends für sie beschafft hatte, war sie vom römischen Hafen Ostia aus die ganze Nacht gefahren, um so schnell wie möglich hierherzukommen. Der Bootsführer, ein schweigsamer Mann, dessen Namen sie nicht erfragt hatte, half ihr dabei, an Land zu gehen, und legte danach fragend den Kopf schief. »Soll ich dich auch wieder zurückbringen?«

Aliqua zögerte einen Moment, dann schüttelte sie entschlossen den Kopf. Sie erwartete nicht, noch irgendwohin zurückkehren zu können, sobald die Götter mit ihr fertig waren.

Das Erste, was ihr in Herculaneum auffiel, war die gute Qualität der Luft. Der Ort war im Gegensatz zu Rom verschwindend winzig und verströmte nicht den typischen Mief der Welthauptstadt. Direkt an der wunderschönen Küste gelegen empfing sie hier anstatt der erstickenden Wolke aus Unrat, Exkrementen, Rauch und brackigem Tiberwasser eine laue Seebrise, deren salziges Aroma kaum verschmutzt wurde. Da es trotz allem ein Hafen war, roch es natürlich etwas streng nach Fisch und Seetang, aber als sie sich auf den Weg in den Ort hinein machte, musste sie nicht wie üblich den Atem anhalten.

Leider hatten die Götter keine genauen Angaben dazu gemacht, wo in oder um Herculaneum sie zu strafen gedachten, weswegen Aliqua beschloss, auf gut Glück loszuziehen. Sie hatte den Verdacht, dass sie den betreffenden Ort bemerken würde, sobald sie daran vorbeikam.

Niemand schenkte ihr einen zweiten Blick, während sie mit hämmerndem Herzen durch die Straßen streifte. Obwohl die nagende Furcht vor dem Aufeinandertreffen mit den Göttern sie schon die ganze Nacht wie eine unerbittliche Faust gepackt gehalten hatte, konnte sie sich dem Charme von Herculaneum nicht entziehen. Rom mit seiner Hektik, das jeden, der nicht aufpasste, unerbittlich verschlang, war alles, was sie kannte, und sie war fasziniert, wie beschaulich es hier zuging. Sie kam an Tavernen vorbei, wo die Wirte über offene Verkaufstresen Wein und Gerichte aus riesigen Terrakotta-Gefäßen verkauften. Läden, in denen die unterschiedlichsten Güter hergestellt und verkauft wurden, reihten sich in niedrigen Gebäuden aneinander. Über den Dächern der Handwerkshäuser ragten auch einige Insulae auf, aber die Häuserblocks wirkten bei Weitem nicht so einschüchternd und vereinsamend wie jene, die sie kannte.

Wie gerne wäre sie in diesem Moment mit Sanctius hier gewesen, um zusammen durch die Straßen zu streifen und den sonnigen Tag zu genießen. Ohne Furcht oder drohenden Schrecken über ihnen. Aber er könnte dies zumindest eines Tages alleine tun, wenn sie heute seinen Platz einnähme. Er würde weiterleben und glücklich sein – das war alles, was zählte.

Diese Gewissheit war das Einzige, was sie den Abschied von ihm am vergangenen Abend hatte überstehen lassen, ohne sich zu verraten. Orela hatte Wort gehalten und ihm aufgetischt, dass er umgehend nach Aurinia müsse, um den Göttern Rede und Antwort zu stehen. Santo war zu-

tiefst erschüttert gewesen, dass der Bruch des Gebots schon so rasch entdeckt worden war, hatte aber keine Sekunde gezögert zu gehen. Mehr noch, er hatte sich mit der festen Überzeugung verabschiedet, den Zorn der Götter mit genügend Buße und Geschenken mildern zu können. Er war sich sicher zurückzukehren, und das würde er schließlich ja auch – während Aliqua klar war, dass es für sie kein Zurück gab.

Sie konnte nicht genau sagen, was es war, aber nach einer Weile hatte sie das Gefühl, nicht mehr vollkommen willkürlich durch die Stadt zu laufen. Ihre Füße schienen zu wissen, wohin sie Aliqua tragen mussten, und sie ergab sich ihrem Instinkt. Im Grunde ihres Herzens war sie nicht bereit, sich dem Zorn der Götter zu stellen – würde es vermutlich auch nie sein –, aber sie wusste, dass sie keine Zeit mehr zu verschwenden hatte. Um Sanctius' willen.

Schließlich kam sie vor der Tür eines Hauses zum Stehen, an dem sie bestimmt achtlos vorbeigelaufen wäre, wenn dieser sechste Sinn sie nicht genau hierher gelotst hätte.

Also pochte sie an der Tür und wartete. Eine Weile geschah nichts, dann wurde geöffnet, und der Atem entwich ihr in einem verblüfften Keuchen. Niemand anders als Theos stand vor ihr. Auf seiner sonst so stoischen Miene zeichnete sich ebenfalls Verwunderung ab, als er sie auf der Schwelle vorfand.

»Was tust du hier?«

Sie stellten die Frage gleichzeitig, starrten einander abwartend an.

Als Aliqua beharrlich schwieg, neigte Theos den Kopf, er wirkte noch immer höchst aufgewühlt. »Ich verstehe nicht, wie du hier sein kannst. Marcellus hat erst heute Morgen einen Boten ausgeschickt, um dich hierher zu berufen. Wir haben jemand anderen vor dir erwartet.«

Aliqua krallte die Finger in den Stoff ihrer einfachen Tunika. Marcellus war der letzte Mensch, den sie gerade brauchen konnte. Aber Theos' Worte ließen sie aufhorchen. »Ihr erwartet jemanden?« Und warum hatte Marcellus just heute nach ihr geschickt, nachdem er so lange kein Lebenszeichen von sich gegeben hatte?

Theos verzog gequält das Gesicht. Dann flüsterte er: »Die Götter haben sich angekündigt.«

Anstatt zurückzuschrecken, wie er es wohl von ihr erwartet hatte, nickte Aliqua. »Ich bin wegen ihnen gekommen. Darf ich eintreten?«

Einen Moment lang sah der Sklave sie noch mit einem schwer zu deutenden Gesichtsausdruck an, dann trat er beiseite, um sie einzulassen. Das Haus war innen vom Feinsten ausgestattet, die Wände mit farbenfrohen Fresken verziert, die Böden mit plastischen Mosaiken und hochflorigen Teppichen ausgelegt. Diese Pracht flog allerdings in einem bunten Schleier an Aliqua vorbei, als sie Theos ins Haus hinein folgte. Er bat sie, im Atrium zu warten, und kehrte gleich darauf mit seinem Herrn zurück.

Marcellus sah verändert aus. In den letzten Wochen war er hagerer geworden, sein Gesicht eingefallen, und die Augen lagen tief in den Höhlen. Anscheinend konnte nicht einmal Ambrosia verhindern, dass die Trauer um seine Schwester ihn auffraß – oder der Wahn, sie rächen zu müssen. Falls er diesen Plan noch immer verfolgte. Ein Ausdruck von Überraschung, wie ihn auch Theos gezeigt hatte, flammte in seinen dunklen Augen auf, als er Aliqua entdeckte.

»Na sieh einer an. Wenn dies kein Wink des Schicksals ist«, knurrte er und kam näher. Aliqua warf Theos einen schnellen Blick zu und erkundigte sich stumm bei ihm, ob Gefahr von Marcellus ausging. Hatte er womöglich vollends den Verstand verloren? Sie spürte bei ihm eine unbe-

rechenbare Energie, die sie befürchten ließ, dass alles möglich war. Kaum merklich schüttelte der Sklave den Kopf. Seine stumme Versicherung beruhigte sie jedoch nur unwesentlich.

»Welch ein treues Mädchen du doch bist, Anonyma. *Bist du den ganzen weiten Weg gekommen, um deinen Herrn zu suchen? Hattest du Sehnsucht nach mir?«*

Vielleicht wurde der Wert von ihnen beiden noch immer durch das unterschiedliche Blut, das in ihren Adern floss, festgelegt, und sie blieb dadurch weiterhin sein Besitz, aber Aliqua wurde nun ebenfalls von der Ambrosia durchströmt. Sie mochte ein Niemand sein, aber zumindest auf dieser Ebene waren sie einander jetzt ebenbürtig. Also hob sie das Kinn und erwiderte wagemutig seinen Blick.

»Ich bin hier, um mich den Göttern zu stellen.«

Ein Muskel zuckte in Marcellus' Gesicht und brachte die Maske aus Arroganz und glühender Passion ins Wanken. Sie verrutschte nur für einen Moment und offenbarte einen Ausdruck, der frappierend an Angst erinnerte. Diese Regung war so befremdlich an Marcellus, dass sich Aliquas Magen unwillkürlich zusammenzog. Wenn jemand wie er etwas fürchtete, dann musste es wahrlich grauenvoll sein. Marcellus bewegte einen Fuß, wie um loszulaufen und zu flüchten, doch er erstarrte mitten in der Bewegung. Aliqua spürte im selben Augenblick die Veränderung in der Luft. Wie an dem Abend, als die beiden Familien im Domus Omodeus die Götter gerufen hatten, fegte ein jäher Windstoß durch das Atrium, aufgeladen mit einer Energie, die jedes noch so feine Härchen auf Aliquas Körper aufstellte. Sie duckte sich und griff unwillkürlich an ihre Kehle, doch das vertraute Amulett ruhte nicht länger an ihrer Haut. Kein heißes Aufwallen des Steins schützte sie mehr vor der Macht jener unsichtbaren Wesen, die jetzt in das Haus einfielen. Einen Moment tosten sie wie ein Wirbelsturm durch den Raum, ließen Vorhangbahnen und Aliquas Haar tanzen, ehe sie sich einen Wirt suchten. Halb erwartete sie, dass die Götter sie wählen und kurzen Prozess mit ihr machen würden, aber ihnen stand anderes im Sinn. Marcellus warf krampfhaft den Kopf in den Nacken, die Sehnen seines Halses waren zum Zerreißen gespannt, der Mund zu einem stummen Schrei aufgerissen. Entsetzt beobachtete Aliqua, wie die Götter ihren Besitzer befielen und seine Augen in jenes überirdische weiße Glühen tauchten, das sie von Orela kannte. Es war so furchterregend, dass sie schreiend flüchten wollte, aber der schreckliche Anblick bannte sie an Ort und Stelle.

Blinzelnd sah sich Marcellus um, der nun zu einer Marionette der höchsten Mächte geworden war, bis sein Blick auf ihr zum Liegen kam. Träge blinzelten die Götter.

»Wir hatten jemand anderen hier und heute erwartet«, sprachen sie vielstimmig aus Marcellus' Mund. Aliqua hatte bereits gespürt, dass einige Gottheiten hierhergekommen waren, aber dennoch verblüffte sie die schiere Anzahl an Stimmfarben. Es schienen genauso viele wie am Abend der Anrufung in Rom zu sein. Waren tatsächlich alle Dei Consentes *hier? Und wenn ja, wie lange würde Marcellus' durch die Ambrosia gestärkter Körper diese Invasion aushalten können, ehe er zusammenbrach?*

Aliqua rollte die Finger gegen die Handflächen ein, ihre Nägel gruben sich fest in ihre Haut. Die Schmerzpunkte verhinderten, dass die Angst sie überwältigte.

»Ich weiß, dass ihr Sanctius Omodeus zu euch gerufen habt, um ihn für sein Fehlverhalten zu bestrafen. Er ist nicht hier. Dafür biete ich mich als Ersatz an.«

Marcellus neigte sinnend den Kopf zur Seite. Macht strömte aus ihm heraus, floss wie unsichtbare Finger auf sie zu und umschmeichelte Aliqua. Beim letzten Mal hatte das Amulett sie noch abgeschirmt, aber heute war sie dem

Zugriff der Götter schutzlos aufgeliefert. Sie krochen in ihr Inneres, suchende Tentakel, die in jeden geheimen Winkel ihrer selbst vordrangen. Völlig überraschend brandete die finstere Macht in ihrer Brust auf und stemmte sich wie eine undurchdringliche pechschwarze Nebelwand dem Vorstoß der Götter entgegen. Marcellus' leuchtende Augen weiteten sich, ansonsten zeigten die Götter keine Regung.

»Und warum sollten wir dich an seiner statt akzeptieren?«

Dieser Blick hypnotisierte sie und machte es ihr schwer, einen Gedanken zu fassen. »Weil ich diejenige bin, für die das Gebot gebrochen wurde. Sanctius gab mir die Ambrosia, um mich vor dem Tod zu bewahren. Ich bin verantwortlich für seine Taten, und ich will mich an seiner Stelle euch ausliefern.«

Mehrere Stimmen murmelten durcheinander, sie klangen aufgeregt. Offenbar waren sich die Götter uneins.

»Sanctius Pomponius schickt also seine Buhle vor, um seinem gerechten Schicksal zu entgehen? Wir hätten ihn niemals für einen derartigen Feigling gehalten.«

»Sanctius ist kein Feigling, er hätte sich mutig gestellt«, sagte sie stattdessen. »Aber er weiß nichts von eurer Nachricht, ich habe ihn in die Irre geführt, um selbst gehen zu können.«

Das Lachen der Götter schmerzte in den Ohren wie ein Nagel, der über Glas kratzte. »Welch ein listiges Ding du bist! Warum bist du uns nicht schon früher aufgefallen? Du hättest uns viel Freude bereitet.«

Das glaube ich gern, *dachte Aliqua bitter. Ohnehin war sie schon mehr als genug in die Ränke der Götter hineingezogen worden. Sie wollte sich nicht ausmalen, wie es gewesen wäre, ihr direkter Spielball zu sein.*

Das unverständliche Gemurmel zwischen den Gottheiten brandete wieder auf, während sie offenbar darüber berat-

schlagten, ob sie Aliquas Angebot, sich selbst gegen Sanctius einzutauschen, annehmen wollten. Die Spannung zerriss sie schier. Sollten sie ablehnen, wäre ihre Scharade umsonst gewesen, und Sanctius würde trotz allem bezahlen.

Schließlich erklang eine tiefe weibliche Stimme. »Wir akzeptieren dein Angebot.« Marcellus hatte den Mund noch nicht geschlossen, als eine männliche Stimme ergänzte: »Es wäre auch zu schade gewesen, jemanden von solch edlem Geblüt wie ihn zu verlieren.«

»Schmutziges Blut wie deines ist der Grund, weshalb wir das Gebot überhaupt ausgesprochen haben. Niemand hätte dich gewollt.«

Aliqua runzelte die Stirn. Das klang … eigentümlich. Fast so, als wollten die Götter Sanctius für sich haben. Da sie ohnehin der Vernichtung ins Auge sah, öffnete sie kühn den Mund. »Was wollt ihr damit sagen?«

Zunächst antwortete ihr nur Stille, dann zuckte Marcellus mit den Schultern. »Kannst du es dir nicht denken? Nein? Nun, wenig verwunderlich, wenn selbst aus den beiden Familien niemand darauf gekommen ist.« Er ging ein paar Schritte auf und ab, wirkte dabei jedoch sonderbar steif. Als würde jede Bewegung von fremder Hand gesteuert, er sich aber dagegen sträuben. »Wir haben es satt, körperlose Geister zu sein, vor denen die Menschen immer mehr den Respekt verlieren. Schon eine Weile sind wir der Meinung, dass es an der Zeit ist für eine Rückkehr in die Körperlichkeit. Da wir an unsere alten, noch immer schlafenden Leiber nicht mehr ohne Weiteres herankommen, brauchen wir neue. Menschliche Körper, die stark genug sind, unsere Anwesenheit länger als ein paar Stunden oder Tage in sich zu tragen. Du kannst bestimmt nachvollziehen, wie überaus lästig es ist, sich allenthalben einen neuen Wirt suchen zu müssen.« Ein strahlendes Lächeln blitzte auf, und Verstehen sank in Aliqua ein. Tief und schmerzhaft schlug es Wurzeln, während der Plan der Götter sich vor ihr entfaltete.

Keine Sekunde lang hatten sie aus Großzügigkeit oder Güte gehandelt. Diejenigen, die daran geglaubt hatten, dass die Götter zu solchen Regungen fähig waren, hatten sich von der Großartigkeit ihrer Geste blenden lassen. Die Ambrosia war nichts weiter als ein Mittel zum Zweck.

»Ihr wollt sie versklaven?«, brachte sie mit tauben Lippen hervor.

Das Grinsen auf Marcellus' Gesicht vertiefte sich zu einer Fratze. »Keine Sorge, liebes Kind, sie leben weiter. Nur werden wir die Herren über ihre Leiber sein und Größeres vollbringen, als du dir ausmalen könntest. Es ist eine Ehre, den Göttern als Gefäß zu dienen.«

Ein Funken, dunkler und vernichtender als die Finsternis zwischen den Sternen, explodierte tief in Aliquas Brust. Rasch wuchs es sich zu einer Flamme aus, die wild hochloderte und einen Zorn anfachte, der die Welt in ihren Grundfesten erschüttern konnte.

Und in diesem Moment wollte sie genau dies. Ohne Rücksicht auf Verluste.

Versklaven. Das Wort rotierte unaufhörlich durch ihren Kopf. Die Götter hatten das mit Sanctius und seiner Familie, mit Marcellus' Sippe vor, was ihr selbst angetan worden war. Worunter sie seit ihrer Geburt litt. Wenn jemand wusste, was es bedeutete, ein Sklave zu sein, dann war sie es. Das Gefühl von Unfreiheit, das jeden Atemzug begleitete und die Lungen mit Blei füllte. Die Hilflosigkeit, der Willkür anderer ausgeliefert zu sein. Das schlichte Unvermögen sich zu widersetzen, aufzubegehren, ohne die grausamsten Strafen fürchten zu müssen. Die Gewissheit, niemals wirklich frei zu sein.

Sie konnte das nicht zulassen. Das finstere Inferno in ihrem Inneren brüllte zustimmend, dehnte sich aus, bis reines Verderben durch ihre Adern strömte und eine Macht ihre Lungen füllte, die bis unter ihre Haut vibrierte. In ihr baute sich eine Kraft auf, die diese in Marcellus versammelten Wesen vom Angesicht der Welt fegen konnte, so gründlich, dass nicht einmal ein wispernder Schatten von ihnen zurückbleiben würde. Und sie schienen genau das zu spüren.

Wie ein Raubtier, das auf jede Regung seines Opfers geschult war, spürte sie die Aufregung der Götter. Wie sie unter dem erzitterten, was von ihr ausging.

»Wir hätten dich töten sollen, als du durch diese Tür gekommen bist«, spuckte ihr einer von ihnen entgegen. Seine einst gewaltige Stimme verzerrte sich zu einem Krächzen.

»Etwas wie du hätte nie so lange Zeit überleben dürfen. Eine Abnormität … ein Sakrileg.«

Aliqua verstand nicht ganz, was sie meinten, aber es war ihr auch einerlei. Nur eines zählte in diesem Moment.

»Ihr werdet dieses Vorhaben nicht umsetzen.« Selbst ihre Stimme klang gewaltig, eine abgrundtiefe Symphonie aus Vernichtung und Schwärze. Ein Klang, der wahr machte, was er versprach.

Und in diesem Moment geschah noch etwas: ein tastender Finger streckte sich nach ihr aus, ein Bewusstsein, das ihrem so ähnlich war, dass sie es nicht sofort abwehrte. Alles in ihr reagierte mit Vertrauen auf diese andere Macht, die sich zu ihr gesellte. Und eine Stimme erschallte in ihrem Kopf, volltönend und genauso abgrundtief wie die ihre.

»Nutze deine Macht gegen sie, du hast die Fähigkeit, sie zu vernichten, und das wissen sie genau. Die Tage der Götter sind gezählt. Du kannst uns fortschicken, in ein Exil, aus dem wir uns selbst nicht befreien können, um dich und die, die dir lieb und teuer sind, zu retten. Ich wollte nie etwas anderes, als dich zu beschützen. Bitte verzeih mir, dass ich mit meinen Absichten so gründlich gescheitert bin.«

Eine Hand strich durch ihren Geist, tröstend wie eine Berührung, dann zog sich diese Präsenz zurück und hinterließ ein Schaudern auf Aliquas Körper. Welcher Gott auch immer dies gewesen war, er schien eine Verbindung zu ihr zu haben, und sie glaubte ihm sofort, dass er ihr nichts Böses wollte. Auch wenn das meiste an den Göttern abgrundtief verdorben war, gab es doch noch etwas Gutes an ihnen. Manche von ihnen schienen es sich trotz allem bewahrt zu haben.

Ermutigt von den Worten, die sie gerade gehört hatte, richtete Aliqua sich gerader auf.

»Ich denke, ihr habt nun begriffen, wozu ich in der Lage bin. Zwar weiß ich nicht, woher diese Macht in mir kommt, aber ich spüre, dass sie euch auszulöschen vermag. Wollt ihr das Risiko eingehen, dass ich recht habe?« Ein kleiner Teil ihres Verstandes wunderte sich darüber, dass sie hierhergekommen war, um sich einer Strafe zu stellen, und nun die Götter mit dem Rücken zur Wand vor ihr standen. Eine Euphorie, die nur schwer niederzuringen war, kochte in ihr hoch. Aber noch war es zu früh, um zu triumphieren.

»Drohe uns nicht, du dreckiger Bastard!«

Aliqua zuckte nicht mit der Wimper. Sie spürte die Anwesenheit der Stimme von gerade eben, die ihr zuflüsterte, dass sie stark genug war. Dass sie bei ihr bleiben würde bis zum Schluss.

Die Götter gaben nicht auf, sondern säuselten höhnisch: »Willst du wirklich diesen Menschen hier, dessen Leib wir uns bemächtigt haben, kaltblütig opfern? Er würde mit uns sterben, und du wärst kein bisschen besser als wir.«

Bevor Aliqua dazu kam zu antworten, spannte sich Marcellus' Gesicht an, und für einen Moment war es einzig seine Stimme, die aus seinem Mund drang. »Tu es, Aliqua! Scher dich nicht um mich ...« Im nächsten Moment würgten sie ihn ab, und Marcellus verdrehte die Augen. Aber es war genug gewesen.

Die pulsierende Dunkelheit stärkte ihr den Rücken und bog ihre Lippen zu einem winzigen Lächeln. »Er bedeutet mir rein gar nichts.« Entschlossen, nicht länger zu zaudern, sondern die Chance zu nutzen, die sich ihr bot, hob sie die Hände. Unsichtbare Funken sprangen aus ihren Fingerspitzen und luden die Luft um sie herum mit Spannung auf.

Ich bin bereit zu gehen, um deinetwillen, *sprach die Stimme in ihr,* du musst sie nicht töten. Verbanne sie!

»Ich bin keine Mörderin, nicht einmal wenn es um euch Götter geht, deswegen unterbreite ich euch ein Angebot: Ihr verschwindet samt und sonders und behelligt die Welt nie wieder mit euren Gräueln. Kein Mensch soll jemals wieder euer Sklave sein und sich vor eurem Zorn fürchten müssen.«

Marcellus' Oberlippe zog sich zurück, er bleckte die Zähne wie ein Wolf, jeder Muskel in seinem Körper erzitterte. Als die Götter nicht schnell genug reagierten, ließ Aliqua ein wenig ihrer Macht los. Sie waberte wie lebendiger schwarzer Nebel über den bunten Fußboden, bis nur noch ein Meer aus Schwärze zu sehen war. Die Götter wichen davor zurück, doch eine Sekunde später waren sie eingekesselt. Sie knirschten mit den Zähnen, scheuten zurück angesichts des Verderbens, das an ihren Füßen leckte. Aber Aliqua ließ nicht locker. Zum ersten Mal folgte sie völlig der Macht, die in ihr aufbrandete, und schleuderte sie mit aller Kraft den Göttern entgegen. Sie biss fest die

Zähne zusammen, als die Schwärze gegen Marcellus schlug, Welle um Welle aus Finsternis.

»Nun gut«, erklang es vielstimmig. »Wir fügen uns. Die Götter werden diese Welt verlassen, euch auf Gedeih und Verderb den Folgen dieser Verbannung ausliefern und niemals zurückblicken.« Marcellus brach in die Knie, geschüttelt von Zuckungen. Sie verließen seinen Körper, und Aliqua schickte die Armee ihrer Macht aus. Sie spürte ganz deutlich, wie sich die Gegenwart der Götter immer weiter verflüchtigte. Sie wagte es schon beinahe, erleichtert aufzuatmen, als noch einmal ein vielstimmiger Stimmenchor direkt in ihrem Geist erklang.

»Aber du bist hierhergekommen, um bestraft zu werden, so lass dies unsere letzte Handlung auf Erden sein. Sei du, die du uns verbannt hast, an diesem Ort begraben. Bei lebendigem Leib gefangen, wie es für jene vorgesehen war, die die Ambrosia bekamen. Bis das Vergessen dich auffrisst und du bereust, das Göttliche aus der Welt vertrieben zu haben. Vergessen von allen, die du liebst, sollst du verdammt sein.«

Im nächsten Moment hatten sich die Götter verflüchtigt, und nun geschahen mehrere Dinge gleichzeitig. Ein Grollen nahte von einiger Entfernung heran, gewaltiger als jeder Donner, und draußen auf den Straßen begannen die Leute zu schreien. Eine Explosion von nie gekannter Heftigkeit erschütterte die Welt um sie herum, und Aliqua stürzte zu Boden. Putz rieselte von der Decke, und zunächst vermochte sich Aliqua nicht zu erklären, was passierte. Panik zirkulierte durch ihren Körper, und sie versuchte, sich aufzusetzen, aber die letzten Worte der Götter hatten sie gelähmt, sie war unfähig, auch nur einen Finger zu rühren. Aliqua kämpfte mehrere Minuten lang verbissen, aber mehr als das ruckartige Heben und Senken ihrer Brust gelang ihr nicht. Lediglich ihr Geist war rege und verfolgte mit Schrecken, was um sie herum geschah. Das Geschrei, das draußen vor dem Haus aufbrandete, Menschen, die etwas von einem Vulkanausbruch riefen …

Nach einer Weile rappelte Marcellus sich auf, kroch zu ihr herüber und musste feststellen, dass Aliqua sich nicht bewegen konnte. Und dass es ihm nicht gelang, sie zu bewegen. Sie lag da, als wäre sie mit dem Boden verwachsen, während draußen die Welt dazu ansetzte unterzugehen.

»Ich hole Hilfe«, stammelte er mit schleppender Stimme. »Ich muss es aufhalten.«

Marcellus ging, einen erschütterten Theos im Schlepptau, und würde nicht mehr in das Haus in Herculaneum zurückkehren.

Und Aliqua harrte aus. Bei vollem Bewusstsein erstarrt, verfolgte sie, wie sie der Vesuv mit jeder Stunde tiefer unter seinen glühend heißen Ascheschichten begrub. Gebannt für die Ewigkeit und erfüllt von unendlichem Bedauern.

Kapitel Sechsundzwanzig

Aliqua

Ich weiß nicht, ob es an der Göttlichkeit liegt, die in Apollos Stimme enthalten ist, aber seine Worte haben die Macht, die Blockade vor meinem Gedächtnis aufzuheben. Während er erzählt, tauche ich in die Szene ein, sehe sie vor mir, so wie ich sie damals, vor all der Zeit, selbst erlebt habe. Der Raum im Domus Omodeus, in dem sich mein Schicksal auf so unvorhersehbare Weise gewandelt hat. In dem Santo eine Entscheidung getroffen hat, für die ich die Verantwortung übernommen habe. Das Komplott, das Orela und ich ausgeheckt haben, um ihn aus dem Weg zu schaffen. Das alles rieselt in so gestochen klaren Farben auf mich ein, als wäre ich erneut mit Hilfe einer Hypnose in die tiefsten Abgründe meiner Erinnerungen hinabgestiegen.

Bevor Apollo mit dem Bericht aus der Vergangenheit begonnen hat, sind wir alle ins Wohnzimmer gegangen, und ich bin froh, auf dem Sofa sitzen zu können, während sich die Wahrheit entfaltet. Ich fühle mich benebelt, seltsam weggetreten, als wäre ich wirklich in Trance versetzt worden. Nachdem Apollo geendet hat, dauert es noch eine ganze Weile, bis ich mich daraus lösen und wieder klare Gedanken fassen kann.

So ist es also geschehen. Das große Geheimnis darüber, wie ich unsterblich wurde. Und noch mehr …

Mein Atem stockt, als mir klar wird, dass damit *ich* für den Fluch der Ewiglichen verantwortlich bin. Und zwar in doppelter Hinsicht. Nur wegen mir hat Santo das Gebot gebrochen und die Ambrosia an mich weitergegeben, und danach habe *ich* die Götter verbannt, womit die beiden Familien mit ihrer Unsterblichkeit sich selbst überlassen wurden. Diese Gewissheit ist so brutal, so erschütternd, dass ich mich vor ihr verstecken will.

Und noch ein Gedanke kommt mir: Wenn die zweitausend Jahre unter Herculaneum meine Strafe waren, dann habe ich sie verdient. Ich habe Sühne geleistet, bevor ich überhaupt wusste, wofür.

Mein nächster Impuls ist es, mich zu Santo umzuwenden. Er hat sich neben mich gesetzt und starrt den Gott der Weissagungen und des Lichts mit einem Ausdruck an, den ich nicht ganz in Worte fassen kann. Es sieht so aus, als hätte der Bericht ihn regelrecht zerschlagen, sein Inneres so gründlich in Schutt und Asche gelegt, dass nicht einmal mehr die Grundfesten seiner bisherigen Überzeugungen übrig geblieben sind.

Sorge überkommt mich, und ich berühre ihn leicht am Arm. Er schaut zu mir, und in dem Moment, in dem sich unsere Blicke treffen, verschwindet alles um uns herum. Die anderen, die mit uns im Wohnzimmer sitzen und andächtig gelauscht haben. Das weitläufige Zimmer, in dem wir uns befinden. Sogar die Großstadt, deren Geräusche gedämpft durch die Fenster hereindringen. Unser Kosmos schrumpft zusammen auf Santo und mich. Sämtliche seiner Mauern sind niedergerissen, kollabiert unter der Wucht dessen, was wir gerade erfahren haben. Und was dahinter zum Vorschein kommt, ist fragil und wund und uralt. Ich kann den Schmerz aus jedem Winkel lesen, in der Art, wie seine Brauen sich senken und er die Lippen zusammenpresst.

Ihm wurde die Wahrheit entrissen, wird mir klar, genauso erbarmungslos, wie sie mir entgegengeschleudert wurde. Das Geheimnis, das er so lange gehütet hat, voller Panik, ich könnte es lüften, ist verpufft, und stattdessen wurde von einem anderen eine gänzlich andere Wahrheit offenbart.

»Du hast dich an meiner Stelle geopfert«, bringt er heiser hervor. »*Ihr* habt mich hereingelegt. Die ganze Zeit dachte ich, ich sei dafür verantwortlich, dass die Götter dich vernichtet haben. Dass ich nicht nach Aurinia gehen und dich zurücklassen hätte sollen. Dabei bist du freiwillig zu ihnen gegangen.«

»*Oculum pro oculo, Sanctius*«, erwidere ich genauso leise. »Du hast entschieden, mir die Ambrosia zu geben. Ich habe entschieden, an deiner statt zu gehen, nachdem du nur wegen mir diese Dummheit begangen hast.«

Die lähmende Taubheit, die ihn im Griff hatte, fällt schlagartig von ihm ab. »Dummheit? *Dummheit?* Ich musste dir dabei zusehen, wie du stirbst, und tatenlos danebensitzen. Du bist vor meinen Augen dahingesiecht, und jede Sekunde hat sich angefühlt, als würde man mir das Herz mit einer rostigen Klinge herausschneiden. Du hast keine Ahnung von meinen Gefühlen, wenn du wirklich glaubst, dass ich die Strafe der Götter nicht bereitwillig auf mich genommen hätte. Wann begreifst du endlich, dass ich alles für dich tun würde? *Alles.*« Das Höllenfeuer, das in ihm entflammt, greift auch auf mich über. Unwirsch werfe ich mir die Haare über die Schulter zurück.

»Wie soll ich diesen Gefühlen ernsthaft glauben, wenn du solche Geheimnisse vor mir hast? Ich weiß jetzt wieder, was du getan hast, aber ich bin mir sicher, wenn Apollo es nicht gerade uns allen offenbart hätte, würdest du das alles noch weiter mit dir herumschleppen.«

»Verstehst du denn nicht? Dieses Wissen, diese Bürde, wollte ich weder dir noch sonst jemandem zumuten. Schlimm genug, dass Orela davon wusste.« Stockend holt er Luft, offenbar ist seine Kehle genauso zugeschnürt wie meine. »Jahrhundertelang war ich davon überzeugt, für deinen Tod und den Fluch verantwortlich zu sein, nachdem ich nichts anderes wollte, als dich zu retten. Dann bist du zurückgekehrt, bist wieder am Leben, aber zu erfahren, was dir stattdessen widerfahren ist, war schlimmer, als der Tod es je sein könnte. *Ich* habe dich in dieses Verlies unter Herculaneum gebracht. *Ich* bin verantwortlich für die Jahrhunderte an Gefangenschaft, die dir so viel geraubt haben. Nachdem du die Ambrosia nicht wolltest und mich mit deiner letzten Kraft angefleht hast, sie dir nicht zu geben.«

Er rauft sich die Haare, die daraufhin wild von seinem Kopf abstehen. Kurz schweift sein Blick ab, und als er zu meinem zurückkehrt, ist der bodenlose Abgrund darin zurück, der mich gnadenlos mit sich zieht.

»Ich allein bin verantwortlich dafür, dass wir mit der ewigen Unsterblichkeit geschlagen wurden. *Ich* bin schuld daran, dass sich unsere Familien entzweit haben, dass wir Ewiglichen sterbliche Kinder und Partner gehen lassen mussten und uns einer Existenz gegenübersehen, für die es kein Ende zu geben scheint. Nach deiner Rückkehr aus der Asche konnte ich erst recht nichts sagen. Wie hätte ich dir das Wissen aufbürden können, dass du diejenige bist, für die das Gebot der Götter gebrochen wurde? Dass der Fluch deinetwegen über uns kam? Du wärst der Sündenbock für unser Schicksal geworden, und niemand hätte es hören wollen, wenn ich mich vor dich gestellt hätte.«

Ich schüttle den Kopf, zu aufgewühlt von alledem, um mich auf vernünftige Argumente einlassen zu können. Das Blut rauscht wie ein sengender Lavastrom durch meine Adern, befeuert von Emotionen, die brennen und brennen und brennen. Es ist erleichternd und verstörend zugleich, dass dieser Teil meiner Erinnerungen zurückgekehrt ist und mir endlich mehr Einsicht in das gibt, was damals geschehen ist. Ich wollte nicht sterben, unter keinen Umständen, aber noch viel weniger wollte ich, dass Santo sich meinetwegen in Schwierigkeiten bringt.

Santo rückt näher zu mir. Er berührt mich nicht, ist aber so nah, dass ich seine Körperwärme durch die Schichten meiner Kleidung hindurch spüre. »Ich mag ein Feigling sein. Ein Egoist ... ein Lügner, such es dir aus. Du hast mich gefragt, wie du mir nach alledem noch ein Wort glauben sollst, und ich habe ehrlich gesagt keine Antwort darauf. Aber das meine ich vollkommen aufrichtig: Es gibt nur wenige Dinge, auf die ich in meiner Existenz stolz bin und dazu gehört, dass du mich zu einem besseren Menschen gemacht hast – für eine kurze Zeit zumindest. Du hast meinen Blick geschärft für das, was wichtig ist. Für was es sich zu kämpfen lohnt. Und egal, wie du mit dem Wissen, das du nun hast, umgehen wirst: Ich werde nie bereuen, dich auf dem Sklavenmarkt gesehen zu haben. Aber ich bedaure, dass ich im Angesicht deines Todes nicht dieselbe Stärke wie du beweisen konnte.«

Er senkt den Kopf, ein Bild der vollkommenen Kapitulation, und ich beiße die Zähne zusammen, hin- und hergerissen von den widerstreitenden Empfindungen, die in mir ringen.

Stattdessen schaue ich mich im Wohnzimmer um, und mein Blick bleibt an Adone hängen. Er ist unnatürlich still, sein Gesicht blass und gezeichnet von Schmerz und Verstehen. Leicht schüttelt er den Kopf, als müsste er denselben Nebel abschütteln, der auch mich gelähmt hat, bevor er den Mund öffnet.

»Ich habe Iulia verloren ... wegen dir.«

Santo hebt den Kopf, und die beiden schauen sich stumm in die Augen. Ich habe das Bedürfnis wegzusehen, weil der wortlose Austausch, den sie vollziehen, zu persönlich wirkt, um darin einzudringen.

Adone atmet zittrig aus. »Weißt du, wie oft ich kurz davor war, Iulia den Trank einfach schon vor der Vermählung zu geben? Ich hatte mich gerade erst von der Seuche erholt und riesige Angst, dass sie vor der Vermählung krank werden könnte. Jeder Tag, den ich warten musste, kam mir wie eine Ewigkeit vor, und so unendlich oft habe ich mit dem Gedanken gespielt, es einfach zu tun. Aber ich habe es nicht getan.« Er beißt sich auf die Unterlippe, und die Tränen, die in seine dunkelblauen Augen getreten sind, rinnen langsam aus seinen Augenwinkeln.

»Und du hast all die Jahrhunderte nichts gesagt, während du genau gesehen hast, wie sehr ich um sie getrauert habe. Du hast einen verdammt großen Fehler gemacht, aber wenn du die Eier in der Hose gehabt hättest, es mir zu sagen ... ach verdammt!« Mit einem zornigen Aufschrei wirft er den Kopf in den Nacken. »Wegen dir musste sie sterblich bleiben! Und ich Trottel habe mich wie immer an die Regeln gehalten, aber so läuft es im Leben, nicht wahr? Die, die dreist genug sind, sich zu nehmen, was sie wollen, und auf die Regeln scheißen, gehen am Ende als Sieger hervor.« Seine kräftige Brust hebt und senkt sich unter heftigen Atemzügen. »Ich hätte mich zur Strafe auch tausend Jahre unter Herculaneum begraben lassen, wenn es bedeutet hätte, dass Iulia leben darf.«

Adones Wut erfüllt den ganzen Raum, sein Schmerz über das, was Santo getan hat, ist so greifbar, dass es mir selbst wehtut.

Ich wünschte nur, ich könnte …

Ein Zungenschnalzen von Apollo lässt mich herumfahren. Er wirkt vollkommen unberührt von dem emotionalen Drama, das sich gerade vor seinen Augen abspielt, geradezu herablassend. Etwas an diesem typisch göttlichen Unverständnis angesichts menschlicher Gefühle weckt den Wunsch in mir, ihn kräftig zu schütteln. Oder ihm einen kräftigen Stoß gegen die Brust zu versetzen.

»Ich weiß, diese Einsichten wühlen euch alle auf, aber es gibt noch etwas, das ihr wissen müsst. Einen Punkt in der Geschichte, über den ihr euch offenbar alle nicht im Klaren seid.« Er schaut zu Orela, die aber nicht so aussieht, als wüsste sie, worauf er hinauswill. Apollo seufzt müde und besitzt tatsächlich die Frechheit, enttäuscht zu klingen.

»Santo, Orela, könnt ihr zwei euch bewusst daran erinnern, Aliqua die Ambrosia gegeben zu haben?«

Santo

Diese Wahrheit fühlt sich an wie der Tod. Niederschmetternd, brutal, endgültig. Es macht keinen Unterschied, dass ich erst vor Kurzem die Erleichterung kennengelernt habe, die einen überkommt, wenn man sich endlich von einem gut gehüteten Geheimnis löst. Adones Schmerz lässt mich so vieles bereuen, auch wenn es dafür zu spät ist.

Meine aufgewühlten Gefühle halten mich dermaßen gefangen, dass ich nicht gleich auf Apollos Frage antworten kann. Ganz abgesehen davon, dass ich keine Ahnung habe, worauf er eigentlich hinauswill oder was das ändern soll.

»Nun«, beginnt Orela stattdessen und zieht die Unterlippe durch die Zähne, die Stirn in konzentrierte Falten gelegt. »Wir haben es getan. Irgendwann in jener Nacht bin ich in Aliquas Zimmer gekommen. Es ist schon so lange her, aber ich weiß, dass ich einen Becher gebracht habe.«

Die Worte meiner Schwester katapultieren mich zurück in diese Nacht, die sich mir überdeutlich und gleichzeitig seltsam verschwommen ins Gedächtnis gebrannt hat. »Das war vor einer Ewigkeit, Apollo«, erwidere ich schleppend. »Die genauen Umstände weiß ich nicht mehr, aber der Becher war leer, und als ich am nächsten Morgen an Aliquas Lager aufgewacht bin, war sie wie verwandelt. Sie lag im Sterben in dieser Nacht, und tags darauf schien sie genesen zu sein. Da wusste ich, dass ich es getan hatte. Getan haben *musste.* Ich glaube, im Nachhinein habe ich die genaue Erinnerung daran aus Scham verdrängt.«

Das ist die Wahrheit. Aliqua ging es miserabel, und wir alle wussten, dass ihre Tage gezählt waren. Sie war dem Tode geweiht, und ich habe mich in meiner Selbstsucht über alle Wünsche und Gebote hinweggesetzt.

Apollo, der in einem der Sessel lümmelt wie ein Märchenonkel, der es genießt, anderen mit seinen Schauergeschichten einen Schrecken einzujagen, lehnt sich etwas vor. Sein Blick glüht mehr denn je, aber ich kann die Emotionen dahinter nicht deuten. Er wirkt so seltsam aufgekratzt ...

»Nimm es mir nicht übel, Santo, aber du hast dir all die Zeit umsonst die Schuld an eurer Misere gegeben. Genau wie wir Götter.« Ein Lächeln krümmt seine vollen Lippen. »Weder du noch Aliqua oder Orela tragen Schuld an der Weitergabe der Ambrosia. Es ist überhaupt nie dazu gekommen«, lässt er die Bombe schließlich platzen. »Ja, Santo, du warst entschlossen, es zu tun, aber du bist nicht zur Tat geschritten. Zumindest nicht aus eigenem Antrieb heraus. Ein Gott ist dir zuvorgekommen, und ich weiß nur davon, weil Orela mir ihre Erinnerungen an diese Nacht anvertraut hat. Euch beiden ist es vielleicht nicht klar, aber jemand hat in diesen Momenten Besitz von euch ergriffen und eure Handlungen gelenkt, deswegen könnt ihr euch auch kaum daran erinnern. Euer Gedächtnis lässt euch nicht im Stich, und ihr habt auch nichts verdrängt. Ich kann nicht mit absoluter Sicherheit sagen, wer es gewesen ist, aber angesichts der neuesten Erkenntnisse tippe ich darauf, dass Pluto es war, der seiner Tochter zu Hilfe gekommen ist.« Er schaut zwischen mir und Orela hin und her, doch mir fällt es schwer zu begreifen, was er gerade offenbart hat. Mein Geist weigert sich schlicht, diese neuen Informationen anzunehmen.

»Bist du dir sicher?« Meine Stimme klingt wie das Krächzen eines kranken Vogels.

»Absolut. Ich verwette alles, was ich bin, dass es Pluto war, der da von dir und Orela Besitz ergriffen hat. Er ist gekommen, um Aliqua zu helfen.«

Ich fasse es nicht. Ich kann es einfach nicht fassen.

Aliqua, die bisher sprachlos zugehört hat, merkt auf. »Aber ... aber warum genau in diesem Moment? Es gab davor schon so viele Augenblicke in meinem Leben, in denen ich Hilfe und Beistand von ihm gebraucht hätte. Lag es daran, dass ich dem Tod geweiht war? Immerhin ist er der Herr über das Totenreich. Hat er gewittert, dass ich im Begriff war, dort einzugehen?«

Verdammt guter Punkt, denke ich.

»Nein.« Apollo schüttelt den Kopf. »Dein Glück oder *Unglück* – je nachdem – war der Umstand, dass du diesen Blutsteinanhänger abgelegt hattest. Du hast ihn ein Leben lang treu getragen, und solange du dies getan hast, hat er dich vor den Augen der Götter zu nichts weiter als einer normalen Sterblichen gemacht. Eine sehr clevere Maßnahme von Pluto, allerdings mit dem Nachteil, dass er damit auch sich selbst die Möglichkeit entzogen hat, dich zu finden. Du wurdest zu einer Nadel im Heuhaufen für ihn. Eine Sterbliche unter Millionen. Vielleicht hat er es getan, um sich selbst davon abzuhalten, nach dir zu suchen und sich in dein Leben einzumischen. Oder aus Angst, seine Nähe könnte uns andere Götter auf dich aufmerksam machen.«

Aliqua wendet sich mir zu. »Ich habe den Anhänger dir überlassen, aber inzwischen scheinen ihn die Immortali zu besitzen. Wie haben sie ihn bekommen?« Eine stumme Anklage schimmert in ihrem Blick, gegen die sich alles in mir sträubt.

Ich schlucke schwer, weil der bloße Gedanke an den Moment, in dem sie mir ihren Anhänger gab, noch immer zu schmerzhaft ist. »Ich wusste, dass du zum Zeitpunkt des Ausbruchs in Herculaneum gewesen bist, weil Orela mir ein Märchen darüber erzählt hat, Marcellus habe dich zu sich gerufen. Nachdem der Vulkan sich beruhigt hatte, bin ich dort hin, immer noch ein bisschen in der Hoffnung, dich vielleicht doch zu finden, aber vor allem, um dich zu betrauern. Natürlich hätte ich es besser wissen müssen, aber als ich diesen Ort und die Zerstörung durch den Vulkan gesehen habe, kam es mir einfach undenkbar vor, dass du das überlebt haben solltest. Selbst als Ewigliche. Ich konnte ... ich konnte den Anhänger nach alledem einfach nicht behalten – du hast ihn mir gegeben, damit er mich beschützt, nachdem ich so grandios damit gescheitert war, *dich* zu beschützen. Mir war wichtig ... ich wollte, dass du ihn wiederbekommst, an dem Ort, an dem du gestorben bist. Also habe ich ihn zwischen der Asche und den Trümmern vergraben, in der Hoffnung, dass er irgendwie als letzte Totengabe dienen würde. Dort müssen ihn die Immortali auf ihrer Suche nach Marcellus ausgegraben haben.« Erschöpft reibe ich mir mit den Händen über das Gesicht.

Aliqua schweigt, und ich kann nicht sagen, ob sie wütend oder enttäuscht darüber ist, dass ich ihr Amulett nicht behalten habe. Womöglich gar nichts davon, weil das alles gerade schlichtweg zu viel für sie ist und sie zu gar keinen direkten Reaktionen mehr fähig ist. Mir zumindest geht es so.

Es ist eine gewaltige Welle an Wissen, die gerade über uns alle hereingebrochen ist, und ich denke, keiner von uns ist gerade dazu in der Lage, das alles zu schlucken. Es sind Erkenntnisse darunter, die uralte Überzeugungen in Schutt und Asche gelegt haben und plötzlich Dinge hinterfragen, die in Stein gemeißelt schienen. Wahrscheinlich wird es eine ganze Weile dauern, um das alles zu verdauen, aber natürlich ist uns dieser Luxus nicht vergönnt.

Meine Aufmerksamkeit wird von Orela abgelenkt, die mit einem seltsamen Röcheln nach Atem ringt. Als würde eine unsichtbare Faust ihre Kehle zudrücken. Sie schießt hoch, wankt und greift sich an den Hals. Ihre Augen quellen leicht hervor, und dann passiert es: Der undurchdringliche weiße Schleier legt sich über ihren

Blick, und ihre Haare bewegen sich unter einer unsichtbaren Brise.

Alle im Wohnzimmer verharren wie erstarrt. Auch ich kann mich nicht bewegen, weil mich eine altbekannte Angst lähmt, die vollkommen von mir Besitz ergreift. *Merda*, was passiert hier?

Ist es wieder Aliqua, die einen Anfall bei meiner Schwester auslöst? Oder Apollo ist ... mein Blick fliegt zu dem Gott. Sein Körper ist bis in die letzte Faser angespannt, seine Kiefermuskulatur tritt hervor, so fest beißt er die Zähne zusammen. Ihn umgibt wieder dieses unwirkliche Leuchten, und mir wird klar, dass er gerade einen Kampf ausficht, ohne dabei von der Stelle zu kommen. Eine kaum merkliche Vibration wandert von den Wänden in die Böden und lässt den Raum um uns herum erzittern. Es ist eine Macht in der Luft, die von außen auf uns zustürmt, tobend und rasend.

Orelas weiße Augen rollen wild in den Höhlen, und sie wirft den Kopf in den Nacken. Sie ist ein Anblick ... wie nicht von dieser Welt. Es macht mich absolut *krank*, sie so zu sehen. Wie schon so oft zuvor will ich etwas tun, um ihr zu helfen, sie aus diesem Zustand zu befreien, aber ich bin immer noch so verdammt hilflos. Sie sieht aus, als könnte sie nie wieder in die Normalität zurückfinden oder als würde diese unbarmherzige Macht, die sie gerade gepackt hält, sie jeden Moment wie einen Zweig zerbrechen.

Und dann öffnet sie den Mund. Ihre Stimme ist eine grausame Mischung aus ihrem eigenen Klang und dem eines Wesens, das keine Gnade, kein Mitleid und kein Pardon kennt. Uralt und grausam und jetzt mitten unter uns.

»Apollo«, sagt Orela in seltsam säuselndem Tonfall. Ihr Kinn sackt in einer ruckartigen Bewegung nach vorne, und von unten herauf blinzelt sie den Gott an. »Wie trickreich du diesen Schild gewoben hast. Aber du musstest doch wissen, dass du sie nicht ewig würdest von uns abschirmen können.«

»Noch habt ihr es nicht hierherein geschafft, Jupiter«, knurrt er, und Schweißtröpfchen tauchen über seinen Brauen auf.

Jupiter also hat sich Zugang zu Orela verschafft und nutzt sie gerade als Medium. Und obwohl Apollo sagt, er habe es noch nicht gänzlich hierherein geschafft, entspanne ich mich kein bisschen. Die Betonung liegt auf *noch nicht*, und offenbar ist es nur eine Frage der Zeit, bis die Götter Apollos Schutzschirm über der Wohnung durchbrechen.

»Ich habe nicht vor, lange zu verweilen. Allerdings möchte ich mit *dir* sprechen.« Als würde eine Hand ihn grob herumreißen, schnellt Orelas Kopf zu Aliqua und mir herum. Sie versteift sich neben mir, als die weißen Augen auf ihr zum Liegen kommen, und auch ich spanne abwehrend jeden Muskel in meinem Körper an.

»Seit wir zurück sind und erfahren haben, dass du ebenfalls freigekommen bist, ist uns sehr daran gelegen, dich zu treffen.« Orelas Augen verengen sich, und man muss kein Gedankenleser sein, um zu wissen, dass der Gott an seine Begegnung mit Aliqua denkt.

Einen Augenblick wirkt Aliqua noch starr vor Angst, dann reckt sie das Kinn und erwidert den Blick aus seelenlosen, glühenden Augen. »Traut ihr euch nicht mehr, mich hier herauszulocken, um mir persönlich gegenüberzutreten, oder warum nutzt du Orela als Sybille?« Fragend neigt sie den Kopf, und stumm feuere ich sie an.

Zeig's ihm, Aliqua!

Zorn zeichnet sich auf Orelas Zügen ab. »Sie ist unser Geschöpf! Und ich benutze sie, wann es mir beliebt«, blafft der oberste Gott.

Aliqua stößt ein furchterregendes Zischen aus und springt von der Couch hoch. Ich spüre ganz genau, dass da etwas Gewaltiges unter ihrer Oberfläche brodelt, diese Macht, die in ihr haust, und ich hebe eine Hand, um sie aufzuhalten. Ganz sanft berühre ich sie am Bein, um sie daran zu erinnern, sich von ihrer Wut nicht überwältigen zu lassen und Orela anzugreifen.

Ich sehe, wie sich ihre Brust unter einem tiefen, beruhigenden Atemzug hebt, ehe sie sich ein wenig entspannt. Sie scheint nicht mehr drauf und dran, Orela zu attackieren.

»Was hast du also zu sagen?«, fragt sie Jupiter.

»Kurz und schmerzlos formuliert: Wir haben Pluto in unserer Gewalt.«

Erschrocken öffne ich den Mund, und von Aliqua kommt ein Japsen. »Ich glaube dir nicht, nicht ohne Beweise«

Jupiter lacht leise. »Man kann vieles über dich behaupten, aber schlau bist du. Ansonsten hättest du auch nicht so lange überlebt. Wir haben natürlich Beweise.« Er lässt Orela die Brauen heben. Einen Moment lang geschieht nichts, dann beginnt das Handy in meiner Hosentasche zu klingeln. Ich zucke zusammen, als hätte ich einen Stromstoß abbekommen, bevor ich das Gerät heraushole und auf das Display schaue. Im ersten Moment bin ich davon überzeugt, dass es ein dummer Zufall ist. Denn *dieser* Name kann gerade einfach nicht aufleuchten und einen eingehenden Anruf anzeigen.

»Warum«, sage ich mit tödlich leiser Stimme, »ruft mich Scuro an?«

Kapitel Siebenundzwanzig

Santo

Panik gehört zu den Gefühlen, die ich aus tiefster Seele verabscheue. Sie ist ein Gift, das den Körper flutet und sich wie ein intelligenter Krieger direkt auf das Herz stürzt. Dort, wo sie Schwäche wittert und Nahrung findet für die markerschütternde Angst, die in ihrem Geschwader folgt. Anschließend torpediert sie den Verstand, bis von Vernunft und Logik nichts mehr übrig ist. Mich regiert die Panik in diesem Augenblick, bis sie alles auszumachen scheint, das ich bin. Es ist zu viel.

Orela, von der Jupiter Besitz ergriffen hat. Die Tatsache, dass er es wegen Aliqua getan hat. Und jetzt noch Scuro.

Nein, schreit alles in mir, *nein, nein, nein!* Scuro ist viel zu clever, um sich von den Göttern und ihren Schergen schnappen zu lassen. Er wäre ihnen entwischt oder hätte rechtzeitig Alarm geschlagen ... aber stattdessen war es die letzten Stunden unnatürlich ruhig um meinen Cousin. Er war nie gesprächig, aber wir standen ständig in Kontakt, und ich wusste immer, wo er gerade ist oder was er vorhat. Jetzt gerade ... ist da nichts.

Mein Handy klingelt erbarmungslos weiter, und als ich mich endlich dazu überwinde, den Anruf anzunehmen, zittern meine Finger so heftig, dass es mir kaum gelingt. Bebend stelle ich das Gespräch auf laut, damit alle im Wohnzimmer mithören können.

Zunächst ist nichts zu hören als ein leises Knacken in der Leitung, dann die Geräusche von schweren Atemzügen. Meine Nackenhaare stellen sich alarmiert auf, noch bevor die Person das Wort erhebt. Ich *weiß* einfach, dass das, was wir gleich hören werden, abgrundtief schrecklich ist. Und genauso kommt es.

»Na, hat mich keiner von euch vermisst?«

Scuro. Und doch ist er es nicht. Seine Stimme ist auf eine grausame Weise verzerrt, die nur noch nach einem Schatten seines alten Selbst klingt.

Aliqua knirscht hörbar mit den Zähnen, als sie ihn hört. »Neptun.«

Also ist er es, der meinen Cousin besetzt hat. Der es geschafft hat, ihn zu überwältigen und zu einem Sklaven in seinem eigenen Körper zu machen.

Ein Kichern tönt zur Antwort aus dem Lautsprecher. »Ach hallo, Plutos widerspenstiger Bastard.«

Sie zuckt zusammen.

In mir wallt der unvernünftige Impuls auf, auf das Telefon loszugehen und es gegen die nächste Wand zu donnern. Diese Stimme ... ich ertrage es nicht, Scuro so zu hören. Zu wissen, dass er wehrlos ist.

Aliqua kneift sich mit den Fingern in die Nasenwurzel und schließt für einen Moment die Augen, um weiter Ruhe zu bewahren. Ich kann spüren, dass ihr Körper genauso unter Strom steht wie meiner. Als sie spricht, klirrt eine Eiseskälte in ihrer Stimme, die mich erschaudern lässt. Meine Sinne spüren die aufwallende Göttermacht in ihr, die sie sonst so gut unter Verschluss hält.

»Ich will erfahren, ob ihr Pluto wirklich in eurer Gewalt habt. Lasst mich mit ihm sprechen, ansonsten könnt ihr mich zu überhaupt nichts bewegen.«

Als Antwort ertönt ein amüsiertes Schnauben. »Du machst dir Sorgen um Papi?«

Sie lässt sich nicht auf die Provokation ein. »Ich will einen Beweis, dass es ihm gut geht, und die Zusicherung, dass ihr ihn in Ruhe lasst und nicht weiter verfolgt, sobald ich mich euch ausliefere. Dasselbe gilt für Scuro.«

Jeder Einzelne im Wohnzimmer zuckt bei ihren Worten zusammen, aber Aliqua trägt die Unnachgiebigkeit eines Generals zur Schau. Es ist ihr vollkommen ernst, und so gerne ich mich ihr auch in den Weg werfen möchte, kann ich diesen Impuls absolut nachvollziehen. Ich würde genauso handeln. Was es mir aber nicht leichter macht, ihr dabei zusehen zu müssen.

Außerdem geht es auch um Scuro, den wir irgendwie von Neptun befreien müssen.

Eine Weile bleibt es still am anderen Ende der Leitung, dann sind Schritte zu hören, eine Türe quietscht. Wie aus weiter Ferne dringt das matte Stöhnen eines Mannes, der etwas Unverständliches murmelt. Unwillkürlich treten alle näher an mich und das Handy heran.

»Pluto, deine Tochter will dich sprechen.«

Das Murmeln wird lauter, und ich erkenne Marcellus' dumpfe Stimme, in die sich ein Timbre webt, das jeden Instinkt in mir wachrüttelt. Auf einer sehr urwüchsigen Ebene bemerke ich den Klang des Todes mit all seinen Abgründen und Geheimnissen. Etwas, das für lange Zeit wie Musik in meinen Ohren war. Heute schürt es meine Besorgnis.

»Was habt ihr mit ihm angestellt?«, blafft Aliqua. »Er klingt ja vollkommen weggetreten.«

»Dafür sind die Immortali verantwortlich, nachdem er zu ihnen zurückgekrochen kam. Mal ehrlich, war er wirklich so dumm, zu glauben, niemand hätte bemerkt, wie er dir geholfen hat? Dich selbst hinausgeschafft hat? Ich an seiner Stelle hätte nach dieser Aktion so viel Abstand wie möglich gehalten. Aber gut, niemand hat behauptet, er sei klug.«

Neptuns unüberhörbare Selbstgefälligkeit facht meine Wut weiter an, auch wenn ich ihm zähneknirschend zustimmen muss, dass Marcellus' Rückkehr zu den Immortali nicht zu seinen genialsten Schachzügen zählt.

Als hätte der Klang von Aliquas Stimme ihn wachgerüttelt, wird Marcellus' Stimme im Hintergrund lauter, und Pluto ist nun deutlicher zu hören. Das tiefe Grollen lässt eine Gänsehaut über meine Haut laufen.

»Lao aweno.«

Wie war das? Er spricht so undeutlich, dass ich nichts verstanden habe. Aliqua sieht genauso konfus aus.

Neptun stößt ungehalten den Atem aus. »Was sagst du?« Geraschel ist zu hören, gefolgt von einem erstickten Stöhnen. Hat er Marcellus einen Tritt verpasst? Aliqua neben mir zuckt zusammen, als hätte er sie getroffen.

Aber die Stimme klingt nun lauter und deutlicher. »Lago d'Averno.«

Unwillkürlich ziehe ich die Augenbrauen nach oben, während ich zu verstehen versuche, was uns das sagen soll.

Von Neptun indes kommt ein Kichern. »Ach, du möchtest den Ort bestimmen, an dem sich dein Bastard ausliefern soll?« Ein nachdenkliches Brummen folgt seinen Worten. »Weißt du was, warum nicht? Mir gefällt die Symbolik des Ortes, sehr passend. Ich hätte nur nicht gedacht, dass du einen solchen Sinn fürs Dramatische hast, Bruder. Die anderen haben bestimmt nichts dagegen.« Seine Stimme senkt sich und nimmt einen schärferen Ton an. »Nun denn, Aliqua, du hast gehört, wohin dein Vater dich bestellt. Und du kennst das Prozedere ja schon: Verschwende nicht die kostbare Zeit deines Vaters, wir erwarten dich.«

»Ich werde kommen.« Aliquas Stimme hat sich um ein paar weitere Grad abgekühlt, und ich bin mir sicher, wenn ich sie in diesem Moment in den Finger stechen würde, wäre der hervorquellende Blutstropfen pechschwarz. Haben die Götter überhaupt eine Ahnung, was sie da zu sich rufen?

Ein geisterhaftes Lachen ertönt, dann wird die Verbindung unterbrochen, und meine Hand krampft sich um das Telefon. Einige Augenblicke lang starrt Aliqua das verstummte Gerät gedankenversunken an, dann blickt sie auf. »Wo ist dieser See? Und was hat es damit auf sich?«

Apollo rollt voller Sarkasmus mit den Augen. »Der Averner See befindet sich inmitten der Phlegräischen Felder, ein weitflächiges Gebiet voller unterirdischer vulkanischer Aktivität. Im Grunde ist es ein einziger Supervulkan.«

Das weiß ich bereits, aber zusammen mit Neptuns Worten ... wie angetan er von Plutos Vorschlag war ...

Aliqua spannt sich an. »Haben sie dasselbe wie damals mit mir vor? Mich unter einem Vulkan begraben?«

Apollo zuckt mit den Schultern. »Neptun scheint wirklich spontan auf Plutos Wunsch eingegangen zu sein. Womöglich hatten sie zunächst andere Pläne, ich vermag es nicht zu sagen.«

»Was hat er damit gemeint, ›ihm gefalle die Symbolik‹?«, hakt Aliqua weiter nach. »Wegen der Vulkane?«

Nachdenklich zieht Apollo die Unterlippe zwischen die Zähne. Er scheint unentschlossen zu sprechen, und schließlich ist es Orela, die vortritt. Sie wirft ihm einen kurzen, ungeduldigen Blick zu, als könnte sie hören, was er denkt, und würde sich über sein Zögern ärgern. Und es passiert erst in diesem Moment, dass mir die Verbindung klar wird, die noch immer zwischen ihr und dem Gott bestehen muss. Obwohl er sie gegen die anderen Götter abschirmt, ist sie noch immer seine Sybille, und ich verwette meinen unsterblichen Hintern darauf, dass die beiden in Gedanken kommunizieren. Was die Vertrautheit erklären würde, die mir insgeheim schon die ganze Zeit gegen den Strich geht. Er ist ein Gott und wird meine Schwester wieder ins Unglück stürzen, ich weiß es einfach.

»In früherer Zeit betrachteten die Sterblichen den Averner See als Zugang zur Unterwelt. Was natürlich Schwachsinn ist, Pluto verrät den Zugang nur den sterbenden Seelen, aber ich denke, das ist die Symbolik, von der Neptun gesprochen hat. Aliqua dort zu richten, wo die Menschen einst den Zugang zum Reich ihres Vaters vermutet haben.«

Von Aliqua kommt ein erstickter Laut, als hätte sich ein Lachen ihre Kehle hinaufgekämpft und sich auf halbem Weg in ein Schluchzen verwandelt. Sie presst sich die Hand auf den Mund. Mich überkommt der überwältigende Drang, sie an mich zu ziehen und an meinem Körper zu bergen, bis alles vorbei ist. Oder noch besser, sie fortzubringen, irgendwohin, wo sie vor dem Zugriff dieser unheiligen Mächte sicher ist und nicht in Versuchung kommt, ihren Forderungen nachzugeben. Denn genau das will sie tun. Ich erkenne es an der Haltung ihres Körpers, der sich bis in die Zehenspitzen anspannt, bereit, jeden Moment loszustürmen. Außerdem kenne ich sie gut genug, um zu wissen, was ihr gerade durch den Kopf geht. Sie hat sich schon einmal geopfert, für mich, und jetzt steht sogar noch mehr auf dem Spiel. Pluto, Scuro *und* Marcellus.

Allerdings ist mir klar, dass ich sie nicht beschützen oder verstecken kann. Sie würde es mir nie verzeihen, wenn ich sie zu ihrem eigenen Schutz packen und weit fortbringen würde, wie ich es einst schon einmal geplant hatte. Irgendwohin, wo die Götter keinen Zugriff auf sie haben.

Es ist ihr Kampf, nicht meiner. Auch wenn ein Teil von mir, ihn zu meinem machen möchte. Doch auch das ist etwas, das ich nicht laut aussprechen darf. Nicht, bevor der richtige Moment gekommen ist.

Aliqua atmet tief durch und richtet sich kerzengerade auf. »Alles klar, die Zeit drängt.« Ungeduld und eine eiskalte, endgültige Ruhe sprechen aus ihren Worten. Ich kann nur die Entschlossenheit bewundern, mit der sie sich erneut ihrem Schicksal stellt. Diese unbeugsame Furchtlosigkeit, die mich sprachlos macht.

»Ich werde zu diesem See gehen, um die Sache in Ordnung zu bringen. Ein für alle Mal.«

Kaum hat sie zu Ende gesprochen, brandet von allen Seiten wütender Protest auf.

»Denk gar nicht dran …«

»Du wirst sicherlich nicht hingehen und dich ausliefern …«

»Vergiss es einfach, okay?«

Mit einem gereizten Rundumblick bringt Aliqua unser aufgeregtes Geplapper zum Verstummen. »Pluto ist mein Vater«, zischt sie mit kaum gebändigter Rage. »Er ist mir zu Hilfe gekommen, als die Immortali mich zu Hackfleisch verarbeiten wollten, und wenn ihr glaubt, dass ich tatenlos dabei zusehe, wie sie mit ihm dasselbe tun, dann kennt ihr mich schlecht. Außerdem haben sie auch Scuro. Ihr wollt ihn doch nicht wirklich einfach so den Göttern überlassen, oder?«

Adone, der gerade einen vorsichtigen Schritt auf Aliqua zu macht, verzieht bei der Erwähnung von Scuro das Gesicht. »Natürlich werden wir Scuro nicht den Göttern überlassen, aber es muss einen anderen Weg als deine Auslieferung geben. Außerdem ...« Beschwörend schaut er ihr in die Augen. »... ist Pluto ein Gott, Aliqua. Glaubst du nicht, dass er selbst eine Möglichkeit findet, sich zu befreien?« Hilfe suchend schaut er zu Apollo, der die Lippen zu einer schmalen Linie zusammengepresst hat. Auch ich habe die Hoffnung, dass er Aliqua beruhigen und damit aufhalten kann, aber sein Kopfschütteln macht diesen Funken zunichte.

»Sie können ihn zwar nicht töten, aber wenn Pluto geschwächt ist, haben die anderen mit ihrer geballten Macht die Möglichkeit, ihn in Marcellus' Körper festzuhalten und beiden Schaden zuzufügen.«

Aliqua nickt ruckartig. »Okay, damit ist die Sache klar. Mir gefällt das auch nicht, aber uns bleibt einfach keine Zeit, um einen besseren Plan auszutüfteln. Ich muss jetzt gehen. Und es wird nichts nutzen, euch zu bitten, mich alleine gehen zu lassen, nicht wahr?« Ein leichter Anflug von Humor krümmt ihre Mundwinkel, als sie mit einem müden Lächeln in die Runde schaut.

Adone lässt die Muskeln spielen. »Richtig gedacht. Also spar dir die Puste und versuch erst gar nicht, uns abzuhalten.« Auffordernd lässt er den Blick über die anderen schweifen. »Korrekt?«

Kapitel Achtundzwanzig

Aliqua

Ich stand den Göttern schon einmal gegenüber und bin siegreich aus diesem Aufeinandertreffen hervorgegangen.

Nun ja, gewissermaßen. Als finalen Racheakt haben sie es noch bewerkstelligt, mich in Herculaneum zu bannen, während der Vesuv dazu angesetzt hat, die Umgebung unter sich zu begraben, aber zumindest konnte ich damals ihren ursprünglichen Plan vereiteln. Ich weiß nicht genau, wie es kommt, aber während wir einmal mehr in Richtung Süden fahren, kehren die Bilder mit eindrücklicher Klarheit zu mir zurück. Als hätte Apollos Erzählung einen uralten Riegel zurückgezogen, hinter dem meine Erinnerungen auch ohne seine Hilfe hervorkommen.

Die Geschichte wiederholt sich, aber heute ist ein entscheidendes Detail anders: Ich bin nicht allein. Santo, Orela, Adone und Apollo sind bei mir. Ein Teil von mir wäre lieber wieder alleine gegangen, ohne diejenigen, die mir etwas bedeuten, in Gefahr zu bringen. Aber ich bin auch nicht mehr die junge Sklavin von damals. Die ihr Leben lang alleine gewesen war und nie so wirklich hatte begreifen können, dass es Menschen gab, denen sie wichtig war. Die hinter ihr standen und Dinge für sie taten, die sie selbst in Schwierigkeiten brachten. Es war schwer, Freundschaft und Liebe zu erkennen und anzunehmen, wenn sie einem bisher fremd gewesen waren.

Es ist noch immer nicht leicht für mich, sie zu akzeptieren. Zu begreifen, dass ich ihrer Zuneigung würdig bin und meine Herkunft dabei nicht länger eine Rolle spielt. Sie behandeln mich jetzt, da sich herausgestellt hat, dass ich die Tochter eines Kaisers und eines Gottes bin, nicht anders als zuvor, als ich noch als namenloses Sklavenmädchen galt.

Die Tatsache, dass sie keine Sekunde gezögert haben, mich zu den Phlegräischen Feldern zu begleiten, zeigt mir einmal mehr, wie vorbehaltlos sie hinter mir stehen. Ich weiß, sie würden heute jedes Opfer bringen, vor allem Santo und Orela, aber das werde ich nicht zulassen. Auch wenn derselbe alte Schmerz von damals mein Herz gefangen hält und es bluten lässt. Aus vielerlei Gründen.

Apollo dreht sich vom Beifahrersitz des Jeeps, in dem wir zu fünft unterwegs sind, zu mir um. Wir sind kurz vor dem Ziel und kämpfen uns gerade durch die Ausläufer von Neapel. Im Wagen herrscht bleiernes Schweigen, da alle ihren eigenen Gedanken nachhängen und an den neuen Informationen herumzukauen scheinen, die sich wie ein gewaltiges Füllhorn über uns ergossen haben. Ich habe bis gerade eben dasselbe getan, aber Apollo lenkt mich ab.

Für den Bruchteil einer Sekunde treffen sich unsere Blicke, und etwas leuchtet in Apollos Augen auf. Nachdem er sich wieder nach vorne gedreht hat, spüre ich einen schwachen Hauch, der an meinem Geist vorüberstreicht. Neugierig stupse ich zurück und wehre mich nicht, als ich seinen Geist spüre, der in meinen drängt. Es ist ein seltsames Gefühl, das mich an die Situationen erinnert, als mein eigener Geist im Schlaf gewandelt ist. Nur ist es Apollo, der einen Teil seines Bewusstseins unbemerkt zu mir schickt. Santo, der neben mir sitzt und schon die ganze Fahrt über meine Hand hält, scheint zumindest nichts aufzufallen.

»Auch ohne der Gott der Weissagungen zu sein, erkenne ich, was du vorhast«, murmelt seine Stimme in meinem Kopf. Obwohl ich wusste, wie es sein würde, muss ich mich anstrengen, nicht zusammenzuzucken. Das ist einfach zu seltsam.

»Überrascht es dich, dass ich entschlossen bin, die Götter aufzuhalten? Nichts für ungut, aber deinesgleichen hat sich nicht wirklich beliebt bei mir gemacht.«

Er hüstelt amüsiert. *»Immerhin bin ich an deiner Seite, nicht wahr?«*

»Und damals«, halte ich dagegen. *»Warst du es da auch?«*

Eine kurze Stille folgt, in der er sich wie ein Nebelschwaden in meinen Gedanken kräuselt. *»Ich kann nicht leugnen, dass ich mir damals einen menschlichen Körper gewünscht habe. Mehr als alles andere.«*

Ich horche auf. *»Was waren deine Gründe?«* Wenn er schon beschlossen hat, diese intime Unterhaltung in meinem Kopf führen zu wollen, dann kann ich ihm auch auf den Zahn fühlen.

»Wegen Orela. Nur ihretwegen«, gesteht Apollo schließlich, und ich ziehe hörbar die Luft ein. Die Emotionen, die in seiner Stimme mitschwingen ... sie sind das Allerletzte, was ich von einem Gott erwartet hätte, der gerade zugegeben hat, einst sein Herz aufgegeben zu haben.

Dass da irgendetwas zwischen den beiden ist, war seit seinem Auftauchen ziemlich klar, aber sie hätten es auch auf die besondere Verbindung zwischen einer Sybille und ihrem obersten Gott schieben können.

»Die Geschichte, wie ich meiner eigenen Sybille verfallen bin, heben wir uns für ein andermal auf. Es war schon immer aussichtslos und wird es für immer bleiben, auch wenn ich mir gerade ein wenig Zeit in diesem Körper erkauft habe. Aber die Zeit drängt. Ich muss dich warnen, Aliqua.« Er senkt die Stimme in meinem Geist. *»Ich habe dir vorhin erzählt, dass du als Halbgöttin das einzige Wesen bist, das uns Göttern gefährlich werden kann. Du hast das Potenzial, uns wahrlich zu schaden, aber du musst den Preis dafür kennen.«*

Ich setze zu einer Erwiderung an, aber er kommt mir zuvor. *»Ich rede hier nicht von mir. Mir ist bewusst, welches Schicksal mir blüht, und ich bin gerne bereit, mich dem großen Ganzen unterzuordnen, wenn meine Art dadurch endgültig vertrieben werden kann. Orela weiß das auch. Aber dir muss eine Sache klar sein, bevor wir an diesem See ankommen: Wenn du versuchst, die Götter auszulöschen, blüht dir dasselbe Schicksal.«*

Es kostet mich alle Mühe, mir nichts von unserem Gespräch anmerken zu lassen. Meine Hand will sich unwillkürlich fester um Santos schließen, um ihn zu halten, und meine Stimme möchte lauthals protestieren. Soll es das bedeuten, was ich vermute?

»Ich möchte dich nur warnen, was es zur Folge hätte, wenn die Götter endgültig verschwänden. Der Fluch, der die Ewiglichen durch den letzten verbleibenden Funken Göttlichkeit zum ewigen Leben verdammt hat, wird von ihnen abfallen. Sterben die Götter, stirbt die Göttlichkeit, und du, als eines ihrer Kinder, wirst gleichsam vergehen. Dieser Teil von dir ist zu groß, als dass du ohne ihn überleben könntest. Selbst der Versuch, es zu tun, könnte dich schon das Leben kosten.«

Der Versuch könnte mich schon das Leben kosten.

Ich starre auf die Rückenlehne vor mir, an die sich Apollos Hinterkopf stützt, scheinbar entspannt und so, als hätte er mir nicht gerade mein eigenes Todesurteil offenbart. Die Luft bleibt mir weg, und gleichzeitig … gleichzeitig überrascht es mich kaum, dass es so enden soll. Ich weiß, wie ähnlich ich den Göttern bin, wie eng meine Fähigkeiten mit ihnen verknüpft sind, und im Grunde war ich ohnehin zu allem bereit, als ich die Wohnung in Rom verlassen habe. Selbst in Santos Augen habe ich erkannt, dass er es wusste.

»Bedenke dies, wenn du dich für dein Handeln entscheidest. Ob du wirklich willst, dass es endgültig endet.« Damit zieht Apollo sich zurück und lässt mich den Rest des Weges allein mit einer Entscheidung, die ich niemals fällen wollte.

Es ist früher Nachmittag, als wir am Lago d'Averno ankommen. Die Phlegräischen Felder erstrecken sich von Neapel ausgehend bis zur Küste, wo sich die Vulkane auch noch unter der Meeresoberfläche weiter fortsetzen. Das Gebiet ist, wie Apollo gesagt hat, ein einziger großer Supervulkan. Ein weiterer Risikofaktor, den es zu bedenken gilt. Andererseits … Pluto hat mich bewusst dorthin gerufen.

Wir parken am Ende einer schmalen, gepflasterten Zufahrtsstraße, und vor uns glitzert das Wasser des Sees in der Nachmittagssonne.

Bevor wir uns auf den Weg hinunter zum See machen, hält mich Santo zurück. Er war die ganze Fahrt über auffallend in sich gekehrt, und mich beschleicht der Verdacht, dass er genau weiß, was ich insgeheim plane.

Sanft drängt er mich zurück, bis ich mit dem Rücken gegen die warme Karosserie des Wagens stoße. Eine Hand umfasst mein Gesicht, die andere legt er an meine

Hüfte. Er senkt den Kopf, bis sich unsere Nasen fast berühren und sein Atem über meine Lippen streicht. Ein Teil von mir, der sich noch sehr gut an die letzte Nacht erinnert, erwacht prompt zum Leben und schickt eine Welle prickelnder Hitze durch meinen Körper. Fest presse ich die Schenkel zusammen, um mich daran zu hindern, wie es war, ihn zu packen und bis zur Besinnungslosigkeit zu küssen. Die Endgültigkeit, die sich in mir verfestigt, verlangt danach, ihn zu verschlingen, solange es noch geht.

»Wie auch immer dieser Tag heute endet, ich muss dir eines sagen.« Er sucht meinen Blick und ist so nah, dass seine Augen vor mir verschwimmen. Da ist nur das schillernde, lebendige Blau, das ich immer wieder erkennen würde, aus der größten Menschenmenge heraus. Und wenn Äonen vergehen.

»Ich will nur, dass du weißt, wie sehr ich dich liebe. Jeder meiner Atemzüge gilt dir, jede meiner Taten und leider auch jeder Fehler. Damals wie heute. Aber ich bin dein, mit Leib und Seele, daran darfst du niemals zweifeln. Deine Rückkehr war eine zweite Chance für uns, die ich aus Angst gründlich ruiniert habe.«

Gepackt von einer plötzlichen Welle der Furcht, schlinge ich die Arme um ihn. Der Weg hierher verlief wie in einem Nebel, selbst mein Gespräch mit Apollo hat mich nicht so aufgewühlt wie diese Unterhaltung, die sich wie ein Abschied für immer anfühlt. Pfeilen gleich bohrt sich die Furcht in mich, und verzweifelt versuche ich, so viel wie möglich von Santo zu erhaschen, bevor es zu spät ist. Wie in Herculaneum damals sträubt sich ein Teil von mir gegen das Unabwendbare, auf das ich unaufhaltsam zutrudele. Als wäre mir mein Schicksal seit der Geburt vorgegeben. Nur dass ich es erst jetzt erkannt habe.

Er ist ein Lügner, aber ich bin es auch, weil ich ihn nicht in das einweihe, was ich plane. In das, wovon auch Apollos Warnung mich nicht wird abhalten können.

Stattdessen erlaube ich mir einen Kuss, in den ich jede widerstreitende Emotion lege, die mich aufwühlt. Alles, was ich je für ihn empfunden habe, ob schön oder schrecklich. Santo gräbt die Hand in meine Haare, verschlingt meinen Mund mit einer Verzweiflung, die mir verrät, dass er sehr genau weiß, was das hier ist: ein Abschied für immer.

Der Lago d'Averno, sagenumwobener Zugang zur Unterwelt, ist ein beinahe kreisrunder Vulkansee, eingefasst von üppig grüner wilder Vegetation. Sein Wasser funkelt in einem tiefen Smaragdgrün, aber es ist geradezu gespenstisch ruhig, während wir aufs Wasser zugehen. Selbst die Vögel und Insekten ringsum sind verstummt, als wüssten sie besser als die Menschen, was hier vor sich geht.

Nachdem ich es endlich geschafft habe, mich von Santo zu lösen, marschieren wir geschlossen hinunter zum Ufer. Apollo hat uns zu diesem Teil des Sees gelotst und nun wird mir auch klar, warum: Die verwitterten Überreste eines Tempels befinden sich unmittelbar am Wasser. Ich kann nicht sagen, wem dieses Heiligtum einst geweiht war, aber es überrascht mich nicht, dass es die Götter zu einer ihrer einstigen Kultstätten zieht. Auch wenn nur bröckelige Mauerreste und Gesteinsbrocken davon übrig sind.

Und dort, hinter einem halbhohen Maschendrahtzaun im Schatten der gerundeten Außenmauer des einstigen Tempels, warten sie auf uns. Einst muss dieser Ort herrlich gewesen sein, direkt am See gelegen, wo sich Schilfgras im Wind wiegt und ein Hauch der nahen Meeresbrise herüberweht.

Heute versammelt sich eine unheilvolle dunkle Masse auf dem saftigen Gras, das den Tempelgrund inzwischen bedeckt. Eine undurchdringliche Aura von göttlicher Macht tränkt die Luft ringsum und lädt sie mit Spannung auf.

Elf Gestalten stehen in vorderster Front, unzählige weitere hinter ihnen, dicht an die porösen Tempelwände gedrängt. Götter und Immortali – Letztere haben sich in schwarze Umhänge gehüllt, die Kapuzen tief ins Gesicht gezogen, sodass man nicht erkennen kann, wer sich darunter verbirgt.

Angespannt halte ich Ausschau nach Scuro. Ich entdecke ihn am Rand, wo er meinen Blick auffängt, als hätte er nur darauf gewartet, dass ich ihn finde. Neptun schaut mir aus den vertrauten dunklen Augen meines Freundes entgegen, und das Lächeln, das der Gott mir schenkt, spricht von grausamen Vergnügungen. Er genießt die Qualen, die es mir und den anderen bereitet, Scuro als seine Geisel zu sehen. Es kostet mich alle Kraft, wegzusehen, mich nicht von dem Drang überwältigen zu lassen, mir Neptun vor allen anderen vorzunehmen.

Unser Grüppchen zwängt sich durch einen Spalt in dem Zaun, der das Tempelareal umgibt, und wir treten den Göttern und Immortali gegenüber.

Und erst jetzt entdecke ich eine Person, die zusammengesunken reglos zu Füßen der Götter liegt. Meine gesamte Aufmerksamkeit richtet sich auf sie; die blutverkrusteten dunklen Locken, das schwerfällige Heben und Senken des Brustkorbs. Eine überwältigende Woge von Zorn brandet in mir auf, und ich spüre, wie mir die Beherrschung entgleitet. Meine Schritte beschleunigen sich; alles, was ich sehe, ist Marcellus, in dem sie meinen Vater gefangen halten und der mehr tot als lebendig wirkt. Ein blutiges, geschundenes Gefängnis für einen Gott. Dieses Häufchen Elend und Scuro sind die Tropfen, die das Fass zum Überlaufen bringen, und ich will nichts anderes als Vergeltung. Ich werde die Götter in Dunkelheit ertränken, mit nachtschwarzen Klauen in jeden abstoßenden Winkel ihres Wesens vordringen, bis sie sich wünschen, niemals die Hand gegen uns erhoben zu haben.

Wenige Schritte vor den beiden bleibe ich stehen. Mein Herzschlag ist wie das stetige Pochen einer Kriegstrommel. Mich nur auf diesen Rhythmus zu konzentrieren, hilft mir dabei, die Ruhe zu bewahren und die Dunkelheit in mir zu beherrschen. Ein Teil von mir, den ich gut vor allen anderen verberge, vergeht noch immer vor Angst. Zu viel steht auf dem Spiel. Scuro. Marcellus. Pluto. Das Schicksal der Menschen, deren Treue mir die Tränen in die Augen treibt, weil sie mich unerschrocken hierher begleiten. Sie sind an meiner Seite, komme, was da wolle, und ich werde es ihnen sträflich danken.

Kaum bin ich stehen geblieben, tritt die Gruppe der Götter in einer einzigen fließenden Bewegung vor. Elf Männer und Frauen mit fremden Gesichtern. Außer einem. Ich vermeide es noch einmal, zu Neptun zu schauen, weil ich fürchte, ansonsten endgültig die Beherrschung zu verlieren.

Bitte, bitte, lass es noch nicht zu spät sein für Scuro, bete ich innerlich. Die Bilder des Immortalos, den Pluto zerstört hat, tauchen vor meinem inneren Auge auf und verhöhnen mich. Santo, Adone und Orela würden es niemals verwinden, wenn ihr Cousin auf diese Weise enden würde. Und ich auch nicht.

Als ich die Stille zwischen unseren beiden Gruppen kaum mehr ertragen kann, erhebt einer der Götter das Wort. Er steht an der Spitze ihrer Formation, ein grobschlächtiger Kerl mit kahl rasiertem Schädel und beeindruckenden Muskelpaketen. Ohne Zweifel, das muss Jupiter sein.

»So sehen wir einander wieder, Aliqua.« Ein kaum erkennbares Lächeln kräuselt seine schmalen Lippen. Er ist Brutalität und Grausamkeit, die in eine menschliche Gestalt gegossen wurden. Einen besseren sterblichen Körper hätten die Immortali nicht finden können für den Gott der Götter.

Beim Klang seiner Stimme regt sich die finstere Macht in meiner Brust, die die Anwesenheit der Götter sofort als Bedrohung erkennt. Mit jedem Atemzug lasse ich sie durch meine Adern strömen, züngelnde schwarze Flammen, die sich an der Angst und Wut in mir nähren, als wären meine aufgepeitschten Emotionen reiner Spiritus.

Fest erwidere ich Jupiters Blick aus eng beisammenstehenden, fiesen Augen. Blitze zucken durch seine Iris, und die Seebrise weht einen Hauch des charakteristischen Geruchs von Ozon zu mir herüber.

»Ich bin hier. Also gebt eure Gefangenen frei.« Ich komme direkt auf den Punkt, weil ich meiner trotzig zur Schau gestellten Gefasstheit nicht traue. Ich werde das hier nur eine gewisse Zeit lang durchhalten und will es hinter mich bringen, solange ich mich noch im Griff habe. Das Letzte, was ich will, ist, die Götter sehen zu lassen, wie blank meine Nerven in Wahrheit liegen.

Jupiter neigt den Kopf, und unter den restlichen Göttern brandet Gemurmel auf. »Du willst nicht trödeln? Gut. Denn wir haben lange genug gewartet.« Sein Blick huscht über unsere Gruppe und verweilt auf Apollo. »Wir bedauern es sehr, dass du dich von uns abgewandt hast, Apollo. Aber wir sind nicht nachtragend. Komm herüber zu uns, und wir werden nie wieder ein Wort über deinen kleinen Verrat verlieren. Ansonsten ...« Auffordernd hebt er die Brauen, und gespannt schiele ich zu Apollo. Ich könnte es verstehen, wenn er sich angesichts der schieren Übermacht doch noch dafür entscheiden würde, die Fronten zu wechseln.

»Ich verzichte«, zischt er jedoch, und Jupiter seufzt theatralisch. Ich kaufe ihm sein Bedauern keine Sekunde ab. Mein Herz dagegen macht angesichts von Apollos Treuebekenntnis einen Hüpfer.

»Nun, so sei es.«

Es passiert so schnell, dass mir keine Zeit mehr bleibt, um Atem zu schöpfen.

Ein jäher Umschwung in der Spannung der Luft lässt mich zusammenfahren. Macht erhebt sich aus den Reihen der Götter, so schnell und heftig wie ein Geysir, der mit voller Wucht aus dem Erdinneren herausbricht. Es kommt ohne Vorwarnung, als wäre Apollos Ablehnung ein vorab vereinbartes Signal gewesen, das die anderen Götter zum Zuschlagen auffordert. Ihre Macht tränkt die Luft, so intensiv, dass ich es auf der Zunge schmecken kann. Eine unendliche Kraft, die nirgends beginnt, niemals endet.

Ich habe mich darauf vorbereitet, und doch überrascht es mich, wie schnell sie zuschlagen. Irgendwie habe ich erwartet, dass sie noch mehr Redebedarf haben.

Mir bleibt keine Zeit zu handeln, keine Gelegenheit, meine eigenen Kräfte einzusetzen, wie ich es geplant hatte. Es passiert alles zu schnell, mit brachialer Brutalität überwältigt es mich. Verzweifelt versuche ich, meine Dunkelheit loszulassen, mich diesem Angriff entgegenzustellen, aber sie haben das Überraschungsmoment auf ihrer Seite. Sie sind nicht gekommen, um zu verhandeln, sondern um mich auszulöschen.

Die Macht der Götter trifft mich mit voller Wucht und ohne jede Chance, ihnen etwas entgegenzusetzen. Mein Körper gerät ins Taumeln, und ich stolpere mehrere Schritte zurück, um mich irgendwie zu fangen. Aber es ist zu spät.

Sie kesseln mich ein, unerbittlicher als Neptun im Trevibrunnen. Ich bäume mich auf, versuche irgendwie gegen sie anzukommen, doch ihr Griff ist zu fest. Die Dunkelheit in mir zerstäubt sich unter der schieren Urgewalt von elf Göttern, die nur eines wollen: mich ein für alle Mal vom Erdboden tilgen. Ihr Triumphgeheul dröhnt in meinen Ohren, während ich spüre, wie mein Körper zusammenbricht und mein Geist weggeschleudert wird in ein bodenloses Nichts. Es ist ganz ähnlich wie während der Wanderungen, die ich im Schlaf unternommen habe. Aber eine Sache ist anders: Heute werde ich nicht mehr zurückkehren, und das Bedauern darüber ist überwältigend. Ich habe versagt. Versagt, versagt, versagt.

Ich bin gekommen, um sie zu vernichten, war bereit, damit meine eigene Existenz aufs Spiel zu setzen, doch es ist mir nicht gelungen. Mit mir haben die Götter das einzige Lebewesen getötet, dass ihnen jemals gefährlich werden könnte. Ich lasse die anderen wehrlos zurück, unfähig, sich der Grausamkeit der Götter zu widersetzen.

Dieses Wissen schmerzt mehr als der Tod.

Finsternis umgibt mich von allen Seiten, wiegt mich in ihren vertrauten Armen und zieht mich zärtlich mit sich hinab. Hinab, immer weiter, immer tiefer, bis nur noch eine einzige Gewissheit zählt: Ich bin zu Hause. Dort, wo ich eigentlich hingehöre.

Und ich werde diesen Ort nie wieder verlassen.

Kapitel Neunundzwanzig

Santo

Ich verstehe nicht, was um mich herum passiert.

Im einen Moment steht Aliqua noch neben mir, voller Entschlossenheit, sich den Göttern zu stellen und sie zu bekämpfen, im nächsten wird sie von einer derart heftigen Welle von Götterkraft umgeworfen, dass pure weiße Helligkeit in meinem Kopf explodiert. Es ist zu viel, mein Radar spielt verrückt und schlägt mich für unerträglich lange Zeit mit absoluter Blindheit. Für eine Weile fühlt es sich so an, als würde mein Schädel unter dem Ansturm bersten, und als es endlich wieder abebbt, erhebt sich ein Triumphgeheul über die Tempelgründe, das in mir eine entsetzliche Kälte hervorruft. Die Götter und Immortali frohlocken, und schreckensstarr wende ich mich um.

Noch immer überfordert von dem, was in solch überwältigender Schnelligkeit passiert ist, drehe ich mich wie in Zeitlupe, und der Schreckensschrei erstirbt in meiner Kehle, als ich Aliqua sehe. Reglos liegt sie auf dem Rücken, ein Ausdruck heilloser Verwirrung ist in ihre Gesichtszüge gebrannt, während ihre Bernsteinaugen leer in den Himmel starren.

Nein.

Nein, nein, nein, nein!

Ich werfe mich neben ihr auf den Boden, Steine bohren sich schmerzhaft in meine Knie, aber ich nehme es überhaupt nicht wahr, während ich mich über ihren reglosen Körper beuge. Hektisch taste ich sie nach Verletzungen ab, und als ich keine finde, greife ich nach ihrem Handgelenk. Ein Teil von mir hat längst begriffen, dass es aussichtslos ist, aber ich *kann* es nicht akzeptieren, sondern fühle panisch nach ihrem Puls.

Es kann nicht enden. Nicht so. Nicht jetzt. Nicht *sie*.

Schlaff und reglos ruht ihre Hand in meinem Griff. Kein Herzschlag, kein Atemzug.

Ich beginne ihren Namen zu rufen in der verzweifelten Hoffnung sie vielleicht irgendwie zu erreichen. Weil das hier nicht das Ende sein kann. Ich kann es einfach nicht akzeptieren. Sie sah schon einmal so aus, als ihr Geist im Schlaf ihren Körper verlassen hatte. Das ist es, oder? Sie ist geflohen und wird zurückkommen. Ihr Brust wird sich heben, und mit einem japsenden Atemzug wird Leben in ihre Augen zurückkehren.

»Aliqua, Aliqua!« Ich beuge mich noch weiter vor, Tränen ersticken meine Stimme, und ich lege die Hände um ihre Wangen. Sie fühlen sich noch warm an, seidenzart und weich, wie ich sie kenne.

Sie ist nicht fort. Nicht *so*. Ich muss sie nur zurücklocken.

»Komm zurück zu mir.« Ich hauche einen Kuss auf ihre geöffneten Lippen, drücke einen Schwall von Atemluft in sie. »Aliqua, bitte. Ich weiß, dass du es kannst.«

Eine grausame Stimme dringt zu mir durch. »Es ist zu spät, Junge. Nicht einmal ihr Vater könnte sie jetzt noch zurückholen, ganz abgesehen davon, dass er dazu gerade ohnehin nicht in der Lage ist. Die dreckige Halbgöttin ist tot.«

»Nein!« Ich weiß, dass bereits die Trauer neben mir steht, die nur darauf wartet, mich erneut in ihre Klauen zu bekommen, aber im Moment beherrscht mich noch der Zorn.

Ganz langsam wende ich mich zu den Göttern um, die mich mit selbstzufriedenen Mienen betrachten. Manche wirken belustigt angesichts der Tränen, die mir über die Wangen laufen, andere mitleidig. Mir sind ihre Regungen einerlei. Für mich ist nur klar, dass ich sie vernichten oder bei dem Versuch sterben werde. Und wenn ich ihnen eigenhändig die Köpfe vom Leib reißen muss, um sie danach in den Tartaros zu werfen.

Aber so weit komme ich nicht. Eine Bewegung am Boden fesselt meine Aufmerksamkeit und lenkt mich für einen Moment ab. Marcellus, in dem Pluto gefangen gehalten wird, rappelt sich schwerfällig auf und hebt den Blick aus tief eingesunkenen Augen. Er sieht furchtbar aus, schlimmer als der Tod, und das soll was heißen.

Blut quillt aus seinem Mund, als er zu sprechen ansetzt. »Unterschätzt niemals den Willen eines Mannes, der geschworen hat, euch alle zu vernichten. Ihr habt meiner Schwester die Rettung verweigert, und dafür sollt ihr büßen.« Er richtet den Blick auf Apollo, und der Gott reagiert schneller, als ich blinzeln kann. Orela hechtet neben mich, stößt mich mit ihrem Körper zur Seite und kauert sich auf den Boden. Ihr Atem geht keuchend, und mit voller Konzentration beobachtet sie, wie Apollo einmal mehr zu leuchten beginnt. Unruhe macht sich unter den übrigen Göttern breit, doch bevor sie reagieren können, hat seine Macht Marcellus schon erreicht. Pures göttliches Licht trifft ihn mitten in die Brust, und sein Oberkörper biegt sich krampfhaft durch. Die Helligkeit durchdringt ihn, füllt seinen Leib, bis sich die Adern als weiß leuchtendes Spinnennetz unter seiner Haut abzeichnen. Apollo wankt, aber er hört nicht auf, seine Macht in Marcellus zu leiten, der den Kopf in den Nacken wirft, den Mund zu einem stummen Schrei aufgerissen. Im nächsten Moment sackt er, ohne einen Laut von sich zu geben, in sich zusammen. Apollo erzittert und ächzt schmerzerfüllt, als knirschend ein verästelter Riss seinen kompletten rechten Arm hinaufwandert. Das Geräusch ist grauenhaft, wie Fingernägel, die über eine Schiefertafel kratzen, und der Gott bricht in die Knie.

»Was ... was hat er getan?«, keuche ich.

»Marcellus hat darum gebeten, dass Apollo ihn tötet, um Pluto aus seinem Körper zu befreien. Er ist ein Ewiglicher, und nur ein Gott konnte dies vollbringen. Ich habe es in Apollos Gedanken gehört.«

Richtig, Orela hat uns ja vor Kurzem gestanden, dass sie auf mentaler Ebene mit den Göttern kommunizieren kann.

»Aber ...«

Weiter komme ich nicht. Ein tiefes Grollen steigt aus dem Untergrund auf, so gewaltig, dass sich meine Nackenhaare vor primitiver Angst sträuben. Das ist der Klang eines uralten Ungeheuers, das erwacht ist, um die Erde unter seinem Zorn zu begraben. Die Ereignisse überschlagen sich in derartigem Tempo, dass nicht einmal die Götter hinterherkommen. Geschweige denn ich.

Ein Tosen erhebt sich über dem See. Wie alle anderen schnelle ich herum, und mir klappt die Kinnlade herunter. Das schillernd grüne Wasser des Lago d'Averno hat sich vollkommen schwarz gefärbt. Und nur wenige Meter vom Ufer entfernt rotiert ein Strudel, der das Wasser in einen wütenden Mahlstrom hinabreißt. Wellen branden auf, die über den Weg am Seeufer hinausschwappen und beinahe den Tempelgrund erreichen. Ich will zurückweichen, mir Aliquas Körper schnappen und uns in Sicherheit bringen, aber ich kann mich nicht rühren. Niemand scheint dazu in der Lage zu sein, während der See sich aufbäumt.

Der Strudel schwillt weiter an, bis er wie ein Tornado über die Wasseroberfläche steigt. Pechschwarze Wassertropfen regnen auf uns nieder, hart und schwer wie Platzpatronen. Welle um Welle leckt an Land, und das Tosen des Wassers wird immer lauter. Der Zaun, der den Tempel umgibt, knickt unter der Wucht der mitternachtsschwarzen Brandung ein und wird fortgespült wie Treibholz. Als uns das Wasser beinahe erreicht, schlingt Orela einen Arm um meinen Brustkorb und zieht mich mit erstaunlicher Kraft zurück.

»Nein, Aliqua ...« Ich stemme mich gegen den Griff meiner Schwester, strecke beide Arme aus, um Aliquas Körper zu fassen zu kriegen, damit sie nicht mitgerissen wird. Wenn das Wasser sie holt ... ich könnte es nicht ertragen, damit die letzte Hoffnung zu verlieren, sie irgendwie ins Leben zurückholen zu können.

»Es ist zu spät, Santo.« Tränen ersticken Orelas Stimme, aber sie lässt auch nicht locker. Aliqua war ihre Freundin, und auch meine Schwester hat sie schon einmal verloren. »Dieses Wasser nimmt alles mit sich und gibt es nie mehr frei. Aliqua wollte sich opfern, damit du leben kannst. Um den Fluch zu brechen.«

Orelas Worte prallen an mir ab. Das Wort *Leben* hat seine Bedeutung für mich verloren. Von diesem nachtschwarzen Wasser mitgerissen zu werden, kommt mir so viel verlockender vor, als ohne sie weiterzumachen. Ich weiß nicht, ob ich ein zweites Mal mit der Gewissheit leben kann, Aliqua verloren zu haben. Und diesmal für immer.

Inzwischen drücken sich Götter, Immortali und unser kleines Grüppchen gemeinsam Schutz suchend an die Wände des alten Tempels.

Eine besonders große Welle bricht sich Bahn, und schließlich holt sich das Wasser Aliquas Körper. Ein Schrei, der mir die Kehle zerfetzt, bricht sich Bahn, als ich beobachte, wie ihre reglose Gestalt in den See gespült wird. Ihre Haut hebt sich ungewöhnlich hell von der Wasseroberfläche ab, dann verschluckt der Strudel sie endgültig.

Was folgt, ist eine markerschütternde Stille. Der See kommt zur Ruhe, als hätte er erreicht, was er wollte. Der Strudel verschwindet und mit ihm das tiefe Donnergrollen aus der Tiefe. Als wäre hier tatsächlich der Zugang zur Unterwelt und sie hätte gerade eine ihrer Töchter heimgeholt.

Ich hätte mitgehen sollen, schwant mir, während ich schwer atmend an der Tempelmauer kauere. *Ich hätte mich von Orela losreißen und Aliqua ins Wasser folgen sollen, solange es noch ging.*

Jetzt ruht der Lago d'Averno wie eine makellose schwarze Spiegelscheibe, und nur das durchnässte Ufer verrät, wie wild er noch kurz zuvor getobt hat. Niemand rührt sich, und ich beginne mich zu fragen, was als Nächstes passieren wird.

Die Götter werden uns nicht ungeschoren davonkommen lassen. Wir standen an Aliquas Seite, wild entschlossen, sie auszulöschen. Welche Strafen werden sie für uns ersinnen? Ich bezweifle, dass ein gnädiger Tod dazugehört. Aber nicht einmal die Aussicht auf Qual berührt mich. Aliquas Tod hat mich als leere, taube Hülle zurückgelassen, und sie können mich mit so viel Schmerz und Vergeltung füllen, wie sie wollen. Mein Herz ist fort, und so bin ich es.

Ich tauche erst aus meinen Gedanken auf, als mir eine Veränderung des Sees auffällt. Blasen steigen aus der Tiefe auf und zerplatzen schwer und ölig an der Oberfläche. Zuerst nur einige wenige, doch bald sieht es so aus, als würde der See kochen. Die Götter beginnen aufgeregt zu murmeln, und Orela neben mir presst sich die Hände an die Schläfen, als würde ihr jeden Moment der Kopf zerplatzen.

Derweil starre ich wie hypnotisiert den See an. Ich weiß nicht, *worauf* ich warte, aber jede Faser meines Körpers vibriert vor gespannter Erwartung. Vielleicht ist da ein winzig kleiner Teil von mir übrig, der immer noch hofft. Der niemals akzeptieren wird, dass es nichts mehr gibt, worauf es zu hoffen gilt.

Das Brodeln des Wassers wird immer heftiger, und fast glaube ich, dass es gleich über die Ufer treten wird, um uns alle mit sich zu nehmen, aber etwas anderes passiert. Nahe am Ufer bricht ein Schemen durch die blubbernde Wasseroberfläche. Eingehüllt in schwarze Gischtschleier erhebt sich etwas Gewaltiges und Unförmiges aus den Tiefen. Ich kneife die Augen zusammen, um besser erkennen zu können, was da aus dem See aufgetaucht ist. Es scheint kein Lebewesen zu sein, sondern ... sondern ... eine kleine Insel. Sie ist nicht viel mehr als ein klobiger Findling aus schwarzem Gestein, kaum groß genug, um der Gestalt Platz zu geben, die darauf steht.

Mein Mund öffnet sich, aber was auch immer ich sagen oder rufen wollte, erstirbt in dem Moment, als ich Aliqua erkenne. Sie ist es, die dort über dem Wasser steht, tropfnass und mit einem Ausdruck in ihren Bernsteinaugen, der alle Rache der Welt verspricht. Wind peitscht ihre durchweichten Haarsträhnen zurück, und sie wirkt so lebendig, als hätte es diesen leeren, gebrochenen Blick nie gegeben. Als hätte sie der See niemals mit sich in die Tiefe gerissen.

Im ersten Moment glaube ich an eine Wahnvorstellung. Mein Gehirn hat sich so sehr an die Hoffnung geklammert, sie möge zurückkommen, dass ich sie jetzt aus meiner Vorstellung heraufbeschworen habe. Ich wage es nicht einmal zu blinzeln, aus Angst, sie könnte sich sonst vor meinen Augen auflösen.

»Ist das ... passiert das gerade wirklich?« Meine Stimme ist kaum mehr als ein heiseres Flüstern, aber Orela hört mich. Eine ihrer Hände schlingt sich beinahe schmerzhaft fest um meinen Oberarm, und sie gräbt die Nägel in meinen Bizeps.

»Ja«, haucht sie, und schiere Ungläubigkeit klingt aus ihrer Stimme. »Aber ich weiß nicht, wie ...«

Orelas Stimme erstirbt, als Aliqua eine Hand hebt. Es ist die uralte, gebieterische Geste eines Imperators, der Schweigen gebietet, und selbst die Götter verstummen. Aliqua lässt den Blick über unser Grüppchen in den Tempelruinen gleiten, ein kleines Lächeln krümmt ihre Lippen. Offenbar ist sie zufrieden, dass wir ihrem Zeichen Folge geleistet haben.

Schließlich macht sie einen Satz und springt von dem Felsblock ins Wasser. Sie befindet sich so nahe am Ufer, dass ihr das Wasser nur bis zu den Hüften reicht, und gemächlich watet sie heraus. Mit wild rasendem Herzen verfolge ich jede ihrer Bewegungen, gierig die kleinste Regung in mich aufsaugend. Wenn das hier wahr ist und sie tatsächlich zurückgekehrt ist, dann will ich sie niemals wieder aus den Augen lassen.

Aliqua steigt aus dem See und ringsum halten alle den Atem an. Es liegt an der Aura, die sie umgibt wie ein unsichtbarer Heiligenschein. Da ist eine Flamme in ihrem Blick, die keine Gnade kennt. Selbst die Götter spüren, dass sie als etwas zurückgekommen ist, das noch unbeugsamer und gefährlicher ist als eine Halbgöttin. Und sie wagen es nicht, sie noch einmal anzugreifen.

Einige Armlängen von uns entfernt bleibt Aliqua stehen, und noch immer ist da dieses Lächeln, das mich schaudern lässt. Es ist so wissend und voller Geheimnisse, die zu grausam sind, um sie jemals zu lüften.

»Ihr habt mich getötet.«

Ich zucke bei Aliquas Worten zusammen, auch wenn ich insgeheim erleichtert bin, dass sie noch immer wie sie selbst klingt.

»Offenbar waren wir dabei nicht gründlich genug«, blafft eine Göttin, die ich in ihrer sterblichen Gestalt nicht zuordnen kann. Dem Temperament nach würde ich aber auf Juno tippen.

Aliqua neigt den Kopf, und ich ertappe mich bei dem Gedanken, dass ich mir an der Stelle der Götter gerade keine flapsigen Kommentare erlauben würde.

»Ihr habt mich getötet und in das Reich meines Vaters geschickt. Ich war unter den verstorbenen Seelen, und ich hätte dort bleiben können, wenn es nicht noch etwas für mich zu tun gegeben hätte. Und ja, ihr wart tatsächlich nicht gründlich genug.« Sie stößt ein bitteres kleines Lachen aus. »Ihr habt meinen Körper nicht versehrt. Habt ihr vergessen, dass Halbgötter erst dann wahrlich tot sind, wenn ihre Leiber vernichtet sind? Alle anderen habt ihr verbrannt, nur mich nicht. Die Unsterblichkeit, die Pluto mir einst verlieh und die ihr für Ambrosia gehalten habt, ist vernichtet, aber mein sterbliches Selbst konnte zurückkehren.«

Einige gespannte Augenblicke lang ist es still, dann bricht Scuro in Gelächter aus. Aber nein, das ist Neptun, der seinen Körper gefangen hält.

»Welch ein unterhaltsamer Taschenspielertrick«, prustet er und hält sich die Seite. »Hört ihr, was sie sagt? Die Unsterblichkeit in ihr ist tot, was bedeutet, dass dieses Mädchen hier nichts weiter als eine nutzlose Sterbliche ist. Diese Rückkehr von den Toten ist bloß heiße Luft.«

Einige andere stimmen in sein Feixen ein und wirken mit einem Mal sehr viel entspannter. Ich dagegen versuche zu begreifen, was genau das zu bedeuten hat. Ist es wirklich möglich, dass ein Teil von ihr gestorben ist, während der andere unter die Lebenden zurückkehren konnte? Oder ist sie doch nur eine Illusion, die jeden Moment zerplatzen könnte?

Aliquas Lächeln wird breiter, als teilte sie das Amüsement der Götter. »Ja, sterblich«, stimmt sie ihnen zu. »Aber noch immer *göttlich.*«

Ich wusste schon eine ganze Weile, dass in Aliqua eine Macht schwelt, die sie gegen die Angriffe der Götter eingesetzt hat, aber selbst gesehen habe ich noch nie etwas davon. Mir war nicht einmal klar, *dass* man sie sehen kann, ehe aus Aliqua in diesem Moment geradezu Dunkelheit explodiert. Schwarze Flammen züngeln in ihrem Blick hoch, und aus den mitternachtsdunklen Fluten des Sees steigen undurchdringliche Schwaden auf, die sich hinter Aliqua aufbauschen. Lebendige Finsternis kriecht über den Boden auf uns zu, geschmeidig wie Nebel, undurchdringlich wie Tinte.

»Ihr wisst, dass ich das Potenzial dazu habe, euch hier und jetzt zu vernichten. Ich kann alles Göttliche vom Angesicht dieser Welt wischen.«

Ihre flüssige Dunkelheit breitet sich immer weiter über den Boden aus. Wir Ewiglichen sind so weit wie möglich zurückgewichen, aber die Götter stehen da wie festgewachsen. Sie sind regelrecht zu Salzsäulen erstarrt, und etwas, das ich nie für möglich gehalten hätte, zeichnet sich auf ihren Gesichtern ab: nackte Angst.

»Wenn du die Götter vernichtest, dann stirbst auch du selbst. Diesmal endgültig«, kreischt ein männlicher Gott mit vor Panik schriller Stimme.

Sie ... was? Das Hochgefühl angesichts Aliquas Dominanz verpufft schlagartig in mir. Er blufft, nicht wahr? Es kann doch nicht sein ... sie ist nicht zurückgekehrt, nur um ...

Mit schreckgeweiteten Augen schaue ich zu Aliqua, und was ich in ihrer Miene entdecke, lässt alles in mir starr werden.

Sie weiß es. Und es ist die Wahrheit.

Ein Schrei formt sich tief in meiner Kehle, verzweifelter und urwüchsiger als jeder Laut, den ich je von mir gegeben habe.

Nein, nein, nein, nein!

Schmerz vibriert in meiner Brust, aber bevor ich dazu komme, auch nur einen Laut von mir zu geben, schnalzt Aliqua mit der Zunge.

Ihre Macht peitscht hoch, züngelnd wie Schlangen, die sich um die Knöchel der Götter winden. Ihre gestohlenen Leiber zittern, und sie knirschen mit den Zähnen, als erlitten sie große Schmerzen.

Es geht noch nicht los, oder? Ich muss mit Aliqua sprechen, bevor sie wirklich ...

»Was verlangst du?« Jupiter klingt bei Weitem nicht mehr so selbstsicher, und er muss die Hände zu Fäusten ballen, um das Zittern seiner Finger zu verbergen.

Das Feuer, das in Aliquas Augen schwelt, erstarrt zu glühenden Kohlen. »Ach, ihr wollt mit mir feilschen?« Ein neues Lächeln erscheint auf ihren Lippen, das von Tod und Verderben spricht. »Nun denn: Ihr werdet euch in die Unterwelt begeben, wo ihr in eure ruhenden Körper zurückkehrt, zu euren einst verstoßenen Herzen, um zu schlafen. So, wie ihr einst die Titanen gestürzt und in den Abgrund verbannt habt, so wird es nun euch widerfahren. Und bevor ihr geht, werdet ihr den Fluch von den Ewiglichen nehmen. Sie haben lange genug unter der Scharade gelitten, die ihr ihnen auferlegt habt.«

Keiner der Götter rührt sich, woraufhin Aliqua abwartend den Kopf neigt und die Finsternis noch ein wenig ihre Beine hinaufwandern lässt. Ich bin absolut sprachlos und kann es nur anstarren, dieses mächtige, unbeugsame Geschöpf, als das sie aus dem See zurückgekommen ist.

Und dann geschieht das Undenkbare: Einer nach dem anderen gehen die Götter in die Knie, sie ergeben sich Aliqua, und die sterblichen Körper, die sie besetzt haben, fallen in sich zusammen wie Marionetten, deren Fäden durchtrennt wurden. Ob sich in ihnen überhaupt noch ein Fünkchen Leben befindet? Die Sorge, ob Scuro die Besetzung durch Neptun unbeschadet überstanden hat, flackert prompt in meinen Gedanken auf, aber ich muss mich noch gedulden, bis ich mich davon überzeugen kann. Im Moment kann ich nur atemlos beobachten, wie die Schwaden aus dunkler Macht sich wieder zusammenballen, als würden sie die unsichtbaren Präsenzen der Götter einkesseln, ehe sie sich mit ihnen auf Aliquas Wink in den See zurückziehen.

Kapitel Dreißig

Aliqua

Das Wasser des Sees ist wieder grün.

Das fällt mir als Erstes auf, nachdem ich die Götter mit meinen Kräften in die tintenschwarzen Fluten eskortiert habe. Nun, da sie verschwunden sind, plätschert das Wasser sanft gegen den kiesigen Strand, und einzig das niedergerissene Gatter erinnert an die Urgewalt, die der Lago d'Averno gerade eben noch entfesselt hat. Alles ist ruhig, aber es ist eine friedliche Stille. Die Welt kommt mir vor wie eine leere weiße Leinwand, die darauf wartet, mit einer neuen Geschichte bemalt zu werden.

Atemlos lasse ich den Blick über das Wasser gleiten, auf dem sich Wellen kräuseln und das Sonnenlicht wie flüssiger Goldstaub funkelt, während sich die Finsternis wieder in mein tiefstes Inneres zurückzieht.

In der kurzen Zeit, die ich in der Unterwelt verbracht habe, konnte ich nicht herausfinden, ob der See wirklich und wahrhaftig der Zugang zum Reich meines Vaters ist oder ob ich von jedem beliebigen Ort auf der Erde dorthin gelangen könnte. Hm, irgendwann muss ich mal nachfragen. Im Augenblick bin ich einfach nur froh, zurück zu sein. Wieder in meinem Körper, der atmet und fühlt und einfach *ist.* In der Unterwelt war ich etwas vollkommen anderes. Die Erfahrung, dass ein Teil von mir wahrhaftig gestorben und in das Totenreich eingegangen ist, war das Erschütterndste, was ich je erlebt habe. Es hat sich so real angefühlt, als wäre es wirklich mein Ende und ich müsste nun dort bleiben. Als Pluto eingetroffen ist, hat er mir tatsächlich angeboten, meinen Platz in der Unterwelt einzunehmen, um an seiner Seite bis in alle Ewigkeit in dieser nebulösen Zwischenwelt zu existieren, aber ich konnte nicht. Da war zu viel unter den Lebenden, das es noch zu erledigen gab, zu viel Bedauern in meinem Herzen, wenn ich an die dachte, die ich zurücklassen musste. Sein Wohlwollen angesichts meiner Entscheidung umfing mich wie eine wärmende Decke, auch wenn ein Hauch von Bedauern darunter gewoben war. Ich weiß, dass er mich gerne bei sich behalten hätte, aber es war ja auch kein Abschied für immer.

Der Wind streicht mir ein paar nasse Haarsträhnen über die Schulter, und ich fröstele. Die Sinneseindrücke um mich herum strömen mit derselben Intensität auf mich ein wie kurz nach meiner Befreiung aus Herculaneum, und genauso gierig nehme ich sie in mich auf. Ich könnte noch stundenlang hier am Ufer stehen und alles in mich aufnehmen, aber hinter mir knirschen hastige Schritte, und im nächsten Moment schlingen sich Arme um mich. Ich werde herumgewirbelt, und Santo drückt mich so heftig an sich, dass mir die Luft aus den Lungen gepresst wird. Sein abgehackter Atem streicht nah an meinem Ohr vorbei, und seine Wange, die sich an meine presst, ist nass von Tränen. Sofort ziehe ich ihn genauso fest an mich, damit er weiß, dass es mir gut geht.

»Du ... wie ist das möglich? Du warst fort und ...« Tränen schnüren ihm die Stimme ab, und er zittert unkontrolliert. Mit den Händen streiche ich durch sein

Haar, um ihn zu beruhigen, und auch ich selbst fühle mich geerdeter, während ich die weichen Strähnen durch meine Finger gleiten lasse. Tief inhaliere ich seinen Duft, der mich mehr als alles andere davon überzeugt, aus der Unterwelt zurück zu sein.

»Später, das erzähle ich dir alles später«, verspreche ich leise und ziehe mich ein wenig zurück, um ihm die Tränen von den Wangen zu küssen. Sie trocknen bereits, aber jede einzelne schmerzt mich. Ich wollte nie, dass er meinetwegen so was durchmachen muss, nicht noch einmal. Obwohl ich vorhin entschlossen war, die Götter zu vernichten, selbst wenn es mein eigenes Todesurteil bedeutet hätte. Es schien keinen anderen Weg zu geben, und mit dem Wissen, über das ich verfügte, hätte ich immer wieder dasselbe getan. Und immer wieder bereut, Santo und die anderen durch mein Handeln verletzt zu haben.

Aber jetzt ist es vorbei. Wirklich und wahrhaftig vorbei.

Als Santo sich wieder einigermaßen gefasst hat, drehe ich mich in seinen Armen um und halte Ausschau nach Orela. Ich fürchte mich ein wenig vor der Konfrontation mit ihr. Wir hatten keine Gelegenheit, um uns in Ruhe über ihr Verhältnis zu Apollo zu unterhalten, aber jedem, der Augen im Kopf hat, war klar, dass da etwas Besonderes zwischen ihnen war. Etwas, das zwischen einem Gott und einem Menschen nicht hätte möglich sein sollen. Vor allem, da Apollo es zu erwidern schien. Dass ich ihn jetzt unwiederbringlich in ein finsteres Verlies verbannt und von Orela getrennt habe, brennt wie eine tiefe Wunde in meiner Brust. Keine Ahnung, ob ich ihr überhaupt noch einmal unter die Augen treten kann ... ich stocke, als ich sie in einigen Schritten Entfernung entdecke. Ich hatte erwartet, sie genauso aufgelöst und verzweifelt wie ihren Bruder vorzufinden, aber sie strahlt mir entgegen. Und neben ihr ... neben ihr steht ein Mann, der eigentlich nicht mehr hier sein dürfte – oder von dem nicht mehr übrig sein sollte als ein Block Marmor. Aber da ist Apollo. Groß, kräftig und immer noch so schön, dass sein Anblick ein kleines bisschen wehtut, weil es einfach zu viel des Guten ist. Auch er grinst und läuft mit weit ausgebreiteten Armen auf mich zu. Als er sich mir nähert, erkenne ich einen glänzenden Goldschimmer auf seiner Haut. Er will mich umarmen, aber ich komme ihm zuvor und packe seinen Unterarm. Unter meiner Berührung fühlt er sich warm und unbestreitbar lebendig an. Neugierig betrachte ich seine Haut und erkenne metallisch goldene Linien, die genau den Bruchkanten entsprechen, die seinen alten Marmorkörper durchzogen haben. Jetzt sind sie aufgefüllt und erinnern mich an diese japanische Technik, um zerbrochenes Porzellan zu kitten. Die Goldadern heben sich nicht von seiner Haut ab, sondern zieren ihn wie ein Tattoo. Apollo grinst angesichts meiner Inspektion und schiebt sich sogar die Locken zurück, um mir sein golden glänzendes Ohr zu präsentieren.

»Unglaublich«, hauche ich, und sein Grinsen wird großspurig.

»Ja, so bin ich.«

Ich knuffe ihm gegen den Arm und rolle mit den Augen. Meine Güte, bald wird er Adone Konkurrenz machen!

»Wie ist es möglich, dass du noch hier bist?«

Sofort keimt die Furcht in mir auf, auch andere Götter hätten sich meiner Macht widersetzen können und wären noch immer hier.

»Warum ich deiner Verbannung entgangen bin?« Apollo verschränkt die Arme und schaut zu Orela, die neben ihm aufgetaucht ist. »Orela ist dafür verantwortlich.« Ein zärtlicher Ausdruck, den ich nie zuvor so stark wahrgenommen habe, lässt seine Miene weich werden. Er hebt eine Hand und streicht ihr über die Wange. »Eine Sache, die uns Götter immer von den Menschen unterschieden hat, war die Unfähigkeit, Liebe zu empfinden. Auch als wir unsere Herzen noch besaßen, war zu lieben diese eine Fähigkeit, über die wir nicht verfügt haben. Nun, offenbar war es uns durchaus möglich, aber wir schreckten immer davor zurück, da es uns schwächte und, nun ja … menschlicher machte. Wir haben Liebe als Gift angesehen, und eine Gottheit, die so tiefe Gefühle entwickelt, entfremdet sich von ihrer göttlichen Natur. Ein Teil von uns wird wahrlich menschlich, und dadurch konnte ich meine Göttlichkeit ziehen lassen und mit dieser neu gewonnenen Menschlichkeit hierbleiben. Deinem Vater muss es ähnlich gegangen sein, als er sich damals deinem Befehl widersetzte. Wir lieben, und das ermöglicht es uns, *mehr* zu sein als die Kreaturen, als welche wir erschaffen wurden. Du hast uns zu unseren verstoßenen Herzen in der Unterwelt geschickt, aber mein Herz war die ganze Zeit hier.«

Seine Erklärung lässt mich vollkommen verblüfft zurück, aber es ergibt Sinn. Womöglich hat Pluto meine Mutter, die Vestalin, tatsächlich geliebt, um all die Mühen für sie in Kauf zu nehmen. Er ist sogar das Risiko eingegangen, ein Kind zu zeugen, und hat vor und nach meiner Geburt alles getan, was ihm möglich war, um mich zu schützen. Die Erkenntnis, dass da ein kleiner menschlicher Anteil in einem Wesen wie Pluto haust, ist seltsam tröstlich. Er wird nie mehr auf die Erde zurückkehren können, sondern fortan in seinem Reich der Unterwelt bleiben und die anderen Götter gemeinsam mit Marcellus bewachen. Aber ich bin absolut überzeugt davon, dass ich ihn eines Tages wiedersehen werde, um ihm zu danken.

»Und die restlichen Götter?«, frage ich trotzdem nach. Nur sicherheitshalber.

»Alle fort.«

Die Tatsache, dass Apollo noch hier ist und es bewerkstelligt hat menschlich zu werden, fesselt mich so sehr, dass ich mich erst mit einiger Verzögerung an Scuro erinnere. Suchend lasse ich den Blick über den Tempelgrund wandern. Die meisten Immortali sind verschwunden, die Körper der Sterblichen, die als Hüllen der Götter gedient haben, liegen reglos auf dem Gras. Adone kniet neben seinem Cousin, verdeckt mit seinem breiten Rücken aber den Blick auf Scuro. Dicht gefolgt von Santo, Orela und Apollo laufe ich zu ihnen hinüber und lasse mich neben Adone auf die Knie fallen. Er wirft mir einen Blick aus strahlenden Augen zu.

»Wie geht's ihm? Ist er ...?« Angespannt mustere ich Scuros blasses Gesicht, das auf den ersten Blick nichts darüber verrät, wie es ihm geht.

Beim Klang meiner Stimme schlägt er tatsächlich die Augen auf und versucht sich aufzusetzen.

»Ich hab dir doch gesagt, du sollst liegen bleiben«, grunzt Adone ärgerlich und drückt ihn mit sanfter Gewalt zurück auf den Boden.

Scuro grummelt in sich hinein. »Der Boden ist verdammt ungemütlich.«

Die Erleichterung erfasst mich so heftig, dass ich selbst auf den Knien ins Wanken gerate. Er ist da und klingt immer noch wie er selbst. Neptun ist es nicht gelungen, seinen Geist oder Körper zu zerstören.

Mein erster Impuls ist es, Scuro zu umarmen, aber erstens ist er offenkundig zu geschwächt dafür, und zweitens bin ich mir relativ sicher, dass er kein Fan von solchen Zuneigungsbekundungen ist. Stattdessen beuge ich mich vor und begnüge mich damit, seine Hand zu drücken. Mein Lächeln fühlt sich zittrig an, und ich muss mich räuspern, ehe ich wieder etwas sagen kann.

»Wie fühlst du dich?«

Scuro schließt die Augen und stößt die Luft durch die Nase aus. »Gerädert und ein wenig benommen. Als hätte ich gerade eine Vollnarkose hinter mir.«

Sein leidender Tonfall lässt mich grinsen. »Ewigliche haben Erfahrungen mit Vollnarkosen? Ich dachte ihr seid immer fit und braucht keine OPs oder so was.«

»Klugscheißerin«, brummt er, runzelt dann aber die Stirn. »Sind wir das überhaupt noch? Ewigliche? Adone hat gesagt, du hättest die Götter endgültig verjagt und sie gezwungen, den Fluch aufzuheben.«

Prompt spüre ich die Aufmerksamkeit von allen anderen auf mir und zucke mit den Schultern. »Wahrscheinlich hätte ich euch vorher fragen sollen ... aber ich habe es damals in Herculaneum vermasselt, an die Sache mit der Unsterblichkeit zu denken, und irgendwie war ich ja mitschuldig daran, dass die Götter verschwunden waren, und diesmal wollte ich es richtig machen ...« Unsicher verstumme ich. Dass ich mir mit der Aufhebung des Fluchs vor allem unter den Immortali keine neuen Freunde gemacht habe, ist klar, aber was werden die Damnati dazu sagen? Natürlich weiß ich, dass sie die Sterblichkeit zurückgesehnt haben, aber nun ging alles doch so schnell, und ich fürchte, dass ich einige vor den Kopf gestoßen haben könnte. Oder was ist, wenn jemand von ihnen gerade aus Gewohnheit etwas richtig Waghalsiges tut, ohne zu wissen, dass er oder sie nicht mehr unsterblich ist? Wir müssen sofort alle warnen und abschließend klären, ob es wirklich geklappt hat.

Fragt sich nur, wie, ohne dabei versehentlich jemanden zu töten ...

Adones volltönendes Lachen und ein kräftiger Klaps auf den Rücken reißen mich aus meinen panisch rotierenden Gedanken. Dieser Laut von ihm ist so unbekümmert und voller Fröhlichkeit, dass sich ein Teil meiner Paranoia sofort legt. Ich bin so froh, sein Lachen wieder zu hören, nachdem er in der Wohnung wegen Santos Geständnis berechtigterweise so außer sich vor Zorn war. Ich bin nicht so naiv zu glauben, dass nach den heutigen Ereignissen am See alles zwischen Adone und Santo aus der Welt geschafft ist. Es wird Zeit brauchen, Gespräche und Ehrlichkeit, damit sich ihre Wunden aus der Vergangenheit und die neu geschlagenen aus der Gegenwart wieder schließen. Ich denke, das gilt für uns alle, dass wir verdauen müssen, was passiert ist, aber ich bin zuversichtlich. So zuversichtlich, wie ich mich in meinem ganzen Leben noch nicht gefühlt habe.

Santo schlingt von hinten die Arme um meine Schultern und zieht mich an seine Brust. Das stetige Pochen seines Herzens an meinem Rücken erdet mich weiter und versichert mir mit jedem Schlag, dass alles gut werden wird. Dass er meine Zuversicht teilt und dass das hier ein Anfang ist.

»Das Einzige, worüber du dir Sorgen machen solltest, ist, ob du zu unserer persönlichen Heiligen ernannt wirst und wir dich alle anbeten wie einen neuen Messias«, gluckst Adone.

Diese Vorstellung ist so absurd, dass auch mir ein Kichern entwischt.

»Das sollten sie eher mit Marcellus tun«, sage ich dann und werde wieder ernst. »Wenn er sich nicht geopfert hätte, wäre Pluto nicht in die Unterwelt gelangt, um mich zurück unter die Lebenden zu schicken.«

Die Runde um mich herum schweigt einen Moment betroffen, die Köpfe gesenkt, als ihnen klar wird, was Marcellus getan hat. Ich weiß, dass sie ihn alle nicht mochten und ihm zu keinem Zeitpunkt voll vertraut haben, aber es ist so, wie ich es schon einmal gesagt habe: Nichts im Leben ist ausschließlich schwarz oder weiß, und am Ende bedingen unsere Taten, ob wir als Held oder Schurke in die Geschichte eingehen.

»Marcellus der Märtyrer.« Adone zieht die Worte in die Länge, wie um ihren Klang zu testen. »Ich kann sein dreckiges Grinsen quasi vor mir sehen, sollte ihm klar werden, dass irgendjemand ihn anbeten könnte. Das würde ihm gefallen.«

Scuro richtet sich auf, und während zwischen den anderen ein Gespräch über den gebrochenen Fluch und Marcellus' Status ausbricht, manövriert mich Santo unauffällig ein paar Schritte zur Seite.

Er beugt sich näher zu mir hinunter, schmiegt die Nase an mein Ohr und murmelt leise und nur für mich: »Bevor du zurückgekommen bist, war alles, was ich mir von der Sterblichkeit gewünscht habe, die Aussicht auf den Tod. Jetzt, wo der Fluch gebrochen ist, will ich nur noch leben, und zwar mit dir. So lange es uns vergönnt ist. Und jeden Tag will ich daran arbeiten, meine Fehler aus der Vergangenheit wiedergutzumachen, um deiner würdig zu werden.«

Epilog

Aliqua

Zu sechst laufen wir auf die Villa von Adones Eltern zu, und ich kann nicht verleugnen, dass ich Respekt davor habe, Nerone gegenüberzutreten. Obwohl der Fluch gebrochen ist, ist er weiterhin der Anführer der Damnati, und es wird sich erst noch zeigen müssen, wie es mit den Ewiglichen in Zukunft weitergeht. Beide Lager sind und bleiben eingeschworene Sippen, die plötzlich mit einer neuen Lebensrealität klarkommen müssen. Außerdem habe ich ganz schön Bammel davor, ihm all das zu beichten, was sich in den letzten Tagen hinter seinem Rücken ereignet hat. Vor Scuros Verschleppung durch Neptun wollten wir noch mit ihm sprechen und ihm reinen Wein einschenken, was die Rückkehr der zwölf Götter betrifft. Es ist erleichternd, erst jetzt beichten zu müssen, nachdem das Problem sich bereits erledigt hat, aber trotzdem ... so, wie ich Nerone einschätze, wird er nicht begeistert sein. Die Tatsache, dass selbst Santo, Scuro und Adone den ganzen Weg hierher auffällig ruhig und angespannt waren, spricht für sich. Aber wir müssen ihn informieren.

In meine rotierenden Gedanken versunken, falle ich einige Schritte hinter die Gruppe zurück, und Santo schließt sich mir an. Seit wir von den Phlegräischen Feldern zurückgekehrt sind, lässt er mich keine Sekunde aus den Augen, als befürchtete er, ich könnte mich nur als Trugbild herausstellen. Unwillkürlich fasse ich nach seiner Hand, um ihm zu versichern, dass ich tatsächlich hier bin, und er drückt sie leicht.

Zwischen uns liegt noch ein gewaltiger Haufen an Dingen, die es zu verarbeiten gilt. Gespräche, die wir führen, und Wunden, die sich schließen müssen. Obwohl ich mich mit vollem Herzen dafür entschieden habe, bei ihm zu sein, verletzen mich nach wie vor sein Verrat und die Dinge, die er so lange für sich behalten hat. Und auch ihm haftet die Schuld an wie ein dunkler Schatten, der immer wieder seine Augen verdüstert.

Wie alles andere werden auch wir Zeit brauchen, aber eines ist mir klar: Santo und ich gehören zusammen. Da ich dank Apollo wieder über meine Erinnerungen von damals verfüge, weiß ich, wie unsere Situation aussah, als wir uns im Jahr 79 kennengelernt haben.

Unsere Liebe war absolut unmöglich, und manchmal wäre ich angesichts dieser Ungerechtigkeit am liebsten zerbrochen. Ich konnte mir einfach nicht vorstellen, dass die Welt irgendwann einmal anders aussehen würde, dass es einen Tag geben sollte, an dem es egal wäre, in welche gesellschaftliche Schicht man hineingeboren wird. Dass ich Santo ansehen und wissen würde, dass ich genauso bin wie er. Ein Mensch ohne Preisschild um den Hals.

Jetzt, da ich Santos Hand halte und der Fluch vergangen ist, denke ich an das Sklavenmädchen, das ich einmal war, und dass ihre kühnsten Träume wahr geworden sind. Es hat einen Grund, dass ich es bis hierher geschafft habe, mit ihm zusammen, und ich werde unsere Zukunft mit derselben Entschlossenheit anpacken, mit der ich gegen die Götter gekämpft habe.

Ich werde immer langsamer und bleibe schließlich kurz vor der Außentreppe stehen, die zur Villa hinaufführt. Die anderen haben sie schon erklommen und sind im Begriff, an der Pforte zu klingeln. Gleich werden Nerone und Diana erscheinen, und dann werde ich für eine Weile keine Gelegenheit mehr bekommen, einen ruhigen Gedanken zu fassen.

Santo neigt den Kopf und betrachtet mich neugierig. Bevor wir hierhergekommen sind, haben wir nur einen schnellen Stopp in der Wohnung eingelegt, weil ich aus den nassen Sachen herausmusste und alle das Bedürfnis hatten, kurz unter die Dusche zu springen. Santos Haar kringelt sich noch immer feucht in seinem Nacken, und eine schwarze Locke fällt ihm in die Stirn. Ich recke mich, um sie zurückzustreichen, doch sie gleitet sofort wieder nach vorne.

»Du siehst besorgt aus«, murmelt er rau. »Geht's dir auch wirklich gut? Jeder würde es verstehen, wenn du dich nach diesem Tag nicht mit Nerone auseinandersetzen möchtest.«

Energisch schüttle ich den Kopf. »Wirklich, mir geht's gut. Ich fühle mich wie neugeboren.« Ich wackle mit den Augenbrauen, um meinen Witz zu unterstreichen, aber Santo geht nicht darauf ein. Er starrt mich weiterhin brütend an, als erwartete er jeden Moment einen Schwächeanfall von mir oder einen Nervenzusammenbruch.

Ich seufze. »Santo, ernsthaft, ich würde es sagen, sollte es mir zu viel sein. Ich frage mich nur, wie sehr uns Nerone anschreien wird – oder ob er eher die ›Ich bin nicht sauer, aber mächtig enttäuscht‹-Karte ziehen wird und das womöglich noch schlimmer wird als ein Wutausbruch.« Ich gerate ins Brabbeln, und endlich lichtet sich Santos finstere Miene. Sein Blick wird weich, er legt eine Hand an meinen Hals und reibt mit dem Daumen sanft über die Stelle, an der mein Puls rast.

»Es wird eine Kombination aus beiden werden, Enttäuschung und Geschrei, aber der Erfahrung nach wird Adone das meiste davon abbekommen. Mach dir keine Sorgen.« Er drückt mir einen Kuss auf die Stirn, und ich spüre mehr, als dass ich sehe, wie er grinst.

»Was?«

»Ich finde es erstaunlich, dass du den Göttern quasi ohne Regung gegenübergetreten bist, aber dich vor Nerone so sehr fürchtest.«

Beleidigt ziehe ich die Nase kraus. »Ich fürchte mich nicht vor ihm. Und wenn du meinst, dass ich keine Angst vor den Göttern hatte, dann habe ich wirklich ein super Pokerface. Ich bin fast verrückt geworden und dachte, dass ich jeden Moment die Fassung verliere.«

Santos Lächeln wird so warm, dass es mir unter die Haut geht, als er beide Hände um mein Gesicht legt. »Du bist das erstaunlichste Wesen, das mir je begegnet ist, habe ich dir das schon einmal gesagt?« Er wartet meine Antwort nicht ab. »Heute, am See, da hast du dich deinem Schicksal gestellt und keiner Empfindung erlaubt, dich davon abzuhalten. Du hattest eine unvorstellbare Aufgabe vor dir, aber keine Sekunde hast du gezögert oder dich unterkriegen lassen. Das ist wahrer Mut, und ich kann dich nur dafür bewundern. Bis in alle Ewigkeit.«

Sein Mund senkt sich auf meinen und besiegelt seine Worte. Ich fühle mich so schwerelos, getragen von seiner Nähe und seinem Zuspruch, dass es mir so vorkommt, als lösten sich meine Füße vom Boden.

Ich erwidere seinen Kuss so stürmisch, dass wir einen Schritt zur Seite taumeln, aber ich kann mich nicht mehr zurückhalten. Reine Euphorie erfüllt mich in diesem Moment und ein Gefühl von Glück, das die Welt um mich herum aus den Angeln hebt. Seine Lippen an meinen sind so herrlich weich, und es ist das erste Mal überhaupt, dass ich sie wahrhaftig spüre: die Gewissheit, dass wirklich alles gut werden wird.

Ein Leben, das frei ist.

Eine Liebe, über der kein dunkles Omen schwebt.

Ein Kuss, der alles ins Lot bringt.

Ich brauche kein ewiges Leben, um zu wissen, dass wir in diesem Moment unsterblich sind.

»Hey ihr beiden! Ich störe ja nur ungern, aber ihr müsst genauso zum Strafrapport antreten wie der Rest von uns.« Zwischen Adones Lippen klemmt eine Zigarette, als er uns herbeiruft, und ein übermütiges Funkeln leuchtet in seinen Augen. Jemand muss ihn daran erinnern, dass es ab jetzt Konsequenzen für seinen Körper haben wird, wenn er mit dem Rauchen weitermacht.

Orela schlägt ihm gegen den Arm. »Sei kein Spielverderber und gönn den beiden einen Moment, bevor dein Vater uns das Fell über die Ohren zieht.«

Apollo drückt sie prompt an sich, als wollte er sie vor ihrem Onkel beschützen. Also bin ich nicht die Einzige, die gehörigen Respekt vor Nerone hat.

Santo und ich setzen uns in Bewegung, und sofort öffnet sich die Eingangstür der Villa.

Nerone kommt heraus, dicht gefolgt von seiner Frau, und beide mustern uns mit schwer zu deutenden Mienen. Um Dianas Mund spielt ein rätselhaftes Lächeln, und fast glaube ich, dass sie bereits weiß …

»Ich habe mich gefragt, wann ihr hier auftauchen würdet«, grollt Nerone und verschränkt die Arme vor der Brust. Als niemand etwas erwidert, zieht er die buschigen Brauen hoch. »Ihr habt euch reichlich Zeit gelassen. Jemand ist euch zuvorgekommen und hat uns bereits gebeichtet, was sich zugetragen hat.«

Er wirft einen Blick über die Schulter, und Diana tritt beiseite, um den Blick auf eine Person freizugeben, die direkt hinter ihr steht. Derjenige tritt vor, und mir bleibt für einen Moment die Luft weg, als ich Remo erkenne. Adones verräterischer Bruder macht einen äußerst geknickten Eindruck. Seine Haltung ist geduckt, als würde er mit einer sofortigen Abreibung rechnen, und er vermeidet es, jemanden direkt anzusehen.

»Was zum ...?« Adone rutscht fast die Zigarette aus dem Mundwinkel, als er seinen Bruder sieht.

»Er kam direkt zu uns nach dem, was am Averner See geschehen ist.« Tränen schimmern in Dianas Augen, während sie zwischen ihren Söhnen hin- und herschaut. »Remo hat eine Entschuldigung vorzubringen.«

Huch, mir ist gar nicht aufgefallen, dass er unter den anwesenden Immortali dort war.

»Und ihr.« Nerone lässt den Zeigefinger zwischen uns rotieren. »Einen großen Haufen an Erklärungen. Na los, rein mit euch!«

Santos Hand fest in meiner, betrete ich hinter Orela und Apollo die Villa und muss ein Aufseufzen unterdrücken. Diese Unterhaltung wird kein Spaß werden, aber sobald wir das hinter uns haben, wartet auf uns eine Zukunft, auf die ich mich mehr als auf alles andere freue.

Die Unsterblichkeit liegt in der Vergangenheit, doch das, worauf ich blicke, wird die Zeit überdauern.

Danksagung

Im Januar 2020 kam mir die Idee zu Infinitas und es fühlt sich unglaublich an, nun schon die Danksagung für Band zwei der Dilogie zu schreiben. Die Zeit ist verflogen, während ich die Geschichte von Aliqua, Santo und den Ewiglichen geschrieben habe und ohne die Unterstützung und Hilfe der Menschen um mich herum wäre das nicht möglich gewesen.

Zunächst einmal danke an den Piper Verlag und das Team von Piper.Digital, die diesen Büchern ein Zuhause gegeben haben. Und besonders an meine fantastische Lektorin Elke Hittinger, die sich gemeinsam mit mir erfolgreich durch sämtliche Wirren des Plots gekämpft und wie immer präzise, aber einfühlsam, die Schwachstellen der Geschichte aufgezeigt hat. Danke für deinen Einsatz und die tolle Zusammenarbeit, liebe Elke.

Genauso danke ich Uwe Raum-Deinzer, der auch dieses Buch so wunderbar sprachlich aufpoliert hat.

Mein allergrößter Dank gilt den Menschen, die mich jeden Tag begleiten, seit Jahren mit mir an meinen Traum vom Schreiben glauben und ohne deren Unterstützung das alles nicht möglich wäre: meine Eltern, Freunde, Familie, Schreibmädels, Testleser*innen, Arbeitskolleg*innen und Chorfreunde. Danke, dass ihr immer für mich da seid, mich auch mal ermahnt langsa-